Shirlee

Busbee

LOUISIANA VIII

Shirlee Busbee

CADA VEZ QUE TE AMO

RBA

Título original: *Each Time We Love*
Traducción: Ana Mazía

Publicado por acuerdo con el autor c/o Baror International, Inc., Armonk, New York, USA.

Traducción cedida por Ediciones B, S.A.

Diseño de cubierta: Adland Comunicació

ISBN: 978-84-473-5900-4
Depósito legal: B-48625-2008

Impreso por LIBERDÚPLEX

Impreso en España - Printed in Spain

Dicen que todo les llega a los que saben esperar,
y aunque no estoy segura de que estos seres
tan queridos esperaran esto, ya es tiempo sobrado
de que obtengan su propia dedicatoria. Por lo tanto,
dedico con cariño este libro a las siguientes personas:
Henry y Lillie Thiessen, nuestros queridos amigos y vecinos
durante casi treinta años. Sí, Lillie, los potrillitos están muy bien;
en cuanto a ti, Henry, Howard espera con impaciencia
tu llegada para mostrarte sus últimas basuras... eh... ¡tesoros!
Y William y Martha Busbee, dos de nuestros parientes
preferidos. Bill: aún eres el bienamado de Dios; Marty:
¡continúa tejiendo esas mantas!
Y, por supuesto, Howard —¡quién otro!— ¡que todavía
es el mejor amigo y marido que una mujer podría desear!

PRÓLOGO

Fortuna falsa

Texas española, otoño de 1804

«¡Oh, no susurres su nombre!, déjalo en la penumbra,
dormido, donde sus despojos, fríos y deshonrados,
yacen esparcidos.»

Thomas Moore,
Canciones irlandesas

Esta expedición comercial no fue provechosa para Jeremy Childers: el socio había muerto, y en lugar de las riquezas que creyeron lograr en ese viaje, la única recompensa de Jeremy por todos sus esfuerzos era un caballo viejo y achacoso. ¡Teniendo en cuenta lo sucedido en las últimas semanas, Jeremy se consideraba afortunado de tenerlo!

Abandonó cualquier intento de dormir sobre el suelo duro, y se rascó las picaduras de las sempiternas moscas y los piojos; aplastó entre los dedos sucios una mosca especialmente persistente y se incorporó, maldiciendo el día en que se le había ocurrido cruzar el río Sabine hacia la Texas española. Contempló resentido el amanecer purpúreo que empezaba a asomar tras el borde del cañón y pensó con melancolía en lo pésima que había resultado la idea de comerciar con los indios. ¡Debería de haber escuchado a Yates, y no al tonto de Haley!

En el invierno de 1803, cuando Orval Haley, el socio, y Jeremy discutieron el plan, les había parecido excelente. Estaban sentados en un rincón oscuro, en uno de los numerosos antros de vicio que abundaban en la Baja Natchez, y ambos estaban bastante ebrios. Aun a la mañana siguiente, a pesar del dolor de cabeza, la idea de penetrar en la Texas española sin ser descubiertos seguía presentándose como un modo seguro de mejorar sus magras finanzas. Y un inesperado golpe de suerte decidió la cuestión: menos de dos noches después, se toparon con el capitán borracho de un barco fluvial; un veloz despojo de los bolsillos del hombre los proveyó de una bonita suma.

Sin el menor escrúpulo, compraron los víveres, los caballos y las mulas que necesitaban para la aventura con ese dinero robado. Acababa de comenzar 1804; con los animales cargados de toda clase de telas de colores brillantes y baratijas para tentar a los indios, los socios atravesaron la frontera sin ser descubiertos por la celosa guardia, penetraron en el territorio español y se dirigieron hacia el oeste. ¡Al oeste, a buscar fortuna!

Al comienzo, la buena suerte pareció estar del lado de los socios: hacia principios del otoño, se felicitaban alegres por la enorme manada de caballos que habían adquirido y que pensaban vender en Louisiana a precios exorbitantes. Confiaban en cruzar sin problemas el río Misisipi y ya comentaban los formidables momentos que pasarían en Nueva Orleans: gastarían el dinero en licor y en mujeres licenciosas.

Por desgracia, ése fue el momento en que la innata codicia de ambos dominara el poco sentido común que pudieran poseer. A los dos comerciantes les llegaron rumores de una banda de comanches, los Kewrhar-rehnuh, o «Antílopes», de quienes se decía que poseían innumerables manadas de caballos. Los socios no se dejaron intimidar por la reputación de esos indios según la cual eran los más salvajes y feroces de todas las bandas de comanches, ni tampoco por el hecho de que los «Antílopes» ocuparan las regiones más remotas que barría el viento del Llano Estacado. Jeremy y Orval sólo pensaban en todos esos caballos...

Fue sencillo encontrar un cañón escondido con hierba y agua suficientes para encerrar a la manada hasta que regresaran de la negociación con los comanches trayendo más caballos, pero entonces las cosas comenzaron a andar mal para los dos socios. Mientras se atareaban construyendo una cerca a través del único acceso al cañón, se toparon con una patrulla española. El resultado fue fatal, pues fueron tomados por sorpresa. Les confiscaron todas las posesiones y el futuro les deparaba una prolongada residencia en una cárcel española. Sin embargo, la buena suerte pareció acompañarlos aún. Mientras el grupo se acercaba al pequeño asentamiento de Nacogdoches, los españoles se descuidaron, y una noche, Jeremy y Orval pudieron escapar con dos caballos y un par de mulas todavía cargadas con parte de las mercancías de intercambio. A la mañana siguiente, escondidos tras unas cañas, contemplaron malhumorados cómo los españoles, luego de una búsqueda apresurada de los fugitivos, se encogían de hombros y se alejaban llevando la manada de caballos que a Jeremy y a Orval les había costado meses reunir.

Cuando la fortuna de ambos desapareció en una nube de polvo, Jeremy y Orval decidieron no perder tiempo en buscar a los Kwerhar-rehnuh. Y ésa fue la peor idea que jamás habían tenido, pensaba ahora Jeremy mascando con resentimiento un bizcocho duro. Una vez más lo persiguieron las palabras de Yates: «¿Están locos? —había dicho aquella vez en Natchez, cuando Jeremy y Orval le propusieron el plan—. Creen que se harán ricos, pero les diré lo que ocurrirá: ¡terminarán ambos muertos, y sus huesos blanquearán en la llanura! ¡Comprarles caballos a los comanches! ¡Es la idea más estúpida que escuché en mi vida!» Abatido, Jeremy pensó que Yates tenía razón. «¡Orval tendría que haberme escuchado después que perdimos los caballos, y yo insistí en que volviéramos a Natchez! ¡Pero no —murmuró Jeremy torciendo la boca en una mueca amarga—, ¡insistió en que podríamos recuperar todo haciendo gala de coraje! ¡Bien, de poco le sirvió a Orval el "coraje" cuando ese salvaje comanche le arrancó la cabellera», concluyó, despectivo.

Tragó el último bocado del pétreo bizcocho, enrolló la manta de dormir y ensilló meticulosamente el caballo. Rumiar sobre lo que debieron haber hecho no le levantó el ánimo, pero mientras montaba de un salto, no pudo evitar pensar que Orval había sido un tonto al tratar de engañar a los comanches en la partida de dados. Desde luego, sólo consiguió precipitar su muerte y la huida frenética del propio Jeremy del campamento.

Jeremy se estremeció al recordar el grito del moribundo Orval, y miró aprensivo sobre el hombro, temeroso de ver una banda de guerreros sedientos de sangre que lo persiguieran. Ya hacía dos días que no veía rastro de los indios y, por fortuna, lo único que encontraba su mirada eran los muros elevados y el suelo rocoso del cañón. En realidad, ese paisaje no era demasiado tranquilizador: se encontraba perdido en ese laberinto en apariencia impenetrable de los *arroyos** bordeados de álamos y cañones de paredes irregulares.

* En castellano en el original. En adelante, la letra cursiva indica términos que están en castellano en el original inglés. *(N. de la T.)*

Fustigó al caballo para que trotara. «Sigue andando —se dijo con ferocidad—; ¡sigue andando y tarde o temprano encontrarás un sitio que te resulte familiar!»

Ya el sol resplandecía sobre el borde del cañón, y Jeremy advirtió con creciente excitación que las paredes se abrían hacia un llano rocoso, salpicado de arbustos. Cuando estaba a punto de azuzar al caballo para que cambiara el trote cansino por un galope, contento de haber encontrado por fin el rumbo en su vagar azaroso por los cañones, quebró el silencio el alarido escalofriante de un hombre que agonizaba entre dolores mortales. Jeremy frenó con brusquedad al caballo; el primer pensamiento fue que se trataba de un truco de su imaginación, que lo que resonaba de manera tan terrorífica en sus oídos era el grito postrero de Orval. Sin embargo...

Pálido, buscó con dedos temblorosos el rifle viejo y gastado sujeto al arzón de la montura. Se apeó de un salto, ató rápidamente al animal y trepó con sigilo cerca de la desembocadura del cañón. Se ocultó tras un grupo de rocas sueltas y espió con cautela, observando una de las grandes peñas.

La visión que se le presentó ante los ojos le cortó el aliento y el corazón le golpeó de manera dolorosa. A pocos metros frente a Jeremy, sobre el suelo del llano, yacía un hombre desnudo con los brazos abiertos como las alas de un águila y, junto al hombre, con un cuchillo manchado de sangre estaba de pie el salvaje más magnífico y aterrador que el aventurero había visto en su vida. Alto, de contextura vigorosa, broncíneas facciones de halcón, el brillante cabello negro de reflejos azules peinado en dos trenzas gruesas; pero lo que atrapó la mirada aterrorizada y fascinada de Jeremy fueron las chispas del sol sobre el cuchillo ensangrentado. No podía apartar los ojos de ese cuchillo; tan fuerte era su impresión que olvidó alzar el rifle y disparar.

Helado de terror, Jeremy vio cómo el indio saltaba sin esfuerzo sobre el caballo y se alejaba, sin echar una sola mirada atrás. Aun después de que el salvaje se marchara, Jeremy permaneció congelado en el escondite, con el corazón batiendo frenético, y la boca reseca por el miedo.

Por fin, Jeremy juntó valor y después de una cuidadosa inspección de la zona recuperó el caballo y se acercó caminando hasta donde yacía el hombre. Al contemplar la lamentable ruina en que estaba convertida la víctima, Jeremy estuvo a punto de desmayarse.

«Jesús!», exclamó acongojado para sus adentros, mientras la mirada recorría el cuerpo mutilado. Era evidente que el herido había sido estaqueado durante largo tiempo en ese sitio, y también que había sufrido mucho hasta que el indio le infligiera la terrible herida final: la castración.

Sintiendo despertar la curiosidad, Jeremy se preguntó si el hombre había merecido semejante destino. Las señales indicaban que el indio había aguardado y vigilado durante varios días antes de decidirse a dar el golpe definitivo. La mirada de Jeremy volvió a posarse un instante en el cuerpo desnudo. Llegó a la conclusión de que era español, advirtiendo el cabello negro y el cutis trigueño. Las facciones ahora contorsionadas exhibían vestigios de un rostro apuesto, pero aun en la muerte el hombre mostraba un desagradable aire de arrogancia. Observándolo, Jeremy supuso que no era un peón. Un refinado *hidalgo* se había topado con el salvaje que no correspondía.

Jeremy recobró el coraje y volvió a mirar alrededor. A la vista sólo se extendía la vastedad de la llanura, y sabía que detrás de él se encontraba el caprichoso recorrido de los cañones, con esas increíbles cúspides y cimas. Cerca de allí, amarrado flojamente, había un caballo de magnífico aspecto, con una montura lujosa labrada en plata, y Jeremy supuso que pertenecía al español. Suspiró. Estaba solo, con excepción del cadáver que yacía a sus pies.

Ya no podía hacer nada por ese hombre, y tomó una decisión: el caballo y la montura del español eran muy superiores a los de Jeremy, y no había ningún obstáculo que le impidiera mejorar sus posesiones. Se volvió para alejarse y los tacones de las botas crujieron sobre el suelo desparejo.

—¿Blood Drinker? —graznó una voz detrás del aventurero. Incrédulo, Jeremy abrió los ojos y giró bruscamente para mirar al hombre que creía muerto.

¡Aunque fuese increíble, el pobre diablo aún vivía! Jeremy se dejó caer junto al moribundo, y cortó con rapidez la tira de cuero que lo sujetaba.

—¿Qué dijo? —preguntó.

El español se puso rígido.

—¿Quién es usted? —boqueó.

Jeremy vaciló: no confiaba ni siquiera en un español moribundo, pero era evidente que el hombre no viviría mucho tiempo más.

—Jeremy Childers —respondió—. ¿Quién es usted?

—¡Blas Dávalos!

El hombre quedó exhausto con el simple esfuerzo de pronunciar su propio nombre; Jeremy aguardó un instante y luego volvió a preguntar:

—¿Quién le hizo esto? Vi a ese salvaje indio marcharse a caballo.

Los labios ennegrecidos se torcieron en un gruñido; Dávalos murmuró, dolorido:

—Jason Savage... ¡Blood Drinker me asesinó!

Esos nombres nada significaban para Jeremy; tomó con rapidez la cantimplora y vertió un poco de agua entre los labios del hombre. Dávalos bebió con avidez el líquido precioso. Al parecer, el agua lo revivió unos instantes, y la voz cobró vigor al decir:

—¡Savage debe recibir un castigo! —Volvió a debilitarse y añadió en voz tenue—: Búsquelo... Nueva Orleans o... la plantación... Terre du Coeur.

Jeremy no tenía intención de complicarse en la venganza de Dávalos, pero comprendió que el tiempo del moribundo llegaba a su fin; le dijo en tono tranquilizador:

—Haré lo que pueda. —Agregó con aspereza—: ¿Hay alguien a quien desea que le comunique su muerte?

Dávalos asintió, ya sin fuerzas.

—Hija... bastarda —murmuró casi sin aliento—. Savanna O'Rourke. Nido de Cuervos. Stack Island.

Jeremy alzó las cejas. Conocía Nido de Cuervos y lo sorprendía que la hija del español viviera en ese lugar. Estaba a unos ochenta kilómetros al norte de Walnut Hills, y se lo conocía como escondite y lugar de reunión de toda clase de hombres de mala fama.

Dávalos volvió a perder el conocimiento y, cosa extraña, Jeremy no quiso abandonar al moribundo; entonces, se acuclilló junto a él y esperó inquieto a que muriera. Pero al español aún no le había llegado la hora: de pronto, agitó los brazos en torno de sí y musitó con fiereza:

—¡Tengo que hallar el oro! ¡El mapa! ¡Jason sabe!

Claro, Dávalos deliraba, pero al oír la palabra «oro» el interés de Jeremy despertó. Se inclinó sobre el moribundo con la codicia brillando en los ojos azules.

—¿Oro? —preguntó en tono suave—. ¿Qué oro?

—El brazalete de Nolan... Yo lo maté... ¡lo escondí! Savanna tiene que tenerlo...

Jeremy abrió grandes los ojos. ¡Un brazalete de oro! Se aguzó por completo el interés del aventurero; impaciente por los desvaríos del moribundo, murmuró ansioso junto al oído de Dávalos:

—Cuénteme del oro.

—¡Está aquí! ¡Es mío! —Dávalos jadeó febril—. ¡Mío! ¡El tesoro azteca! Ellos lo hallaron, pero es mío... ¡todo mío! —Apenas había cesado de hablar, brotó del pecho del herido una extraña vibración y se quedó inmóvil.

—¿Aquí? —vociferó Jeremy contemplando el paisaje desolado que los rodeaba—. ¿Qué significa que está aquí? ¿Dónde?

Dávalos no respondió; Jeremy se acercó a tocarlo, a sacudirlo y en el mismo instante supo que estaba muerto. Jeremy miró disgustado al difunto. ¿No podría haber vivido unos minutos más? ¡Ahora tendría que buscar a esa hija y averiguar qué es lo que sabía, y también tendría que encontrar a ese Jason Savage! Y con respecto al indio, Blood Drinker... Jeremy se estremeció al recordar al alto salvaje que había visto junto al cuerpo desnudo de Dávalos con el cuchillo ensangrentado en la mano. No. No buscaría a Blood Drinker. Savanna O'Rourke o bien Jason Savage podrían decirle lo que quería saber.

Jeremy se aproximó al caballo de Dávalos, mientras ideaba maneras de lograr que Savanna le dijera lo que sabía del tesoro. Pasó rápidamente el rifle y la bolsa de dormir de su lamentable cabalgadura al caballo del muerto: era evidente que se trataba dea un animal de buena raza y representaba una considerable mejoría para Jeremy. Montó silbando, desafinado. Echó una última mirada al cadáver de Dávalos y, regocijado, llegó a la conclusión de que, después de todo, aquel viaje no había resultado al final tan desastroso. ¡Cuando le contara a Yates! Contempló el vasto paisaje. Conque un tesoro azteca, ¿eh? Un tesoro aguardando que alguien lo hallara...

Conduciendo su propio caballo viejo y cansado, azuzó el del español a un galope rápido, con la mente ocupada en imaginar cómo encontraría a Savanna O'Rourke y la... eh... «convencería» para que le dijese todo lo que supiera acerca del oro azteca. Y esa cuestión de Jason Savage... Confió en que por fin la suerte se había inclinado a su favor, y sintió ansias de abandonar territorio español y comenzar la búsqueda del oro.

Pero el destino caprichoso no había terminado aún de castigar a Jeremy Childers: tres días después se topó con otra patrulla española. Lo que era peor: esa patrulla en particular había sido comandada por un teniente llamado Blas Dávalos... ese teniente que había desaparecido de modo misterioso con un cheroqui de nombre Blood Drinker...

Durante una semana, los hombres de Dávalos habían buscado al jefe desaparecido, y aunque Jeremy proclamó frenético su inocencia de cualquier delito, el hecho de que se encontrara en la Texas española sin autorización y montara el caballo de Dávalos con la valiosa montura de plata labrada fueron suficientes evidencias en su contra. Sintió que el nudo se le cerraba en torno del cuello, y relató, desesperado, cómo había entrado en posesión de las pertenencias de Dávalos. Oyeron el relato con semblantes hoscos, pero era obvio que no le creían del todo.

También resultó inútil conducirlos hasta el cadáver de Dávalos en un intento desesperado de cooperar: sólo corroboró la sospecha de que Jeremy había matado al teniente. Según el jefe temporario de la patrulla, lo único que quedaba por hacer era enterrar a Dávalos y partir hacia San Antonio con el prisionero. Allí, los funcionarios decidirían qué hacer con el *gringo*.

Muy pronto, Jeremy se encontró encerrado en la cárcel de paredes de adobe de San Antonio, temiendo que cada día fuese el último. Durante meses languideció en la pequeña celda, mientras los funcionarios españoles discutían y aguardaban una comunicación desde la Ciudad de México para decidir el destino de Jeremy. Y cuando llegó el informe, el corazón del aventurero dio un salto: lo trasladarían a la Ciudad de México y lo enjuiciarían por el asesinato de Blas Dávalos.

En Ciudad de México, la condición de Jeremy no mejoró demasiado, aunque se lo declaró inocente de la muerte del español.

Era un *gringo,* y los españoles le tenían desconfianza. Para su horror, lo sentenciaron a diez años de prisión por el mero hecho de encontrarse en territorio español sin permiso y, por supuesto, por robar el caballo y la montura de Dávalos.

Casi un año después de haber visto el cadáver de Dávalos, mientras Jeremy miraba melancólico a través de los barrotes de la ventana en la pequeña celda que sería su hogar durante diez largos años, maldijo colérico al destino que lo impulsó por el camino de las grandes riquezas, y luego se las arrebató con tanta crueldad.

Pero el tiempo pasaría, pensó con acritud, y comenzó a marcar con un guijarro, en la pared de la prisión, los días de encierro. El tiempo pasaría, y cuando llegara el momento... Una sonrisa astuta le curvó los labios. Entonces, pensó, haré una visita a Savanna O'Rourke...

PRIMERA PARTE

Hija de la Fortuna

Primavera de 1815

«Ven, haz circular el vino, y deja las señales
para los sabios simples, y los tontos razonadores.»

Thomas Moore,
Canciones irlandesas

1

—¡Savanna, baja ese maldito rifle! ¡Sabes que no me vas a disparar! —La voz era ronca y masculina, y era evidente que el tono expresaba exasperación; pero el resplandor de sus ojos oscuros era muy cálido. Claro, la visión de Savanna O'Rourke siempre suscitaba un brillo cálido en los ojos de los hombres, y también le sucedía a Bodene Sullivan... aunque fuese el primo de la muchacha.

De poco menos de un metro ochenta de estatura, dotada con el rostro y la silueta de alguna diosa antigua, la figura de Savanna O'Rourke era una visión que aceleraba el pulso, de pie allí, alta y orgullosa, bajo el sol de la tarde de Louisiana que transformaba la gloriosa mata de cabellos rojos-dorados y ondulados en un halo de fuego que circundaba las encantadoras facciones hechiceras. El sencillo vestido de burda tela marrón no disimulaba las formas exquisitas del cuerpo que cubría, los tentadores y llenos pechos que pugnaban por escapar del escote recatado, la cintura estrecha y las caderas de nítida femineidad que se percibían bajo la tela áspera. Estaba descalza, y sus esbeltos pies se equilibraban con facilidad sobre el viejo tronco donde se apoyaba; hebras de musgo de un desvaído gris verdoso colgaban de un ciprés detrás de la joven y le rodeaban la cabeza y los hombros. Pocos hombres permanecían imperturbables ante la muchacha, pero esa mañana, a pesar del sensual atractivo de Savanna, lo que ocupaba la atención de Bodene era el largo rifle negro que la joven empuñaba amenazadora.

Savanna no se inmutó ante las palabras del hombre, y Bodene alzó los brazos en gesto apaciguador y con el tono más adulador que pudo, ese tono que rara vez le fallaba, dijo:

—Te aseguro que no he venido a tenderte ninguna trampa.

—¡Eso dijiste la última vez! —replicó Savanna, y mantuvo firme el arma. La confrontación con un sinvergüenza encantador, de poderosa corpulencia, varios centímetros más alto que ella, no la intimidaba en lo más mínimo, y lo amenazó en tono severo—: ¡Te lo advertí, Bodene: si volvías a asomar tu cara por aquí, te dispararía de inmediato!

La bella boca de Bodene se curvó en una sonrisa.

—¡Pero cariño, sabes que no lo harías... no dispararías a tu único primo! ¿Verdad?

Savanna se esforzó en resistir aquella sonrisa diabólicamente atractiva y el tono zalamero de la voz, pero, aunque estaba decidida a no permitir que Sullivan volviera a engatusarla y a invadir su vida, sintió que se aflojaba. Sus ojos de color aguamarina se entrecerraron.

—¡Vete! ¡Vuelve a Nueva Orleans, a tu casa de juegos y a tus mujeres licenciosas! ¡Aquí no hay nada para ti!

—Tú estás aquí —gimió el hombre, en tono desdichado, echando una mirada a la desolación que los rodeaba. Bodene, de cuerpo alto, de hombros anchos, embutido en ajustados pantalones de piel de gamo, con una chaqueta azul oscuro de corte perfecto y un chaleco bordado, estaba de pie sobre un pequeño atracadero, con las turbias y fangosas aguas del río Misisipi a la espalda; frente a él, detrás de Savanna, se extendían los pantanos oscuros y misteriosos; a la derecha, un lamentable racimo de construcciones en ruinas, único vestigio de viviendas humanas. Unos cuantos pollos escuálidos picoteaban esperanzados alrededor del porche combado de una de las viviendas, y un tosco cartel colgado del borde de un tejado que necesitaba urgente reparación, anunciaba orgulloso: «Taberna O'Rourke». Sullivan sabía que detrás de las casas había más pollos, algunos cerdos y una vaca flaca. Hizo una mueca.

Casi deseó que los malditos británicos hubieran penetrado hasta ese sitio en el norte de Nueva Orleans antes de que los norteamericanos los hicieran retroceder: en ese momento contemplaría un montón de residuos humeantes, y Savanna no tendría motivos para quedarse allí. Pero admitió con desgana que esa escena tenía un inconveniente: si los ingleses hubiesen llegado hasta esa región del interior, significaría que los norteamericanos no eran los vencedores indiscutibles de la Batalla de Nueva Orleans, y la Guerra de 1812 no habría finalizado con un triunfo tan resonante para Estados Unidos. Pero por fortuna, en enero de ese año de 1815, los norteamericanos ganaron la Batalla de Nueva Orleans, y Bodene sentía una profunda gratitud por esa causa. Sonrió melancólico. ¡Sentiría mayor gratitud aún si convenciera a Savanna de abandonar la absurda idea de arrancar el sustento a este suelo olvidado de Dios, en la tierra de nadie! ¡Si su prima no fuese tan obstinada...!

Distraído, se pasó una mano por los rebeldes cabellos negros y murmuró:

—He oído decir que has tenido problemas. Hace poco, se presentó un jugador en mi local y me contó que había pasado por aquí de camino río abajo, y que un tipo de la antigua banda de Hare —Micayá Yates, para ser exactos— te hizo una visita y dejó este lugar casi destruido.

—*¡Por Dios!* ¡Eso no tiene nada que ver contigo! —replicó la joven; le indignaba la sospecha del primo de que fuera incapaz de cuidarse a sí misma, pero al mismo tiempo la conmovía. Era la típica confusión de sentimientos que le producía Bodene Sullivan: ¡casi toda su vida se había sentido desgarrada entre el deseo de ahorcarlo y la adoración!

La diferencia de edad entre los primos era de seis años: Bodene tenía veintiocho y Savanna acababa de cumplir veintidós en febrero; a primera vista, no había semejanza entre ellos, pero la mayoría de las personas advertía el parentesco en esa estatura fuera de lo común, en la curva obstinada de las mandíbulas y en el hechizo de las sonrisas radiantes. Las personalidades de ambos eran más semejantes de lo que ninguno de los dos deseaba admitir: ambos tenían un temperamento fogoso, eran demasiado obstinados, orgullosos casi hasta la arrogancia, aunque generosos, de risa fácil y de una lealtad feroz. Se habían criado juntos: los dos eran hijos de hombres que no se tomaron la molestia de casarse con las respectivas madres, y ambos habían sufrido por esa causa.

El vínculo entre los primos era excepcionalmente intenso, a pesar de las frecuentes, altisonantes y vocingleras discusiones, y en los ojos de Bodene asomó ese brillo amargo que Savanna conocía tan bien, cuando el hombre dijo con tristeza:

—¡Tiene mucho que ver conmigo, y bien lo sabes, maldita sea! ¿Cómo crees que me siento cuando oigo que una banda de delincuentes estuvo molestándote? ¡En especial, Asesino Micayá! ¡Estás aquí, sola, a kilómetros de distancia de todo y de todos, y no pareces comprender el peligro!

La boca de Savanna se curvó en una sonrisa débil.

—No estoy sola. Sam está conmigo.

—¡Sam! —explotó Bodene—. ¿De qué sirve Sam?

—Señor Bo, soy mucho más útil de lo que parezco —exclamó una voz suave, y un anciano negro de cabellos grises salió de entre los edificios con un rifle igual al de Savanna firme entre sus manos huesudas. Sam Bracken fue en su juventud un magnífico ejemplar de virilidad, alto y de amplio pecho, pero ahora, con casi setenta y cinco años de edad, después de una vida de trabajo duro en los campos de caña y de algodón, exhibía una evidente fragilidad.

Bodene se sintió incómodo. De niño, Sam lo había vigilado y le había calentado el trasero en más ocasiones de las que quería recordar. Y a pesar de la edad, el anciano demostraría ser sorprendentemente severo, un oponente de cuidado si era necesario.

—Lo siento, Sam... no he querido desmerecerte —se disculpó Bodene con timidez—. ¡Es que me pone furioso pensar en Savanna sola aquí, viviendo Dios sabe cómo! Cuando podría estar segura en Nueva Orleans, o con Elizabeth.

Savanna resopló:

—¿Vivir con mi madre? Es probable que ella anhele la respetabilidad, pero a mí no me interesa... ¡en particular si significa casarme con ese honrado y joven tendero que mi madre intenta imponerme desde que yo tenía dieciocho años!

Bodene hizo una mueca. Sin duda, Elizabeth O'Rourke, la madre de Savanna, era la mujer más dulce y bondadosa del mundo, pero había tenido que volver la espalda al elevado círculo social del que provenía, y ansiaba la respetabilidad para su hija. Elizabeth no comprendía que su hija en realidad no deseaba casarse, y que le importaba un bledo la respetabilidad, aunque Savanna lo afirmara a voz en grito.

—Mira —respondió Bodene en tono apaciguador—, ¿podemos entrar y conversar? —Endureció la mirada y musitó—: ¿Y puedes hacerme el favor de dejar ese rifle antes de que suceda algo que después lamentaríamos?

De pronto, una sonrisa traviesa se adueñó de la boca de Savanna.

—¡Como, por ejemplo, que me obligues a dispararte!

Bodene respondió con otra sonrisa.

—¡Exacto!

La muchacha lo contempló largo rato y, al fin, apoyó con negligencia el rifle sobre su hombro esbelto.

—Puedes entrar, pero te lo advierto: ¡sin trampas! ¡No permitiré que vuelvas a engañarme para sacarme de la taberna como la última vez que estuviste aquí! —Se volvió, caminó con rapidez hacia el edificio del cartel, subió los escalones, cruzó el porche desvencijado y desapareció en el interior.

El interior de la casa contrastaba con el sucio y miserable aspecto del exterior. Aunque no estaba amueblado con elegancia, sin embargo se advertía el esfuerzo por volverlo no sólo habitable sino también cómodo. La limpieza era sorprendente; los suelos de madera habían sido lijados y blanqueados con gran trabajo hasta que adquirieron una suave pátina; en una de las ásperas paredes lucía una manta de colores, y las pocas mesas y sillas de pino esparcidas por la habitación relucían por el lustrado frecuente. Contra la pared del fondo había un largo mostrador de roble y detrás, acomodadas con esmero, varias botellas de licor, resplandecientes, y unos cuantos vasos y jarras. La taberna estaba unida al edificio principal por un pasadizo, y desde la cocina que estaba detrás del local llegaba el aroma de un estofado de venado que hervía, dejando en el aire una estela tentadora.

El sabroso aroma del estofado le recordó a Bodene que no había comido desde esa mañana, muy temprano, y murmuró mientras se quitaba la chaqueta:

—¿Hay alguna posibilidad de que me des de comer, antes de que comience otra vez la discusión?

De pie detrás del mostrador, mientras servía con destreza un vaso de whisky, Savanna sintió que los labios se le crispaban. Estudió con disimulo a su primo, que apartaba una silla, estiraba las largas piernas frente a sí, y se sentaba apoyando los anchos hombros en el respaldo. Parecía demasiado confiado, seguro de sí, y

Savanna especuló con la idea de arrojarle el whisky al bello rostro, pero se contuvo de inmediato: ¡la venganza de Bodene era siempre veloz y muy desagradable!

Savanna recordó las diabólicas venganzas que descargaron uno sobre otro a lo largo de los años y al fin dejó escapar la risa que jugueteaba en sus labios desde hacía rato. *¡Dios!* ¡Cuánto había echado de menos a su primo, a pesar de esos gestos arrogantes que la enfurecían!

Dejó el licor sobre la mesa, junto a Bodene, y preguntó, curiosa:

—¿Creíste de verdad que podría dispararte?

Bodene bebió un largo sorbo de licor y lo saboreó antes de responder. Sus ojos oscuros y risueños se posaron en la muchacha, y murmuró:

—¡Sin duda, en un rapto de furia! Pero a sangre fría, no. Y como han transcurrido varios meses desde la última vez que... eh... te hice enfadar, supongo que ha pasado suficiente tiempo como para que tu enojo se esfumara.

Savanna le lanzó una mirada exasperada.

—¡Bodene, un día abusarás de tu buena suerte, y yo quisiera estar presente para ver cómo recibes tu merecido! —Se dirigió hacia la puertecita que conducía al pasadizo, la abrió, asomó la cabeza y gritó—: ¡Sam, vamos a darle de comer! Cuando puedas, *por favor,* trae un poco de estofado y algo de pan.

Mientras esperaban la comida, Bodene saboreó la bebida y miró alrededor; sonrió al descubrir una bella campana de plata que colgaba en el dintel de la puerta del pasadizo. «¡Qué típico de Savanna incluir un toque elegante incluso en este lugar!», pensó. Tras el mostrador, Savanna se atareaba distraída con los vasos y las botellas, ignorando a su primo deliberadamente. No obstante, el silencio entre ambos no era hostil, y cada uno estaba sumido en sus pensamientos.

Savanna suspiró sin darse cuenta, y deseó que la aparición de Bodene no suscitara en ella esa tormenta de sentimientos contradictorios. Una parte de la joven siempre anhelaba que su primo irrumpiera en su vida; otra, estaba segura de que no quería volver a verlo. Obstinada, se decía que era feliz con su vida; sin embargo, mientras escuchaba con los ojos muy abiertos los fascinantes relatos de Bodene acerca de Nueva Orleans, la vívida descripción de las imágenes y los olores de la ciudad, las casas, la gente... los trajes asombrosos que usaban las mujeres, Savanna tomaba conciencia de una profunda y peligrosa nostalgia dentro de sí.

Se sacudió con brusquedad y preguntó, de pronto:

—¿Cómo está mamá? ¿Sabía que venías a verme?

—Está bien, aliviada de que por fin acabara la guerra —respondió Bodene con fluidez—. Sí, sabe que he venido a verte: te envía sus bendiciones.

—Por supuesto —replicó Savanna con sequedad—. ¡Lo que no puedo comprender es por qué, ya que no logró convencerme de que me casara con el tonto de Henry Greenwood, desea que me establezca en esa casa de juegos que tú posees!

Bodene apretó los labios.

—¡Sabes bien que yo no te permitiría trabajar allí!

—¿Y de qué modo me ganaría la vida? —preguntó la muchacha en tono dulce—. ¿Como criada? ¿O quizá como juguete de un hombre rico? ¿Acaso supones que podría ser una buena prostituta?

Bodene se esforzó por no morder esa carnada, y se apoyó en el respaldo de la silla.

—¿Sabes?, alguien tendría que haberte estrangulado cuando naciste... ¡sin duda eres la mujer más enervante que conozco!

Savanna rió encantada por haberlo provocado, y el sonido de su risa contagió a Bodene, provocándole una sonrisa. En aquel mismo momento, Sam entró trayendo la bandeja con la comida, y por un rato, se dedicaron a comer.

Durante la cena, los primos dejaron a un lado sus diferencias e intercambiaron noticias menudas. Savanna no pudo aportar demasiado. La taberna O'Rourke estaba situada en uno de los numerosos parajes inexplorados y salvajes que había a lo largo del río Misisipi, entre Natchez y Nueva Orleans y, en consecuencia, no era una colmena de actividad. El hecho de que la taberna estuviese en la orilla opuesta a la de las ciudades más ajetreadas y conocidas la hacía aún más desolada, y los pocos parroquianos que deseaban disfrutar de sus modestas comodidades eran, en su mayoría, fugitivos de la ley, aunque en ocasiones llegaban valientes colonos a pasar la noche allí. Sin embargo, el aislamiento agradaba a Savanna: había crecido en lugares parecidos, y aquella región salvaje y carente de caminos le evocaba algo profundo, le proporcionaba una sensación de paz y contento que nunca había experimentado en el hogar de su padre, en Campo de Verde. Incluso los hombres sin ley que se cruzaban en el camino de la muchacha le parecían viejos conocidos —y a menudo lo eran en realidad— más que delincuentes a los que pudiera temer; con excepción de unos pocos como Asesino Micayá, la conocían desde niña y casi todos la trataban con una suerte de áspero respeto y admiración. Allí, Savanna se sentía cómoda, ese modo de vida le resultaba familiar y, en cambio, la vida en Campo de Verde se le antojaba estúpida y poco natural. Aunque la taberna era a menudo un sitio solitario, Savanna la amaba, y como Bodene vivía en la tentadora y excitante ciudad de Nueva Orleans, no era de sorprender que Savanna y Sam escucharan cada una de sus palabras con especial atención.

—¿Es cierto que viste al pirata Laffite y al general Jackson? —preguntó Savanna, olvidando la comida por un momento.

—Ajá, así es, querida —murmuró Bodene mientras mojaba la última porción de salsa con el pan y se lo introducía en la boca—. ¡Te digo, la Batalla de Nueva Orleans suscitó extrañas camaraderías!

La muchacha, con los codos sobre la mesa y la barbilla entre las manos, lo contemplaba con ojos soñadores.

—¿Qué aspecto tenían? ¡Oh, Bodene, cuéntanos más!

Bodene obedeció con presteza y pasaron juntos una hora agradable mientras el joven relataba los hechos sobresalientes que habían ocurrido hacía poco tiempo en Nueva Orleans. Pero llegó el momento en que la conversación derivó hacia terreno peligroso.

—Y mi madre, ¿se asustó cuando atacaron los ingleses? ¿Fue a la ciudad o se quedó en Campo de Verde?

—Fue a la ciudad: se temía que las plantaciones al sur de Nueva Orleans cayeran en manos británicas. No estaba asustada en absoluto; se entusiasmó cuando la artillería estaba en su máximo fragor. —Bodene lanzó a Savanna una prolongada mirada—. Hay una sola cosa que asusta a tu madre —dijo, marcando las palabras—, y es pensar que tú estás aquí, a merced de cualquier bandido que acierte a pasar por la región.

La cara de Savanna se tensó, dejó caer las manos y se apartó de la mesa.

—¡Al parecer, no estaba atemorizada cuando vivíamos en ese... Nido de Cuervos! —replicó.

—Entonces, Dávalos aún vivía, y sabes que es allí donde tu padre quería que tú vivieras —respondió Bodene con sensatez, sin permitir que su expresión revelara sus propias emociones.

De súbito, se hizo un silencio entre ambos, mientras evocaban los dolorosos recuerdos de la juventud.

Bodene tenía tres años cuando murió Ann Sullivan, su madre, y su padre, Innis O'Rourke, un rico plantador de Tennessee, se hizo cargo con desgana del niño huérfano. Los padres no se habían casado y Bodene, un hijo no deseado y al que no amaban, arrastró una existencia miserable hasta que dos años más tarde la madre de Savanna, la joven hermana de Innis que en ese entonces tenía dieciséis años, llegó desde Irlanda para una prolongada visita. Elizabeth O'Rourke posó la mirada sobre el pequeño desdichado de cabellos y ojos negros y abrió de inmediato al niño su corazón generoso. De pronto, la vida se volvió idílica para el niño indeseado, y Elizabeth se transformó en el ángel de la guarda. Pero aquellos días en Sweet Meadows, en la plantación del padre, no duraron demasiado: Innis y Elizabeth hicieron un largo viaje a Nueva Orleans y, a pocas semanas del regreso, Elizabeth lloraba constantemente e Innis estaba sombrío y violento.

Luego, apareció el español. Bodene desconfió de Blas Dávalos en el mismo momento en que posó la mirada en aquel hombre esbelto y arrogante; la desconfianza se transformó en odio reconcentrado cuando advirtió que era el motivo de las lágrimas de su adorada Elizabeth, de la furia de Innis, y de que finalmente, la mujer fuese expulsada de Sweet Meadows. Aún conservaba el recuerdo vívido de Elizabeth que, sollozando, lo despertaba en mitad de la noche, lo vestía a toda prisa, lo arrastraba por las amplias escaleras curvas y lo metía en el pequeño calesín conducido por Dávalos. Jamás volvió a ver a su padre ni a Sweet Meadows.

Bodene no recordaba demasiado de aquellos primeros días, desde que Elizabeth y él se habían marchado con Dávalos, y pasaron años hasta que comprendió que el nacimiento de Savanna en uno de esos pequeños establecimientos junto al Misisipi había acarreado a Elizabeth la vergüenza y la desgracia, y la había transformado en una paria para su propia familia. Y como Dávalos no se preocupó de casarse con Elizabeth, selló así el destino de la hija: sería una bastarda.

Así como Bodene desconfió de Dávalos al verlo, los primeros recuerdos de Savanna acerca de su padre eran borrosos. Casi tenía seis años cuando en verdad comprendió que Dávalos era su padre... y eso no tenía nada de asombroso, pues Dávalos, a su conveniencia, la abandonaba durante meses, incluso a veces durante años. En esas temporadas, la vida era dura para ambas, pero cuando el hombre aparecía de manera inesperada, por un tiempo las cosas eran muy distintas: de pronto había lujos, dinero, un vestido de seda para la madre, un hermoso cuchillo para Bodene, una muñeca de porcelana y dulces para la niña. De pequeña, Savanna relacionaba las poco frecuentes apariciones de Dávalos con la mayoría de las cosas agradables: la alegría de la madre, los sorprendentes regalos que aquel hombre derramaba sobre ellos y el aire general de júbilo que se imponía cuando Dávalos estaba allí. En aquellos tiempos, Dávalos era una figura portentosa para Savanna, alguien que tornaba todo feliz y excitante con su presencia. Pero sólo se quedaba una semana o dos, nunca más de un mes y entonces, una mañana, sencillamente montaba en su caballo, dejaba a la madre llorando y desaparecía... volvía a su vida «real», a esa vida que no incluía a la dulce mujer a quien había acarreado la desgracia ni a la hija que esa mujer le había dado. Savanna llegó a comprenderlo con amargura cuando creció: ella y su madre desempeñaban un papel muy pequeño en la vida de Dávalos, y mientras vivió, él ocultó deliberadamente la existencia de ambas al otro mundo en el que había vivido.

A la muchacha le llevó mucho tiempo armar el rompecabezas que significaba Dávalos, pero a través de cosas que la madre decía o callaba, y también a través de los recuerdos tempranos de Bodene, Savanna llegó por fin a ciertas conclusiones desagradables con respecto a su padre: sedujo a Elizabeth creyendo que Innis le dejaría una fortuna, pero cuando eso resultó no ser cierto, mantuvo oculta la existencia de ambas porque no quería ver disminuidas sus posibilidades de realizar un matrimonio conveniente. Durante años, Savanna se preguntó con tristeza por qué se habría molestado siquiera por ellas y sólo en los últimos tiempos dedujo que, a su modo, Dávalos había amado a Elizabeth y tal vez también a su hija...

Bodene contempló la expresión de Savanna y comprendió que, si bien para él había sido duro afrontar su propia ilegitimidad, ignorar los insultos y las burlas maliciosas, las expresiones despectivas y las miradas escandalizadas, para su prima debió de ser cien veces peor.

De súbito, Savanna lanzó una carcajada molesta y lo miró de soslayo.

—¡Lo siento —murmuró—, pero cada vez que pienso en esa época, creo que me pongo en ascuas como mi pelo rojo!

Bodene esbozó una sonrisa desmayada, aunque sus ojos negros conservaron la expresión pensativa.

—Savanna, algún día lo perdonarás... Es posible que lo que hizo sea difícil de comprender para nosotros, y que siempre nos asombre el motivo por el cual Elizabeth siguiera amándolo, pero tendrás que aceptarlo. Mientras sigas sintiendo rencor contra tu padre, no podrás vivir en paz.

La expresión de Savanna se cerró de inmediato, y Bodene contuvo una maldición.

—Tienes toda la razón en estar enfadada con Dávalos: no niego que debió haberse casado con tu madre. ¡Pero no lo hizo, y está muerto! —la apremió—. ¡Hace ya diez años que murió! Ahora no está en condiciones de cambiar nada; otórgale, pues, crédito por tratar de reparar parte del daño que hizo; ¿acaso no te dejó todas sus posesiones?

Savanna resopló.

—¿Crees que el dinero me importa? Además, sabes bien que no heredé ninguna fortuna de mi padre: sólo una casa destartalada, y unas cincuenta hectáreas de tierra con los terraplenes destruidos al sur de Nueva Orleans, que es todo lo que quedó de la plantación familiar. —La expresión de la muchacha se suavizó y dirigió a Sam una cálida sonrisa; el anciano, sin prestar atención a las discusiones que se arremolinaban en torno de su cabeza gris, estaba ocupado recogiendo los platos—. Oh, y me dio a Sam. A Sam y a su familia.

Sam rió.

—¡Eso hizo, señorita, y usted estuvo magnífica al darnos los documentos! ¡Fue muy generosa al liberarnos!

Bodene se impacientó.

—Sí, fue generosa. ¡También fue generoso que utilizara todo el dinero que había para hacer habitable la casa e insistiera en que

Elizabeth viva aquí, pero es espantoso que se obstine en quedarse en este agujero del infierno, o que usted estimule esa pura tozudez de Savanna! —Al llegar a las últimas palabras, la voz de Bodene era un grito, y el control que ejercía sobre su enfado estaba cerca del límite. La mirada de divertida tolerancia que intercambiaron Savanna y Sam desbordó ese límite; golpeó con el puño la mesa y estalló—: ¡Cristo! ¡Estáis los dos locos! ¡No comprendes que un día cualquiera, Micayá o alguien como él te tomará por sorpresa y si sobrevives, cosa que dudo, conociéndolo, te atacará, abusará de ti, tal vez te deje embarazada... o incluso ni siquiera sepas quién fue el padre entre todos los miembros de la banda que gozarán de ti!

La cara de Savanna se puso blanca al oír las palabras duras de Bodene, y el primo se sintió satisfecho al percibir una chispa de inquietud en los bellos ojos de la muchacha. ¡Bien! Al menos, no había perdido por completo el instinto de autoconservación. Al ver la expresión acongojada del rostro de Savanna, el enfado del muchacho se disipó, y agregó en voz más suave:

—Yo te amo... me moriría si algo te sucediera. ¿Me dejarás ayudarte? —Como la joven no respondiera, cobró coraje y prosiguió—: Sé que has trabajado duro para restablecerte después que Stack Island se hundiera en aquel terremoto, hace cuatro años, y sé que estás orgullosa de haberlo logrado por tus propios medios. Pero esto no es vida para ti. ¡Eres joven! ¡Eres bella! ¡No tendrías que desperdiciar esos dones en este condenado pantano! —Tomó aliento—. El orgullo es algo bueno, pero no debes permitir que te aniquile.

Las palabras de Bodene calaron hondo, y Savanna cobró dolorosa conciencia de que eran ciertas. Siempre supo los riesgos que corría, ¡y aunque Bodene creyera lo contrario, no era tonta! Sin embargo, se sentía más cómoda viviendo en el ambiente y las circunstancias que le resultaban familiares y que conocía desde niña. La fascinaba Nueva Orleans, con todos esos placeres excitantes, pero también la inquietaba y le provocaba un vago temor. Por cierto, Campo de Verde no era una gran plantación pues sólo quedaban unas pocas hectáreas de lo que en un tiempo fueron las vastas posesiones de los Dávalos, pero se habían reparado y reacondicionado la casa y los establos y reconstruido los terraplenes con el dinero y la ayuda de Bodene. Contando con la colaboración de Sam, y de los hijos de éste, Isaac y Moses, con sus respectivas familias para trabajar la tierra que quedaba, la madre había logrado una vida de razonable comodidad y mediana elegancia. Durante los cinco años que Savanna vivió allí con su madre, se había sentido constreñida y sofocada y, al llegar a los dieciocho años decidió partir con la sola compañía de Sam y volver a la pequeña taberna que Elizabeth regentó mientras Dávalos vivía, dejando atónitos tanto a su madre como a Bodene.

Elizabeth se sintió desolada al enterarse de la muerte de Dávalos, en cambio Savanna aún sufría una gran confusión respecto de los sentimientos que albergaba hacia el padre. Creía no haber amado jamás a ese oscuro extraño al que vio pocas veces a lo largo de los años, pero nunca olvidó aquellos primeros días en que aquel hombre había significado un manantial de alegría y delicias para ella y para su madre. Sólo por complacerlo, aprendió a hablar en español, con la esperanza de que el padre se enorgulleciera de la hija... y así fue. Aun ahora, a pesar de lo que sabía de ese hombre, recordaba el rubor gozoso que la invadió la última vez que lo vio, cuando ella lo saludó tímidamente en español y Dávalos la felicitó por ese logro. No obstante, si bien recordaba los buenos momentos, que habían sido pocos, también recordaba las lágrimas y la soledad de su madre cuando el padre las abandonaba una vez más...

Con esfuerzo, apartó los pensamientos desagradables, sonrió a Bodene y respondió al comentario anterior con fingida ligereza:

—Bodene, te preocupas demasiado: no puedes aceptar que he crecido y que ya no necesito que libres mis batallas por mí.

Bodene resopló y estaba a punto de replicar cuando la campanilla de plata sonó una sola vez. Se interrumpió al ver la inmediata expresión de alerta que apareció en el rostro de Savanna; a medida que pasaban los segundos, su prima palidecía y mantenía la vista clavada en la campana como si esperara que volviera a sonar.

—¿Qué ocurre? —preguntó Bodene con vivacidad, y tocó instintivamente la pistola de cañón corto que llevaba siempre a mano.

La joven apartó la mirada de la campana; sin perder tiempo tomó el rifle que había llevado antes y también otro que guardaba tras el mostrador de roble. Arrojó con destreza el segundo rifle a su primo, y lo instó:

—¡La campana es nuestra señal: Sam está en peligro! ¡En grave peligro!

2

—¿Qué demonios significa la señal? —preguntó Bodene con voz bronca mientras tomaba el rifle, se pegaba de inmediato contra la pared y preparaba el arma.

Savanna siseó impaciente:

—¡La maldita campana! Para tocarla colocamos sogas en todos los edificios, en lugares accesibles. Un tañido significa una situación desesperada; dos, que se aproxima alguien de aspecto peligroso o en busca de problemas; y tres, que se acercan extraños y hay que estar alerta. O bien Sam está herido, o...

—O ha regresado Asesino Micayá —replicó fríamente Bodene arrastrando las palabras.

Savanna hizo un breve gesto de asentimiento con la cabeza dorada rojiza y musitó:

—¡Caramba, últimamente te has vuelto muy perspicaz!

Ambos se pusieron rígidos al oír un sonido ahogado que provenía del pasadizo. Intercambiaron una mirada tensa; Bodene se ocultó en la sombra y Savanna se precipitó tras el mostrador y ocultó con rapidez el rifle, pero lo dejó listo para disparar.

Había caído el atardecer, pero los primos, concentrados en la conversación, no habían encendido las velas ni las lámparas, y el interior de la taberna estaba lleno de lúgubres sombras. Savanna casi no distinguía la silueta corpulenta de Bodene en el rincón, pero el hecho de saber que estaba allí la ayudaba a aliviar la tensión nerviosa que se le anudaba en la boca del estómago.

De súbito, Sam fue arrojado con violencia a través de la puerta del pasadizo con la cara contorsionada por el dolor en el brazo derecho que le habían retorcido cruelmente tras la espalda. La hoja de un cuchillo se apretaba amenazadora contra el cuello del anciano. Sobre el hombro de Sam, Savanna divisó la cara barbuda de Micayá Yates, su lacio cabello castaño colgando casi hasta los hombros y una sonrisa perversa que curvaba sus labios carnosos.

En realidad, Micayá Yates no era un hombre feo: tenía los ojos muy azules y el rostro de rasgos toscos pero apuestos se adecuaba a su figura corpulenta; mas por desgracia no empleaba con frecuencia el agua y el jabón, y además tenía el poco agradable hábito de matar de modo indiscriminado a cualquiera que lo enfadara o tuviese la mala fortuna de cruzarse en su camino cuando estaba de mal humor. A los treinta y seis años, se había ganado la reputación de ser un ladrón y un asesino, y Savanna y Bodene lo conocían de los primeros tiempos en Nido de Cuervos.

Sin advertir la presencia de Bodene agazapado en la oscuridad, Micayá empujó a Sam al interior de la habitación y exclamó arrastrando las palabras:

—¿Sorprendida de verme tan pronto otra vez por aquí?

Savanna entrecerró los ojos y apoyó los codos sobre el mostrador; recordó con fervorosa gratitud el rifle oculto, y se encogió de hombros con expresión de indiferencia.

—¿Tendría que estarlo?

—Eso depende —replicó de inmediato Micayá— de si en verdad creíste que me habías vencido la última vez que estuve aquí.

—¿Por qué no sueltas a Sam y después lo discutimos? —respondió la muchacha en el mismo tono, al mismo tiempo que acercaba con cautela sus delgados dedos al rifle y su mirada se encontraba con la de Sam.

Micayá esbozó una sonrisa cruel.

—No, cariño, no creo que podamos. Si suelto a Sam, intentarás dispararme con ese rifle que crees ocultarme. ¿Supones que no he aprendido nada desde nuestro último encuentro?

Savanna inspiró, sonrió con esfuerzo sin interrumpir el movimiento hacia el rifle ni admitir la verdad de la afirmación del bandido.

—Entonces, ¿qué vamos a hacer?

Los ojos azules de Micayá erraron encendidos sobre el rostro de la joven, sobre el pecho henchido, y al ver la expresión hambrienta que surgía de las profundidades de esos ojos, a Savanna se le secó la boca por el miedo. Necesitó toda su energía para no mirar hacia donde estaba Bodene, precisamente detrás de Micayá, y no descubrirlo.

—Lo que harás ahora —dijo Yates— es dejar muy lentamente el rifle sobre el mostrador frente a ti, salir de ahí, y si no... bueno, me temo que tendré que cortarle el cuello a este negro y tú no querrás que lo haga, ¿no es cierto?

A pesar de lo tenso de la situación, Savanna sintió que la invadía la furia y lanzando chispas por los ojos, replicó:

—¿Y después? —preguntó con sequedad.

El hombre la desnudó con la mirada.

—Y luego —dijo en tono cortante— amarrarás a Sam, y nosotros iremos arriba un par de horas. —Sonrió con intención—. Si en verdad eres complaciente conmigo, es posible que no lo mate cuando termine contigo.

La ira la dominó; olvidó la presencia de Bodene y alzó de pronto el rifle, lo colocó en posición y apuntó el largo cañón a la cabeza de Micayá. Con la voz cargada de miedo y odio, exclamó:

—¡Vamos, mátalo... pero ten presente que antes de que el cuerpo de Sam toque el suelo, te meteré una bala entre los ojos!

—No —replicó Bodene en voz suave desde atrás de Yates—. ¡Primita, insisto en que me cedas ese placer! —Encajó con brutalidad el cañón del rifle en medio de la espalda de Micayá, y añadió arrastrando las palabras con tono amenazador—: Y ahora, ¿qué era lo que ibas a hacer, mi estimado canalla?

Micayá emitió una risa nerviosa, esfumado ya el gesto de confianza y adoptó una expresión afligida.

—¡Sullivan! ¡Debí de adivinar que estarías por aquí cerca! —Era obvio que esperaba escapar con el pellejo intacto, y como no era persona de discutir cuando la fortuna se volvía contra él, soltó con gran cautela el brazo de Sam y, con el mismo cuidado, apartó la hoja del cuello del negro. Con una sonrisa descarada, exclamó—: ¡Savanna, al parecer, me has vencido otra vez! —Sin demostrar que comprendía lo peligroso de la situación, agregó, desvergonzado—: ¿Por qué no deponemos nuestras armas y nos sentamos a beber un whisky juntos... para demostrar que no quedan resentimientos?

Sam se alejó tambaleante de Micayá, se dejó caer en una de las sillas y se tomó el brazo que el bandido le había retorcido tras la espalda con tanta crueldad. Sin permitir que el rifle vacilara, Savanna preguntó ansiosa a Sam:

—Sam, ¿te duele mucho?

Sam rió, aunque con una mueca de dolor, y murmuró:

—¡No demasiado, señorita! Me sorprendió cuando volvía a la cocina... antes de que lo advirtiera, me había atrapado. Pronto estaré bien. No se preocupe por el viejo Sam.

Savanna intercambió una mirada con Bodene, y vio que su primo hacía una mueca y alzaba sus anchos hombros. Sin apartar el rifle que mantenía apoyado en la espalda de Micayá, como si estuviera reflexionando, Bodene dijo:

—Nunca he matado a un hombre a sangre fría, pero supongo que siempre existe una primera vez.

—¡Bueno! —exclamó Micayá entre furioso y asustado—. Yo he cumplido... ¿acaso no he soltado a Sam?

Bodene esbozó una sonrisa torcida.

—Sólo porque no deseabas recibir un balazo. —Incrustó con más fuerza el rifle en la espalda de Micayá y prosiguió en tono áspero—. Y si yo no hubiese estado aquí, Dios sabe lo que podrías haber hecho... De todos modos, tengo grandes deseos de matarte.

—Bueno, Bodene, sabes que no quieres hacerlo —replicó el delincuente de inmediato—. Caramba, nos conocemos desde que eras un niño... en realidad, no he querido causar daño. —Le atravesó el rostro una sonrisa inquieta—. Y Savanna es una cosita tan tentadora que no puedes culparme por haber perdido la cabeza.

Savanna resopló y exclamó entre dientes:

—¡Vuelve a intentar algo como esto y perderás la cabeza... porque te meteré una bala en ella!

—¡Y si por alguna casualidad Savanna llegara a fallar —agregó Bodene en un tono muy suave pero muy amenazante— puedes estar seguro de que te rastrearé como a un perro y yo no fallaré! ¿Lo has entendido?

—¡Claro que lo he entendido! —replicó Micayá, colérico—. ¿Crees acaso que soy tonto? ¡Lo que no entiendo es por qué todos os lo tomáis tan a pecho! ¡No ha pasado nada!

Savanna exclamó, disgustada:

—¡Oh, cállate, Micayá! ¡Suelta el cuchillo y vete de aquí antes de que me arrepienta!

El cuchillo cayó al suelo y Micayá salió por la puerta en un instante. Bodene levantó el arma caída y dijo en tono tranquilo:

—Volverá; lo sabes, ¿verdad?

—Sí, y lo diré por ti: la próxima vez es probable que no sea tan afortunada —murmuró Savanna sin mirarlo a los ojos. No le gustaba admitirlo, pero este último ataque de Micayá la había asustado. Si tuvo alguna duda acerca del terco capricho del bandido, ahora era una verdad evidente que aquel hombre no tenía intenciones de rendirse; seguiría insistiendo y un día de ésos... Savanna se estremeció. Si Bodene no hubiese estado ahí, todo podría haber terminado de modo muy distinto, y la joven tenía plena conciencia de ese desagradable hecho. Sam podría haber muerto a causa de la tozudez de Savanna; además, le resultaba insoportable pensar en lo que sufriría en manos de Micayá. Bodene tenía razón: era insensato permitir que el orgullo la destruyera.

Resuelta, miró a su primo.

—¿Cuánto tiempo piensas quedarte? —le preguntó a disgusto.

—¡Todo el necesario para convencerte de que dejes de ser una tonta cabeza dura! —replicó el joven en un ademán que resaltaba la curva obstinada de la barbilla.

La muchacha dirigió la mirada a Sam, y al encontrar los ojos oscuros y compasivos del sirviente, supo cuál era la decisión que debía tomar.

Savanna era incapaz de recordar una época en la que Sam y sus dos hijos no formaran parte del hogar. En aquellos tiempos Elizabeth estaba ocupada atendiendo la taberna, y como la esposa de Sam había fallecido años atrás, era éste el que vigilaba a los niños y atendía a todas las necesidades de los dos primos.

Savanna y su primo habían crecido jugando con Isaac y Moses, que eran unos años mayores que Bodene. Elizabeth era la que proporcionaba tiernos abrazos y dulces besos, pero Sam fue la principal figura paterna. Había sido un tirano bondadoso, justo pero implacable respecto de lo que esperaba de los niños, y la mano del sirviente les había calentado los traseros en más de una ocasión. Cuando Savanna creció, la madre le explicó que Sam y sus hijos en realidad eran propiedad de Dávalos y que, como el padre se ausentaba tan a menudo y no deseaba que los esclavos holgazanearan, le había ordenado que permaneciera junto a Elizabeth y de ese modo se ganara el sustento. A Savanna le disgustó saberlo, y cuando Dávalos murió, una de las satisfacciones más grandes de su vida consistió en darle los documentos que le otorgaban la libertad. En los años que siguieron, Sam le devolvió con creces ese gesto, pagándole con indoblegable lealtad.

De pronto, una expresión de ternura cruzó el rostro de la joven. Si no hubiera sido por el ofrecimiento de Sam para acompañarla cuando decidió dejar Campo de Verde, no habría sido capaz de lograr todo lo que hizo, y creía que tampoco Elizabeth o Bodene le habrían permitido establecerse por completo sola. Ni Elizabeth ni Bodene se sintieron complacidos con la situación, pero el apoyo de Sam había anulado la mayor parte de las objeciones de la madre y del primo. Durante el tiempo en que luchó sin desmayo para lograr tener éxito con la taberna O'Rourke, hubo muchas ocasiones en que agradeció la presencia sólida y tranquilizadora de Sam; innumerables veces, cuando Savanna se empecinaba en alguna tarea muy pesada, el sirviente se acercaba y le decía con suavidad: «¡Bueno, señorita! Creo que le vendría bien un poco de ayuda. No es necesario que se mate trabajando mientras yo estoy aquí. ¿Acaso no le prometí a su madre que la cuidaría como lo hice siempre?»

Existían muchas situaciones desesperadas que Savanna se sentía capaz de soportar, pero lo que no hubiese tolerado era que Sam sufriera una herida grave o lo mataran por causa de ella. Enderezó sus esbeltos hombros y lanzó una mirada aviesa a Bodene.

—Necesito unos días para organizarme. Hay un trampero, viejo amigo de Sam, al que le gustaría mudarse aquí y hacerse cargo de la taberna hasta que yo decida qué hacer con ella, pero hay que ir a buscarlo y eso puede llevar cierto tiempo.

Bodene se relajó por primera vez desde que salió de Nueva Orleans. Le sonrió con calidez y dijo en tono suave:

—No importa cuánto tiempo haga falta, mientras Sam y tú os vengáis conmigo.

La decisión de Savanna de abandonar la taberna O'Rourke no era la rendición instantánea que aparentaba ser: la muchacha siempre temió que llegara el momento en que se presentara una situación incontrolable, ¡y por cierto que las indeseables atenciones de Micayá eran un buen ejemplo! Cuando decidió valerse por sí misma, sabía que intentaba lo imposible; que no era la vida que su madre deseaba para ella, y que tampoco era una vida cómoda, libre de peligros y dificultades terribles, pero Savanna estaba preparada. En realidad, creció viendo cómo su madre luchaba desesperadamente para satisfacer las necesidades elementales de todos ellos. Por cierto, sin el obstáculo de los dos niños, le habría resultado mucho más fácil. Por otra parte, Savanna se había hecho el firme y lúgubre propósito de no permitir que ningún hombre la sometiera al mismo hechizo desmoralizador que Dávalos le impuso a la madre.

Con poco más que un coraje absoluto, cierta desesperada necesidad de suerte y mucho de obstinada decisión, se había encaminado al único hogar que conoció: Nido de Cuervos, sólo para descubrir que Nido de Cuervos y Stack Island ya no existían. La isla y la pequeña taberna que Elizabeth vendió por una suma exigua al enterarse de la muerte de Dávalos habían desaparecido bajo las aguas del río Misisipi en un terremoto tremendo ese mismo año. Alzando decidida la barbilla, Savanna le dio la espalda al pasado y cruzó el río buscando algún lugar para volver a empezar con otra taberna. Encontró lo que buscaba en aquella casa solariega abandonada, y, a fuerza de puro impulso y valor, con la ayuda de Sam, lo transformó en un negocio aceptable. La vida que había elegido no era fácil, y tal vez tampoco era la que en verdad deseaba, pero la colmaba de un obstinado orgullo. Sin embargo, la vida en la frontera salvaje de Louisiana era inexorablemente dura para cualquiera, y en especial para una mujer sola... más para una mujer joven con la apariencia de Savanna...

Esa noche, la muchacha se examinó el rostro en un pequeño espejo manchado, y suspiró. No creía que la sorprendente claridad de sus ojos color aguamarina fuesen algo especial, ni la elegante forma de sus pómulos altos, ni la incitante plenitud de su boca de provocativas curvas. En cuanto a la lujuria de su cabello dorado rojizo y ondulado, que sólo acentuaba la palidez lechosa de su piel y lo oscuro de sus cejas y sus largas pestañas... bueno, ¡tampoco los valoraba demasiado! En realidad, odiaba el color de su cabello: hubiese preferido que fuera negro como el de Bodene, así como tener el nítido azul de los ojos de su primo. Y con respecto a las formas que incitaban el indeseable interés y la persecución de hombres como Micayá Yates, Savanna no podía comprenderlo en absoluto... ¡después de todo, tenía las formas de cualquier otra mujer, exactamente las mismas partes y en los mismos sitios!

Impaciente, Savanna dejó el espejo, se volvió y se dirigió a la cama. Si Yates y otros como él la hubiesen dejado en paz, Sam y ella habrían logrado lo que se proponían. ¡Pero no! Algo había en ella, en aquel cuerpo alto que la joven daba por hecho, algo en las curvas voluptuosas que ella misma despreciaba, que la convertían en la presa furiosa e involuntaria de tantos hombres que se cruzaban en su camino.

Mientras se metía en la cama, Savanna se dijo que nunca había alentado las proposiciones de los hombres. La dolorosa conciencia de lo que un hombre había costado a su madre impulsó a Savanna a jurarse que no permitiría jamás que le sucediera lo mismo. Los hombres no le agradaban: sólo habían significado para ella penas, problemas y lágrimas, y nunca encontró alguno que suscitara en su pecho el mínimo estremecimiento de excitación. Ninguno.

Sonrió en la oscuridad: ¡no era de extrañar, teniendo en cuenta que había vivido en un ambiente donde Asesino Micayá se consideraba un buen partido! Por desgracia, no esperaba que los hombres de Nueva Orleans fuesen muy diferentes, sólo algo más limpios, ricos y quizá de mejores modales. ¡Todos ellos acarreaban lágrimas y dificultades! Antes de permitir que un hombre abriera una brecha en el muro defensivo que había erigido en torno de sus emociones, moriría soltera y feliz... y eso sin duda dificultaría aún más la convivencia con su madre.

Hizo una mueca. Considerando el desastre que era la vida de Elizabeth, no era de extrañar que tuviese la firme convicción de que Savanna sólo sería feliz por medio del matrimonio. Claro, incluso Elizabeth admitiría que un hombre cualquiera no fuese adecuado para la hija; pero una vez superado el duelo por la muerte de Dávalos, el contenido del testamento le brindó, entre otras, la alegría de saber que les permitiría vivir, en palabras de la propia Elizabeth, «con una clase muy superior de personas, querida. ¡Personas respetables, honestas!» Sonriendo soñadora ante la indiferencia absoluta de Savanna, Elizabeth insistió: «Sé que a causa de nuestra desdichada situación no gozarás de las oportunidades matrimoniales a que tienes derecho, querida, pero existe toda clase de hombres agradables: ¡tenderos, incluso granjeros trabajadores, que se sentirían muy afortunados de tener una esposa como tú!». Poco después de esa conversación, Savanna se marchó de la casa.

Inquieta, Savanna se removía sin descanso bajo las ligeras mantas, daba vueltas y más vueltas, ansiando dormir. No sentía deseos de volver a Campo de Verde... aunque amaba a su madre. Pero el bienintencionado plan de su madre para encontrarle un marido respetable le provocaba oleadas de temor. Además, odiaba todas esas tareas femeninas aburridas y monótonas que Elizabeth parecía considerar tan apropiadas para una dama. Aunque resultara increíble, Savanna prefería la lucha desesperada por mantener en funcionamiento la taberna y el enfrentamiento ocasional con canallas como Micayá a la domesticidad sofocante que la madre emprendía con entusiasmo inextinguible. El único motivo que la llevaba de regreso a Campo de Verde y a un destino que la joven imaginaba pleno de recelos y desesperación era el temor de no poder vencer a hombres como Asesino Micayá.

Fatigada, Savanna pensó que no alcanzaba a comprender a su madre: había llevado una existencia tan poco convencional, y sin embargo anhelaba intensamente caer en todas las trampas de la respetabilidad. Por un momento, imaginando el aburrimiento y la estólida monotonía de los días que se extendían ante ella, Savanna examinó la posibilidad de decirle a Bodene por la mañana que había cambiado de idea, que no podía regresar a Campo de Verde. Sin embargo, de pronto surgió ante los ojos de la muchacha la expresión dolorida de Sam y suspiró. No. Tenía que marcharse; era el único modo de asegurarse de que Sam no sufriera daño alguno, y además —eso era lo más importante— ¡mantenerse fuera del alcance de individuos como Asesino Micayá! Lanzó una risita al recordar la expresión afligida de Micayá cuando Bodene le clavó el rifle en la espalda. Después de ese día, era poco probable que Micayá continuara con su indeseable persecución, y segura de que no lo vería durante mucho tiempo, Savanna no perdió más tiempo especulando acerca del bandido. ¡Pero no podía saber cuánto se equivocaba!

Dolido y lleno de cólera por la humillante victoria que Savanna había vuelto a infligirle en menos de un mes, Micayá no tardó en poner buena distancia entre él y la taberna O'Rourke antes de sentirse lo bastante seguro como para detenerse. Le cruzó por la mente la idea de dar la vuelta e intentarlo otra vez, pero el recuerdo de la expresión letal de Savanna tras el cañón largo y negro del rifle lo obligó a desistir... y también la presencia de Sullivan. Si no hubiese sido por Sullivan... Una expresión cruel le atravesó el rostro. Un día de éstos tendría que darle una lección a ese canalla entrometido y luego, ¡le enseñaría a Savanna lo que era un hombre de verdad!

Durante el viaje de tres días hasta Natchez, lo acompañaron pensamientos de venganza además de una desagradable racha de mal tiempo; cuando divisó los imponentes farallones que miraban al río Misisipi e indicaban el final del trayecto, Micayá estaba empapado, hambriento, incómodo y de muy mal talante. Dejó el caballo exhausto en un establo y de inmediato se lanzó a la búsqueda de un trago reconfortante.

En realidad, Natchez eran dos ciudades. Junto al alto farallón cubierto de árboles que se alzaba sobre el río estaba situada la ciudad elegante, habitada por plantadores ricos y comerciantes respetables con sus familias. Allí, en las calles sombreadas de jazmines, se podía ver la encantadora mezcla de arquitectura española y americana: ventanas de hierro forjado y corredores abovedados junto a arcadas de esbeltas columnas y amplias galerías. Pero en el angosto terreno cenagoso, casi sesenta metros por debajo del farallón, cerca del río se extendía la «otra» ciudad: la Baja Natchez. Y así como la ciudad alta se distinguía por su riqueza y elegancia, la Baja Natchez había ganado la reputación de ser el paraíso de todos los vicios imaginables.

Micayá estaba bien familiarizado con todos los antros de iniquidad que albergaba la Baja Natchez, y pronto encontró el camino hasta su guarida predilecta. Resultó ser una pequeña y mugrienta taberna llamada El Gallo Blanco, situada en la famosa calle Silver y frecuentada por corruptos como él. Se deslizó hasta un rincón oscuro, se sentó a una mesita tambaleante y observó con cautela el interior colmado de humo y pobremente iluminado. No halló nada que lo alarmara, y se acomodó para disfrutar del primer trago de whisky ardiente de la botella que había pedido al zaparrastroso tabernero de cara sombría.

El Gallo Blanco estaba poco concurrido y minutos después, cuando las puertas se abrieron, Micayá vio sin dificultad a los dos hombres que acababan de entrar. Reconoció al más bajo, que llevaba una chaqueta azul andrajosa y polainas sucias: era Jem Elliot, un antiguo secuaz ocasional, pero el otro era un desconocido. Su vestimenta, una chaqueta bermeja ajustada, de corte elegante, corbata almidonada e impecables pantalones de nankín, lo proclamaba como un hombre rico y refinado, que despertó de inmediato el interés de Micayá. ¿Qué demonios hacía Jem con un caballero como aquél?, se preguntó mientras estudiaba con disimulo a ambos hombres. ¿Acaso Jem piensa inducirlo a una partida de naipes? ¿Emborracharlo y luego robarle? ¿O tal vez algo más interesante?

Elliot, entornando sus ojos castaños a los que nada escapaba, examinó la habitación con el mismo cuidado con que lo había hecho antes Micayá, y divisó a éste en el rincón. Asintió y se acercó rápidamente a la mesa con el «caballero» a la rastra. Con una sonrisa falsa en sus facciones indefinidas, Jem exclamó con afabilidad:

—¡Micayá! ¿Qué demonios haces aquí? He oído decir que has probado suerte otra vez con esa zorra pelirroja de Savanna. —Su sonrisa se tornó astuta—. Como has regresado tan pronto, imagino que debe de haberte derrotado... ¡otra vez!

Micayá gruñó una respuesta incomprensible e indicó a Jem y a su acompañante que se sentaran. A pesar de la expresión disgustada del caballero, ambos se sentaron a la mesa.

Reinó el silencio hasta que trajeron vasos para los recién llegados y Micayá sirvió generosas raciones de su propia botella. El desconocido, con la nariz aquilina fruncida en gesto de desagrado, examinó el vaso sucio lleno de liquido ambarino, y exclamó:

—¡Pensé que habíamos venido aquí para hablar en privado! Le dije que se trataba de un asunto delicado.

Elliot lanzó un guiño a Micayá mientras sorbía el whisky.

—¡Calma, señor! Entre Micayá y yo no existen secretos... ¡y no hay nada delicado en relación con el asesinato! De hecho, Micayá aquí presente, puede ser exactamente el tipo que usted está buscando: tiene mucha más experiencia que yo en hacerse cargo de sujetos como ese Adam St. Clair.

Se hizo evidente que al desconocido no le agradaba el giro que tomaban los acontecimientos, y contempló el rostro impávido de Elliot con las facciones tensas. Elliot le devolvió una sonrisa serena; su hirsuto cabello castaño y sus mandíbulas cubiertas de barba le daban un aspecto menos confiable que de costumbre.

—¿Alguna vez ha oído mencionar a Asesino Micayá? —preguntó Elliot en tono suave.

Los ojos verdes del caballero se agrandaron y miró interrogante a Micayá.

No sin cierto orgullo, el aludido esbozó una media sonrisa e inclinó la cabeza.

El extraño tomó el vaso y tragó el contenido de una sola vez. Un temblor le recorrió el cuerpo delgado cuando el áspero whisky se abrió paso por su garganta. Apoyó con cuidado el vaso, miró a Micayá y dijo en tono cortante:

—Hay un hombre al que deseo... eh... quitar de mi camino. Es rico, tiene buena reputación en Natchez y no carece de relaciones influyentes.

—¿Adam St. Clair? —preguntó Micayá; ya calculaba cuánto podría exprimir al hombre por aquel trabajo. Incluso después podría obligar al pichón a pagar una bonita suma por guardar el secreto.

El hombre asintió, y su cabello rubio lanzó débiles destellos a la luz mortecina del local. Miró en derredor con nerviosismo, advirtió que no había nadie cerca y se inclinó hacia adelante para decir significativamente:

—Estoy dispuesto a pagarle cuatro mil dólares en oro. Dos mil ahora, y el resto cuando la tarea esté cumplida.

Micayá bebió un lento y prolongado sorbo de licor, sin demostrar que estaba impresionado por la cantidad.

—¿Por qué quiere matarlo? —preguntó pensativo—. El asesinato es una solución drástica. ¿Qué le ha hecho a usted?

El hombre apretó los labios.

—Creo que eso no es asunto suyo.

Micayá dijo en tono llano, con expresión fría en sus pálidos ojos azules:

—Entonces, busque a otro para asesinar a ese hombre. El desconocido suspiró.

—Está involucrada una mujer. Él la tiene, pero yo no deseo que la conserve. Es así de simple.

Satisfecho con la respuesta, Micayá sirvió otra ronda de whisky. Alzó el vaso y murmuró:

—¡Por la muerte de Adam St. Clair!

Los tres hombres se sumaron al brindis fatal de Micayá. Yates dejó el vaso sobre la tosca mesa de pino y preguntó en tono seco:

—¿Cuándo recibiré el dinero?

—¿No quiere saber nada de ese hombre? ¿Ni siquiera dónde vive? —preguntó inquieto el desconocido; de pronto, pensó en la posibilidad de que el dinero desapareciera entre las manos mugrientas de Micayá.

El asesino esbozó una sonrisa fría.

—Puede informarme de todo lo que quiera después que me diga cuándo recibiré los dos mil.

—Puedo disponer lo necesario para entregárselos mañana por la mañana —admitió el hombre; la duda se reflejaba con claridad en su mirada.

—¡Bien! Me llevará el dinero mañana por la mañana, a las once, al Spanish Lick... ¡y antes de que pase una semana, su señor St. Clair estará cantando con los ángeles! —Micayá lanzó una risa lúgubre—. ¡O bailando con el demonio!

Cuando el desconocido se marchó, Micayá y Elliot se quedaron conversando acerca del nuevo cliente. Elliot admitió que jamás lo había visto antes ni sabía su nombre, pero suponía que era forastero en esos lugares. Siguieron especulando al respecto un rato más, pero decidieron que no valía la pena: ¡mientras les pagara, no importaba quién fuese! Casi sin hacer una pausa, la conversación giró en torno de un tema mucho más agradable: cómo dividirían el dinero.

—¿Cincuenta y cincuenta, como siempre? —preguntó Elliot con avidez.

Micayá le lanzó una mirada ofendida.

—¿Y yo tengo que hacer todo el trabajo? —replicó indignado—. ¡Todo lo que has hecho es acercarme al pichón!

—¡No me puedes culpar por intentarlo! ¿Setenta y cinco y veinticinco? —Elliot rió.

—Eso está mejor —dijo Micayá asintiendo con la cabeza desgreñada—. Ahora, cuéntame lo que sucedió en mi ausencia.

Los dos hombres conversaron un tiempo y terminaron la botella de whisky. En un momento dado se separaron y Micayá, con paso inseguro, se encaminó hacia la pensión donde se quedaba siempre que estaba en Natchez.

La baja Natchez era un sitio peligroso, fatal hasta para los delincuentes como Micayá, y mientras andaba dando tumbos por los intrincados y angostos callejones, fue tomando conciencia de que alguien le seguía furtivamente los pasos. De inmediato, buscó el cuchillo y lanzó una violenta maldición al recordar que lo había dejado en la taberna O'Rourke. Su pistola estaba en el bolsillo de la montura, en el establo; le brotó el sudor de la frente cuando comprendió que estaba desarmado y que alguien lo seguía en la oscuridad...

La amenaza del peligro le despejó la cabeza al instante, y un brillo desagradable le encendió la mirada mientras apretaba los puños. De modo que alguien pensaba atacar a Asesino Micayá, ¿verdad? Bien, no sería la primera vez que Yates mataba a alguien con las manos desnudas.

Astuto, Micayá decidió emplear el elemento sorpresa contra el hombre: giró sobre sus talones enarbolando los puños y los lanzó contra la figura insignificante que lo seguía. Sus puños macizos se ensañaron con crueldad en el perseguidor, golpeando sin descanso al hombre más pequeño en el estómago y en la cara.

El perseguidor, tomado por sorpresa, lanzó un gemido de miedo y de dolor cuando aquellos primeros puñetazos lo alcanzaron. Casi doblado en dos por la fuerza de los golpes que Micayá hacía llover sobre él, se tambaleó hacia atrás contra la pared de una de las casas del callejón. Adivinando los golpes, alzó las manos para protegerse pero Micayá se las apartó, y aferrándolo del cuello lo alzó y lo golpeó con salvajismo contra la pared.

Con los dedos incrustados en el delgado cuello del hombre que había estado persiguiéndolo, Micayá jadeó malevolente:

—Creíste que podrías robarme, ¿eh?

—¡No! ¡No! —boqueó la figura indefensa aferrando inútilmente los dedos que amenazaban con cortarle la respiración—. ¡Por Dios, no me mates! —exclamó aterrado—. ¡Soy yo, Jeremy Childers!

3

—¡Jeremy Childers! —exclamó Micayá, atónito e incrédulo—. ¡Creí que tus huesos se estaban blanqueando en alguna llanura perdida de Texas! —Aflojó la presión en el cuello del hombre y murmuró disgustado—: ¿Qué demonios quieres?

Ése no era precisamente el reencuentro con Micayá que Jeremy había imaginado, pero agradeció fervoroso el estar vivo, tosió dolorido un par de veces y se frotó el cuello lastimado.

—Necesito hablar contigo —pronunció en voz ronca—. En privado.

Dado el modo en que se ganaba la vida, la solicitud de Jeremy no despertó demasiado interés en Micayá: siempre había alguien que deseaba hablarle en privado, como el desconocido de esa noche. Y como su necesidad inmediata de dinero sería satisfecha por ese mismo desconocido, las palabras de Jeremy no lo deleitaron ni mucho ni poco.

Micayá se encogió de hombros, se volvió y prosiguió su camino hacia la pensión.

—¿Dónde demonios has estado todos estos años? —preguntó al fin cuando Jeremy corrió para ajustarse a las largas zancadas del asesino—. Creí que tú y Orval haríais fortuna comprándoles caballos a los comanches.

En la oscuridad, Jeremy hizo una mueca.

—Lo hicimos... pero los comanches le arrancaron la cabellera a Orval, y yo me topé con una patrulla española; desde ese momento, he estado en una prisión, en México.

Micayá giró la cabeza y lo miró.

—No hables de mala suerte —se hizo eco—. En aquel entonces te dije que era una idea estúpida.

Llegaron a la pensión, una destartalada construcción de madera cercana al río y al establo donde Micayá había dejado el caballo, y también a corta distancia del grupo principal de otros edificios también ruinosos que constituían la ciudad inferior. A Micayá le gustaba esa ubicación pues le permitía un eventual escape, y además tenía un buen arreglo tanto con la viuda que regentaba la pensión como con el dueño del establo; lo trataban bien y el criminal estaba dispuesto a pagarles del mismo modo por los servicios de ambos, o...

La viuda Blackstone disponía de una habitación bastante decente en la parte posterior de la casa, lejos de los otros inquilinos, y que siempre reservaba a Yates. Micayá y Jeremy entraron silenciosos en el oscuro edificio y se dirigieron a la habitación del primero. Micayá encendió rápidamente una vela y a la luz de ésta aparecieron los escasos muebles: una silla de pino, una cómoda y una cama con un cubrecama deshilachado que no lograba disimular los bultos del colchón. Un lavamanos, un espejo diminuto encima de él y algunos ganchos en las paredes completaban el contenido del cuarto.

Para deleite del asesino, la viuda de Blackstone había dejado una botella de whisky y varios vasos sobre el escritorio de pino; el inquilino, después de quitarse la chaqueta y arrojarla sobre la cama, sirvió generosas raciones para él y para Jeremy. Indicó a éste que tomara una silla, se dejó caer en la cama reclinado a medias, y bebió un sorbo de licor.

A la luz vacilante de la vela, observó las tristes facciones del hombre sentado frente a él. Era evidente que el paso del tiempo no había sido bondadoso con Jeremy Childers. Tenía la cara más arrugada y ajada de lo que correspondía a su edad, su cabello castaño claro enmarañado colgaba opaco y lacio resaltando la palidez enfermiza de la piel, y sus ojos, muy hundidos, exhibían debajo unos círculos oscuros que acentuaban el brillo singular de aquella mirada. Jeremy nunca había sido corpulento, pero parecía más pequeño y delgado de lo que Micayá recordaba, y estaba nervioso: se removía en la silla sobresaltándose al menor ruido, sus ojos almendrados vagaban inquietos recorriendo constantemente la habitación, como esperando que alguien lo atacase.

Micayá, Jeremy y Orval habían sido muy buenos amigos antes de que los últimos desaparecieran en aquel viaje para comerciar con caballos; corrieron juntos algunas juergas y Jeremy fue su cómplice en varios robos. De hecho, en aquellos tiempos Orval, Jeremy, Jem Elliot y Micayá formaban un peligroso grupo de bribones, pero, en general, realizaban por separado sus viles planes y se reunían cuando era necesario o conveniente.

Micayá había sido el jefe natural; no sólo por ser el más dominador sino también porque al ser cuatro o cinco años mayor que los otros, tenía más experiencia... y no vacilaba si surgía la necesidad de emplear la violencia. Jeremy siempre había sido un seguidor, obedeciendo ora a Orval ora a Micayá; por lo tanto, al morir Orval, a Micayá no le sorprendió en absoluto que Jeremy acudiera a él después de diez años en una prisión española.

Con el vaso en la mano, Micayá dijo como por descuido:

—Como has estado en una prisión española todo este tiempo, puedo adivinar por qué me buscas: quieres algo de dinero y necesitas un lugar donde quedarte por un tiempo. —Ante la perspectiva de ganar una gran suma de dinero fácil y sintiéndose en extremo generoso, Micayá prosiguió, expansivo—: Eres bienvenido para quedarte aquí todo el tiempo que quieras, y en cuanto a lo otro... —Esbozó una sonrisa tenebrosa—. En cuanto a lo otro... acabo de arreglar un trabajo por una suma interesante y tal vez quiera incluirte. Nos dejaría un poco de dinero.

Una extraña sonrisa curvó los labios pálidos de Jeremy y se acentuó el brillo singular de sus ojos castaños. Nervioso, tragó un sorbo de whisky, tomó aire y exclamó:

—¡Y tal vez yo quiera incluirte en una fortuna de oro azteca!

Las palabras de Jeremy no produjeron el efecto que esperaba. Micayá permaneció impávido; se limitó a lanzarle una mirada escéptica y le respondió con frialdad.

—¿Sabes lo que creo? ¡Que estos años en la prisión española te han afectado el seso!

—¡No! ¡No! ¡Es verdad! —replicó Jeremy agitado: jamás se le ocurrió que Micayá no le creería—. ¡Te digo que es verdad!

Se percibía una convicción tan intensa en el tono de Jeremy que en los fríos ojos de Micayá apareció una débil chispa de interés.

—Cuéntame —dijo al fin.

Sin el menor resentimiento, Jeremy casi se arrastró por la habitación en la prisa por arrodillarse junto a la cama, y con palabras que brotaban frenéticas de sus labios le habló a Micayá del nefasto viaje a la Texas española que había emprendido con Orval en 1804, y del moribundo que encontró poco antes de caer en manos de la patrulla española. Durante once años, Jeremy había sepultado en su interior el secreto del oro, y poder contarlo al fin le proporcionó un gran alivio. Cuando finalizó el relato, la vela chisporroteaba y el whisky había mermado de manera considerable.

Micayá lo contempló durante largos y enervantes instantes. Por lo común, no perdía el tiempo en cuentos de tesoros escondidos, y menos si se referían al oro azteca, ni en los hombres que daban crédito a semejantes tonterías. Conocía toda clase de imbéciles que habían perdido años tratando de encontrar la famosa fortuna del delincuente Sam Mason, que se suponía oculta cerca de Cave-in-Rock. Micayá sólo sentía desprecio por los hombres lo bastante estúpidos para creer en esos cuentos de hadas, y siempre hizo oídos sordos a las historias de tesoros escondidos, pero el relato de Jeremy captó su interés desde el momento en que lo escuchó nombrar a Blas Dávalos, y cuando surgió el nombre de Savanna, le dedicó absoluta atención. No estaba por completo seguro de creer en todo lo que Jeremy le había dicho, sólo supuso que Jeremy lo creía, pero lo que más le interesó fue la posibilidad de usar de algún modo aquel conocimiento para llevarse a Savanna a la cama.

Pensativo, Micayá bebió otro sorbo de whisky y murmuró, más para sí que para Jeremy:

—De modo que Savanna O'Rourke posee un brazalete de oro y un mapa que conduce al oro azteca, ¿no es así?

Jeremy asintió ansioso, con expresión intensa.

—Eso es lo que Dávalos dijo antes de morir: «Savanna tiene que tenerlo». —Por un instante, Jeremy pareció confuso—. ¿O dijo que era Jason Savage el que poseía el mapa...?

Al menos por el momento, Jason Savage no le interesaba a Micayá en absoluto; lo único de aquella apasionante historia que llamaba su atención era la parte que correspondía a Savanna. Acabó el whisky, se incorporó con brusquedad y dijo:

—No importa. Sé dónde está Savanna O'Rourke, y eso es todo lo que tiene que interesarnos en el presente.

Estupefacto, Jeremy sintió que su fe en la sabiduría de Micayá quedaba sellada.

—¿Tú sabes dónde está la muchacha? —preguntó aturdido. Micayá asintió.

—¡Sí, puedes estar seguro! Cuando hayamos finalizado esta pequeña tarea, te prometo que iremos a verla y sostendremos una charla amistosa acerca de su papá.

—¡Olvida ese trabajo! —explotó Jeremy, impaciente, los ojos azules resplandeciendo con la luz del fanatismo—. ¡Lo que buscamos es el oro! ¡Y Savanna puede decirnos dónde hallarlo!

—¡Y sin dinero, no llegaremos muy lejos! —replicó Micayá con frialdad—. Mataremos a ese tipo, St. Clair, y así tendremos dinero suficiente con que estar cómodos y bien equipados para el viaje a Texas, y entonces iremos en busca de tu oro.

Con la barbilla alzada en gesto implacable, Micayá demostró a Jeremy que era inútil discutir.

—¿Cómo asesinarás a St. Clair? —preguntó Jeremy, hosco.

—No lo sé —respondió alegremente Micayá—. ¡Pero estoy seguro de que dentro de poco se me ocurrirá algo fatal para ese pobre Adam St. Clair y de que no le queda mucho tiempo sobre la tierra!

Ignorando los nefastos planes que se trazaban para su intempestivo fallecimiento, Adam St. Clair se dedicaba a un quehacer en el que había logrado gran aplomo y estilo, después de perfeccionar la técnica durante treinta y cuatro años: enfurecer, halagar y seducir sin esfuerzo a una mujer... ¡todo al mismo tiempo! ¡Y sin embargo, la dama no necesitaba ser seducida!

Seis meses atrás, Betsey Asher llegó a Natchez desde Charleston con su hermano Charles, para visitar a Susan Jeffries, su hermana mayor casada; posó la mirada sobre la silueta elegante de Adam St. Clair, con sus piernas esbeltas, sus burlones ojos color zafiro, su ondulado cabello negro... ¡y decidió que tenía que poseerlo! Claro, se podía añadir en favor de Adam que tenía fortuna, contactos en la alta sociedad y que poseía Bella Vista, la famosa plantación, pero era el propio Adam lo que fascinaba a Betsey y la inducía a perseguirlo de manera desvergonzada... a pesar del disgusto de Charles. Su hermano había expresado el deseo de casarla con un caballero bastante más dócil, pero Betsey hizo oídos sordos. ¡Quería a Adam! ¡Y estaba decidida a conseguirlo!

Descalzo, Adam medía más de un metro noventa de estatura y, en cualquier circunstancia, era un joven notable. Si a semejante altura se agregaban una complexión musculosa, hombros anchos, facciones de tentadora belleza masculina y un encanto diabólico, podía comprenderse la persecución de Betsey. Pero la joven buscaba algo más que un romance delicioso o incluso apasionado; a la avanzada edad de veintiséis años, era soltera por propia decisión, y ahora que le resultaba imperativo casarse con un hombre rico, la enfurecía cada vez más que ese hombre, no sólo rico sino también deseado con desesperación, demostrara ser en extremo renuente para proponerle matrimonio.

Por desgracia, si bien Adam estaba dispuesto a hacerle el amor y verla sollozar de agradecimiento ante sus increíbles proezas sexuales... ¡no tenía intenciones de pedirla en matrimonio! Y ésa era una de las cosas que Betsey conspiraba para lograr desde el mismo momento en que había posado sus enormes ojos verdes en la mirada traviesa de los ojos azul oscuro de Adam, durante la velada que ofreció la hermana de la joven para presentarla a todos los solteros disponibles de la ciudad.

Betsey era la niña mimada de una familia rica; varios años menor que sus hermanos, fue consentida y mimada desde el día en que nació... ¡y no estaba habituada a que se le negara nada! Mientras crecía, la familia continuó satisfaciendo los menores caprichos de la joven; los jóvenes caballeros no habían pasado por alto que, además, estaba dotada con una cabellera rubia y ondulada, misteriosos ojos verdes bordeados por espesas pestañas, un rostro encantador y un cuerpo de curvas cautivantes. Desde los dieciséis años, disponía a su antojo de una larga fila de pretendientes embaucados, y cuando descubrió que existían modos de disfrutar de los placeres del amor sin el confinamiento del matrimonio, Betsey había rehusado considerar siquiera las demandas más apasionadas de la mayoría de los solteros que pedían su mano. Al menos había sido así hasta que tuvo noticia del desastre que Charles produjo en la fortuna familiar, ¡y hasta que entregó su voluble corazón a Adam St. Clair!

—Pero, ¿por qué no quieres casarte conmigo? —preguntó, con un mohín petulante en su boca sonrosada.

Adam la miró divertido bajo las espesas pestañas negras, tendido con las piernas abiertas en la cama revuelta, que exhibía rastros de la reciente actividad amorosa. Betsey estaba sentada en el borde del colchón, en esplendorosa desnudez, y la mirada de Adam era tan divertida como apreciativa. El brillo oscuro de sus ojos azules era poco evidente, pero Betsey percibió el atisbo de una sonrisa burlona en las comisuras de la boca del hombre, y exclamó, resentida:

—¡No te he hecho esa pregunta para hacerte reír!

—No me río —respondió Adam con ligereza—. Pero me resulta difícil concentrarme en otra cosa que ese cuerpo tuyo tan delicioso, al verte sentada ahí, tentándome con tu desnudez tan cerca de mí.

Se encontraban en el dormitorio de una cabaña de lujo sorprendente, escondida en un rincón apartado de Bella Vista, la extensa propiedad de Adam. En otros tiempos, la cabaña se había usado para la caza, pero años atrás, embrollado en una delicada relación con una dama casada, Adam la había hecho transformar en un discreto lugar de citas. Como había invertido un esfuerzo considerable en acondicionar el sitio para... recibir a esa dama, Adam no vio motivos para abandonar el lugar cuando aquel romance acabó; en especial porque siempre encontraba otras damas, como Betsey Asher, que no deseaban transformar sus relaciones amorosas en comidilla pública...

Mientras Betsey lo escuchaba, Adam continuaba contemplando el cuerpo desnudo de la muchacha, los pechos llenos y con pezones rosados que se erguían provocativos, pero al mismo tiempo una parte de él se preguntaba si no habría cometido un error al llevarla a la cabaña. Sin embargo, había disfrutado de esa dócil carne blanca que se le ofrecía con impudicia, y de las cosas increíbles que era capaz de hacer esa boca caprichosa, aunque aclaró desde el comienzo que el matrimonio era un asunto que no entraba en sus planes. Nunca. Semanas atrás, al comienzo de la aventura, Betsey había afirmado alegremente que el matrimonio estaba lejos de su mente, pero ahora, por desgracia, era evidente que había cambiado de opinión. Adam suspiró. ¡Dios, cómo odiaba los escándalos!

Betsey se estiró lánguidamente, animada por los elogios que el hombre prodigaba al cuerpo de ella, lo miró recatada y murmuró con voz gutural:

—Si estuviésemos casados, ya no tendríamos que encontrarnos en secreto. Este «cuerpo mío tan delicioso», del que disfrutas tanto, estaría en tu cama todas las noches...

—¿Y qué cama honraría por las tardes? —preguntó Adam en tono sardónico: no se hacía ilusiones respecto de la joven.

Betsey lanzó una exclamación colérica y lo miró, abandonando su pose sensual. Se preguntó si él sabría que había otros amantes. Estaba segura de que había sido en extremo discreta. Era imposible que supiera que, cuando Adam no estaba disponible, Betsey satisfacía sus apetitos con otros caballeros adecuados de la zona, ¿verdad? ¡Pero ninguno igualaba la habilidad de Adam St. Clair en la cama! ¡Desafortunadamente, Adam era el más deseable, enfurecedor, arrogante, irresistible canalla que Betsey conociera!, pensó resentida.

Por cierto, Adam era todas esas cosas, reflexionó al verlo reclinado descuidadamente en la cama, sobre un montón de almohadas blancas. Una sábana nívea de batista cubría la parte inferior de su largo cuerpo, y dejaba al descubierto los hombros anchos, el pecho amplio, la cintura estrecha y la porción superior del abdomen. La tela delineaba sus caderas esbeltas y sus largas piernas y parecía acariciar su clamorosa virilidad mientras él yacía relajado como un sultán en un harén... esa virilidad casi tangible. Su piel oscura contrastaba con la sábana y las almohadas, y la tupida mata de vello negro que le cubría el pecho y terminaba en una flecha que desaparecía, tentadora, bajo la sábana, acentuaba el contraste. Un mechón de ondulado cabello negro le caía sobre la ancha frente, los brillantes ojos azul zafiro acentuados por espesas cejas negras de curva audaz, los pómulos angulosos, ese formidable mentón y la boca cincelada del modo más sensual que Betsey había visto... no era de extrañar que Adam fuese objeto de las fantasías de muchas mujeres durante toda su vida adulta.

Sentada en un costado de la cama entre las sábanas revueltas, Betsey pensó con amargura que... ¡sin duda también era el más fastidioso, horrible, fascinante e irresistible macho que había conocido en toda su vida! Por cierto, era un capricho injusto de la naturaleza que, aun estando tan furiosa con Adam, Betsey no pudiera dejar de responder a esa masculinidad flagrante.

Los ojos de la muchacha brillaron con súbito deseo; se inclinó hacia adelante y dijo con una sonrisa de calculada seducción:

—¡Oh, Adam, no nos peleemos! —Lo acarició con la mirada, y murmuró con voz ronca—: Ahora no. ¡Tenemos tan poco tiempo para estar juntos...!

En los labios del hombre jugueteó una sonrisa de franca carnalidad.

—Querida, ¿ésa es una proposición?

Un estremecimiento de expectativa recorrió la espalda de Betsey al oírlo. Nunca le bastaba el sexo embriagador que practicaba con Adam, por más veces que le hiciera el amor, por más relajada y saciada que quedara entre los brazos del hombre. Lo deseaba como a ninguna otra cosa en la vida, y al contemplar con mirada fija el bulto que crecía bajo la sábana, en el vértice de aquellos muslos esbeltos, perdió el aliento. Se acercó con una gatuna sonrisa satisfecha, apartó la sábana que cubría los muslos de Adam y acarició lasciva con los dedos la carne turgente que había descubierto, maravillada ante las enormes proporciones de la erección.

—¿Acaso esto es una proposición? —preguntó con recato.

Adam aferró sus delgados hombros y con atormentadora languidez alzó a Betsey sobre su propio cuerpo. Su boca cálida se deslizó por la mejilla de la joven y le mordisqueó los labios, murmurando:

—¿Tú que crees?

La boca del hombre encontró la de la mujer y la besó con una pasión tan arrolladora que Betsey fue incapaz de pensar mientras aquellos labios apretaban apremiantes los de ella, sus senos se aplastaban contra el pecho de él, y el cuerpo blando de Betsey percibía con claridad la carne cálida y turgente que se hundía en ella. La mujer le rodeó el cuello con los brazos y fue con ansia al encuentro de la lengua provocativa mientras el hombre ahondaba el beso y los sentidos de Betsey giraban sin control.

Adam la apoyó con destreza en la cama, a su lado, y le recorrió los pechos con la boca, mientras una de sus expertas manos buscaba la humedad entre las piernas de la mujer. Betsey gimió cuando Adam penetró la carne suave que anhelaba ese contacto, mientras le succionaba los pechos y aquella experta mano la llevaba al éxtasis sin esfuerzo; la muchacha supo que jamás tendría un amante tan incitante y pecador como Adam St. Clair.

Sólo cuando la mujer se retorció salvaje al ritmo de las caricias del hombre, Adam volvió a tenderse sobre las almohadas y la alzó encima de él. Con movimientos ágiles colocó el cuerpo anhelante sobre su virilidad agresivamente erguida. La penetró en un único impulso rápido y seguro, buscó la boca de Betsey y, aferrándole las caderas, guió los frenéticos movimientos de la mujer, hasta que pronto alcanzaron el ardiente placer que buscaban.

Tendida sobre el hombre, con el cuerpo tembloroso por la delicia febril que Adam le brindara, Betsey murmuró:

—¿No sería maravilloso que compartiéramos esto todas las noches? Si estuviésemos casados, en lugar de encontrarnos sólo cuando puedo escapar a la vigilancia de Susan y Charles, gozaríamos nuestro mutuo placer cuando quisiéramos.

Adam gimió, la apartó con brusquedad, se sentó y dejó colgar las piernas a un costado de la cama. Se pasó una mano por el cabello negro revuelto, la miró y susurró:

—Betsey, no quisiera ser descortés, pero te advertí, con suma corrección, según recuerdo, ¡que, aunque nos convirtiéramos en amantes, no tenía intención de casarme contigo! ¡Afirmé con todo énfasis que no estoy ni he estado jamás en el mercado del matrimonio! Pero si eres incapaz de aceptarlo, te propongo que dejemos de vernos.

Betsey reprimió la oleada de furia que la invadió, y compuso sus facciones mostrando una expresión de profundo pesar. Sollozó patéticamente, logrando que brotaran lágrimas de sus ojos.

—¡Oh, Adam! ¿Cómo puedes ser tan insensible? ¡Sé que me amas! ¿Por qué no deseas casarte conmigo?

—¡Lo que no entiendes, o no quieres entender, es que yo no te amo! ¡Nunca he dicho que te amara, ni a ti ni a ninguna otra mujer, y nunca te he dado motivos para creer que existe entre nosotros algo más que el mutuo placer de nuestros cuerpos! —dijo Adam remarcando las palabras, y conteniendo con esfuerzo su terrible temperamento—. ¡Maldita sea si tengo ningunas ganas de casarme, y si alguna vez estuviese lo bastante loco para hacerlo, querría estar seguro de que soy el único hombre que comparte la cama con mi esposa!

Ignoró el grito indignado de Betsey, saltó de la cama, cruzó el cuarto y se puso rápidamente un par de pantalones de cuero. Encontró una camisa de algodón y la pasó por la cabeza. Con el bello rostro endurecido, se volvió para contemplar a la mujer que estaba en la cama.

—No quisiera que termináramos así, pero si lo que buscas es el matrimonio, prefiero que no nos veamos más. De hecho, creo que de todos modos sería sensato dejar de vernos un tiempo.

Betsey sintió temor de haberlo presionado demasiado, y se preguntó, frenética, cómo se habría enterado de los otros amantes; entonces, decidió hacer un esfuerzo desesperado para recuperar el terreno perdido.

—¡Oh, Adam! —gimió afligida—. ¿A qué te refieres? ¡Sabes que eres el único hombre al que amo! —Se arriesgó a la posibilidad de que no supiera nada, y agregó con elogiable inocencia—: ¡No entiendo de qué hablas! ¡Otros hombres en mi cama! ¡Qué ocurrencia!

Adam le dirigió una mirada helada con sus ojos azul zafiro.

—¡Betsey, esa comedia es demasiado burda! —replicó en tono áspero—. Sé lo de Reginald, Matthew, y hasta lo del pobre tonto de Edward. Lo sé desde hace tiempo, y aunque no me importa que necesites otros amantes, sí me molesta que finjas que soy el único hombre de tu vida, y que mi cama es la única en la que has retozado.

Betsey se sintió irritada por haber sido descubierta; se levantó de la cama y, olvidando la urgencia de conseguir un marido rico, alzó furiosa el vestido y siseó:

—¡Tú, maldito gitano bastardo! ¿Quién demonios te crees?

Adam se puso rígido, y un brillo peligroso asomó a los ojos azules. Se acercó a la cama dando una larga zancada, la aferró del brazo y la sacudió, furioso.

—No olvides —pronunció en ronco susurro— que soy el mismo gitano bastardo al que hace unos momentos jurabas amar, y a quien rogabas con tanta dulzura que se casara contigo. Creo que deberías rectificar el rumor que oíste: en realidad, fui raptado por los gitanos, y no concebido por alguno de ellos... y en cuanto a que soy un bastardo... —Recordó con amargura que, merced a una trampa del destino, en verdad era el hijo bastardo de Guy Savage, y no el hijo legítimo de un hombre muerto tiempo atrás, como se creía. De pronto comprendió que la afirmación de Betsey no era del todo equivocada; le soltó el brazo y rió—. Tal vez tengas razón al decir que soy un bastardo —agregó con ligereza—, ¡pero eso no habla en favor de tu buen gusto con respecto a los hombres, querida!

—¡Cómo te atreves! —exclamó Betsey colérica, con las mejillas intensamente ruborizadas por la ira.

Ahora, en los ojos azules de Adam bailaba una risa burlona, y le replicó fríamente, marcando las palabras:

—Querida mía, no existen demasiadas cosas a las que no me atreva. ¡No deberías sorprenderte de lo que soy capaz de hacer o dejar de hacer!

Betsey se propuso armar una de esas escenas de proporciones descomunales y, jugueteando con el vestido de fina muselina hindú de color verde pálido, explotó:

—¡Eres bruto, arrogante y cruel! ¡No quiero volver a verte mientras viva! ¡Sal de mi vista! —escupió, colérica.

—Bueno, me encantaría complacerte —dijo Adam en tono seco—, pero a menos que prefieras caminar ocho kilómetros hasta la casa de tu hermana, me temo que tendrás que soportar mi desagradable presencia unos momentos más.

La muchacha mantuvo un silencio cargado de tensión y furia durante la mayor parte del trayecto, mientras Adam la acompañaba en el calesín hasta la puerta del jardín desde donde había escapado unas horas antes. Cuando recorrían los últimos metros hasta llegar a Magnolia Hills, donde vivía la hermana de Betsey, la joven cayó en la cuenta de que en realidad Adam se proponía cumplir su palabra y no volver a verla más.

La idea de que un hombre la rechazara la espantó, pero más aún el pensar que no volvería a disfrutar de la destreza amatoria de Adam... ¡y eso era a todas luces inconcebible! ¡Quería a Adam St. Clair, lo tendría, y nada podría impedírselo! Observó de soslayo la expresión remota del rostro del hombre; nerviosa, se mordió los labios y pensó con desesperación en un modo de recuperar el terreno que había perdido de manera tan tonta.

Llegaron al portón de hierro forjado que se abría hacia los amplios jardines de la casa de la hermana de Betsey, y Adam detuvo el caballo. Saltó del carruaje, dio la vuelta en silencio y ayudó a apearse a la desairada joven.

Betsey estaba casi irreconocible, cubierta por una capa de seda negra con la capucha echada sobre el rostro, que ocultaba sus cabellos rubios. De pie al lado del camino, alzó la mirada hacia el hombre y, echando mano de un último truco desesperado que nunca le había fallado, logró que los ojos se le llenaran de lágrimas.

—¡Oh, Adam! —susurró en voz baja, y el matiz de congoja no era del todo falso—. ¡No puedo creer que en verdad nos separemos así!

El hombre la tomó del brazo con cortesía, pero sin vacilar la acompañó hasta el portón y replicó en tono helado:

—Desde el comienzo acordamos que esto sucedería en algún momento. Sólo ha ocurrido un poco antes de lo que cualquiera de los dos hubiera deseado. —Abrió la puerta con ademanes serenos, la empujó sin que la joven pudiese advertirlo, y agregó con sequedad—: Expresaste claramente tus sentimientos, y creo que no ganaríamos nada discutiendo. Jamás discuto con una dama.

—Pero, Adam, no lo entiendes —murmuró Betsey con suavidati, incapaz de creer que aquello estuviera sucediéndole—. Me pusiste furiosa y perdí el control. No quise decir lo que dije.

Con el rostro oscurecido por las sombras, Adam la miró.

—No importa, Betsey —dijo, fatigado—. Se acabó. Tú deseas casarte, y yo no; no existe un terreno común para nosotros y, como es improbable que yo cambie de idea al respecto, pienso que será más prudente si aprovechamos la oportunidad para separarnos de manera amistosa. ¡Buenas noches!

Giró sobre sus talones, salvó con rapidez la corta distancia hasta el carruaje ante la mirada estupefacta de Betsey, subió al coche y azuzó al caballo en dirección a Bella Vista. «¡Verdaderamente, me ha abandonado!», pensó Betsey incrédula. En un rapto de furia, golpeó el suelo con el pie y, olvidando toda discreción, gritó en tono agudo:

—¡Adam St. Clair, no te atrevas a hacerme esto! ¡Vuelve de inmediato o te arrepentirás!

—¡Querida, ya me he arrepentido! —le espetó Adam sobre el hombro, lanzando una risita burlona.

Un momento después, el caballo tomaba velocidad. Con el pecho henchido de cólera ahogada, Betsey contempló con acongojada furia cómo el calesín era devorado por la oscuridad. ¡Adam St. Clair! ¡Qué demonio!

4

Mientras se alejaba de Betsey Asher, Adam tuvo deseos de reír, aunque irónicamente, pero ese deseo se extinguió en cuanto consideró todas las trampas que una mujer deseosa de casarse podría tender a un varón descuidado. Durante años, las había eludido con destreza aunque eso no significaba que subestimara el peligro. Lanzó una maldición para sus adentros. ¡Caramba, las mujeres eran necesarias! ¡Pero también podían ser endemoniadas!

Regresó a casa y se recluyó en la tranquila elegancia masculina del estudio en Bella Vista, pero al parecer, la persistente inquietud que lo asolaba esos días volvía como una venganza. En realidad, tendría que estar exhausto: el día anterior se había levantado al amanecer, y pronto iban a dar las cuatro de la mañana. Rió. ¡Y acababa de pasar varias horas agotadoras entre los brazos de Betsey! Sin embargo, no tenía deseos de acostarse; se sirvió una generosa copa de coñac y comenzó a pasearse entre las paredes revestidas de caoba, sobre la alfombra turca de tonos azules y púrpuras, bebiendo el licor.

Supuso que lo que le impedía dormir era la airada afirmación de Betsey de que era un gitano bastardo. En realidad, no lo molestaba la afirmación en sí, sino el recuerdo de esos diez años que él y Catherine Tremayne, su medio hermana, pasaron con los gitanos. Adam tenía cinco años en el momento en que fueron raptados de Mountacre, la propiedad de su padrastro en Inglaterra; cuando dejó de echar de menos a Rachael, su madre, se adaptó a la perfección a la vida nómada y aventurera de los gitanos. Había crecido libre de exigencias convencionales; mientras otros muchachos aprendían a leer, él perfeccionaba su habilidad con el cuchillo y descubría las riquezas que podían obtener unos dedos habilidosos de los bolsillos de los distraídos. Llevó una vida de libertad sin limites, viajando constantemente por el país. Cuando tenía quince años, fue devuelto de modo sorpresivo a Mountacre; ese cambio resultó traumático para Adam y lo hizo sentir perdido en un mundo que debió haber sido su ambiente natural.

En cualquier circunstancia, un joven criado como un cachorro de lobo habría tenido dificultades para adaptarse al encontrarse de pronto en el ambiente rígido y puntilloso de los señores ricos de la nobleza, y a eso se agregaba un desagrado evidente que era motivo de constantes fricciones y disputas entre lord Tremayne, conde de Mount, y su hijastro. Cuando cumplió dieciocho años, Adam quedó conmocionado al enterarse de que su padre verdadero, un norteamericano, le había dejado una rica herencia en la ciudad de Natchez, cerca del río Misisipi. Fue difícil separarse de su hermana: habían compartido muchas cosas en la época en que vivieron con los gitanos. Y aunque Adam echaría de menos a su madre, ésta era en muchos aspectos una extraña para él, por lo tanto partió de Inglaterra sin demasiado dolor.

Encontrarse a los dieciocho años rico, y en una tierra tan salvaje y carente de leyes como el Nuevo Mundo, fue una experiencia fundamental. Sin nadie que lo guiara o lo reprimiera, ninguna audacia le pareció demasiado temeraria, ningún coste demasiado elevado, ningún duelo demasiado peligroso, y en poco tiempo se ganó la reputación de ser un demonio audaz y temperamental. Sin embargo, esas características, que resultarían sospechosas en otro medio, eran las que los ricos plantadores de Natchez admiraban: beber en exceso, montar a caballo, hacer gala de un temperamento violento, una cabeza fría y un brazo firme en el campo del honor. Adam sobresalía en todas esas actividades, y la sociedad aristocrática de Natchez lo adaptó fascinada.

Sin embargo, los años lo aplacaron en cierta medida; Adam supuso que la llegada de Catherine que acababa de abandonar a Jason Savage, su flamante marido, y que había aparecido embarazada doce años atrás fue el comienzo de la intención de vivir de una manera más convencional. Catherine y Jason se reconciliaron y ahora disfrutaban de un matrimonio feliz, pero a Adam aún lo perseguía la inquietud y esa temeridad que lo impulsaba a meterse en situaciones peligrosas sin desearlo.

«Como cuando Jason espió a los británicos durante la guerra pasada», pensó, torciendo su boca expresiva en una mueca. Adam estaba convencido de que Jason era capaz de acometer cualquier empresa absurda con tal de quedar al margen de la realidad.

Bebió un sorbo de coñac, lo saboreó y continuó vagando al azar por el estudio; recordó el momento en que había conocido a Jason Savage. Fue en Terre du Coeur, la plantación de Jason: Rachael había llegado súbitamente desde Inglaterra y Adam la acompañó a Terre du Coeur. En esas circunstancias, Adam descubrió que no sólo su querida hermana estaba en manos de Blas Dávalos, su peor enemigo, sino que además el padre de Jason, Guy Savage... ¡también era su propio padre! Fue una conmoción brutal. Aunque Rachael y Guy le explicaron los hechos concretos, Adam casi no pudo aceptar la enormidad de la situación: que años atrás Guy había ido a Inglaterra para divorciarse de Antonia, la madre de Jason y creyendo de buena fe que ya era un hombre libre, se enamoró profundamente de Rachael y se casó con ella. Cuando se descubrió la espantosa verdad, Rachael ya estaba embarazada de Adam, y Antonia había cambiado de idea y se negaba a conceder el divorcio. Desde el punto de vista legal, Guy aún estaba casado con Antonia: en consecuencia, su matrimonio apresurado con Rachael carecía de validez. Por temor a las habladurías y el escándalo, Guy otorgó al hijo el apellido paterno de la madre, St. Clair, hizo los arreglos correspondientes para el futuro del niño, lo envió de regreso a Norteamérica y adjudicó la paternidad del hijo de Rachael a un marido ya fallecido, como convenía.

Nadie imaginó que, años después, Jason, el hijo legítimo de Guy, iría a Inglaterra y se enamoraría de Catherine, la hija de Rachael por parte del conde, y desataría así, de manera involuntaria, la cadena de hechos que obligarían a revelar la verdad. Aunque esos hechos terribles habían sucedido más de doce años atrás, Adam aún se sentía conmocionado. Ya hacía diez años que Guy y Rachael se habían casado, y como todos suponían, nueve meses después de la boda Rachael dio a luz a su hija Heather, y apenas un año más tarde, tuvo otro hijo, Benedict. No obstante, el secreto del nacimiento de Adam se mantuvo: para todos, era sólo el hijastro de Guy.

Adam suspiró y miró melancólico por una de las largas ventanas que embellecían uno de los muros de la habitación. Aún no había aclarado del todo, pero ya la oscuridad era menos densa. Había comenzado otro día, y el joven se preguntó con talante cínico cómo lo viviría. Un superintendente y un personal competente lo libraban de las tareas cotidianas que implica la administración de una plantación de las dimensiones de Bella Vista, y la eficaz servidumbre de la casa y los establos estaba atenta a sus menores órdenes. La idea no era agradable, pero Adam sabía que tenía poco que hacer gracias a la excelente administración y a las sabias decisiones comerciales que caracterizaban el manejo de Bella Vista y el aumento permanente de la fortuna personal del joven. Había llegado a ese momento de la vida en el cual, a menos que quisiera desembarazarse del excelente capataz, el abogado y el agente de negocios y ocuparse en persona de las vastas posesiones, su presencia era casi superflua. Y eso significaba que tenía demasiado tiempo libre...

¡Dios! ¡Estaba harto de las diversiones que podía obtener en Natchez! No era la primera vez que Adam pensaba en marcharse de la región durante un tiempo y buscar una manera de calmar esa permanente inquietud.

Necesitaba despejarse después de muchas noches de beber en exceso, en salas de juego cargadas de humo; anhelaba ver otros paisajes, la satisfacción del cuerpo fatigado por el esfuerzo físico, y también infundir a su vida el anhelo de recibir la llegada de cada día. Había sólo un modo de lograrlo: ¡iría a Terre du Coeur! Con una expresión pensativa en el rostro, reflexionó seriamente sobre esa idea. Admitió con desgana que existían muchos aspectos a considerar. La plantación de Jason se encontraba en una de las regiones más salvajes, menos civilizadas y exploradas del norte de Louisiana. Había pocos vecinos y la vida social se reducía al mínimo, y tampoco existían antros de vicio en las cercanías que lo atraparan en un momento de debilidad y lo apartaran de la atracción primitiva de la tierra.

Adam rió y terminó lo que quedaba de la bebida. El aislamiento de Terre du Coeur se le antojó sobremanera seductor. Había algo en la pura inmensidad del panorama siempre cambiante, en el paisaje de naturaleza salvaje y floreciente, que lo atraía con intensidad. Dejó la copa, y decidió de pronto que un viaje para visitar a Catherine y Jason era lo que en verdad necesitaba. ¡Partiría ese mismo día! ¡Esa mañana! Intercambiaría unas palabras con el superintendente, un hombre que sabía mantener la reserva en caso de que alguien, en especial Betsey Asher, preguntara por el paradero de Adam, y también con el mayordomo, tan discreto como el capataz, y el asunto estaría arreglado.

Si la novedad de la partida precipitada de Adam causó alguna agitación en el hogar de Bella Vista, la única señal visible fue una ceja alzada. A pesar de la noche de insomnio, a las diez de la mañana Adam estaba en camino hacia Terre du Coeur. No necesitó demasiado equipaje, pues había dejado algo de ropa y efectos personales en casa de su hermana, y llevando sólo una manta de viaje, las armas y un equipo básico para cocinar, partió montado en su caballo preferido: un estupendo potro negro, hijo del que Jason había comprado en el fatídico viaje a Inglaterra, cuando Catherine —la joven de ojos violáceos a quien los gitanos habían llamado Tamara—, lo enamoró.

Adam era un campista experimentado: lo había adiestrado Blood Drinker, el hermano de leche de Jason, y aprendió todo lo necesario para arreglarse en un medio silvestre. Junto a Blood Drinker, Adam aprendió a leer como un experto las huellas que dejaban hombres y animales, y a tender trampas fatales sujetas sólo por un trozo de liana. Sin otra cosa que algo de ropa a la espalda y los cuchillos al costado, el joven y Blood Drinker desaparecían durante meses de manera misteriosa en territorios salvajes e inexplorados, y vivían cada día como se presentaba cazando, pescando y explorando una región jamás hollada por el hombre blanco. Blood Drinker lo había entrenado bien; por lo tanto, cuando Adam llegó a Terre du Coeur tres semanas más tarde, se sentía saludable y vital, con la gastada ropa de cuero ajustada a la perfección a su cuerpo musculoso, los ojos brillantes y claros y la cara bronceada por el sol. No parecía un hombre que acababa de pasar varias semanas cabalgando a través de páramos desiertos, durmiendo en el suelo y cazando para alimentarse.

Llegó alrededor de las tres de la tarde a la casa de estilo español de madera y ladrillo que Jason consideraba su hogar. Una amplia escalinata curva en el exterior formaba un gracioso arco que conducía al piso superior, cubierto de enredaderas; Adam acababa de desmontar cuando Jason apareció a la vista, en lo alto de la escalera.

—*Mon Dieu*! —exclamó el hermano mayor fingiendo disgusto, con los ojos color esmeralda brillantes de alegría—. ¡Tenías que ser tú! ¡Pensé que las mujeres licenciosas y los garitos de Natchez te proporcionarían suficiente diversión, y no tendría que soportar tu inquietante presencia!

Adam rió: sus dientes brillaron en medio del rostro cubierto de barba negra y un mechón de cabello negro y ondulado le bailoteó impúdico sobre la frente.

—Tú me dijiste que podría venir a visitarte cuando se me antojara, ¿no es así?

—*Oui!* ¡Pero en realidad no creí que lo hicieras! —replicó Jason en tono irónico; sus palabras contradecían la cálida sonrisa que le iluminaba el rostro. Bajó rápidamente la escalera, se acercó a Adam y lo apretó en un fuerte abrazo—. Me alegro de verte, hermano pequeño —añadió.

Había cierta semejanza entre los dos hermanos, pero el parecido no era notorio. Ambos tenían espeso cabello negro, y eran altos, y aunque en su juventud Adam era unos centímetros más bajo que Jason, ahora que tenía treinta y cuatro años, y Jason cuarenta y dos, el joven era tan alto como el mayor. Sus contexturas eran diferentes: Adam poseía la flexibilidad del espadachín, en contraste con la robustez de Jason. Aunque de hombros anchos, el cuerpo de Adam era más esbelto que el de Jason, de físico más imponente, si bien Adam, como el espadachín letal que era, se movía con esa clase de velocidad mortal y precisa, como había comprobado más de un tonto. Jason había heredado los ojos color esmeralda de su madre criolla, mientras que los ojos azul zafiro de Adam eran un don de Rachael; sin embargo, el cincelado perfecto de las mandíbulas y los mentones, y el atisbo de arrogancia de las narices eran el legado de Guy, el padre de ambos.

Adam esbozó una sonrisa torcida al oír las palabras de Jason y murmuró:

—Creo que no tan pequeño.

Jason rió.

—¡No te ofendas tan rápido, mi joven incendiario! Pero basta de bromas, ven, entra y refréscate.

De pronto, Adam percibió que faltaba algo: no salieron tres o cuatro niños gritando a recibirlo, ni se veían rastros de Catherine. Por lo común, su hermana ya habría corrido a estrecharlo entre los brazos, lanzando una corriente interminable de saludos excitados.

Adam miró interrogante a Jason. Adivinando la expresión de su medio hermano, Jason le aclaró:

—¡No te preocupes! No sucede nada malo. En este momento, Catherine y los niños están en Nueva Orleans: fueron a pasar unos meses. De hecho, si hubieses llegado un día más tarde, tampoco me habrías encontrado a mí en casa. Mañana salgo para traerlos de regreso.

—¡Oh! —exclamó Adam, un tanto decepcionado. Hasta ese momento, no advirtió lo ansioso que estaba de ver a su hermana y a la pandilla de pilluelos.

—Puedes venir a Nueva Orleans conmigo —propuso Jason mientras subían la escalera y entraban en la fresca y amplia galería.

Adam hizo una mueca.

—He venido aquí para escapar de... las diversiones de la ciudad. Nueva Orleans ofrece tentaciones similares a las de Natchez... ¡sólo que en versiones más exóticas!

Jason sonrió, pero la expresión de sus ojos verde esmeralda era pensativa. Sin embargo, no hizo comentarios y entró en el amplio vestíbulo para conducirlo luego al estudio.

Una vez que Adam se encontró cómodamente instalado en una enorme silla de cuero rojo, con un vaso alto y refrescante de whisky y menta en la mano, Jason habló. Contempló con afecto al hermano menor que tanto amaba, y dijo:

—En verdad, tengo que ir mañana a Nueva Orleans, pues tu hermana me espera allí. Sabes que puedes quedarte aquí todo el tiempo que desees: de hecho, insisto en que te quedes mientras voy a buscar a la familia. Si Catherine sabe que estás aquí y yo no hago todo lo posible para que te quedes, no me lo perdonará.

—¿Seguro que no te molesta? —preguntó Adam, cortés, aunque ya conocía la respuesta. Se sentía tan a gusto en Terre du Coeur como en Bella Vista, y aunque no era lo que había pensado, le agradó la idea de pasar unos días de exploración solitaria.

Jason movió su oscura cabeza en un gesto negativo.

—¡No seas ridículo! Disfruta mientras yo esté ausente, y así, cuando yo regrese con Catherine y los niños, estarás tan harto de tu propia compañía que nos recibirás alborozado.

Con aire burlón, Adam dijo arrastrando las palabras:

—¡Ya estoy harto de mi propia compañía... por eso he venido a visitaros! Pero aceptaré tu invitación de quedarme, y esperaré ansioso a que regreses con la familia.

Jason le lanzó una mirada perspicaz.

—¿Tan pronto se agotaron los placeres de Natchez? Creí que después de tus encuentros con los ingleses, el año pasado en la capital, agradecerías un período de tranquilidad.

Adam bebió un largo sorbo.

—La tranquilidad —replicó— puede ser demasiado aburrida... tú lo sabes.

—Ah, pero te olvidas de algo —respondió Jason con ligereza—. ¡Desde que tu hermana llegó a mi vida, no puedo decir que haya tenido un momento de tranquilidad! O bien arrasa alegremente mi corazón y mi casa, o los niños se las arreglan para llenar el vacío en los momentos en que se encuentra de ánimo dulce y sumiso. ¡Y te aseguro que eso no ocurre muy a menudo! Tal vez, si tú...

—¿Encuentro una esposa? —preguntó Adam en tono peligrosamente dulce.

Imperturbable por haber sido descubierto en tan flagrante conspiración matrimonial, Jason esbozó una sonrisa angelical.

—No una esposa cualquiera, *mon ami,* sino una que otorgue un cariz tempestuoso a tu vida, que ponga patas arriba el orden de tu universo, y que te mantenga en éxtasis en la cama. Una esposa que te brinde una banda de desvergonzados pillastres como los míos, y que te embruje, te enfurezca y te fascine. ¡Eso es lo que necesitas, y entonces quizá dejes de buscar aventuras con tanta persistencia y de arriesgar tu vida en cualquier plan peligroso que se te ocurra!

—Te refieres a una esposa como la tuya, ¿no es así?

—Bueno, ésa sería la conclusión correcta, pero sólo existe una Catherine, y como es mi esposa y tu hermana, te sugeriría que busques un poco más lejos. —respondió Jason riendo, aunque la expresión de sus ojos se mantuvo seria.

¡Qué bien conocía Jason los demonios que impulsaban a Adam! Había gozado de una exagerada libertad, había hecho lo que se le antojaba, tenido demasiado dinero a su disposición, mucho poder y nadie que lo restringiera, era muy orgulloso y temperamental y demasiado atractivo para las mujeres. No se le presentaba ningún desafío. Sencillamente, todo era demasiado fácil, ya se tratara de mujeres, de posición, o incluso de amigos. ¡Cualquier cosa que deseara... Adam la conseguía! Jason adivinaba con facilidad el motivo por el que Adam buscaba constantemente peligros y aventuras. En otra época, él mismo había sido así; cuando tenía veintinueve años y Guy le sugirió que se casara, se había enfurecido. Recordando los doce años anteriores, Jason estaba dispuesto a admitir que Guy tenía razón.

Sin embargo, aunque creía que el matrimonio aliviaría en gran medida el desasosiego de Adam en busca de nuevos horizontes, Jason sabía que haría falta una mujer excepcional para atrapar a su medio hermano. No serviría el matrimonio con una mujercita bien educada, joven y recatada: esa clase de unión sería desastrosa para Adam... ¡pero Jason tampoco deseaba verlo en las garras de una mujer mundana y sofisticada! Jason admitió que lo que Adam necesitaba era una mujer como Catherine: poco convencional, de fuerte voluntad, capaz de mantener su opinión frente a la personalidad avasalladora del hermano, de carácter tempestuoso, de inquebrantable lealtad, pero con un corazón repleto de calidez y de amor.

Sin saberlo, Jason había descrito a Savanna O'Rourke, pero como Adam estaba en Terre du Coeur, en Louisiana del norte, y en esos momentos Savanna trataba de adaptarse a la convivencia con su madre en Campo de Verde, unos kilómetros al sur de Nueva Orleans, la probabilidad de que ambos cruzaran sus caminos era remota. Y en lo que se refería a Savanna, lo último que deseaba era un marido: ¡Bodene demostraba ser todo lo odioso, represivo y dominante que cualquier esposo pudiera llegar a ser!

La muchacha estaba cómodamente recostada bajo un sauce llorón, cerca de uno de los arroyuelos que cruzaban la propiedad, y pensaba que en realidad Bodene no trataba de ser imperioso, sino que estaba acostumbrado a acomodar los hechos a su conveniencia... ¡y a Savanna le ocurría lo mismo! Y cuando lo que querían era por completo diferente...

Sabía que Bodene se había ufanado de lo que parecía la fácil capitulación de Savanna cuando aceptó volver con su primo, y como consideraba inútil entrar en disputa por cuestiones de detalle, le permitió organizar el viaje a Campo de Verde sin discutir. El trayecto río abajo transcurrió sin dificultades, y Savanna y Bodene lograron una convivencia bastante agradable, sin desacuerdos importantes. Hasta que llegaron a Nueva Orleans...

Bodene se creyó astuto al sugerir que pasaran un par de noches en Nueva Orleans y luego, como la prima no puso objeciones, le propuso visitar a una modista a la que su madre protegía. Con sospechosa indiferencia, Bodene continuó diciendo que lo haría muy feliz ayudarla a renovar el guardarropa. Después de todo, no podía seguir vistiendo el mismo sencillo vestido marrón, ¿verdad? Savanna advirtió hacia dónde intentaba conducirla y se lo reprochó, lo cual terminó en una disputa fenomenal: Bodene se enfureció porque su prima no le permitía aconsejarla para que vistiera a la moda, y la muchacha también, porque su primo creyó que podría tratarla como a una pobre subordinada. Desde ese momento, se sucedieron las escaramuzas todos los días acerca de todo: desde la manera en que Savanna insistía en participar de las tareas domésticas a pesar del personal empleado por Bodene, hasta el hecho de que la muchacha prefiriera andar descalza casi todo el tiempo.

Savanna suspiró, puso los brazos detrás de la cabeza y continuó mirando sin pensar en nada a través del apacible toldo verde que formaban las ramas del sauce. El cielo era claro, de un azul brillante, pero la joven, abstraída en la situación, no lo advirtió.

No había comprendido cuánto echaba de menos a su madre hasta que llegó a Campo de Verde y Elizabeth estuvo a punto de caer de los escalones con la excitación de la llegada de Savanna. No se veían demasiadas semejanzas entre las dos mujeres que estaban de pie abrazadas bajo el calor del sol. Savanna era más alta que Elizabeth, y aunque había mechones rojizos entre el cabello rubio de la madre, no exhibía el rojo llameante que resplandecía en la cabellera de la hija. El parecido se hacía evidente sólo en la brillante claridad de los ojos del color de la aguamarina, y tal vez en la lozana plenitud de las figuras de ambas, a pesar de la diferencia de estatura.

A los treinta y nueve años, Elizabeth aún tenía una magnífica figura femenina, aunque se veían rastros de la vida dura que había llevado en las arrugas que estropeaban sus facciones antes adorables. Se percibía que había nacido y se había educado como una dama no sólo en la manera de hablar y los modales, sino en el aire elegante que jamás perdía a pesar de las adversidades que había tenido que soportar. La suya era una belleza algo deteriorada y tenía el aspecto de la mujer madura que en verdad era, una mujer que había atravesado por innumerables dificultades pero que al final había triunfado.

Aquella primera tarde en Campo de Verde las dos mujeres se sentaron a conversar casi hasta el amanecer, y hablaron de todo lo que les cruzó por la mente; fue reconfortante y maravilloso que pudieran encontrarse por primera vez como iguales, no sólo como madre e hija, y al parecer, las diferencias que pudieron haber tenido se habían esfumado. Pero aún existían zonas de fricción entre ellas y Savanna, sin quererlo, tocó uno de esos puntos cuando preguntó sin pensar:

—¿Alguna vez te has preguntado por qué me dejó la propiedad si nunca me reconoció públicamente como su hija?

A medida que las horas pasaban, la conversación había recaído por breves instantes en Dávalos, algo que rara vez ocurría, y las palabras surgieron de la boca de Savanna antes de que pudiera tener en cuenta los sentimientos de su madre. La triste expresión que apareció en el rostro de Elizabeth encogió el corazón de Savanna; se dejó caer de rodillas junto a la silla de la madre y musitó:

—Lo lamento. No quise mencionar un tema doloroso.

Elizabeth esbozó una sonrisa melancólica.

—No es el tema lo que me resulta doloroso, sino la amargura y el resentimiento que tú conservas hacia tu padre.

Savanna hizo un gesto contrariado.

—No puedo evitarlo. Casi no conozco a ese hombre, pero me indigna lo que te hizo.

Con delicadeza, Elizabeth tomó la barbilla de Savanna, le alzó la cabeza, y dijo marcando las palabras:

—No lo olvides: Dávalos no podría haberme seducido si yo no hubiese participado de manera activa. Sé que Bodene y tú jamás lo entendisteis, pero yo amé a tu padre. Al principio, él era todo lo que una muchacha podía soñar: apuesto, inteligente y encantador, y yo estaba fascinada. Lo vi al otro lado del salón de baile del gobernador, vi esos resplandecientes ojos oscuros, esas arrogantes facciones españolas, y me enamoré perdidamente... y aunque deseé dejar de amarlo cuando comprendí la clase de hombre al que había entregado mi corazón, ya era demasiado tarde. Lo amaba, aun con todos sus defectos. —Apartó la mirada de la hija, y se sumergió en el pasado—. Sé que no era un buen hombre —agregó en tono más bajo—. Sé que nos trató de un modo atroz, vergonzoso, pero a pesar de eso nunca fui capaz de dejar de amarlo. —Miró a Savanna con expresión desdichada—. Lo sé. Tendría que haber sido más fuerte. Más orgullosa. Debería de odiarlo por lo que hizo y continuó haciendo, pero el hábito de amar es muy difícil de abandonar...

Savanna apoyó la mejilla en la rodilla de su madre.

—Pero, ¿no sientes ira por lo que hizo?

Elizabeth adoptó una expresión pesarosa.

—Oh, sí. Me causó un amargo resentimiento; no niego que hubo ocasiones en que en verdad lo odié. Pero entonces, Dávalos llegaba, me cortejaba y me convencía de que pronto, un día muy próximo se casaría conmigo y me daría junto a él el lugar que me correspondía... y yo le creía como una tonta. —Agitó la cabeza, como si no comprendiera por qué había sido embrujada de ese modo—. A veces —continuó con lentitud— adviertes que algo o alguien es malo para ti, pero no puedes librarte del encantamiento que se teje a tu alrededor: eso sucedía entre tu padre y yo. —Miró a Savanna—. Nunca dije que fuese un hombre bueno, ni aun honorable. Sospeché que debía de ser un depravado, pero creí que me amaba, a su manera, y que tal vez, si no lo hubiesen asesinado, algún día se casaría conmigo y te reconocería como hija.

Levantó el rostro de Savanna que descansaba sobre su regazo y le sonrió.

—Pero de alguna manera te reconoció, ¿no es cierto? Dejó claramente establecido en el testamento que tú eras su hija y también su heredera.

Savanna hizo una mueca y trató de cambiar de tema, al menos en parte.

—¿Qué supones que hacía en la Texas española cuando lo mataron?

Elizabeth se encogió de hombros.

—No tengo idea, salvo que tuviera relación con algún plan absurdo para buscar fortuna.

Al advertir la expresión curiosa de su hija, Elizabeth añadió con desgana:

—Aquella última vez que vino a visitarnos, estaba entusiasmado con no sé qué disparate acerca de una fortuna en oro. Insistía en que ese hombre, creo que se llamaba Jason Savage, era su enemigo mortal, y que sería capaz de matarlo para impedirle que encontrara antes el tesoro.

—¿Acaso no le creíste? ¿No es posible que eso haya sucedido? ¿Que Jason Savage lo haya matado?

Vehemente, Elizabeth negó con la cabeza.

En ese momento no lo supe, pero Jason Savage tiene una reputación excelente en Louisiana. Es rico, siempre lo fue, y se mueve en los círculos más elevados de la sociedad: no tenía motivos para matar a tu padre.

Savanna no se convenció tan fácilmente como su madre; un atisbo de duda se asomó a su mirada cuando dijo:

—Pero si se trataba de una fortuna...

Elizabeth lanzó una risa suave y volvió a negar con la cabeza.

—No, querida. No había tal fortuna. Sólo se trató de una fantasía de tu padre. Dávalos siempre trazaba esa clase de planes, y cada vez que me abandonaba partía con la promesa de que sería la última vez, que en esa ocasión realmente hallaría esa fortuna.

La explicación no satisfizo del todo a Savanna, pero eso había ocurrido mucho tiempo atrás y pronto perdió interés en el tema; la hija y la madre volvieron a temas más placenteros. Durante los primeros días en casa de su madre, Savanna se sorprendió de disfrutar de verdad del ritmo tranquilo y sin prisas del lugar.

Esa sensación no duró. Ya hacía una semana que estaba en Campo de Verde, y comenzaba a asfixiarse. Recordó lo feliz que se sentía su madre de tenerla allí, y se sintió culpable. Amaba a su madre, y el entusiasmo y el franco placer que le proporcionaba la presencia de la hija eran conmovedores, pero Savanna sentía que no pertenecía a aquel lugar.

Elizabeth había dejado atrás por entero la época de Nido de Cuervos, y llevaba una vida totalmente distinta, que a Savanna le resultaba restrictiva. En Campo de Verde, donde la vida anterior de Elizabeth era desconocida, se suponía que había estado casada con Dávalos, por lo tanto se la consideraba una viuda respetable, integrante de un círculo de amigos también respetables. Como era lógico, esos amigos esperaban que Savanna se adaptara al mismo molde, pero, por desgracia, la muchacha era incapaz de imaginarse sentada haciendo labores, ofreciendo cenas, charlando acerca de la última moda, los niños y los chismes más recientes que llegaran a los delicados oídos de las damas. *¡Dios!* Aun en la tibia tarde de abril, ese futuro le pareció lúgubre a Savanna.

La muchacha rodó boca abajo tratando de escapar a sus tristes pensamientos, y contempló la estrecha faja de tierra alrededor de la casa, que estaba situada en el extremo de un corto camino bordeado de robles. La casa de Campo de Verde no era imponente pero miraba hacia el portentoso río Misisipi igual que los vecinos más importantes. Había sido construida sesenta años atrás, más bien como cabaña de verano; era una construcción pequeña apoyada sobre una base elevada a la manera de Louisiana, y la familia vivía en el piso superior. El tejado se extendía sobre el balcón del piso alto que recorría toda la planta, y una serie de columnas de ladrillo recubiertas delicadamente con madera daban a la casa un encanto decadente, del mismo modo que la escalera curva exterior que conducía al piso alto. En otro tiempo la casa era de un blanco cegador, pero ahora el color de la fachada se había tornado de un suave tono crema que Savanna consideraba más agradable, y que formaba un agradable contraste con las oscurecidas tejas de cedro.

Cuando Savanna y los demás llegaron desde Nido de Cuervos, todo se encontraba en un deplorable estado de abandono, pero con bastante trabajo y todo el dinero que pudieron invertir, Campo de Verde se transformó una vez más en un hogar confortable si bien poco ostentoso. Elizabeth se había enamorado del lugar en cuanto lo vio, pero Savanna miró con horror aquella casa de persianas cerradas, con la pintura cuarteada por el calor y los barandales derrumbados.

El terreno que la rodeaba era una verdadera selva: el clima semitropical de Louisiana favorecía el crecimiento sin control de plantas y árboles de todas las clases imaginables. Sobre la casa y los establos y graneros se cernían altos cipreses y macizos robles de los que colgaba el musgo gris verdoso que se mecía grácilmente al menor soplo de brisa. Dondequiera que se mirase se veían palmeras, yucas, magnolias, madreselvas y jazmines que luchaban entre sí por la supremacía. A Savanna le gustó esa vegetación salvaje, pero, en honor a la verdad, fue lo único que le agradó del lugar.

Frunció el entrecejo, se volvió otra vez de espaldas, y continuó buscando una solución al problema cuando un ruido la sobresaltó. Para su horror, un instante después se encontró con el rostro sonriente de Micayá...

5

Micayá desperdició dos días frustrantes tratando de descubrir el paradero de Adam St. Clair. Sus averiguaciones resultaron infructuosas: al parecer, en aquel momento Adam St. Clair no se encontraba sobre la faz de la tierra. Pero Micayá ya había recibido la mitad del dinero por disponer la muerte del elusivo St. Clair y además Jeremy insistía, lamentándose, en que en realidad necesitaban buscar a Savanna O'Rourke; por lo tanto, el asesino admitió con desgana que tal vez su socio tuviese razón. En cualquier momento podría matar a St. Clair, pero si la historia de Jeremy era verdadera —y Micayá comenzaba a creerlo— se imponía una visita a Savanna.

Se decepcionó al descubrir que Savanna también había desaparecido. Pero sólo fue necesario un pequeño derramamiento de sangre para convencer al cuidador de la taberna y lograr que les confesara el paradero de la muchacha. Rápidamente, los dos socios se dirigieron río abajo, hacia Campo de Verde, y pasaron dos días acechando en la enmarañada espesura tratando de decidir el mejor modo de secuestrar a Savanna.

Desde que Jeremy le habló del oro, Micayá se dedicó a recordar lo que sabía de Savanna y la mejor manera de lograr que... cooperara con él. No creía que Savanna supiera lo relativo al tesoro: ¡si así fuese, no se habría ocupado de atender la taberna O'Rourke! Dávalos había asegurado que le había dejado el brazalete de oro, pero a Micayá le resultaba evidente que la joven aún no lo había hallado y quizá nunca lo haría si el conocimiento del tesoro azteca permanecía oculto más de diez años después de la muerte de Dávalos. El asesino llegó a la conclusión de que debía de ser Jason

Savage el que tal vez conociera las respuestas acerca del oro, y Micayá no creía que fuese imperioso encontrar de inmediato ese brazalete: ya habría suficiente tiempo para buscarlo con tranquilidad cuando hallaran el tesoro principal y Savanna descubriera las delicias del amor del bandido. ¡Demonios, cuando encontrara el oro, quizás hasta podría casarse con la joven... si en verdad era buena!

Pero lo primero era convencer a Savanna de que su padre habría regresado junto a ella y su madre si Jason Savage no le hubiese provocado la muerte. Tendría que pintar a Jason Savage con los tonos más sombríos y, al mismo tiempo, bañar a Dávalos en un aura de color rosa.

Con ese propósito, Micayá entrenó sin piedad a Jeremy para que supiera qué era exactamente lo que tendrían que contarle a Savanna acerca de las últimas palabras del padre. Perforando a Jeremy con mirada sombría, Micayá le dijo:

—No tienes que decir demasiado, yo hablaré y tú sólo asentirás con la cabeza... ¡y confirmarás como verdad revelada todo lo que yo diga! Lo importante es lograr que la muchacha venga con nosotros y que imagine a ese tipo, Savage, como el villano más depravado del mundo.

Jeremy no entendió del todo el razonamiento de Micayá, pero estaba dispuesto a seguirlo. Lo único que le importaba era el oro, y si el socio suponía que atrapar a la joven los ayudaría, entonces estaba de acuerdo...

Sin embargo, resultaba difícil secuestrar a la joven, y Jeremy comenzó a dudar. Esa tarde, estaban agazapados junto a un arroyuelo, ocultos tras las densas enredaderas y matorrales cuando Micayá exclamó de pronto en tono satisfecho:

—¡Bueno, maldita sea! Allí está, sola bajo ese sauce. ¡Parece que por fin ha cambiado nuestra suerte!

Jeremy espió a través de las hojas en forma de abanico de una palmera, y vio un alto cuerpo femenino a menos de diez metros. El corazón le dio un vuelco. No había nadie en las proximidades y el edificio más cercano estaba a buena distancia. El brillo flamígero de aquella cabellera al sol no dejaba dudas acerca de la identidad de la muchacha, y Jeremy estaba dispuesto a atraparla de inmediato, pero Micayá movió la cabeza negativamente.

—No. No debemos asustarla. Yo me encargaré.

Después de asegurarse de que no había peligro, Micayá se aproximó rápidamente a Savanna. Estaba tan perdida en sus pensamientos que sólo lo descubrió cuando apareció junto a ella exhibiendo una sonrisa afectada.

Savanna se incorporó de inmediato y antes de que el hombre parpadease, la joven se agazapaba en una posición de lucha, y el sol relumbraba sobre la hoja del cuchillo que sostenía con mano experta. Entornó con gesto amenazador los ojos aguamarina, y escupió:

—*¡Dios!* ¿Qué estás haciendo aquí?

La sonrisa de Micayá se esfumó al advertir el cuchillo, y replicó inquieto:

—He venido a verte. Tengo que decirte algo que puede resultarte interesante.

Sin confiar en el bandido, Savanna lo miró despreciativa y exclamó:

—¡Lo dudo!

—Se trata de tu padre, Dávalos... sabía de la existencia de un tesoro y murió tratando de hallarlo para ti.

Savanna quedó tan estupefacta por aquellas palabras que bajó un instante la guardia, y moviéndose con la velocidad de una serpiente, Micayá le asestó un cruel puñetazo en la barbilla. Savanna lanzó un gemido y cayó al suelo.

Micayá echó una rápida ojeada alrededor; luego la alzó en brazos y la llevó al escondite entre los espesos matorrales. Un rato después, al agitarse, Savanna se encontró sentada contra un árbol, amarrada y amordazada, y frente a ella, la cara sonriente de Micayá, además de un hombrecito desconocido de aspecto de lagartija. Sintió el ácido regusto del miedo en la garganta, y luchó contra las ataduras lanzando maldiciones ininteligibles a través de la mordaza.

Micayá se limitó a sonreír y dijo en tono afable:

—Está bien, amorcito, maldice cuanto quieras. No me molesta en absoluto. En especial porque no te entiendo. Pero si quieres enterarte de qué se trata todo esto, te sugiero que te calles y escuches.

Savanna temió adivinar de qué se trataba, pero cesó en los inútiles esfuerzos por liberar las manos, y lo miró sin advertir de qué modo impresionaba al asesino.

El cabello ígneo enmarcaba su rostro encantador, y las manos amarradas a la espalda hacían que sus pechos llenos se proyectaran hacia adelante como si trataran de escapar del sencillo vestido marrón. A Micayá le escocían los dedos por las ansias de tocar esa carne pálida y tibia...

Se encontraba indefensa, nadie la rescataría... En realidad, el hombre dio un paso hacia la joven cuando Jeremy gimió:

—¡Vayámonos de aquí! Alguien notará la ausencia de la muchacha y la buscará.

Micayá frunció el entrecejo y lanzó al socio una mirada tenebrosa, pero asintió y gruñó:

—¡Tienes razón! Trae los caballos.

Aterrada como nunca en su vida, Savanna trató de pensar con frialdad. ¡No podía dejar que se la llevaran! Estaba atada y amordazada, pero tenía los pies libres. En el instante en que Jeremy desapareció, se incorporó de un salto y se lanzó en la dirección opuesta, corriendo y tambaleándose a través de los enmarañados matorrales con toda la velocidad que pudo.

Micayá lanzó un grito de sorpresa y corrió tras ella de inmediato. Durante un instante desesperado, Savanna creyó que podría escapar, pero el bandido apareció precipitándose desde la nada y con un salto terrible logró derribarla. La joven se debatió con desesperación agitando los pies y las rodillas, pero fue inútil y advirtió horrorizada que Micayá estaba encima de ella con el cuerpo macizo incrustado entre sus piernas.

Con toda intención, Micayá la oprimió con las caderas para que notara su erección y lo indefensa que estaba. Exhibió los dientes en una sonrisa y musitó:

—Ahora no tenemos tiempo de terminar con esto, pero no te preocupes: me ocuparé de ti en cuanto me libre de Jeremy.

La alzó de un tirón para ponerla de pie y la arrastró hasta donde Jeremy esperaba ansioso con tres caballos. Micayá la depositó con rudeza sobre uno de los animales y le ató los pies a los estribos. Tomó las riendas del caballo con mano firme y montó en su propio animal.

Savanna recordó poco de ese terrible viaje a caballo a través de la vegetación salvaje de los pantanos. Los hombros le dolían por tener los brazos amarrados a la espalda, y las enredaderas y ramas bajas la golpeaban todo el tiempo que duró la loca cabalgata por la espesura.

Anduvieron durante horas, y a cada kilómetro que pasaba el ánimo de Savanna decaía más. ¡Nunca saldría viva de aquella aventura! Le erizaba la piel saber que estaba a merced de Micayá, y estaba segura de que era preferible la muerte antes que sucumbir a las atenciones de aquel hombre.

Pero cuando al fin se detuvieron, a varias horas y kilómetros de camino de Campo de Verde, para su alivio Micayá tenía otras preocupaciones antes que gozar de ella. La dejó caer cerca de un ciprés desnudo y medio podrido, a orillas de un arroyuelo perezoso, y la sujetó por el tobillo al tocón con unas esposas que en otros tiempos se utilizaban con los esclavos, y que llevaba en la montura. Después, la ignoró y se dedicó a montar el campamento con ayuda de Jeremy.

Sólo cuando las tareas inmediatas quedaron terminadas, el fuego ardía alegre en la oscuridad, y una olla de maíz hervía sobre la hoguera, Micayá pareció recordar la presencia de Savanna. Blandiendo amenazador un cuchillo, se acercó; la joven lo miró ceñuda, decidida a no demostrar lo furiosa y asustada que se sentía.

Dispuesta a lo peor, vio con asombro que Micayá reía y con un movimiento rápido cortaba la mordaza y las cuerdas que le sujetaban los brazos. De inmediato, se alejó del alcance de Savanna.

El grillete que le sujetaba el tobillo la mantuvo encadenada al tocón del ciprés, pero, al sentirse libre de la mordaza y las ataduras, Savanna sintió una diminuta chispa de esperanza: al menos ahora podría defenderse, aunque al final el hombre la derrotara. A medida que la circulación de la sangre se restablecía, las manos le hormiguearon, y casi gimió de alivio cuando pudo dejar caer los brazos a los lados.

Exhausta, miró a Micayá y, para su sorpresa, vio que el hombre le entregaba con cautela un plato de hojalata con potaje caliente de maíz y carne seca. De pronto, se sintió demasiado hambrienta para preocuparse de los designios del bandido; tomó el plato y devoró con avidez la comida.

Cuando terminó, la confianza de Savanna aumentó, y dijo en tono áspero:

—¿No crees que ya es hora de que me digas de qué se trata todo esto?

Jeremy y Micayá estaban sentados cerca de la pequeña hoguera, y después de meterse más comida en la boca, Micayá la miró pensativo.

—Como te dije antes —dijo al fin—, se trata de tu padre.

Sin ocultar la confusión que sentía, Savanna preguntó:

—¿Qué pasa con mi padre? ¡Está muerto! ¡Todos saben que hace diez años que murió!

—Sí —dijo Micayá arrastrando la voz—, pero lo que nadie sabe es que Jeremy estaba junto a él cuando murió. Sostuvo una interesante conversación con Dávalos instantes antes de que falleciera, eso hizo Jeremy.

Frustrada, cansada, asustada y bastante impaciente, Savanna replicó en tono agudo:

—¿Sí? ¡Bravo por Jeremy! ¿Y eso qué tiene que ver conmigo?

—Bueno, sé que te costará creerlo, pero tu papá en verdad estaba preocupado por ti antes de morir. Al parecer, todos esos años estuvo buscando un tesoro azteca: anhelaba encontrarlo para que tú y tu madre gozarais de una vida acomodada. Quería que las dos tuvierais todo lo que desearais: dinero, ropa fina, sirvientes, una mansión... todo. —Entusiasmado con su propio relato, Micayá prosiguió con aire soñador—: Por ese motivo nunca permaneció a tu lado cuando eras niña: estaba buscando ese tesoro para ti y para tu mamá. Le dijo a Jeremy que pensaba casarse con tu madre cuando hallara el tesoro. Que no merecería casarse con ella hasta que no lo encontrara. Dijo que Jason Savage lo había asesinado para impedirle encontrar el oro y volver a ti.

Si era posible que un ser tan encantador como Savanna boqueara como un pez, eso fue lo que hizo. Dejó caer la mandíbula, la mirada se le enturbió y miró atónita a Micayá. La intuición le indicó que desechara el relato del bandido, pero de pronto recordó la conversación con su madre la primera tarde después de su llegada a Campo de Verde. Elizabeth afirmó con toda claridad que, según Dávalos, un hombre llamado Jason Savage era su enemigo mortal, y que su padre había estado buscando una fortuna en oro. Elizabeth desestimó la idea, pero ¿acaso no era probable que su madre estuviese completamente equivocada? Savanna sacudió la cabeza para aclararse la mente. ¿Creería más en la palabra de Micayá que en la de Elizabeth? Vaciló, pero luego apretó los labios y con menos vehemencia de la que hubiese expresado antes, recordó las palabras de su madre y dijo:

—¡Es la historia más absurda que he oído! *¡Dios!* ¿Estás borracho, o sólo chiflado?

Micayá lanzó a Jeremy una mirada de aviso, y éste tragó saliva y habló precipitadamente.

—¡Es verdad! ¡Lo juro por la memoria de mi madre! ¡Hasta la última palabra! Lo encontré moribundo en una zona cercana al cañón de Palo Duro, y me habló del tesoro, de usted, y de que Jason Savage lo había asesinado.

—Al principio, no le creí —aseguró ansioso Micayá—. Pensé que esos diez años en una cárcel española le habían estropeado los sesos, pero me convenció. Me dijo que tu papá confesó haber matado a alguien llamado Nolan y haber escondido un brazalete de oro: dijo que tú lo tenías.

Estupefacta, Savanna miró a Micayá y sintió que los pensamientos se le embrollaban. La invadió la sospecha de que su madre podía estar equivocada. Aquellos hombres mentían... pero, ¿por qué insistían con esa historia absurda? ¡Por cierto no sería sólo para lograr que Savanna fuera con ellos! Creían en lo que estaban diciendo. ¿Sería posible que en realidad existiera un brazalete de oro? Sin embargo, ella no lo tenía. Hasta ese momento no había oído hablar de esa joya. ¡Sin duda, aquellos hombres mentían! Les lanzó una mirada fija y severa, y dijo en tono áspero:

—¡Yo no tengo ningún condenado brazalete! ¡Nunca lo he visto ni he oído hablar de él!

Micayá asintió.

—Tu padre le dijo a Jeremy que él lo había escondido. Que lo había ocultado de manera que, si algo le ocurría, lo encontrarías, y entonces tú y tu madre podríais defenderos si Dávalos desaparecía. Jeremy me contó que, mientras yacía moribundo, habló de lo mucho que os amaba a ti y a tu madre, y cuánto deseaba reparar los daños causados.

—¡Es verdad! Nolan. El brazalete de oro. Ocurrió tal como ha dicho Micayá —aseguró Jeremy en tono piadoso.

Savanna hizo un esfuerzo y fijó la mirada en Jeremy. Seguía pareciendo una comadreja, pero tenía tal aire de sinceridad, que la muchacha dudó. *¡Dios!* ¿Y si lo que decían era cierto? Tragó con dificultad y movió la cabeza para aclarar sus pensamientos.

—No os creo —alcanzó a murmurar con voz afligida—. ¡Estáis mintiendo!

—¿Y por qué habríamos de mentir? —preguntó Micayá, razonable—. Para Jeremy no significa nada.

Eran demasiadas cosas que asimilar, y Savanna replicó, casi desesperada:

—¡Está bien! Supongamos que es verdad: ¿qué tiene que ver conmigo?

Micayá tomó otro bocado de carne, lo deglutió y luego respondió:

—Bueno, como tu padre pensaba volver y resolver la situación para ti y tu madre, creo que tú querrás vengarte del hombre que se lo impidió, el que lo mató antes de que pudiera arreglar las cosas. Jason Savage.

Aturdida, Savanna agitó otra vez la cabeza y trató de desenmarañar aquella confusa situación.

—¿Me estás diciendo —preguntó al fin— que me has secuestrado porque querías que yo me vengara de Jason Savage?

—No exactamente. —La mirada de Micayá revoloteó sobre el cuerpo de Savanna, y la muchacha sintió un escalofrío—. Tú sabes por qué te he secuestrado, es inútil que te finjas inocente, querida —exclamó en tono cortante—. Pero era tu padre el que buscaba el tesoro, y en consecuencia tendría que ser tuyo... y también de tu madre. Y por una buena parte de ese oro, Jeremy y yo estamos dispuestos a ayudarte a encontrarlo... y a vengarte de Jason Savage al mismo tiempo.

—¡Si imaginas que me voy a creer que te has vuelto tan noble, estás loco! —replicó Savanna, enfadada, con los ojos aguamarina brillando a la luz de las llamas danzarinas, y el cabello como un halo de fuego en torno de su cabeza.

—No importa —aseguró Micayá, ecuánime—. Lo único que tienes que creer es que nosotros te ayudaremos a encontrar el tesoro y a matar a Jason Savage.

—Supongamos que no quiero buscar el tesoro ni tener nada que ver con ese Jason Savage. Entonces, ¿qué pasaría?

—En ese caso, tendremos que arreglárnoslas sin ti, lo cual significa que el tesoro de tu papá sería sólo mío y que el asesino de tu padre quedaría libre.

Aunque no estaba convencida en absoluto de la verdad de la historia, a Savanna no le gustó nada lo que acababa de oír. Si Dávalos había encontrado un tesoro, su madre y ella tenían derecho a poseer una parte de esa fortuna, y si Jason Savage había asesinado a su padre para guardar el secreto del tesoro o apropiárselo, tendría que ser castigado. ¡Pero unir fuerzas con Asesino Micayá era impensable!

Alzó con arrogancia la barbilla y dijo en tono frío:

—¡Puedes quedarte con el tesoro! Haz lo que quieras con Jason Savage. ¡Déjame ir!

Micayá rió como un tiburón y movió la cabeza.

—Querida, no puedo. Te he deseado durante mucho tiempo, y ahora que te tengo, no pienso dejarte ir sin antes hartarme de esa carne blanca de tu cuerpo. Además, quizá sepas más acerca del tesoro de lo que confiesas: sería estúpido dejarte, pues tal vez nos seguirías y te quedarías con el oro.

Savanna entrecerró los ojos, amenazadora.

—¡Lucharé contra ti! ¡Te haré la vida tan imposible que lamentarás el día en que posaste la mirada sobre mí! Tendrás que vigilarme en todo momento, y en el instante en que me vuelvas la espalda...

Sin inmutarse ante las amenazas, Micayá movió lentamente la cabeza desgreñada.

—No, eso no es cierto. Obedecerás todo lo que te ordene, pues si no lo haces comenzaré a contar a todos los vecinos la verdad acerca del «matrimonio» de tu madre con Dávalos. Tendré que mencionar Nido de Cuervos y esa pequeña taberna que ella atendía. ¿Te parece que los vecinos hallarán interesantes esas novedades?

Savanna rechinó los dientes y lo miró, mientras sus pensamientos volaban. ¿Acaso los amigos de su madre darían crédito al bandido? ¿No rechazarían sus palabras como un chisme malicioso lanzado por un canalla depravado y despreciable? ¿O acaso le creerían? Tal vez, algunos sí. Quizás otros no... ¿podría correr ese riesgo? Si la respetabilidad de su madre se arruinaba, ¿podría Savanna soportarlo? Se le encogió el corazón. ¡Tendría que acompañar al bandido, para salvar a su madre! Con los labios apretados y el odio resplandeciendo con furia en sus claros ojos aguamarina, dijo fríamente:

—¡Si voy contigo, no iré desarmada ni encadenada! Tendrás que soltarme, devolverme el cuchillo... y jurar que no me pondrás un dedo encima.

Micayá la estudió durante unos instantes. No le gustó ninguna de las exigencias de la joven, en especial la que se refería a no tocarla, pero sabía que mientras mantuviera cierta distancia no trataría de escapar por temor a que el bandido revelara el pasado escandaloso de la madre. Recorrió lentamente con la mirada el cuerpo voluptuoso de la joven, y suspiró. Por más que la deseara, comprendió que correría un gran riesgo si trataba de forzarla en cualquier momento antes de encontrar el tesoro. Pero una vez que lo hallaran... Disimuló la sonrisa lasciva que le asomó al rostro, apartó la mirada y sopesó las otras exigencias. No le importaba tanto quitarle las cadenas como devolverle el cuchillo: era muy capaz de matarlo y regresar tan tranquila a Campo de Verde.

—Juro que no te tocaré —dijo al fin, sin ocultar el disgusto que le producía la situación—. Incluso te quitaré los grilletes... ¡pero no soy tan imbécil como para poner un arma en tus manos!

Savanna no creyó que se abstendría de tocarla, pero no estaba en condiciones de discutir. Había creído que no lograría ninguna concesión de parte de Micayá y esperó que no advirtiera el brillo de satisfacción feroz que pugnaba por asomar a sus ojos; miró el grillete que rodeaba su fino tobillo y exclamó imperiosa:

—¡Entonces, suéltame!

Con la misma precaución que si se tratara de un gato salvaje, Micayá se acercó y le dio la llave de los grilletes. Se mantuvo fuera del alcance de Savanna y murmuró en tono amargo:

—Somos algo así como socios, por lo tanto, puedes lavar los cacharros, y encontrarás la manta para dormir allí, donde están amarrados los caballos... ¡ya no estás encadenada, y puedes darles de comer tú misma!

Savanna obedeció como un ratón dócil, pero no perdió de vista el entorno, alerta a cualquier movimiento precipitado de Micayá. No temía a Jeremy: su instinto le decía que solamente le interesaba el oro, y que el cuerpo de la joven no representaba el menor atractivo para él. Cuando se acercó a buscar el saco de dormir la tentación de escapar fue casi intolerable... ¡los caballos estaban tan cerca...!

—Si yo estuviese en tu lugar, ni lo intentaría —le advirtió Micayá en tono suave a unos pasos de distancia—. ¡Haces un movimiento para escaparte y se rompe nuestro trato!

Las posibilidades de éxito eran ínfimas, y la muchacha se encogió de hombros pensando que ya tendría otra ocasión mejor. Tomó el saco de dormir, caminó con agilidad en dirección a la luz y se preparó la cama lo más lejos posible de Micayá y Jeremy. Savanna estaba segura de que después de todos los sucesos de ese día y las revelaciones sorprendentes que había oído no podría dormir, pero la venció el agotamiento y se durmió en cuanto se acostó.

La mano de Micayá sacudiéndole el brazo la despertó cuando la primera luz neblinosa del amanecer se filtraba en la selva pantanosa. Como un gato escaldado, se puso de pie de un salto con las manos transformadas en garras y se enfrentó a él. El hombre esbozó una sonrisa perversa y dijo:

—Levantamos el campamento... ¡reúne tus cosas!

Viajaron en silencio durante horas y Savanna descubrió el destino que llevaban sólo cuando hicieron un alto para comer, alrededor de mediodía.

—Jason Savage —dijo Micayá terminando una taza de café fuerte— vive en la plantación Terre du Coeur, a unos días de distancia al norte de aquí, con su esposa y sus hijos. Iremos allí, lo secuestraremos y nos dirigiremos al río Sabine. Ya me he ocupado de que hubiera caballos de refresco y las cosas que necesitemos en Nacogdoches. Cuando estemos a salvo, obligaré a Savage a decirnos cómo llegar hasta el tesoro.

El ánimo de Savanna decayó más aún. Micayá tenía todo planeado y al parecer ella no tendría posibilidades de escapar pronto. Tampoco estaba segura de que quisiera hacerlo: la historia de los motivos del padre y el oro azteca tenían una lógica demente, y si decidía creerla podría explicarse muchas cosas y pensar en Dávalos con un sentimiento que no fuese de rencor. Admitió con desgana que deseaba creerla.

Observó a Micayá. Era muy poco probable que en realidad estuviese dispuesto a compartir el oro con Savanna, pero sin duda para el momento en que lo encontraran —¡si es que llegaba!— la muchacha podría pergeñar un plan de huida. Una sonrisa pálida le asomó a los labios. ¡Si escapaba, también podría llevarse una parte del oro! Por otro lado, si al menos la mitad de la historia era verdadera, ella tenía derecho a recibir su parte del tesoro. Imaginó todo lo que podía lograr en favor de su madre con una fortuna considerable, y cerró decidida la mente a toda especulación posterior. Se aferraría a la idea de que Dávalos las había amado y que había muerto tratando de encontrar un tesoro para mejorar la vida de todos ellos. Y en cuanto a que Jason Savage asesinó a su padre... La sonrisa se desvaneció. ¡Era evidente que Elizabeth había sacado conclusiones equivocadas en relación con el oro y con Jason Savage!

Unos días después, cuando llegaron a su destino, Savanna había logrado convencerse de que estaba haciendo lo correcto. Incluso consiguió hacer brotar en su pecho cierto odio hacia Jason Savage... ¡ese canalla que había asesinado a su padre!

Micayá mantuvo su palabra y no realizó movimientos francos de acercamiento a Savanna, pero la muchacha no confiaba en el bandido ni en la expresión que adoptaba cuando la miraba. Por la noche no podía dormir bien, temerosa de que Micayá la atacara mientras dormía, y no dejaba de pensar que estaba desarmada. Pero la joven era jugadora por naturaleza, y admitía que la idea de encontrar una fortuna en oro azteca ejercía sobre ella un poderoso atractivo. Cuando la desesperación la invadía, recordaba que era el oro por el cual su padre había muerto.

Los hombres decidieron esperar hasta que oscureciera para meterse en la casa y secuestrar a Jason Savage. Todos los temores y las dudas volvieron a asaltar a Savanna cuando Micayá se negó a permitirle que fuera con ellos y, tras una desagradable disputa, la esposó otra vez a un pequeño roble.

Micayá la miró desde lo alto del caballo, y le dijo en tono cortante:

—No confío en ti y dudo de que seas incapaz de traicionar nuestro acuerdo, de modo que te quedarás aquí mientras Jeremy y yo vamos a atrapar a Jason Savage. Espera y quédate tranquila.

Savanna avanzó hasta donde se lo permitía la cadena, como una tigresa enjaulada, e insultó a Micayá en ambos idiomas mientras los dos hombres desaparecían en la oscuridad. Aguardó, más furiosa que asustada; cada segundo le pareció una hora mientras pensaba en Jason Savage y en la desagradable sorpresa que le esperaba...

Jason Savage, a salvo en Nueva Orleans con su familia, no estaba en peligro de toparse con Micayá y Jeremy. Pero desafortunadamente, los dos intrusos lo ignoraban, y cuando se deslizaron en silencio en la elegante casa de Terre du Coeur y vieron al hombre alto de cabello negro que bebía coñac en la biblioteca, como era obvio, supusieron que se trataba de Jason Savage.

Adam disfrutó el tiempo transcurrido desde que Jason se marchó y se sentía a gusto en Terre du Coeur: no tenía motivos para esperar ningún peligro. Ya había despedido a los sirvientes y decidió tomar un último coñac antes de irse a la cama; estaba a punto de llevarse la bebida a los labios cuando sus sentidos aguzados lo alertaron de la amenaza. Estaba a punto de darse la vuelta cuando Micayá le asestó un terrible garrotazo. Adam sintió que le explotaban chispas en la cabeza y perdió el conocimiento.

Savanna no supo si sentir alivio o desilusión cuando vio regresar a Micayá y Jeremy con el cuerpo inerte de un hombre atravesado en la montura del primero. Pero no había tiempo que perder: era urgente que se alejaran de la zona antes de que el secuestro fuese descubierto. Si la suerte los acompañaba, la ausencia del amo no se notaría hasta la mañana, pero no podían correr riesgos.

Para alivio de Savanna, Micayá la desató de inmediato y segundos más tarde se abrían paso en la penumbra apenas alumbrada por la luna. Había luna llena y hacía días que habían dejado atrás los pantanos, de modo que el suelo era uniforme aunque lleno de árboles, pero a pesar de eso anduvieron a buen paso. Horas después, cuando Micayá por fin decidió detenerse, Savanna, agotada, se dejó caer en el suelo, agradecida de poder descansar. Se propuso no mirar el cuerpo inmóvil de Jason Savage, que tenía las manos y los pies atados firmemente, y que Micayá arrojó sin miramientos al suelo.

Exhausta por los acontecimientos, Savanna se durmió en el instante en que apoyó la cabeza en el suelo y su sueño fue profundo por primera vez desde que fue capturada. El contacto furtivo de una mano la despertó horas más tarde, y reaccionó de manera instintiva: se movió con la velocidad del rayo e hincó los dientes con toda su fuerza en la mano exploradora.

Micayá lanzó un aullido de dolor y se apartó mientras Savanna se incorporaba de un salto en un solo movimiento ágil y amenazante. Los rizos rojos dorados se erizaron como una melena en torno de su cara, sus ojos aguamarina adquirieron un brillo feroz y apretó los puños mirando colérica a Micayá.

—Juraste —pronunció las palabras con helada precisión— que no me tocarías.

Micayá la miró con una sonrisa torcida, y se sostuvo la mano herida guardando una prudente distancia.

—Fue un accidente. Sólo estaba tratando de despertarte y se me escapó la mano.

—¡Si no quieres quedar manco para siempre, te sugiero que no se te escape la mano otra vez!

Micayá se encogió de hombros y volvió junto a la pequeña hoguera que había encendido Jeremy. Segura de que por el momento había pasado el peligro, Savanna giró, se acercó a zancadas a la angosta aguada que bordeaba la zona donde habían acampado y se lavó la cara y el cuello con agua fría. Se sintió reconfortada; se enderezó y sin mucho entusiasmo trató de ordenar con los dedos los rizos enmarañados que le llegaban hasta la cintura.

Más tarde, mientras sorbía café de una taza de latón que le alcanzó Jeremy, contempló el cuerpo de Jason Savage, que parecía un montón de ropa desparramada.

—¿Aún no ha despertado? —preguntó sin dirigirse a nadie en particular.

—Micayá lo golpeó muy fuerte —replicó Jeremy incómodo y echó al hombre yacente una mirada nerviosa.

—¡No está muerto! —exclamó Micayá a la defensiva—. Fijaos cómo sube y baja el pecho. Pronto despertará.

—Bueno, no podemos quedarnos esperando que el «señor» Savage se despierte, por lo tanto sugiero que hagamos algo para ayudarlo a despabilarse —dijo Savanna en tono feroz. Tomó una olla vacía y la llenó con agua del arroyo.

Mientras se acercaba al cuerpo inerte de Jason Savage, se recordó con severidad que aquél era el monstruo carente de principios que había asesinado a su padre. ¿Acaso su madre no había dicho que, según Dávalos, Savage había jurado matarlo? Lo miró y advirtió que era bastante más joven de lo que esperaba y asombrosamente guapo a pesar del feo moretón que se oscurecía en la sien. Enfadada consigo misma por fijarse en el cabello negro ensortijado y en la viril belleza del rostro, le asestó sin misericordia un puntapié en las costillas. Cuando vio que se agitaba y gemía, le arrojó el agua a la cara.

Adam se despertó bruscamente, se incorporó y percibió varias cosas a un tiempo. Sentía un espantoso dolor de cabeza, tenía los pies y las manos amarrados de manera segura y alguien acababa de arrojarle una buena cantidad de agua fría a la cara. Hizo caso omiso de los dolores que arrasaban su cuerpo y realizó una rápida evaluación de las circunstancias y el lugar. No encontraba ninguna señal familiar en aquel sitio, y tampoco conocía a los dos hombres de apariencia ruda sentados junto al fuego. Recobró la memoria y llegó a la instantánea conclusión de que la noche anterior lo habían atacado y secuestrado por alguna razón.

De pronto advirtió la presencia de otra persona; alzó la mirada y descubrió a la mujer más espléndida que había visto en su vida. Para su sorpresa, el corazón le dio un vuelco inesperado al contemplar aquel cuerpo alto, magnífico; el tosco vestido marrón ocultaba a duras penas las lozanas curvas que cubría. El rostro de ángel vengador estaba enmarcado por rizos rojos dorados, y Adam continuó contemplándola, aturdido por la deslumbrante claridad de los increíbles ojos de color aguamarina. Poco a poco percibió el evidente disgusto que asomaba desde la profundidad de aquellos ojos y la expresión poco amistosa de aquel rostro, y como se sentía por completo a ciegas acerca de lo sucedido, comenzó a hablar con suma precaución.

—No sé qué es todo esto, pero creo que aquí hay una equivocación.

Savanna apartó con esfuerzo su propia mirada fascinada del brillo de aquellos ojos azules e ignoró el extraño nudo de excitación que se le había formado en la boca del estómago. Furiosa ante su propia reacción, le espetó:

—¡No hay ninguna equivocación! ¡Usted es el hijo de perra que asesinó a mi padre, y ahora lo pagará, señor Jason Savage!

6

Adam abrió la boca para desmentirla, pero imaginó que no resolvería sus problemas aclarando que no era Jason Savage. Si se atenía a las miradas hostiles de los dos hombres sentados junto al fuego, lo más probable era que le cortaran el cuello y a continuación salieran en busca del verdadero Jason Savage. A decir verdad, no sólo arriesgaría su propia vida sino también la de Jason...

Entrecerró los ojos, se concentró en la observación de la amazona de cabello flamígero que estaba frente él y se preguntó qué papel desempeñaría ella en la circunstancia presente. Era obvio: estaba convencida de que Jason había matado a su padre, y conociendo la vida salvaje que Jason llevó en otra época, a Adam le pareció posible que Jason lo hubiese hecho. Pero según lo que sabía, su hermano no había matado a nadie en muchos años, ni aun en un duelo; entonces, ¿el único motivo del secuestro era una venganza demorada o había algo más? ¿Y cómo encajaban en esa trama los dos hombres sentados junto a la hoguera? ¿Acaso la muchacha los había contratado para que secuestraran a Jason?

Examinó a la joven a través de los párpados entornados. Al principio sólo trató de adivinar las motivaciones que la impulsaban, pero a medida que transcurrían los segundos un definido matiz carnal brilló en sus ojos azules oscuros, y la mirada de Adam recorrió con creciente aprobación desde la boca llena y apasionada hasta los pechos firmes y lozanos que pugnaban contra la tela tosca del vestido. Dividido entre el deleite y el enfado hacia su propia carne ingobernable, Adam sintió que su cuerpo respondía con intensidad a la cautivante sensualidad que se revelaba en cada curva provocativa de aquellas formas esplendorosas.

Savanna lo miró con furia creciente al advertir el descarado examen que él realizaba de cada rasgo del cuerpo femenino, y apretó los puños a los lados.

—¡Creo —le espetó entre los dientes apretados— que sería más beneficioso para usted defenderse en lugar de desnudarme con la mirada!

Adam no se avergonzó en absoluto por haber sido descubierto contemplándola. Su boca bien cincelada se curvó en una sonrisa torcida.

—Bien, al parecer usted ya me ha juzgado culpable del odioso asesinato de su padre —replicó en tono tranquilo— y por lo tanto considero inútil tratar de disuadirla. —Arqueó una de las cejas negras y tupidas en gesto interrogativo—. ¿Sería tan gentil de decirme el apellido del padre de usted?

Confundida porque el hombre hacía caso omiso del peligro en que se encontraba, Savanna sólo fue capaz de mirarlo y desear que el asesino de Dávalos fuese viejo y feo en lugar de este hombre joven y de una apostura poco común. Nunca había conocido a un hombre así; nunca sintió aquella excitación traicionera, aquel súbito galopar de la sangre, y el hecho de que el hombre tendido a sus pies fuese la causa de esas sensaciones la aterraba casi tanto como la enfurecía.

A pesar de los rigores sufridos, de haber sido secuestrado por un par de truhanes asesinos, aquella desvergonzada criatura exhibía un aire de elegante indiferencia y un profundo desapego por lo que el destino podría depararle. Los pantalones de cuero se pegaban a sus muslos esbeltos, largos y musculosos y no contribuían en nada a disimular la erección. Al hombre no le importaba que la muchacha advirtiera el estado en que se hallaba, y a Savanna le escocían las manos de deseos de cruzar aquel hermoso rostro de una bofetada. La fina camisa de algodón se ajustaba a la perfección a sus hombros anchos, las mangas amplias que cubrían sus poderosos brazos estaban sujetas en las muñecas con una estrecha cinta, y por el cuello entreabierto de la prenda se veía una mata de vello oscuro. Un mechón del ondulado cabello negro le caía descuidadamente sobre la frente, y la expresión de sus ojos color zafiro hizo que el pulso de Savanna adoptara un ritmo errático. Colérica, la muchacha comprendió que aquel hombre estaba demasiado seguro de sí mismo. ¡Canalla arrogante!

Savanna olvidó a los dos bandidos; miró al hombre y le espetó:

—¿Acaso ha asesinado a tantos hombres que no puede recordarlos a todos?

Adam se encogió de hombros.

—Querida, jamás he matado a ningún hombre que tuviese la más mínima semejanza con usted.

Savanna rechinó los dientes ante aquella respuesta tan voluble y, sin poder evitarlo, le dio un rápido puntapié en las costillas.

—¡Bien, tal vez el apellido Dávalos le refresque la memoria, asesino sin entrañas! —explotó.

El golpe fue doloroso, pero lo que hizo que Adam se pusiera tenso y que apareciera en sus ojos una expresión de congoja fue la mención de Dávalos. Ese apellido le resultaba demasiado familiar, y la sola idea del dolor que ese hombre había acarreado a su familia le provocó una oleada de fría furia que le recorrió lentamente el cuerpo. Oh, sí, Adam sabía quién era Blas Dávalos: lo conoció en Natchez, cuando Catherine vivía en Bella Vista, antes de que Jason la llevara a Terre du Coeur; había conocido a ese Dávalos antes de que secuestrara a su hermana, la violara y provocara la pérdida del niño que gestaba en las entrañas en ese momento... Jason y Blood Drinker le dieron más detalles de la vida del español, incluso la pavorosa muerte que encontró en manos de Blood Drinker, y lo único que Adam lamentaba... ¡era no haber tenido el placer de matarlo con sus propias manos!

¡Pero no podía creer que la gloriosa criatura que tenía ante los ojos fuese la hija de Blas Dávalos! Ese hombre fue delgado y moreno, de evidente origen español, pero Adam no distinguía rastros de Dávalos en la furiosa joven: ni la altura, ni la increíble melena de rizos rojizos y dorados que enmarcaban aquel rostro delicioso ni los impactantes ojos de color aguamarina podían haber sido heredados de aquel individuo.

—¡Bien, señorita Dávalos, que me condenen si usted se parece a su padre! —comentó al fin en tono helado.

Al percibir la reacción de Adam ante el nombre del padre el corazón de Savanna dio un vuelco, y en ese momento lo comprendió: esperaba oírle decir que jamás había conocido a Blas Dávalos. Pero las acciones y las palabras del joven lo condenaron, y Savanna endureció la mandíbula.

—¡Mi apellido es O'Rourke, y no tiene la menor importancia si me parezco o no a Dávalos! —replicó, casi sin poder reprimir el deseo de volver a golpearlo—. ¡Era mi padre, usted lo mató y pagará por ello!

Adam mantuvo la mirada fría, pero el cerebro alerta del joven continuó trabajando con frenesí y no le agradaron los pensamientos que lo cruzaban. La situación del muchacho era bastante peligrosa; sabía que debía de haber algo más que una simple venganza en todo aquello, y al considerar los hechos comprendió que el motivo de aquel secuestro no le gustaba en absoluto.

Sin que ninguna expresión se revelara en los rasgos adustos de su rostro, Adam preguntó con engañadora indiferencia:

—¿Y de qué manera en particular piensa cumplirlo? Si quisiera asesinarme, lo habría hecho anoche, pero no fue así. ¿Por qué?

—Porque ahora —respondió el hombre corpulento que apareció de pronto detrás de la mujer— nos resulta más útil con vida. Podemos matarlo en cualquier momento, pero primero queremos que nos diga lo que sabe acerca del brazalete de oro y el tesoro azteca que lo impulsaron a matar al padre de Savanna.

Ni siquiera un parpadeo reveló que alguna vez Adam hubiera oído hablar de un brazalete de oro y de un tesoro azteca. Sin embargo, estaba muy familiarizado con la joya: la había visto con frecuencia en el brazo de Jason. También conocía la historia del tesoro azteca; Jason, Blood Drinker y Phillip Nolan, mentor y amigo de Jason, lo hallaron en una de las expediciones al territorio de los comanches para comprar caballos. ¡En cambio lo sorprendía que otras personas lo supieran!

—No sé a qué se refiere —dijo en tono impasible mirando de frente los claros ojos azules del hombre.

El grandulón rió, sacó un cuchillo y acarició la hoja.

—Oh, creo que sí lo sabe, y creo que cuando termine con usted... ¡cantará como un pajarito!

—¡Micayá! —exclamó Savanna en voz aguda—. ¡Ahora no! Dijiste que teníamos que cruzar el río Sabine para estar a salvo. ¿No deberíamos partir?

Se hizo una pausa tensa, y Adam creyó que Micayá no aceptaría la sugerencia de la joven pero por fin asintió con aquella cabeza enmarañada y murmuró:

—Quizá tengas razón. ¡Qué importan unos días más! —Dirigió a Adam una risita maliciosa—. Y por cierto que este hombre no irá a ningún sitio sin nosotros.

La situación de Adam no mejoró de manera apreciable, pero si Micayá pensaba mantenerlo vivo hasta que cruzaran el río Sabine podría contar con cierto respiro. Calculó que estaban a unos tres días a caballo hasta el río, y quién sabe lo que sucedería en ese lapso...

La mirada de Adam paseó especulativa sobre el cuerpo tentador de Savanna O'Rourke, aquella joven Furia, y continuó tratando de asimilar la novedad: de modo que era la hija de Blas Dávalos. Había dicho que su apellido era O'Rourke, y no Dávalos... Se le ocurrió una idea en extremo desagradable, y lo que más lo encolerizó fue precisamente el hecho de que le resultara tan desagradable: ¿sería acaso la esposa de ese canalla zoquete de Micayá? Adam torció la boca en gesto burlón. Furioso, Adam se recordó a sí mismo que no le concernía si estaba casada con Micayá. Lo único que importaba era escapar con vida de aquel atolladero; recordó con amargura que sólo contaba con dos ventajas: estaba relativamente a salvo hasta que llegaran al Sabine, y Savanna no parecía ansiosa de que Micayá comenzara a torturarlo. A pesar de todo, comprendió que no podía esperar mucha ayuda de parte de la muchacha: era evidente que lo detestaba y lo consideraba el más bajo de los gusanos. «Pero tengo tiempo —pensó—, y puedo sacarle el mayor provecho.»

Cuando los dos truhanes se volvieron y se acercaron al fuego, Adam probó las ataduras y no se sorprendió al comprobar que estaban firmes. Ese camino se encontraba bloqueado, de modo que examinó al grupo con mirada fría y trató de descubrir los puntos débiles de sus tres captores.

Sus costillas lastimadas eran testimonio de que Savanna tenía un temperamento fuerte; Micayá poseía una veta de crueldad y disfrutaba provocando dolor a los demás, dado el evidente placer que demostró al acariciar el cuchillo. También era cobarde, reflexionó Adam, al observar el revés impaciente que propinó al hombre más pequeño. En cuanto al motivo del enfado de Micayá, Adam todavía no podía llegar a ninguna conclusión; dejó vagar la mirada, y volviéndola hacia el trío que estaba junto al fuego advirtió que se avecinaba una disputa.

Savanna tenía los puños apretados a los lados, y era obvio que apenas controlaba una explosión de ira.

—¡No! —exclamó colérica—. ¡No iré contigo en el mismo caballo!

—¡Jesús! ¿Y cómo demonios esperas que viajemos? —replicó Micayá—. ¡Por si lo has olvidado, te recuerdo que hay sólo tres caballos y somos cuatro!

—¿Y de quién es la culpa? —preguntó la muchacha con voz dulce, sin retroceder un palmo. La idea de estar en semejante proximidad con Micayá mientras cabalgaban la enfermaba: tendría que tocarlo, rodearlo con los brazos... ¡y prefería caminar sobre lava ardiente antes que someterse a semejante cercanía!

Micayá la contempló con una mezcla de deseo y disgusto. Comprendió que había sido demasiado tolerante. Le había permitido volverse arrogante, imaginar que podría elegir. Era hora de poner a Savanna O'Rourke en su sitio.

Rápidamente, alzó el puño para golpearla, pero Savanna adivinó la intención del hombre y se puso de inmediato a la defensiva.

—¡Es mejor que no lo hagas! —dijo con fiereza; se agachó, aferró uno de los leños de la hoguera y, sosteniéndolo por el extremo apagado, lanzó la punta ígnea hacia la cara del hombre.

Micayá aulló y se apartó con rapidez de aquella punta ardiente mientras la joven avanzaba decidida agitando el leño encendido con energía hacia la cara del bandido.

—¡Ni se te ocurra intentar algo semejante conmigo, canalla! —exclamó con obvia satisfacción, mientras Micayá abandonaba toda idea de atacarla y se alejaba, asustado—. Y recuerda esto, Micayá —murmuró entre dientes—, tal vez tú seas más fuerte que yo, es posible que me obligues a someterme durante un tiempo, pero en algún momento tendrás que dormir. —Le dirigió una sonrisa malvada—. Y una noche, cuando estés profundamente dormido, esa noche, cuando supongas que me tienes dominada por completo —si era posible, su sonrisa se volvió más malvada aún—, ¡ésa será la noche en que yo te arranque el hígado y lo sirva en el desayuno!

Adam, sin poder despegar la mirada de esa escena, comprendió que Micayá no dudaba ni por un instante de la amenaza de la joven. Aquel hombre robusto, con el rostro tembloroso, lanzó una risa nerviosa y murmuró tratando de apaciguarla:

—¡Vamos, Savanna, ya sabes que no quiero hacerte daño! Es que me has hecho enfadar, cariño. ¡Sólo me enfureciste por un momento, eso es todo!

Savanna arrojó el leño con ademán de desprecio.

—¡Espero que eso sea todo! ¡Y te repito que no cabalgaré contigo!

—¿Y con Jeremy? —insistió Micayá, sumiso, sin entender cómo había perdido terreno—. ¿Montarías con él? Es sólo hasta que lleguemos al Sabine; sabes que allí nos esperan más caballos y equipo. —A cada instante, Micayá recobraba la confianza, pero todavía no estaba dispuesto a forzarla a la sumisión. Sin embargo, la derrota le había dejado un regusto amargo: la muchacha lo avergonzó, lo desautorizó frente a Jeremy, pero por el momento se conformó con jurarse a sí mismo que ya llegaría la ocasión en que Savanna tendría que pagar caro por aquella escenita.

Al oír su nombre, Jeremy, que había observado la confrontación con la boca abierta, apartó la mirada del rostro sombrío de Micayá y musitó nervioso:

—¡No quiero cabalgar con esa bruja del demonio! ¡Deja que viajen esos dos juntos!

Savanna abrió la boca para protestar por semejante solución, pero de pronto comprendió que ella misma se había metido en la trampa. Afirmó que no cabalgaría con Micayá; a su vez, Jeremy adujo que no viajaría con ella, y la única posibilidad que quedaba era...

Observó al prisionero y sintió que su cólera aumentaba al ver la sonrisa cínica que curvaba aquella boca dura.

—Cualquier cosa para complacer a una dama —murmuró Adam en tono sardónico, consciente del dilema de la joven.

—¡Oh, cállese! —exclamó Savanna, y amagó con lanzarle otro puntapié.

El desagradable incidente terminó, pero dejó a Savanna temblorosa y estremecida, aunque trató de no demostrar lo vulnerable y asustada que se sentía. Enfrentarse a Micayá de esa manera fue un juego peligroso, pero estaba convencida de que no le había quedado otra alternativa. Desde el mismo instante en que recobró la conciencia y se encontró prisionera del asesino, las emociones de Savanna estuvieron sometidas a una tensión cercana al límite. No hubo un momento en que pudiera bajar la guardia, un segundo en que no tuviese conciencia de lo peligroso de su situación. El temor impregnaba cada minuto desde que se despertaba hasta que se dormía: la negligente brutalidad de Micayá, el miedo permanente a que la violara, el terror de que destrozara la vida de su madre y la angustia creciente por lo que podría aguardarle.

Al negarse a aceptar la orden del bandido de cabalgar con él, le recordó a Micayá que no sería una presa fácil. Pero Savanna se preguntaba cuánto tiempo podría contenerlo.

Conservó una apariencia tranquila y serena tras el enfrentamiento con Micayá, pero por dentro, mientras recorría el campamento recogiendo los pocos enseres que llevaban, se sentía abatida. Pensó acongojada que faltaban unos días para llegar al río Sabine; quizás hasta ese momento encontrara la solución al dilema. Aunque ansiaba escaparse, eso no acabaría con las dificultades: Micayá era capaz de cumplir su amenaza y causar daño a la madre de Savanna.

La joven observó a Micayá mientras ensillaba el caballo, y la expresión de su boca se endureció. Mientras aquel asesino viviera, ni ella ni su madre estarían realmente a salvo. Existía una sola manera de estar segura de que el criminal no volviera a molestarlas, y sus ojos de color aguamarina se oscurecieron cuando comprendió lo que tenía que hacer: ¡matarlo! Ésa era la única forma de que su madre estuviese a salvo.

Para Savanna no fue fácil la decisión de matar a Micayá. Era perfectamente capaz de asesinarlo sin vacilar en un arranque de furia, para protegerse de los repugnantes acercamientos del bandido, pero le resultaba difícil planear una muerte a sangre fría. También comprendió que, si planeaba el asesinato de Micayá, no sería mejor que el hombre que había matado a su padre. Tal vez los motivos fuesen diferentes, pero el acto sería el mismo y compartiría con el prisionero un vínculo criminal: ambos habrían arrebatado intencionadamente la vida de otro ser humano.

Contempló melancólica al objeto de sus pensamientos y el corazón le dio un vuelco cuando descubrió que el hombre la observaba con una expresión indescifrable en sus duros ojos azules. También la vida del prisionero estaba en peligro, pensó Savanna. Cuando dijera dónde estaba el oro, sin duda Micayá lo mataría y, aunque lo merecía por haber asesinado a Dávalos, Savanna se asombró por la angustia que le producía imaginar aquel cuerpo largo y esbelto yaciendo helado en una tumba olvidada, aquellas facciones irresistibles opacas y sin vida, aquella irritante luz burlona apagada para siempre en los brillantes ojos de color azul zafiro.

Se rehízo y apartó la mirada del hombre. No importaba. ¡Era culpa de él! Y Savanna no lo lamentaría, ¿verdad?... ¿por qué debería lamentarlo? Aquel hombre había asesinado a su padre, le había arruinado la vida y ella lo odiaba... ¡sólo necesitaba recordar eso!

Durante la hora que siguió, Savanna no pudo decidir a quién odiaba más: si a Micayá Yates o al demonio de cabellos negros con el que compartía el caballo. En cuanto montó, el prisionero se colocó detrás, Micayá amarró las manos de la endemoniada criatura al arzón de la silla con mal disimulada malicia, y Savanna quedó rodeada por un firme par de brazos de músculos de acero. Pero lo peor fue que descubrió desconcertada la intimidad que resultaba de compartir un caballo: ya era bastante malo que los brazos del hombre la rodearan sin que, además, la dura pared de su pecho se apoyase contra la espalda de la joven y su aliento tibio le soplara con suavidad sobre el cabello, cerca de la oreja; las largas piernas del individuo rozaban continuamente las de Savanna, y a cada kilómetro que recorrían se hacía más notorio que el hombre no hacía nada para impedir ese contacto entre los cuerpos de ambos. Por el contrario, Savanna sospechó que lo disfrutaba sobremanera; se sintió humillada y deseó haberlo pensado mejor y estar cabalgando en otra compañía. Observando esas manos de dedos largos y forma elegante que aferraban con firmeza la montura, la muchacha se preguntó inútilmente si no había cometido un error al negarse a cabalgar con Micayá. Contempló al bandido que marchaba cerca y la sola idea de rodearlo con los brazos la hizo estremecer de disgusto. Pensó que había elegido el menor de dos males y concentró la hostilidad en Micayá... lo que no fue difícil: el truhán podría haberla dejado tomar las riendas, pero no quiso correr riesgos y agregó una soga a las bridas del caballo de Savanna, que sujetó con firmeza mientras atravesaban con marcha firme la espesura.

Adam hubiese disfrutado mucho en otras circunstancias; después de todo, rodeaba con los brazos a una joven bella y galopaban a través de tierras indómitas, poco transitadas. Pero el horrible pensamiento de que, si tenía la oportunidad, esa joven lo atravesaría alegremente, disminuía en gran medida el placer; y en cuanto a los otros dos... Endureció la mirada. Esos dos hombres tenían firmes intenciones de torturarlo y luego matarlo: ¡una perspectiva nada alentadora! En aquel momento, no era mucho lo que Adam podía hacer para mejorar su azarosa situación, pero mientras una parte de su mente sopesaba distintos modos posibles de escape, la otra apreciaba como conocedor el cuerpo tentador de la joven y temperamental arpía con la que compartía la cabalgadura.

Adam admitió con desgana que aquella muchacha era difícil de ignorar bajo cualquier circunstancia, pero al golpearlo en las costillas le causó un doloroso impacto que ninguna otra mujer había logrado, y a pesar de las sensaciones tentadoras que le provocaban las suaves curvas tan cercanas a su propio cuerpo, comprendió que pensaba en la joven con un matiz definido de hostilidad. Era obvio que no le agradaba compartir el caballo con Adam; el joven torció la boca en una mueca diabólica mientras buscaba de modo deliberado el contacto ocasional entre los cuerpos de ambos durante ese largo día. No obstante, llegó a la perversa conclusión de que provocarla así le acarreaba un pequeño problema: en las horas siguientes quedó en un estado de perpetua erección y cuando Micayá ordenó un alto para hacer noche, sus sentimientos hacia la joven no se habían vuelto más amables.

Por el modo en que se apeó en cuanto Micayá desató las manos del prisionero del arzón de la montura y quedó libre del abrazo, resultó evidente que la cercanía de Adam durante todo el día no había sido demasiado placentera para Savanna; Adam se preguntó inútilmente si debía considerarse insultado. Tal vez no, pensó el joven amargado: ¡después de todo, Savanna estaba convencida de que él había asesinado a su padre!

La observó tras los párpados semicerrados mientras la joven circulaba por el modesto campamento. Después del día transcurrido, estaba dolorosamente familiarizado con cada una de las atractivas curvas cubiertas por aquel feo vestido marrón, y el brillo de sus oscuros ojos azules adquirió un matiz especulativo al contemplar la turgencia tentadora de los pechos. Aún le costaba creer que fuese la hija de Blas Dávalos, y todavía más difícil entender que lo hubieran secuestrado para que revelara dónde se encontraba el tesoro azteca de Jason. Admitió con ánimo sombrío que era muy posible que lo torturaran y lo mataran dos días después, a menos que el destino se apiadara de él.

Adam no podía decir que había dormido bien ni tampoco que se le hubiese ocurrido alguna solución cuando a la mañana siguiente lo despertó el rápido y doloroso golpe de Savanna en las costillas. Ni que el sentimiento que albergara hacia sus captores hubiese mejorado durante otro día infinito, en especial hacia la mujer con la que compartía otra vez la cabalgadura.

Savanna tampoco había dormido bien la noche anterior: sin mencionar sus perpetuos temores acerca del futuro, se sentía incapaz de olvidar la sensación del cuerpo tibio y musculoso de ese demonio de ojos color zafiro acurrucado de manera tan íntima contra el de ella. Aunque se repitiera a sí misma que lo odiaba, que era un canalla asesino, merecedor de todo lo que Micayá le hiciera, su carne indócil respondía de un modo verdaderamente enervante a la cercanía de aquel maldito individuo. Cada vez que el cuerpo del hombre rozaba el de Savanna, ella sentía una honda sensación de vértigo en el vientre, y cuando su aliento le acariciaba el oído, para su horror sentía que los pezones se le erguían y endurecían. No comprendía por qué de pronto la asaltaban reacciones que jamás había experimentado antes, y estaba furiosa y disgustada de que el hombre capaz de despertar semejantes sensaciones fuese el asesino de su padre. Pasó gran parte de la noche retorciéndose inquieta sobre el duro suelo, e imaginando varios métodos bastante dolorosos para liquidar al monstruo de boca burlona que era la causa de todos sus problemas.

Era inevitable que a la mañana siguiente continuaran con la misma distribución de los caballos, y Savanna montó el propio con expresión inmutable, esperando estoicamente a que Micayá atara las manos del prisionero al arzón de la montura. Sin embargo, ese día no pensaba soportar las grotescas provocaciones de ese hombre, y cada vez que se apretaba contra ella, fuese de manera accidental o no, le propinaba un fuerte codazo en las costillas. Después de haberlo golpeado cruelmente varias veces, advirtió con amarga satisfacción que el prisionero había perdido el entusiasmo por ese absurdo juego, pero Savanna no pensaba rendirse. El día anterior, la había hecho sufrir: ¡hoy sufriría él!

Y así fue. Cuando se detuvieron para acampar la segunda noche, a Adam le dolían constantemente las costillas: era posible que se las hubiese quebrado. Aquel cuerpo alto y flexible ya no lo atraía en lo más mínimo: ahora le escocían los dedos cuando la muchacha se acercaba... por las ganas de estrangularla.

Tendido de espaldas, contemplando el cielo oscuro, los pensamientos de Adam eran sombríos. Micayá los había forzado a una marcha brutal y en cualquier momento del día siguiente cruzarían el río Sabine. El tiempo se acababa a toda velocidad. Hasta el momento, no se había presentado la ocasión de escapar. Cuando no cabalgaba, Adam estaba amarrado firmemente por las manos y los pies, y el trío de secuestradores estaba siempre presente. Sabía que Micayá era el más peligroso de la banda, y aunque dos contra uno eran una apuesta desfavorable... estaba dispuesto a arriesgarse si los dos eran Jeremy y Savanna.

Al amanecer, el talante de Adam era cruel y peligroso, y ya no estaba dispuesto a ser una víctima pasiva: cuando Savanna se acercó a despertarlo del modo acostumbrado, estaba preparado. El pie de la muchacha se proyectó hacia las costillas del hombre pero, con increíble rapidez, aun con las manos amarradas, le atrapó el pie, lo torció con violencia y sonrió con salvaje placer cuando Savanna cayó al suelo con un alarido de asombro.

Permaneció tendida mirándolo y Adam le devolvió la mirada con una expresión dura y fría en sus ojos color zafiro. Lanzó una risa desagradable y le dijo en tono helado:

—Le sugiero que en el futuro piense en otra manera de despertarme.

Savanna se puso de pie de un salto, y al ver su expresión furiosa Adam sospechó que deseaba propinarle un golpe de verdad doloroso. Pero se controló y, con los puños apretados, le espetó en un susurro feroz:

—Quizás ésta sea la última mañana de su vida... ¡de modo que ya no tendré de qué preocuparme!

Giró sobre sus talones y se alejó dando orgullosas zancadas. Mantuvo una expresión inmutable sin demostrar cuánto la habían deprimido sus propias palabras. Micayá estaba convencido de que cruzarían el río Sabine en cualquier momento, y Savanna sabía que cuando acamparan esa noche pensaba interrogar al prisionero... y matarlo después de haber obtenido la información deseada. Se le hizo un nudo en la garganta y sintió un peso en la boca del estómago. Micayá mataría al asesino de su padre, pero por extraño y terrible que fuese, el recordar que la maldita criatura lo tenía merecido no la aliviaba ni disminuía la intensidad de sus emociones.

Ese día parecía existir una extraña tregua entre Savanna y Adam. El hombre no intentó provocarla con la proximidad de su cuerpo, y la muchacha abandonó las tácticas del día anterior. En ningún momento anterior habían conversado demasiado, pero estuvieron sobremanera silenciosos mientras la pequeña compañía avanzaba sin cesar a través del bosque de pinos; cada kilómetro los acercaba al río Sabine, cada paso acortaba el tiempo del que Adam disponía para escapar.

Cuando por fin cruzaron el río Sabine en las últimas horas de la tarde, las facciones de Adam parecían grabadas sobre piedra, y le cruzó la mente la lúgubre idea de que Jason y su familia jamás sabrían qué le había ocurrido. Su desaparición sería un eterno misterio, y lo entristeció imaginar la angustia que sentirían sus seres queridos sin saber nunca lo acontecido, preguntándose siempre si estaría vivo en algún sitio, y esperando que alguna vez regresara a casa. Sonrió sin alegría. Sabía exactamente lo que le sucedería: pocas horas después sufriría los bárbaros y crueles tormentos de Micayá, y su única esperanza era morir con dignidad.

SEGUNDA PARTE

Los adversarios

«Rueda vertiginosa de la furibunda,
voluble Fortuna, esa diosa ciega,
que se yergue sobre la roca de incansable rodar.»

William Shakespeare,
Enrique V

7

Sombría y desusadamente silenciosa, Savanna se movía por el campamento que Micayá había elegido esa noche. Se detuvieron por fin en las últimas horas del atardecer y, en otras circunstancias el lugar le habría parecido encantador: cerca corría un arroyuelo y el punzante aroma de los pinos altos se mezclaba con la dulce fragancia de las madreselvas coralinas que se enroscaban graciosas alrededor de los troncos de los árboles. Trigo del duende, magnolias y azaleas se entremezclaban con los pinos, altos y erguidos, salpicados aquí y allá por los tallos rastreros de las «flox».

Pero Savanna no percibía la belleza del entorno, obsesionada con la idea de que ya habían cruzado el río Sabine y que más tarde Micayá sacaría el letal cuchillo de hoja larga y lo usaría para atormentar al prisionero. Tragó con dificultad.

La muchacha no era demasiado quisquillosa: podía destripar a un ciervo, limpiar un conejo o liquidar con destreza un pollo sin siquiera pensarlo, y se sentía capaz de disparar y aun de matar a un hombre, pero torturar...

También Adam pensaba en la tortura, y había adoptado la férrea decisión de soportar cualquier cosa que Micayá le hiciera sin manifestar la menor muestra de dolor. ¡Moriría como un hombre y jamás daría al asesino la satisfacción de verlo desmoronarse! En ese momento, la posibilidad de escapar no era mejor que cuando lo habían capturado tres días atrás, y el tiempo se estaba acabando: estaba dispuesto a tomar las medidas más desesperadas que hiciesen falta sin importar lo exiguo de las probabilidades de éxito.

Durante todos los días de su cautiverio, Adam había probado las ataduras y siempre le parecieron tan firmes como al comienzo. Hasta esa tarde... Adam tenía las manos firmemente atadas por delante, como siempre; estaba tendido en el limite del campamento y el sol crepuscular que se filtraba en el bosque le dibujaba tenues motas de sombra sobre el cuerpo. Probó con cautela las sogas que le sujetaban los pies y, cuando las correas que lo sujetaban cedieron un poco lo inundó una oleada de frenético alborozo. Micayá se había vuelto descuidado.

Adam se cuidó de mantener los pies en la zona oscura, aparentando que se resignaba a su destino, pero siguió tironeando para liberar los pies con pequeños movimientos casi imperceptibles. Era una tarea tediosa, y cada vez que Savanna o alguno de los otros lo miraban Adam sentía que se congelaba y el corazón dejaba de latirle.

Adam se concentró en esa tarea y no prestó atención a lo que hablaban los bandidos, hasta que Micayá se acercó a uno de los caballos, montó de un salto y dijo:

—¡Que me condenen si vuelvo a comer hongos otra noche más! Cerca de aquí vi pasar algunos ciervos y podría jurar que hace unos momentos he oído gritar a un pavo. ¡Iré a conseguir algo de carne fresca!

Dirigió a Jeremy una expresión severa y gruñó:

—¡Mantén los ojos y los oídos atentos y no confíes en nadie! En este sitio puede haber algún traidor peligroso... ¡no vaciles en disparar! —Ordenó a Savanna en tono cortante—: En cuanto a ti, consigue bastante leña pero no te alejes del campamento... podrías toparte con tipos que no serán tan tolerantes como yo.

Hizo girar al caballo, lanzó a Adam una mirada hosca y una sonrisa desagradable y murmuró:

—Sí, consigue mucha leña... ¡esta noche tendremos trabajo!

Mientras Micayá se alejaba, Adam atinó a contener la sonrisa tonta que le asomaba a los labios. Micayá lo había dejado en el campamento con Jeremy y Savanna por primera vez y Adam se sentía alborozado... y más aún cuando Micayá desapareció de la vista y el cautivo, con un último movimiento furtivo, libró sus pies de las ataduras.

Adam miró con disimulo a los otros dos y observó con interés la espalda erguida de Savanna; luego su mirada se deslizó hacia abajo regodeándose en la tentadora turgencia de las nalgas cuando la joven se inclinaba para recoger trozos de leña. Enfadado por la distracción momentánea y también por la inmediata respuesta de su propio cuerpo, fijó la vista en Jeremy y calculó el próximo movimiento.

Era evidente que esa situación ponía a Jeremy muy nervioso. Sus ojillos saltaban constantemente de Savanna a Adam, como si fuese incapaz de decidir cuál de ellos era más amenazador. Adam esbozó una sonrisa cruel. Jeremy era de por sí atolondrado y, después de haberlo observado los días anteriores, Adam se convenció de que en un momento de crisis el hombrecito representaría el eslabón más débil. Y entonces, sólo restaba Savanna...

Savanna tenía otros problemas, además de los referidos a Adam, y éste a su vez pensaba con frecuencia en obtener algo más que una venganza de aquel cuerpo alto y de curvas provocativas. El objetivo principal era huir, pero Adam también deseó tener a su merced toda esa carne pálida y flexible para atormentarla a placer.

Comprendió que no tenía mucho tiempo y se puso de inmediato en acción. Por fortuna para Adam, Jeremy estaba cerca. Se dobló como si sufriera un gran dolor y gritó en voz alta:

—¡Jesús! ¡Una víbora! ¡Me ha picado!

Jeremy estaba acuclillado junto al fuego que ardía con llama débil; al oírlo se incorporó de un salto tornándose pálido. Savanna, que estaba un poco más lejos, soltó la carga de leña que llevaba y corrió hacia Adam. Jeremy permaneció indeciso, sin saber qué hacer.

Adam gimió en voz tan alta y lastimera como pudo y oyó que Savanna decía casi sin aliento:

—*¡Dios!* ¡Ayúdalo, estúpido!

Esas palabras impulsaron a Jeremy, que aferró el rifle de cañón largo apoyado contra un árbol y se acercó al cuerpo doblado de Adam.

—¿Dónde está? —preguntó Jeremy asustado—. Yo no veo ninguna víbora.

Con una sonrisa feroz, Adam soltó un suave gruñido:

—¡Aquí, amigo mío! —Cuando Adam lanzó ambos pies hacia el estómago de Jeremy con todo el peso de su cuerpo el movimiento fue tan rápido que resultó casi invisible.

Jeremy perdió el aliento, gimió y se tambaleó hacia atrás, cayendo al suelo casi en el mismo instante en que Adam se puso en pie con un salto ágil. En un impulso veloz y eficiente Adam golpeó a Jeremy en la cabeza y lo dejó inconsciente y, con las manos aún ligadas, le arrebató el rifle. De inmediato se volvió y apuntó el arma hacia Savanna exhibiendo una sonrisa hostil.

Todo el incidente había durado unos segundos, y Savanna casi no tuvo tiempo de advertir el peligro hasta que fue tarde. En cuanto vio que la mano de Adam se posaba sobre el rifle, comprendió que ya nada podía hacer por Jeremy y giró sobre sus talones para escapar, pero la voz helada de Adam la detuvo.

—Si fuera usted, no lo intentaría —dijo en tono suave—. Mis manos están atadas, pero aun así puedo tirar... y en este momento no me importará dispararle por la espalda.

Savanna permaneció inmóvil; un torbellino frenético le inundó la mente. Todo ocurrió a tal velocidad, que aún no terminaba de entender, pero su aguzado instinto de conservación la mantuvo quieta en el sitio, aguardando tensa el siguiente movimiento del hombre.

Con asombrosa velocidad Adam se soltó las manos usando el cuchillo que Jeremy llevaba al costado sin dejar de apuntar a Savanna al mismo tiempo. Arrojó las ataduras y miró alrededor comprendiendo que Micayá no tardaría en volver y podría entorpecer sus planes. Impaciente, le espetó a Savanna:

—Acérquese a ese hombre y átelo.

Con pies de plomo, Savanna obedeció y amarró al hombrecito con movimientos temblorosos y torpes tomando conciencia del peligro que la acechaba. Advirtió aliviada que Jeremy no estaba muerto como ella había temido, sino sólo inconsciente, pero de pronto, mientras Savanna le ataba firmemente las manos y los pies siguiendo las órdenes lacónicas de Adam, el hombrecito dejó escapar un gemido entre dientes.

Se apresuró y por fin se volvió y miró con expresión desafiante al hombre que la apuntaba. El aspecto de aquel individuo no era nada tranquilizador. De súbito le pareció infinitamente alto, más anchos los hombros bajo la camisa arrugada que antes había sido blanca, sus largas piernas aún más poderosas, y una expresión en su rostro pétreo que habría hecho vacilar al guerrero más curtido. El enorme rifle negro que apuntaba certero al pecho de Savanna, la barba de tres días que oscurecía su rostro, el cabello espeso que caía en ondas oscuras y rebeldes sobre su frente, sus ojos azul zafiro de brillo amenazador; todo contribuía a hacer de Adam una figura aterradora.

Savanna contuvo un alarido histérico que le brotaba de la garganta mientras transcurrían los segundos y lo miró sin pestañear, con los puños apretados, decidida a no demostrar cuánto la aterrorizaba la situación. No sabía con exactitud lo que haría, pero la sonrisa fría y sardónica que cruzaba el rostro oscurecido del hombre la asustaba más que todo lo sucedido hasta ese momento.

Alzó agresiva la barbilla y preguntó:

—¿Y bien? ¿Qué piensa hacer ahora?

Ni la sonrisa ni la irritante expresión de los ojos azul oscuro se alteraron en lo más mínimo. Señaló con el cañón del rifle los dos caballos que quedaban y murmuró:

—Ahora, nos marcharemos antes de que regrese su... amigo Micayá.

Los ojos de color aguamarina de Savanna se abrieron horrorizados y preguntó sin fuerzas:

—¿No pensará...?

—¿Llevármela conmigo? —concluyó Adam en tono helado—. Desde luego que sí. —Recorrió con la mirada la atractiva figura de la muchacha—. Usted y yo debemos aclarar algunas cosas, ¿no es así?

Savanna movió la cabeza, aturdida, y los rizos dorados y rojizos bailaron como llamas en torno de sus hombros.

—¡Pero es imposible! ¡Ya está libre! ¿Qué más quiere?

En los ojos azul zafiro asomó una expresión nueva, y Adam franqueó en un instante el espacio entre los dos. Atónita, Savanna sintió que Adam la sujetaba con el brazo libre y le echaba el aliento cálido sobre los labios al tiempo que murmuraba:

—¿Qué otra cosa puedo desear, diablesa incendiaria? ¡Te quiero a ti!

La boca del hombre atrapó la de Savanna, sus labios duros y sabios bebieron voluptuosos los de la muchacha y su lengua la penetró devorando la tibieza interior de Savanna; la muchacha sintió que se sumergía en un tumulto de sensaciones eróticas que le explotaban en el cuerpo. Se sometió aturdida al abrazo; los labios conquistadores y la lengua del hombre la hicieron tomar súbita conciencia del calor de aquel cuerpo contra el de ella y de la proyección poderosa de aquella virilidad entre sus propias piernas apretadas.

El beso fue tan ferozmente explícito como breve, y antes de que Savanna pudiese rehacer sus abatidas defensas fue apartada con brutalidad. Lo contempló con los ojos agrandados en la cara pálida y los labios hinchados por la fuerza del beso.

Furioso porque el deseo de probar esa boca provocativa había terminado por arrasar su sentido común, Adam se controló con esfuerzo. Con el aliento todavía agitado, mantuvo el rostro impávido y la miró sin mostrar señales de la pasión ardiente con que acababa de besarla. Sin embargo... no pudo dejar de advertir cuánto deseaba seguir besándola, y el tamaño y el calor de la erección que lo atormentaba. Sintió un odio intenso y dijo arrastrando las palabras:

—Ya nos entendemos, ¿no es cierto? ¡Ahora salgamos de aquí!

Savanna se sintió caer en la pesadilla más negra de su vida; fue empujada sin ninguna cortesía hacia los caballos atados. Sólo hacía instantes que Adam había gritado, y la muchacha aún estaba conmocionada por la súbita liberación del prisionero y la desnuda pasión del beso. Comprendió que tenía que actuar de inmediato, gritar o pelear para huir, pero le pareció que su cuerpo y su mente eran de algodón y se limitó a caminar tambaleante en la dirección que el hombre le señalaba. Frenética, intentó aclarar sus pensamientos, concentrarse, hallar un sentido en este nuevo y horrible dilema en que se encontraba. Adam se movía con una velocidad y una eficacia aterradoras y, antes de darse cuenta, Savanna tenía las manos amarradas al arzón de la montura, el hombre había montado en el otro caballo y tomando las riendas de la cabalgadura de la muchacha se abría camino por el bosque.

A Savanna la asaltó la sensación de estar sufriendo una pesadilla familiar, casi idéntica al ataque de Micayá. «Sólo que esta vez es infinitamente peor», pensó sintiéndose miserable. Claro, Micayá era un demonio, un asesino brutal, pero este hombre... Aun sabiendo que era un asesino y un canalla tan repugnante como Micayá, este hombre despertaba en la muchacha emociones desconocidas hasta el momento, y lo más terrible era que le costaba aceptar esas emociones. Con Micayá vivió cada instante temerosa de una violación; en cambio, cuando este hombre decidiera poseerla, no resultaría una violación... Sumida en una mezcla de terror y furia, lanzó miradas asesinas a la espalda del hombre alto que cabalgaba delante de ella, ¡convencida de que lo odiaba como nunca antes había odiado a hombre alguno!

¡Tampoco los pensamientos de Adam hacia Savanna eran demasiado cariñosos! ¡Debió de estar fuera de sus cabales cuando decidió llevar consigo a aquel maldito estorbo irritante! ¡El viaje sería bastante arriesgado aun sin la compañía de una criatura tan bella como Savanna O'Rourke, de cabellos rojos y lengua viperina! ¡Por Dios, debía de estar loco! Lanzó para sí una sarta de maldiciones, pero, aunque estaba profundamente furioso consigo mismo, no pudo soltarla ni dejarla libre. Su cuerpo excitado tampoco olvidaba el sabor embriagador de aquellos labios, ni la sensación del cuerpo de la muchacha apretado contra el suyo...

La segunda vez que la rama de un pino le golpeó el rostro, Adam comprendió que ya era hora de dejar de pensar en esa indeseable compañera y concentrarse en las acciones que debía de tomar. Tuvo la buena fortuna de huir, pero sabía que necesitaría más que suerte para escapar con vida... e impedir que Jason cayera en manos de Micayá y de Jeremy.

Adam hizo una mueca. «Tendría que haber matado a Jeremy cuando tuve ocasión —pensó impaciente— de ese modo, sólo quedaría el canalla de Micayá para perseguirme.»

Frunció el entrecejo y pensó. En los últimos días había descubierto muchas cosas acerca de los secuestradores, aunque una de ellas estaba clara: el único peligro real provenía de Micayá. Jeremy había encontrado a Dávalos moribundo y de ese modo se había enterado de la historia, pero no podría hacer nada por sí solo. Se transformó en una amenaza sólo cuando se unió al asesino. Adam movió la cabeza. ¡Pensar que había ido a Terre du Coeur con toda inocencia, porque se aburría en Bella Vista! Sin duda, ya no estaba aburrido; la suerte endemoniada había hecho que lo confundieran con Jason Savage.

Tenía que impedir a toda costa que Micayá descubriera el error y buscara al verdadero Jason Savage, concluyó Adam, y cayó en la cuenta de que debía mantenerse alejado de Terre du Coeur y de

Nueva Orleans a menos que pudiese neutralizar o matar a Micayá... Y antes de ir a Bella Vista tendría que asegurarse de haber despistado por completo al criminal. Adam hizo una mueca: no le agradaba en absoluto la perspectiva. Decidió al fin que la única alternativa era atraer a Micayá al interior de Texas y sólo cuando estuviese seguro de haberse librado de él enfilaría hacia Natchez dando un rodeo.

A pesar de estar sumido en profundas especulaciones, Adam no dejaba de observar el terreno y, cuando los caballos llegaron a un arroyo, los guió inmediatamente hasta él y los hizo seguir a paso vivo el cauce poco profundo. Ignoraba si Micayá era un buen rastreador, pero no tenía motivos para facilitarle la persecución.

Adam no podía calcular cuánto tiempo pasaría hasta que Micayá comenzara a seguirlos, si serían horas o minutos; dependía de lo que el asesino tardara en encontrar un gamo o en desistir y volver al campamento. La boca de Adam se torció en una sonrisa desagradable cuando imaginó la reacción de Micayá al descubrir que la presa había huido llevándose a la mujer. De algún modo, la idea de haberle robado la mujer a Micayá —si en realidad Savanna era la mujer del criminal— lo complacía tanto como la huida misma.

Adam observó el cielo y calculó que quedaban menos de dos horas de sol; como su único propósito era despistar a Micayá, por el momento le pareció conveniente seguir andando por el cauce del arroyo. En el presente, se conformaba con poner toda la distancia posible entre él y Micayá... y con borrar el rastro.

En su prisa por huir, Adam no perdió tiempo en averiguar si tenía suficientes provisiones; cuando una hora más tarde no había oído ni visto señales de persecución y advirtió que en el cielo comenzaban a amontonarse unas nubes oscuras decidió aprovechar esas circunstancias y comprobar qué había en las bolsas de las monturas. Condujo a los animales a la orilla, desmontó en el suelo fangoso y realizó un examen rápido y minucioso del contenido de las monturas.

No había demasiado: dos caballos, dos monturas, un saco de dormir mugriento, un viejo par de esposas que se habían utilizado para los esclavos con la correspondiente llave de hierro, un saco de maíz sin cáscara que tendrían que compartir con los caballos, una sartén, una olla, pedernales, un pequeño bolso de cuero con balas y pólvora, el rifle y el cuchillo que había arrebatado a Jeremy y, por supuesto, Savanna...

La contempló bajo las sombras cada vez más densas, y recordó otra vez la sensación de aquel cuerpo contra el propio: una sonrisa cruel le atravesó el rostro. Si el botín incluía una bruja de cabellos flamígeros y ojos del color del mar como la que en ese momento lo miraba afligida, terminaría por aficionarse al robo.

Adam se sintió inexplicablemente complacido de la situación; volvió a montar y a guiar a los animales al medio del arroyo. Las pocas huellas que habían dejado en la orilla fangosa serían borradas por la lluvia que parecía a punto de caer o por la misma corriente tumultuosa del arroyo.

Antes de que pasaran diez minutos comenzó a llover suavemente al principio y luego con creciente intensidad. Savanna ya se sentía cansada, hambrienta, furiosa y aprensiva, pero a medida que la lluvia le empapaba la ropa, el estado de la muchacha llegó a ser en verdad miserable. La luz del crepúsculo se había desvanecido tras las nubes y se preguntó si aquel hombre pensaría cabalgar toda la noche. Unos momentos atrás había sentido un chispazo de esperanza cuando el hombre volvió a guiar a los animales hacia la corriente. Quizá buscaba un lugar para acampar. Cuando recordó aquel beso forzado y brutal que le había dado y lo que ocurriría aunque se detuvieran, el ánimo de Savanna decayó aún más.

Aunque Adam estaba tan mojado, cansado y hambriento como Savanna, todavía no quiso detener la salvaje huida que los distanciaba de Micayá. Caía la noche, la lluvia era fastidiosa, aunque para Adam resultaba una bendición: cuando aquella lluvia cesara habría borrado las huellas por completo, y él quería aprovechar esa ventaja. En algún momento, Micayá hallaría el rastro, pero le llevaría días en lugar de horas y Adam sonrió con salvaje satisfacción mientras azuzaba al caballo para que avanzara.

A medida que oscurecía, la lluvia se hacía más intensa y el avance más difícil; en lugar de desmontar y conducir a los animales, Adam siguió cabalgando a través de los pinos. El suelo era uniforme y la gruesa capa de agujas de los pinos ahogaba el sonido de los cascos dejando pocas huellas de su paso. Más o menos una hora después Adam consideró prudente detenerse, al menos hasta que cesara la lluvia.

No había demasiados lugares donde guarecerse, y por fin Adam detuvo los caballos bajo las ramas de un pino alto: le pareció que era el sitio más seco que encontrarían esa noche. A pesar de la lluvia, las ramas del pino formaban un paraguas bastante eficaz.

Adam desmontó y ató los caballos; soltó rápidamente a Savanna del arzón de la montura y la depositó sin esfuerzo en el suelo como si no pesara más que una pluma. Ya no estaba amarrada a la montura, y, aunque aún tenía las manos atadas, suspiró de alivio por haber bajado del caballo.

Al oírla, Adam le preguntó en tono suave:

—¿Cansada? Debes de estarlo después de un día tan largo... y me temo que todavía no ha concluido.

En la semipenumbra, Savanna casi no distinguía sus facciones pero entrevió el brillo de los dientes y la semisonrisa que le curvaba la boca. Esa sonrisa la alarmó y al mismo tiempo la enfureció: ¿cómo podía sonreír en semejantes circunstancias? ¿Y cómo era posible que le resultara tan atractivo? Se regañó para sus adentros. Estaba fatigada, casi exhausta en realidad, y no tenía ánimos para discutir con ese demonio irritante que la había secuestrado. El carácter la traicionó y encogiéndose de hombros replicó hosca:

—¡Otras veces me he sentido peor, y estoy segura de que, si me fuerza a continuar acompañándolo, terminaré sintiéndome mucho peor!

La sonrisa del hombre se esfumó. Con las piernas separadas y los pulgares metidos en la cintura de los pantalones, realizó un descarado escrutinio del cuerpo atado de la joven despojándola del vestido húmedo con la mirada dura de sus ojos azules.

—Quizá —dijo tras una pausa humillante, arrastrando con insolencia las palabras—. Pero estoy convencido de que tú me harás sentir mucho mejor a mí.

El sentidó de la frase era obvio y Savanna le lanzó una mirada furiosa y replicó:

—¡En su lugar, yo no lo aseguraría... a menos que disfrute forzando a una mujer que no lo desea!

El hombre entornó los ojos, la tomó de ambos lados de la cara y le echó la cabeza hacia atrás. Rozó los labios de Savanna con los de él y murmuró en tono ultrajante:

—¡Ah, cariño, pero cuando te haga el amor me desearás!

Adam la besó hambriento, aplastando la suave boca contra la suya, sosteniéndole la cabeza firmemente entre las manos, mientras Savanna trataba de apartarla. Los labios y la lengua del hombre no le dieron tregua y exploró y saqueó aquella boca a placer tomando lo que deseaba: encontró esa tibieza más dulce aún de lo que recordaba.

Savanna sintió un ramalazo de placer agudo y vertiginoso, mezclado con culpa, al primer contacto de los labios de Adam y, cuando la lengua de él merodeó audaz en su boca, se estremeció de manera incontrolable. Los movimientos de aquella lengua eran francamente carnales y, para su espanto, los pezones se le irguieron de inmediato bajo el vestido húmedo; sintió una extraña sensación de calor en lo hondo del vientre y un hormigueo ardiente entre los muslos. Comenzó a debatirse entre los brazos del hombre, asustada por la facilidad con que esa invasión arrasadora conjuraba en ella sentimientos y emociones que antes sólo había imaginado. Pero recordó quién era ese hombre y, con renovado impulso, logró apartar la boca del ardiente embeleso de Adam. Con los ojos llameantes, le espetó:

—¡Pero no lo deseo!

De pronto, una sonrisa irritante jugueteó en las comisuras de los labios del joven.

—¡Tu cuerpo me dice algo diferente de tus palabras!

—¡No es cierto, asno engreído! —insistió Savanna sin aliento.

Su sonrisa se esfumó, y replicó con expresión significativa:

—¡Puedes insultarme todo lo que desees, cariño, lo que no puedes es negar esto!

Otra vez apretó sus labios contra los de Savanna y, a pesar de todas las protestas, mientras su lengua volvía a explorar la boca suave de la muchacha, ella se sintió aturdida y percibió que un fuego insidioso y persistente le corría de inmediato por las venas. Tal vez su mente lo rechazara, pero el cuerpo joven y saludable de Savanna clamaba ansioso exigiendo las desenfrenadas sensaciones que aquel hombre despertaba con aterradora facilidad. No obstante, se trabó en lucha feroz contra aquellas poderosas emociones y se debatió violentamente entre los brazos de Adam.

Adam sometió sin grandes dificultades a la muchacha que se retorcía, ansioso de descubrir todos los secretos de aquel cuerpo dulce y flexible; deseaba besarla sin limites en el tiempo, pero en ese momento uno de los caballos alzó la cabeza y lanzó un sonoro relincho.

Adam apartó los labios de los de Savanna; alerta ante el peligro, cubrió con una mano la boca de la joven mientras aferraba el rifle con la otra. Aguzó el oído para detectar cualquier ruido, tratando de ver en la oscuridad y descubrir lo que había atraído la atención del caballo, pero una parte de él estaba inmersa en lo que acababa de suceder. ¡Jesús! ¡Un momento más y habría tendido a Savanna en el suelo!... ¡En qué situación tan ridícula lo hubiese encontrado Micayá! Adam se enfadó consigo mismo; contempló a la muchacha y con una expresión letal en los oscuros ojos azules musitó:

—¡Un solo sonido, incendiaria, y te golpearé en esa encantadora cabecita con la culata del rifle! ¿Lo has entendido?

Aún aturdida por la irrupción súbita de ese mundo erótico y embriagador que acababa de descubrir, Savanna lo miró en silencio, frenética y casi ahogada por los pensamientos y sensaciones que le arrasaban la mente y el cuerpo. Asintió de inmediato, a pesar del aturdimiento, sabiendo que había logrado sobrevivir gracias a su capacidad de pensar con rapidez.

La expresión de Adam se suavizó un instante y apartó la mirada, liberando a Savanna del poder fascinador de aquellos ojos azules. En la tensión de la espera la joven obedeció sumisa, asombrada de sí misma, con la cabeza apoyada en el hombro de Adam.

Pasaron los minutos y Adam no lograba detectar lo que había alarmado al caballo. De pronto, hacia la izquierda se oyó un crujido y ambos sonrieron cuando una pequeña criatura blanca y negra salió de entre los arbustos, se escurrió a menos de dos metros de ellos y siguió su camino.

Se miraron mientras la mofeta se alejaba anadeando, y Savanna se sintió agradecida por la oportuna interrupción: la llegada del animalito había desalentado por completo las intenciones amorosas del secuestrador. La criatura apenas había desaparecido cuando Adam le quitó la mano de la boca y dijo en tono cortante:

—Será mejor que durmamos en lo que resta de la noche; quiero partir en cuanto amanezca.

—¿Hacia dónde? —preguntó Savanna con voz dulce—. ¿A Nacogdoches?

Adam le lanzó una mirada sombría.

—No es asunto tuyo —gruñó—. Y creo que debo advertirte: estoy exhausto, y no me encuentro de humor para engaños.

En el pecho de Savanna surgió un diminuto rayo de esperanza. Si ese hombre dormía profundamente...

Como si le hubiese leído el pensamiento, Adam le lanzó una sonrisa perversa y dijo marcando las palabras:

—Olvídalo, cariño. No te librarás de mí hasta que no esté dispuesto a dejarte ir.

—¿Y cómo se asegurará de que yo no me fugue mientras duerme? —preguntó Savanna con aire recatado, los ojos muy abiertos en expresión de sospechosa inocencia.

Adam no respondió; se acercó al caballo y sacó las esposas ignorando la expresión indignada de Savanna. Antes de que ella pudiera comprenderlo del todo, esposó el tobillo de la muchacha al de él. Savanna observó el brillo cruel de la sonrisa con que Adam agitó la llave de hierro bajo la nariz de la joven y luego la colgó de la rama de un árbol, fuera del alcance de la cautiva.

Siguió moviéndose sin prestarle atención, y con ello la obligó a seguirlo para no ser arrastrada del tobillo. Adam dejó los caballos ensillados, les dio un poco de la preciosa provisión de cereal, y luego entregó a Savanna otra ración, diciendo:

—Esta noche tendrás que conformarte con esto: no podemos delatar nuestra presencia encendiendo fuego.

Savanna estaba tan famélica que aceptó agradecida el cereal sin hacer comentarios mordaces. Masticó hambrienta los duros granos amarillos mientras Adam se ocupaba de extender la manta de dormir; echó ocasionales miradas nostálgicas a la llave que colgaba tentadora, fuera de su alcance.

Adam descubrió la dirección de las miradas y sonrió, perverso.

—No te servirá de nada, incendiaria. No podrás hacer un solo movimiento que yo no advierta, de modo que, resígnate... y espero no morir mientras duermo. Pues en ese caso te quedarías sola, amarrada a un cadáver.

Savanna le lanzó una mirada de soslayo y replicó:

—¡Me entusiasma la idea de verlo convertido en cadáver!

Adam resopló y se alejó, y la esposa que los unía a ambos arrastró de inmediato a Savanna tras él. Furiosa, la muchacha maldijo tambaleándose casi sin aliento y deseando a aquel hombre toda clase de desgracias. Imperturbable, Adam continuó moviéndose, revisó con cuidado los caballos y los aparejos, sin hacer caso de la airada presencia de Savanna detrás de él. Una vez satisfecho al ver que todo estaba en orden, volvió hacia la manta de dormir.

Savanna se sentía rabiosa y humillada por haber sido arrastrada tras aquel hombre, por haber sido ignorada y tratada como un perro amaestrado y encadenado, y volvió a traicionarla el temperamento. Le lanzó miradas asesinas a la espalda, mientras Adam se encontraba de pie sin sospechar nada, y dio un fuerte tirón a la cadena que los unía, arrastrando el tobillo de él.

Lanzando una maldición a causa del sobresalto, Adam cayó de cara sobre la manta. Sin embargo, el instante de triunfo de Savanna fue breve; veloz como un gato, Adam giró y en esa posición la examinó atentamente. A Savanna no le gustó la sonrisa que apareció en el rostro del hombre, y un segundo después éste la derribó golpeándole la rodilla con el costado del pie.

Para la turbación y el enfado de la joven, cayó encima del hombre y transcurrieron unos momentos humillantes durante los cuales intentó apartarse cuanto pudo de aquel pecho musculoso. Al fin, quedó tendida sobre la manta, junto a Adam, y su cólera aumentó cuando comprendió que era la risa lo que sacudía el pecho del hombre.

—¡Jason Savage, es usted *un gringo* despreciable, canalla asesino! —escupió airada.

La risa se esfumó y, de pronto, para inquietud de la muchacha, él se irguió sobre ella con las facciones oscurecidas y amenazadoras y le replicó en tono suave:

—¡No me llames así!

—¿Por qué? ¿Acaso le desagrada el sonido de su propio nombre... tan deshonrado está? —lo provocó.

Adam estaba bastante enfadado y casi dejó escapar la verdad, pero comprendió el riesgo y se reprimió con esfuerzo; volvió a tenderse junto a la joven y musitó:

—Adam. Llámame Adam, mucha gente lo hace.

Savanna frunció el entrecejo.

—¿Ése es su nombre completo: Jason Adam Savage?

—Sí —replicó él fríamente—. ¡Pero sólo necesitas recordar que respondo al nombre de Adam!

8

Sorprendida, Savanna se esforzó en vano por comprender la inesperada reacción de Adam. ¿Qué motivo tendría para ser tan preciso con respecto al nombre? Lo que había provocado la cólera de Adam no habían sido los desagradables insultos que le lanzara la joven sino el hecho de que lo llamara Jason Savage... ¿Acaso lo avergonzaba su propio nombre?

Tensa, aguardó con gran expectativa el próximo movimiento del secuestrador. Para su asombro, él se durmió casi de inmediato. Ese hecho contribuyó a confundirla aún más, y continuó pensando en su extraño comportamiento hasta que la venció la fatiga. Un segundo más tarde, emitió un enorme bostezo; ya adormilada, decidió que no tenía inconveniente en llamarlo Adam si así lo deseaba... ¡pero eso no cambiaba el hecho de que fuese un canalla asesino!

Le pareció que acababa de cerrar los ojos y que sólo había dormido unos minutos cuando «Adam» la sacudió para despertarla otra vez. Parpadeó soñolienta, sin distinguir las facciones del hombre en la penumbra.

—Es hora de levantarse, bella durmiente: partiremos pronto —dijo, antes de levantarse.

Aún estaba oscuro: faltaban minutos para el amanecer, pero Adam quería estar en camino antes de las primeras luces del día. Savanna se incorporó rápidamente y se frotó los ojos con el puño sucio. Miró a su alrededor y se sorprendió al descubrir que las esposas que la unían al hombre habían desaparecido y la llave ya no colgaba tentadora apenas fuera de su alcance. En aquella luz difusa, contempló en silencio al secuestrador que alimentaba a los caballos con movimientos rápidos y escuetos, ignorando a Savanna.

Haciendo una mueca, Adam le entregó un puñado de cereal y comentó:

—Nos llenará el estómago hasta que encuentre algo mejor... y espero que no falten muchas horas para eso.

Savanna se encogió de hombros y comió el cereal, demasiado cansada y hambrienta para discutir con energía. Durante un minuto se permitió soñar despierta con café caliente y aromático, bizcochos tiernos untados con mantequilla, tocino crujiente... ¡y un baño!... añadió para sí aunque sólo fuera un sueño... una cama con colchón de plumas y limpias sábanas blancas...

Suspiró, y tragó el resto del cereal; se puso de pie y se desperezó. Le dolían todos los músculos, tenía el vestido y el cuerpo mugrientos, y en cuanto al cabello... estaba tan enmarañado que sin duda tendría que cortárselo para poder desenredarlo alguna vez. Esa mañana no contaban siquiera con el lujo de un arroyo de agua fresca para lavarse la cara, los brazos y el cuello. Savanna decidió que, si alguna vez volvía a casa, ¡pasaría al menos cuatro horas todos los días metida en una bañera de agua caliente y jabonosa! Torció la boca en una mueca lúgubre; sin duda le llevaría cuando menos un mes quitarse las semanas de suciedad que había acumulado hasta entonces. Y en lo que se refería al vestido marrón: ¡quemarlo sería un destino piadoso para aquella prenda!

Su estado era por completo lamentable: sintió que su estómago gruñía insatisfecho por el magro desayuno recibido; se incorporó y enrolló la manta. Se la dio a Adam, que la ató rápidamente a la parte trasera de la montura.

Adam examinó el sitio para ver si se olvidaban algo y se volvió hacia Savanna. Tenía el mismo aspecto lamentable que él y, si en esas condiciones era capaz de excitarlo... ¡que Dios lo ayudara cuando alguna vez la viera limpia y bien vestida!

Esos pensamientos lo hicieron fruncir el entrecejo y le ordenó en tono áspero que montara; volvió a amarrarle las manos al arzón. Guardaron silencio; Savanna mantuvo un aire estoico, y Adam se movió en silencio sin prestarle atención. Montó con agilidad y, tomando firmemente las riendas del caballo de la joven en la mano, azuzó al fatigado animal.

Adam no tenía una noción clara de la dirección que tomaría; sólo sabía que debían andar y que por el momento los territorios familiares les estaban vedados. También sabía que necesitaban caballos de refresco, comida, ropa y más armas y municiones si querían sobrevivir el tiempo suficiente en la vastedad salvaje de Texas.

Se encaminaron directamente hacia el oeste. Adam sólo estaba seguro de que tenía que arrastrar a Micayá lejos de la vecindad de Jason antes de dirigirse hacia Natchez pero, por lo demás, no tenía demasiada certeza de cuál podía ser su destino inmediato; mientras tanto las necesidades de alimento y otros suministros se volvían cada vez más acuciantes. Al comienzo del viaje, los caballos ya eran animales mediocres y, en ese momento, ¡en verdad resultaban lamentables! Dudaba de poder cambiar los dos caballos al menos por un animal decente y, sin contar con buenas cabalgaduras cualquier intento de eludir a Micayá y a Jeremy estaba condenado al fracaso. Adam sabía que a Micayá le aguardaban caballos y provisiones de refresco en Nacogdoches, pero desechó la idea de apropiarse de esos preciosos elementos apenas se le ocurrió. Era demasiado peligrosa y le era imposible saber si Micayá, desanimado por la lluvia, no había decidido ir en primer lugar a Nacogdoches y reanudar la persecución ya provisto de caballos y demás elementos.

Adam y Savanna guardaron silencio hasta que la curiosidad fue más fuerte y la muchacha preguntó en tono petulante:

—Es evidente que no vamos a Nacogdoches; ¿adónde vamos?

—Sin duda, lejos de tus amigos —replicó Adam, lacónico.

Savanna rechinó los dientes e insistió:

—Debe de tener idea de alguna dirección... ¿adónde me lleva?

El joven la miró sobre el hombro y, con un brillo burlón en los ojos azules, respondió marcando las palabras:

—Bueno, me gustaría llevarte a la cama.

Savanna lo miró dominada por una cólera impotente e ignoró la extraña aceleración de su pulso ante aquella respuesta. Decidió sumergirse en un silencio obstinado, pues al parecer el hombre no le diría adónde iban.

Una hora después del amanecer, las protestas del estómago de Adam eran demasiado clamorosas para ser ignoradas. Había entrevisto algunas huellas de gamos que iban hasta el arroyo, y decidió detenerse a tender trampas para cazar algo... ¡y que Micayá se fuera al diablo!

A pesar de su aire de indiferencia, a Savanna se le hizo la boca agua al pensar en la comida y esperó que Adam fuese un cazador eficaz. Lo era. Preparó hábilmente varias trampas y las colocó junto a las huellas de los gamos. Aún era temprano; los pequeños ciervos todavía se movían con cierta libertad. Por fortuna, en un lapso corto, Adam consiguió atrapar un pavo gordo y dos conejos rollizos.

Ante la perspectiva de carne fresca asada, la hostilidad quedó a un lado por el momento; en cuestión de instantes, Adam y Savanna prepararon un buen fuego y dieron cuenta de los dos conejos en menos de lo que se tarda en decirlo. Con el estómago lleno por primera vez en muchos días, Savanna, sin preocuparse por la elegancia, se limpió la boca con la manga y contempló pensativa el cadáver del pavo que Adam había dejado cerca de la orilla del arroyo.

Adam advirtió la expresión ansiosa de Savanna; rió sin hostilidad, y dijo en tono ligero:

—¡Todavía no, cariño! Espero que antes de vernos obligados a comer el pavo para que no se pudra, encontraremos moradas cuyos habitantes quieran cambiarnos esa carne fresca por alguna ropa que podamos usar. —Hizo una mueca—. ¡Y Dios sabe que cualquier prenda nos vendría bien!

Los estómagos satisfechos disminuyeron en alguna medida la tensión entre ambos; Adam supuso que la temperamental cautiva estaba de tan buen talante como parecía y se dejó vencer por la curiosidad:

—¿Cómo te enredaste con Micayá y con Jeremy? —preguntó.

Savanna le respondió del mismo modo que lo había hecho él anteriormente:

—Ése no es asunto suyo.

Adam frunció el entrecejo.

—Está bien —dijo renuente—. Yo responderé todas tus preguntas... pero tú tendrás que contestar las mías. ¿Te parece justo?

Savanna asintió, lo miró suspicaz, y preguntó en tono seco:

—¿Por qué mató a mi padre?

No era la pregunta que Adam esperaba: era la única para la que no estaba preparado. La miró largo rato pensando en una respuesta, la que imaginó que daría Jason. Dijo con mucha cautela:

—Murió porque mereció la muerte. Mató a mi amigo y me habría matado a mí pero, sobre todo, corrompió a la persona que yo más quiero.

—¡Ésa es una maldita mentira! —explotó Savanna, furiosa—. ¡Está inventándolo para justificarse!

Adam movió lentamente la cabeza en un gesto negativo, y algo en su expresión produjo escalofríos a Savanna. ¿Era posible? ¿Acaso su padre había cometido semejantes atrocidades? Micayá afirmó que Dávalos había confesado la muerte de un tal Nolan... ¿esa confesión no confirmaba la versión de Adam? No deseaba creerle, todo en su interior se rebelaba contra esa afirmación, pero en las palabras de Adam se percibía el acento inconfundible de la verdad.

Savanna dudaba, aunque al mismo tiempo la afligían aquellas revelaciones; apartó la vista de esos ojos azules de mirada franca y murmuró:

—¿Y el oro? ¿Eso también es mentira?

Adam estuvo a punto de recordarle que era su propio turno de preguntar, pero se encogió de hombros y admitió con sinceridad:

—Dos personas en las que confío por completo me confirmaron la existencia de ese oro: lo han visto.

Savanna seguía tratando de asimilar lo que acababa de oír respecto de Dávalos, y la confirmación de la existencia del oro le brindó escaso consuelo; preguntó, suspicaz:

—¿Acaso usted está buscándolo?

—Creo que me toca preguntar a mí —le recordó en voz suave.

Savanna hizo una mueca y se encogió de hombros.

—¿Qué significa Micayá para ti?

Si la sorprendió la pregunta, Savanna no lo demostró; cansada de desafiarlo, le respondió, sincera:

—Conozco a Micayá desde que yo era niña, y desde entonces sólo significa para mí un estorbo peligroso. Me gustaría arrancarle las entrañas —exclamó lanzando a Adam una mirada lúgubre—, por supuesto, después de haber arrancado las de usted, pero por desgracia en los últimos tiempos no he tenido la oportunidad.

Adam ignoró el sarcasmo y frunció el entrecejo.

—Si lo detestas de ese modo, ¿por qué demonios estabas con ese asesino? ¡Yo imaginé que sería la última persona a la que estarías dispuesta a pedir ayuda para encontrar el oro!

—¡No, usted sería la última persona a la que pediría ayuda! —replicó Savanna al instante, complacida consigo misma.

Adam la miró reprimiendo el deseo de rodear ese cuello delgado con las manos y... Se puso de pie y dijo en tono helado:

—Es evidente que no cumplirás tu parte del acuerdo, por lo tanto, no veo motivos para seguir perdiendo el tiempo aquí. Monta el caballo.

Savanna obedeció sin discutir, sintiéndose un tanto abatida y culpable. Sin embargo, el ánimo sumiso no duró mucho; se habían alejado unos metros cuando comenzó a interrogarse acerca de los crímenes. «¿Acaso no había asesinado a su padre y mentido con respecto a él? ¿Acaso no era uno de los canallas despreciables más increíbles que ella había tenido la mala fortuna de conocer, y de que la hiciera prisionera?» Sabía las respuestas a esas preguntas, pero la más importante en aquel momento era cómo diablos haría para librarse de aquel hombre.

Mientras cabalgaban, Savanna contempló las anchas espaldas de Adam y frunció el entrecejo en súbita concentración. ¡Si bajara la guardia tan sólo un instante...! Entornó los ojos. Necesitaba distraerlo, entretenerlo en algo mientras intentaba huir, o bien, hacerlo prisionero a él. La boca de Savanna se curvó en una sonrisa demasiado maliciosa. ¡Oh, sí, le encantaría hacer prisionero a Adam!

De pronto, el hombre detuvo los caballos y el corazón de Savanna dio un brinco de entusiasmo cuando comprendió el motivo. En la distancia, a través de un claro entre los árboles, entrevió un terreno despejado donde varios edificios se agrupaban en torno de una cabaña cuadrada de troncos. Frente a la cabaña se veían algunos lebreles, unos cuantos pollos y una marrana con su carnada de lechones; dos pollos negros picoteaban en el polvo rojizo al costado de la casa.

Los perros aún no habían detectado el ruido ni el olor de los viajeros, y Adam prefirió que las cosas siguieran de ese modo, al menos hasta que hubiese dejado a Savanna en lugar seguro. Le dirigió una mirada amenazadora y gruñó:

—¡Ni un ruido, o será el último que hagas en mucho tiempo!

Un vistazo a la expresión de Adam convenció a Savanna de la prudencia de obedecerlo. Si tuviese la mínima esperanza de ser rescatada, estaría dispuesta a correr el riesgo de enfadarlo, pero aquel lugar parecía tan desolado que dudó de que hubiese alguien capaz de auxiliarla. Mientras Adam guiaba los animales en dirección opuesta, pensó que ya tendría otras oportunidades.

Minutos después se detuvo y, tras una breve pero violenta pelea con Savanna, la dejó amordazada, con las manos atadas y el tobillo esposado al vástago de un vigoroso roble; la muchacha se arrepintió de no haber gritado en el mismo momento en que divisaron el claro. Lo miró, desgarrada entre la furia y la estupefacción, mientras el hombre colgaba la llave de las esposas en una rama alta, encima de la cabeza de la muchacha.

—Veré si puedo canjear el pavo por alguna ropa pero, si me sucede algo y no vuelvo, en algún momento podrás soltarte las manos y alcanzar la llave —le explicó Adam en tono frío.

Savanna lo miró.

Adam se encogió de hombros y se acercó al caballo.

—Al menos de este modo —continuó— no me preocuparé de que puedas morir en el bosque. —Saltó sobre la montura y contemplándola desde encima del caballo dijo en tono seco—: Trata de soportar mi ausencia.

Los magníficos ojos de Savanna chispearon, lanzando toda clase de insultos que resultaron ahogados por la mordaza. Adam rió:

—Sí, cariño, yo también te echaré de menos.

Salió del bosque y Savanna se quedó mirando durante varios minutos el sitio por donde acababa de desaparecer, antes de comprender que en verdad Adam la había dejado atada y amordazada, sola en el bosque. Contempló ansiosa la llave que colgaba sobre su cabeza y comenzó a debatirse para soltar las manos. Las tiras de cuero no cedían y parecía imposible que lograra soltarse. De pronto, se sorprendió rogando desesperada que Adam regresara sano y salvo.

Adam estuvo ausente casi todo el día; aunque de tanto en tanto Savanna intentaba liberarse de las ataduras, él la había atado con suficiente firmeza como para que le resultara difícil huir. Tenía la boca reseca a causa de la mordaza y las muñecas despellejadas por tironear de las amarras; ya comenzaba a temer que en efecto la hubiera abandonado para que muriera, cuando oyó que se acercaba un caballo. El alivio le aflojó las rodillas, y lo vio acercarse cabalgando despreocupado hacia ella como si sólo se hubiese alejado unos momentos en lugar de haberla abandonado en esas condiciones tanto tiempo.

Lo vio sonreír mientras desmontaba y acto seguido le quitaba la mordaza.

—¡Canalla! —exclamó—. ¡No se atreva a marcharse y dejarme así otra vez!

—Ah, me has echado de menos —replicó Adam arrastrando las palabras, con un brillo provocativo en la mirada. Tomó sin esfuerzo la llave que había colgado tentadora todo el día sobre la cabeza de Savanna.

Sin aliento, Savanna murmuró un desagradable juramento, y Adam rió.

—Lo lamento —dijo mientras terminaba de liberarla—. No creí que estaría alejado tanto tiempo, pero te alegrará saber que he conseguido muchas de las provisiones que tanto necesitamos.

—¿Cómo? —replicó la joven, frotándose las muñecas llagadas—. No tiene dinero. ¿O acaso añadió el robo a los demás crímenes?

Adam no contestó; se acercó al caballo, tomó un envoltorio de tela de regular tamaño y se lo arrojó.

—Espero que aprecies este modesto presente. Me costó mucho trabajo obtenerlo. —Al ver la expresión incrédula de Savanna, esbozó una sonrisa sugestiva—. Hace seis semanas que el marido de la señora y el hijo mayor abandonaron la plantación y marcharon a Nueva Orleans llevando los esclavos más robustos, por lo tanto, había varias... tareas que sólo un hombre de mis habilidades podía realizar.

Savanna lo miró, furiosa: de pronto surgió en la mente de la muchacha la imagen de Adam retozando en la cama con otra mujer durante todo el día, mientras ella quedaba abandonada. Por detrás del enfado, Savanna percibió un sentimiento peligrosamente similar a los celos al imaginarlo con otra mujer; le dio la espalda para ocultar sus emociones y abrió el envoltorio.

Dentro encontró una conmovedora variedad de cosas: un paquetito de azúcar, algo de sal, un poco de café, una loncha de cerdo ahumado y un saco de guisantes. Los alimentos hicieron que se le hiciera la boca agua, pero al ver los otros dos artículos, se sintió como si hubiese descubierto un tesoro: un peine viejo y un trozo de jabón. También había una gastada camisa blanca, un par de pantalones marrones, igual de gastados, un par de botas ajadas, un sombrero de lana de ala flexible algo comido por las polillas, y una navaja.

Inmediatamente, Adam tomó la navaja y dijo:

—Tan pronto como lleguemos a una corriente de agua respetable, la utilizaré. En cuanto a la ropa, creo que te resultará más apropiada para viajar que la vestimenta que llevas ahora.

Savanna había llegado a detestar el estropeado vestido marrón, pero al oír las palabras de Adam descubrió que le encantaba y que no tenía intenciones de deshacerse de la prenda... ¡y por cierto no lo cambiaría por la ropa que el hombre había obtenido pasando el tiempo con otra mujer! De súbito, sus ojos color aguamarina se volvieron muy verdes; miró a Adam y replicó en tono altivo:

—¡Si esto es todo lo que ha conseguido, no debe de haber complacido mucho a esa mujer!

Adam apretó los labios y la miró con los ojos entrecerrados, cosa que provocó dolorosos latidos en el pecho de Savanna. Hubo una pausa tensa, pero luego el hombre sonrió y le pasó un dedo por la mejilla.

—Créeme, la dama quedó muy complacida —dijo en tono suave—. Las mujeres siempre quedan satisfechas de mis esfuerzos.

El significado fue inequívoco, y Savanna sintió que se ruborizaba mientras se apartaba bruscamente del hombre. Murmurando enfadada, separó los alimentos de la ropa y deseó poder derrotarlo al menos una vez.

Pasaron la noche del mismo modo que la anterior, y también como la mañana pasada, Adam la despertó antes del amanecer. Savanna estaba convencida de que no podría pegar un ojo con aquel hombre al lado, pero esa convicción había resultado errónea. A pesar de su perturbadora proximidad y las esposas que los mantenían juntos, Savanna se durmió en el mismo momento en que apoyó la cabeza en el suelo.

Rápidamente levantaron el campamento y, a pesar de las nuevas adquisiciones, desayunaron con otro puñado de maíz. Ya hacía una hora que estaban en camino cuando el sol salió y Savanna se resignó a otro pesado día de marcha. Continuaron hacia el oeste, mientras el sol ascendía en el cielo azul de Texas, y tres horas más tarde, hambrienta, fatigada y consciente del miserable estado de su cuerpo, Savanna estaba tan concentrada en lo insensible, perverso y canalla que era aquel hombre, que no advirtió cuando Adam tiró de las riendas para frenar al caballo. Al fin, se dio cuenta de que se habían detenido y lo miró con resentimiento.

—¿Por qué nos detenemos? ¿Acaso ha descubierto otra plantación solitaria cuya dueña necesita de sus servicios? —preguntó en tono sarcástico.

Veloz como un tigre, Adam se acercó, le soltó las manos y la bajó bruscamente del caballo colocándola ante él sobre su propia montura. Aunque tenía los senos aplastados contra el pecho del hombre y los brazos sujetos en un cruel apretón, lo miró desafiante al rostro oscurecido y colérico. Con los ojos oscuros de color azul zafiro, la boca apretada, ejerciendo un trabajoso control sobre su ira, Adam gruñó:

—¡Sigue provocándome así y me convenceré de que a ti misma te gustaría disfrutar de mis servicios!

Savanna siseó, furiosa:

—¡No se engañe! ¡Jamás lo desearé!

—¿Hacemos la prueba? —preguntó Adam con voz sedosa; un instante después, su boca sabia se posó en la de Savanna. El beso no tuvo nada de seductor: Adam estaba enfadado por muchas razones y le importaba un bledo si la muchacha quería o no ese beso. Deseaba saborearla con la lengua, sentirla otra vez entre los brazos, y estaba decidido a demostrarle que ella anhelaba el contacto con tanta desesperación como él.

Si Savanna no hubiese estado tan sacudida por la ira, el hombre habría logrado su propósito; pero la joven se había jurado no volver a permitir que Adam desplegara su destreza amatoria y la cegara nuevamente ante la realidad. Durante un segundo, la caricia provocó en Savanna la misma excitación salvaje que siempre suscitaba y abrió los labios, indefensa bajo la devoradora presión de la boca del hombre, pero luego recordó quién era él y quién era ella misma, le tiró de un mechón de cabello negro con tanta fuerza como pudo y le mordió cruelmente la lengua merodeadora.

Adam soltó una maldición ahogada, y de pronto Savanna se encontró tirada en el suelo.

—¡Jesús! —exclamó Adam, tan atónito como encolerizado—. ¿Qué diablos te sucede?

Sin hacer caso de su trasero dolorido Savanna replicó con dulzura:

—¡Le dije que no lo quería!

Los ojos azules se entrecerraron y algo en el gesto de aquella barbilla tan masculina inundó a Savanna de una oleada de temor. Se puso de pie al instante, maldiciendo aquella lengua rebelde, y corrió a ciegas por el bosque de pinos. Corrió, totalmente atrapada en la necesidad de escapar a la venganza que adivinó en aquellos duros ojos azules, inconsciente de la dirección, de las enredaderas y las ramas que le golpeaban el rostro, sorda al sonido de los cascos del caballo de Adam que galopaba acercándose a ella.

Sólo cuando el brazo de Adam la aferró de pronto por la cintura y la alzó con facilidad del suelo para arrojarla sobre la montura, Savanna recobró la cordura y comprendió lo inútil del intento de fuga. La sacudió el comprender que no había ninguna posibilidad, que estaba por completo a merced de aquel hombre y por desgracia... ¡aquel hombre no tenía motivos para tratarla con gentileza!

Durante unos momentos, Savanna se sintió indefensa y se debatió sin convicción mientras Adam llevaba el caballo hasta el lugar donde se habían detenido por primera vez. El arzón de la montura se le clavaba en el estómago, y tampoco estaba en posición de luchar, con la cabeza colgando de un lado del animal y las piernas del otro.

Adam no dijo palabra; detuvo el caballo y la muchacha esperó, tensa, el discurso indignado que sin duda le dirigiría... o tal vez algo aún más terrible. Pero para asombro de Savanna, él se limitó a depositarla con brusquedad en el suelo, desmontó y dijo en tono seco:

—La violación no me entusiasma demasiado, de modo que puedes aplacar tus temores de doncella.

Lo miró decepcionada, mientras Adam ataba los caballos y revolvía en los sacos de las monturas. Como si no hubiesen existido los momentos previos, el hombre le arrojó un paquete, e indicó con un gesto hacia un lugar detrás de la muchacha.

—Por eso me he detenido. En esta región, el agua es escasa; no conozco tus gustos, pero yo prefiero bañarme en aguas transparentes.

Savanna se volvió y exhaló un suspiro extasiado: ante ella había un pequeño estanque de forma irregular. Cosa poco habitual en esa zona de Texas, donde por lo general los ríos y arroyos eran turbios y lodosos, pero las aguas de aquel estanque eran cristalinas excepto por unas matas de lentejas de agua y vesicularias que crecían en la orilla opuesta, donde algunos árboles habían caído al agua y de vez en cuando se divisaban peces y tortugas que nadaban perezosos en las profundidades de color turquesa. Minúsculas cascadas de agua salpicaban las rocas y caían en el extremo más angosto; alrededor se agrupaban toda clase de matas silvestres: arbustos de tupelo, palmas, helechos y calabaceros.

Savanna se puso de pie: olvidó a Adam y toda la confusión que él representaba y caminó como en sueños hasta el fresco abrazo del agua. No se detuvo hasta que le llegó a las caderas. Sin pensar en otra cosa que en la bendición de volver a estar limpia, miró por encima del hombro y ordenó:

—El jabón. Démelo.

Adam rió y buscó en el paquete que antes le había entregado. Caminó hasta la orilla llevando el precioso trozo de jabón, y cuando Savanna se abalanzó hacia él, lo levantó fuera del alcance de la joven.

—Creo —dijo lentamente— que necesitamos una tregua temporal. Aunque la idea parezca tentadora, no me divierte encadenarte a un tocón mientras te bañas y te lavas el vestido, ni tener que vigilarte mientras averiguo si mi piel sigue siendo del mismo color que antes de sufrir la desdicha de toparme contigo y con Micayá. —La miró, severo—. ¿Me das tu palabra de que mientras estemos aquí no intentarás huir?

—Lo prometo —respondió Savanna de inmediato, sin atreverse a esperar que en realidad le creyera... en especial porque no tenía intenciones de cumplir la promesa.

Algo en la expresión de su rostro la delató, pues Adam resopló y afirmó en tono cortante:

—Muy bien, si lo prefieres así...

Estiró la mano y Savanna se vio arrastrada junto a él sin la menor ceremonia. Adam sonrió y arrojó el jabón al suelo; en esa sonrisa Savanna percibió algo muy inquietante. Sin apartar la mirada de ella, el hombre dijo, arrastrando las palabras:

—Podríamos haberlo hecho más sencillo, pero al parecer tú prefieres la mano dura, por lo tanto no veo motivo para no disfrutarlo.

Antes de que descubriera las intenciones de Adam, el hombre le había desatado con habilidad los cordones del vestido y con un solo movimiento rápido la desnudó hasta la cintura. Savanna, furiosa, lanzó una exclamación, pero la furia estaba mezclada con una extraña excitación mientras Adam contemplaba con desparpajo la tentadora desnudez de la joven.

La piel de Savanna era de un blanco lechoso; sólo las areolas rosadas de los pechos interrumpían la palidez sedosa de su carne. Era el cuadro más encantador que Adam había visto jamás: aquella piel de alabastro y aquel cabello rojo brillante cayendo sobre los hombros; contempló aquel cuerpo desnudo como si nunca hubiese visto a una mujer, y devoró con la mirada los hombros esbeltos y las curvas de los pechos erguidos y plenos. La parte superior del vestido estaba enrollada en torno de la cintura estrecha y le impedía ver más, pero no tenía importancia. Volvió la mirada hacia aquellos pechos adorables...

Exclamó, con un matiz extasiado en la voz:

—¡Jesús, cariño! ¡Quién lo habría imaginado! —Trató de apartar la vista de aquellos suaves montes tentadores pero no pudo y se le entrecortó el aliento al imaginar el sabor de aquellos pequeños pezones erguidos.

Para embarazo de Savanna, sus pezones se hincharon bajo la mirada del hombre y la sonrisa traviesa que curvó de inmediato los labios de éste la hizo temblar de cólera. Era inútil que intentara soltarse: Adam la sostenía con firmeza por un brazo mientras la contemplaba; Savanna optó por ignorar la vergonzosa traición de su propio cuerpo y dijo con tono de helado desdén:

—Si va a devorarme con los ojos como uno de esos cretinos maleducados de los arrabales...

Adam le dirigió una risita totalmente perversa, agitó la cabeza y murmuró:

—Cariño, no olvides que tú empezaste. Te di una oportunidad y no la aprovechaste. ¡Además, estoy disfrutando por primera vez de tu compañía desde que te conocí!

En los ojos de Savanna apareció un destello peligroso y lo embistió, pero Adam la eludió con facilidad y la dominó tras una breve refriega. Rió mientras Savanna se debatía furiosa entre los fuertes brazos que la sujetaban, y le dijo burlón:

—¿Sabes?, incluso con ese carácter espantoso que tienes, comienzo a comprender por qué Micayá se encaprichó contigo. Bajo ese ridículo despojo que usas como vestido hay un cuerpo con el que los hombres sólo se atreven a soñar... y estoy bastante ansioso de contemplar si el resto es tan atrayente como lo que veo.

A pesar de los redoblados esfuerzos de Savanna, Adam la despojó de los restos del indigno vestido con ruda eficiencia. Si antes le pareció una criatura seductora, al ver el estómago plano, las piernas largas y bien formadas y el triángulo de rizos flamígeros en la unión de los muslos se le secó la boca, arrasado por el fuego de un deseo primitivo que nunca había experimentado. Lo que hasta ese momento había sido un juego se convirtió en otra cosa; percibió el calor abrasador que sentía en el vientre, el peso y la hinchazón entre las piernas y movió la cabeza como para apartar las vívidas imágenes de esas piernas alabastrinas abriéndose y su propia carne sumergiéndose en ella...

La expresión anhelante de la mirada de Adam hizo que Savanna luchara aún más violentamente; la muchacha temió lo peor y le advirtió, casi sin aliento:

—¡No se atreva a tocarme, canalla! ¡Si lo hace, lo mataré!

Esas palabras volvieron a Adam a la realidad; sonrió y sujetó sin esfuerzo los puños de Savanna, que se agitaban inútilmente.

—Cariño, estoy seguro de que lo intentarías, pero dudo de que triunfes.

Con un esfuerzo viril ignoró la irresistible erección que lo atormentaba, y le propinó un violento empellón; Savanna se tambaleó hacia atrás y trató de recuperar el equilibrio pero cayó al agua en medio de una gran salpicadura.

El estanque era poco profundo y Savanna se levantó escupiendo, pero descubrió en el último instante que estaba desnuda. Se agachó de inmediato, con las rodillas contra el pecho; el cabello pendía en mechones mojados que parecían colas de rata sobre el rostro y la espalda, y contempló a su torturador.

El despojo del vestido se arremolinaba junto a las botas de Adam, y éste lo levantó y se lo arrojó, empapado como estaba.

—Cuando lo hayas lavado, lo pondré a secar y luego te daré el jabón para que lo emplees en ese delicioso cuerpo que estás escondiendo.

Murmurando para sí, Savanna le arrebató el vestido, se alejó chapoteando a una distancia segura y miró pensativa alrededor. Claro, estaba desnuda, pero tenía el vestido y Adam aún se encontraba en la orilla. Si pudiera nadar hasta la otra ribera y alejarse por el bosque antes de que Adam comprendiera lo que hacía...

La sobresaltó la voz de Adam que interrumpía sus pensamientos, y se sobresaltó aún más cuando lo miró y vio que tenía el rifle en la mano y la apuntaba con él.

—Bueno, cariño —dijo sin alterarse—, sácate de la cabeza cualquier idea de fuga. Si intentas alejarte nadando dispararé, pero no a matar, te lo aseguro, sino sólo para que pierdas velocidad. —Esbozó una sonrisa desagradable y agregó—: También te aseguro que dolerá como el demonio.

Savanna lanzó una última mirada nostálgica a la orilla lejana y nadó hasta la base de la pequeña cascada con el vestido marrón flotando alrededor. Adoptó una apariencia fría e ignoró a Adam pero se ocultó cuanto pudo bajo el agua; apoyó el vestido sobre una piedra para restregarlo y cuando quedó todo lo limpio que era posible sin agua caliente ni jabón, lo retorció y lo arrojó sobre una parte seca del suelo.

Miró a Adam y preguntó, irónica:

—¿Satisfecho?

La boca de Adam se torció en una sonrisa maliciosa.

—Todavía no del todo, pero pronto espero estar... gratamente complacido.

Savanna deseó haberse mordido la lengua. Sus ojos se volvieron de un oscuro azul verdoso, amenazador, y tratando de no dar ocasión para otras réplicas sugestivas, exclamó:

—¿Ahora podría darme el jabón?

Adam apoyó el jabón cerca de la orilla y murmuró:

—Es todo tuyo, incendiaria. —Le volvió la espalda y caminó hasta donde estaban amarrados los caballos.

Savanna contempló suspicaz la espalda de aquel cuerpo alto, pero luego comprendió que ése era el único modo posible de permitirle cierta intimidad; se acercó nadando hasta donde estaba el jabón y lo tomó. Supuso que el hombre le jugaría alguna treta: que esperaría hasta que emergiera a medias del agua y se volvería para verla desnuda, pero no lo hizo, y Savanna se sumergió en el agua presa de una extraña frustración. Dedicó unos momentos a reflexionar sobre los motivos de las acciones de Adam, pero el estanque entibiado por el sol y el suave aroma de lavanda del jabón llevaron sus pensamientos por caminos más placenteros.

El agua estaba maravillosa: vigorizante, casi caliente en la superficie y fresca en la profundidad, y el jabón... Ronroneó, encantada mientras se enjabonaba el cabello sucio y se frotaba sobre la piel la pastilla perfumada de lavanda. Adam, Micayá, todas las angustias quedaron olvidadas por un tiempo y se concentró en el simple placer de quitarse el sudor y la suciedad de esas últimas semanas horribles, sin recordar ni por un instante los peligros que podría haber en el estanque. Olvidada de todo, nadó y jugueteó como una nutria en medio de la pequeña laguna donde el agua era más profunda riendo a todo pulmón, sorprendida de sí misma.

Dolorosamente, la voz de Adam la devolvió a la realidad.

—Me gustaría usar el jabón antes de que se acabe —dijo en tono seco.

Savanna se volvió y vio horrorizada que ahí estaba Adam, a pocos pasos, con el cabello húmedo y los hombros desnudos que emergían del agua azul. Bajó la mirada y comprobó estupefacta la transparencia de las aguas del estanque. De inmediato descubrió que el hombre estaba tan desnudo como ella y que había grandes diferencias entre el cuerpo esbelto de Savanna y el vigoroso cuerpo de Adam. Su pecho amplio y su estómago plano estaban cubiertos por una mata de vello oscuro que se transformaba en una flecha seductora debajo de la cintura. Desesperada, quiso apartar la mirada pero no pudo dejar de contemplar la dirección de esa flecha y abrió grandes los ojos al comprobar que la erección de Adam era total. Lo miró a los ojos con expresión acusadora. El hombre dijo con frialdad:

—No es algo sobre lo cual tenga control, y si no deseas comprobar cuán escaso es mi control en este momento, será mejor que me des el jabón y te alejes.

Savanna le entregó el jabón al instante y se apartó varios metros. Adam sonrió.

—Lástima que no siempre seas tan obediente.

Por una vez, Savanna decidió no provocarlo. El instinto le indicó que en ese momento la situación era precaria; se conformó con ignorarlo y chapotear al azar en el agua. Pero, aunque intentó no prestarle atención, las exclamaciones entusiastas de placer que lanzaba Adam eran difíciles de ignorar, y cuando la mente de Savanna evocó la imagen del cuerpo masculino desnudo, experimentó un hormigueo que contrastaba con la frescura del agua.

Furiosa, apartó los pensamientos de Adam y se concentró en imaginar un modo de escapar de él. Midió con la vista la distancia desde donde estaba el hombre hasta la orilla y observó que, aunque aparentaba disfrutar del baño sin preocupación, se mantenía siempre entre Savanna y la orilla donde estaban las ropas y los alimentos. Hizo una mueca. Aquel hombre no dejaba nada al azar.

En efecto, Adam no dejó nada al azar. Previendo que alguien intentara sorprenderlos, había ocultado cerca sus propias ropas, el rifle y el cuchillo; ¡lo último que quería era ser sorprendido desnudo y desarmado por alguien como Micayá Yates! Si Savanna intentaba atacarlo... Lanzó una risita al recordar la expresión de la muchacha cuando lo vio... y descubrió el estado en que se hallaba. ¡Por Dios, qué difícil le resultó no estallar en carcajadas... o hacer lo que el cuerpo le exigía desde la primera vez que había visto a Savanna: hacerle el amor de una manera exquisitamente placentera!

Oyó que una criatura corpulenta se movía veloz entre los matorrales e interrumpió sus pensamientos sobre Savanna; saltó a la orilla y aferró el rifle en el mismo momento en que un oso enorme salía del bosque a pocos metros de Adam. Era difícil discernir quién estaba más sorprendido, si el oso o Adam, pero echando un único vistazo al hombre, el oso desapareció con un gruñido asustado entre los árboles.

Adam miró alrededor buscando a Savanna, que a su vez observaba en la dirección por donde había desaparecido el oso con una expresión de total asombro en su encantador rostro; Adam movió la cabeza divertido, dejó el rifle y decidió que ya había holgazaneado bastante. En realidad, no había holgazaneado en absoluto: antes de meterse en el agua, mientras Savanna se ocupaba de su propio baño, había extendido el vestido mojado sobre un arbusto para que se secara. Como había dejado los pantalones escondidos en lugar de extenderlos al sol, cuando los tomó hizo una mueca de disgusto. Estaban bastante húmedos pero se los puso sin prestar atención a la sensación pegajosa de la prenda empapada.

Dejó la camisa abierta; se calzó las botas, puso el cuchillo en la cintura, tomó el rifle en la mano, levantó el resto del jabón que había dejado caer en la orilla con la prisa por alcanzar el rifle y se acercó adonde estaban los caballos.

Adam mantuvo la mirada atenta sobre Savanna mientras buscaba la navaja, se acercaba otra vez al estanque y formaba abundante espuma para afeitarse la barba que le sombreaba las mejillas. Después, contempló el cielo y dedujo que era mediodía; tenían varias horas de luz diurna por delante y no quiso emprender la marcha tan pronto. Habían acampado muchas noches sin contar con una fuente de agua cercana y no quería que volviera a ocurrir. Estaba ansioso de hincar el diente en esos guisantes y esa carne de cerdo, disfrutar de una comida medianamente aceptable. Comenzó a instalar el campamento con toda minuciosidad.

Tranquilo, Adam continuó con la tarea, pues al parecer Savanna no estaba dispuesta a salir del agua. Recogió leña, hizo fuego y colocó los guisantes en una olla con agua, agregó un poco de sal y comenzó a cocinar. Sacudió la manta de dormir y la miró disgustado; se acercó a la orilla y se la arrojó a Savanna.

—Refriégala sobre las rocas... si tenemos suerte, esta noche estará seca.

Savanna le lanzó una mirada resentida pero hizo lo que le ordenaba; pronto la manta tenía un aspecto más agradable, aun estando húmeda, y la colgó de una rama para que se secara. Savanna había retozado todo lo posible y comprendió inquieta que ya era hora de que ella también saliera del agua.

9

Cómodamente instalado a la sombra de un enorme roble, Adam contempló sin recato a Savanna y comprendió el dilema que la acosaba. Esperaba ese momento desde hacía tiempo y aguardó con creciente complaciencia para ver qué haría la muchacha.

Savanna se había acercado nadando a la orilla y estaba de pie, con el agua a la altura del pecho, sin advertir que su transparencia dejaba poco a la imaginación demasiado activa de Adam. El hombre admitió renuente que era la criatura más gloriosa que había visto; contempló el cabello flamígero que se secaba en mechones rizados en torno del rostro y los delicados hombros blancos que emergían de las profundidades color turquesa del estanque. Las aguas cristalinas le proporcionaban una visión realzada de los pechos lozanos, la cintura estrecha y las caderas bien formadas, y se removió incómodo bajo las ramas del roble... sintiéndose de pronto insoportablemente hinchado. ¡Maldita mujer!

Se puso de pie, reconociendo enfadado su reacción ya familiar ante aquella muchacha. Pensó que cuanto antes se vistiera Savanna, menor sería su propia tentación; tomó los pantalones y la camisa que había conseguido el día anterior, se encaminó a zancadas hacia el estanque y le espetó:

—Ponte esto cuando salgas de ahí.

Savanna rechinó los dientes al percibir el tono de Adam.

—No deseo alentar sus perversas inclinaciones; no saldré ni me vestiré mientras usted me observe. ¡Y no usaré esa ropa! Sin duda, la mía ya debe de estar seca.

Adam sonrió complacido.

—¡Cariño, no importa si tu ropa está seca o no! Sólo usarás esta ropa... y si no quieres, ¡puedes andar desnuda!

La expresión y el tono frío de la voz de Adam le indicaron que no cambiaría de parecer, y aunque comprendía la sensatez de vestir pantalones y camisa, su tozudez le impidió obedecer sin discutir. ¡Y por cierto que no se vestiría bajo la mirada lasciva de aquellos duros ojos azules! Sin embargo, comprendió que no tenía alternativa.

—Si me permite guardar cierta intimidad, me pondré esos malditos pantalones y esa camisa —aceptó, rígida, en la esperanza de salvar un retazo de orgullo.

De pronto, Adam miró a un punto detrás de la muchacha y exclamó:

—¡Savanna, sal del agua ahora mismo!

Sobresaltada por la urgencia de la voz, miró atrás y la recorrió un escalofrío al descubrir dos gruesas serpientes de horrible aspecto que nadaban hacia ella a toda velocidad. No tuvo dificultad en reconocerlas, pues había nacido y se había criado junto a ríos y arroyos: ¡eran mocasines de agua venenosas! La mocasín venenosa es una víbora letal y agresiva, y le disgusta que la molesten, ¡y esas dos ciertamente respondían a la descripción!

El poderoso atractivo del estanque hizo olvidar a Savanna por un momento dos peligros habituales en toda esa región surcada de ríos y arroyos, de clima subtropical, en el sur de Estados Unidos: las mocasines de agua y los cocodrilos; se lanzó a nadar frenética hacia la orilla mientras se preguntaba si no aparecería también un enorme cocodrilo.

Olvidando la necesidad de salvar su orgullo y las discusiones con Adam, Savanna nadó con desesperación hacia él, consciente de que en cualquier momento podría sentir la picadura de una de las víboras... ¡o de ambas! Tan grande como el miedo era el enfado que sentía consigo misma por no haber observado el lugar, y esos sentimientos otorgaron un renovado impulso a sus movimientos; al llegar a la parte menos profunda se puso de pie olvidando su desnudez y corrió con el agua a la altura de las rodillas.

Para sorpresa de Savanna, un par de brazos fuertes la alzaron poniéndola fuera de peligro: Adam le había salido al encuentro. Llevando a salvo el cuerpo desnudo de la joven entre los brazos, el hombre chapoteó hasta la orilla olvidando a las víboras, sin pensar en otra cosa que en salvar a Savanna de cualquier daño.

Una de las víboras estaba precisamente detrás cuando Adam pisó suelo seco, y gracias a un rápido reflejo aplastó con el tacón de la bota la chata cabeza triangular de la mocasín y se salvó de la picadura. Sin prestar atención a las sacudidas del reptil moribundo, puso a Savanna a salvo detrás de su propio cuerpo, tomó el cuchillo y con puntería certera liquidó a la otra víbora que trataba de alcanzar la orilla.

Savanna contempló horrorizada los cadáveres de las dos serpientes, casi olvidada de su propia desnudez, y comprendió lo cerca que había estado de una muerte espantosa. Le castañetearon los dientes y se rodeó el cuerpo con los brazos intentando calmar el estremecimiento helado que la sacudía.

Adam se aseguró de que las víboras ya no representaban ningún peligro; se volvió hacia Savanna y al verla estremecerse maldijo entre dientes. La acercó hacia sí y la acarició para tranquilizarla. La cabeza de la muchacha se apoyó en el hombro de Adam, y con la boca junto a la oreja de Savanna, el hombre murmuró:

—Ya pasó, Savanna. Ya pasó. Estás a salvo.

La joven sintió el cuerpo tibio de Adam junto al de ella; mientras las manos del hombre continuaban las suaves caricias y la voz resonaba en sus oídos con frases apaciguadoras, Savanna sintió que el miedo comenzaba a ceder. Desafortunadamente, el temor a las víboras pronto fue reemplazado por la aprensión al contacto de aquellas manos. En realidad, no era el contacto mismo lo que le daba miedo, sino lo que dicho contacto le provocaba...

Cuando Adam rodeó a Savanna con los brazos su primera intención fue de consolarla pero, a medida que pasaban los minutos y los temblores cesaban, descubrió las dolorosas exigencias de su propio cuerpo. Desde el mismo momento en que posó la mirada sobre aquellos encantadores ojos de color aguamarina, había estado en una permanente erección, y abrazar aquel suave cuerpo desnudo rebasó los límites de la contención. Se maldijo por ser un canalla calculador, pero fue incapaz de detenerse: le alzó la barbilla con la mano y posó su boca sobre la de Savanna.

La besó con el ansia devoradora que encerraba dentro de sí, los labios tibios y duros apretándose exigentes sobre los de la joven. La pasión estalló. En el momento en que su boca tocó la de Savanna, lo consumió el anhelo abrasador de tocarla, de explorar con las manos y la boca cada curva, cada porción minúscula de ese cuerpo encantador, de unirse a ella y perderse en el éxtasis sedoso que estaba seguro de hallar.

Savanna sentía el cuerpo sólido y tibio de Adam contra el suyo y se aferró instintivamente a él; rindió la boca blanda y vulnerable al asalto apremiante del hombre, y abrió indefensa los labios a la penetración devoradora de su lengua. El beso se hizo más hondo, los brazos del hombre estrecharon con más fuerza el cuerpo desnudo, y al instante Savanna percibió aturdida la poderosa erección, la intensidad del deseo de Adam... y lo fácil que le resultaría ceder a él.

Los senos de Savanna se apretaban contra el pecho desnudo de Adam a través de la camisa abierta; el roce del vello oscuro y espeso contra sus pezones la excitaba. La llama que había surgido en el vientre de Savanna al primer contacto de los labios de Adam se hizo más ardiente e intensa a cada segundo hasta que creyó que la consumiría. Asustada por el asalto repentino de las sensaciones, atónita por las emociones carnales que parecían haber surgido sin advertencia previa, se debatió contra el deseo de su propio cuerpo que su mente rechazaba. ¿Acaso no odiaba a Adam? No quería sentir lo que sentía, no deseaba reaccionar a la presencia de aquel hombre, pero su cuerpo... ¡ah, ese cuerpo traidor deseaba con desesperación las caricias, su boca desenfrenada buscaba el ataque de la de Adam, y se agitó entre los brazos del hombre mientras una lucha furiosa desgarraba todo su ser!

Se debatió frenética contra las cadenas de pasión que la aprisionaban en el abrazo, apartó la boca y dijo con voz densa:

—¡Basta! ¡No lo deseo! ¡No lo quiero!

Adam contempló aquel rostro ruborizado con los ojos tan oscurecidos por el deseo que parecían negros, y acarició con la mirada la boca sonrosada, los labios hinchados por la fuerza del beso.

Savanna se apartó un tanto de él y lo contempló, ansiosa y expectante. La expresión de Adam no cambió, y sus manos no soltaron las nalgas de la muchacha; bajó la mirada hasta los pechos de Savanna y ella advirtió por completo humillada que sus pezones se erguían y se hinchaban bajo aquella mirada.

Adam sonrió con malicia.

—Mentirosa —murmuró—. Esto es algo que ambos deseamos desde el momento en que nos vimos por primera vez.

—¡No! ¡No es así! —replicó Savanna, desesperada, rechazando la afirmación de Adam, tratando de no ceder al placer sorprendente de aquella boca, de negar que la tibieza de aquellas manos sobre su piel desnuda la inundaba de gozo, o que las caricias despertaban en ella una ansiedad irreprimible. ¡No quería desearlo!

Entre ambos, nada había cambiado: aún era el canalla sin corazón que había asesinado al padre, el que la había secuestrado, y nada cambiaría esos hechos. Salvo... salvo un dolor difuso en torno del corazón de Savanna, un dolor que aumentaba a cada hora que transcurría junto a aquel hombre; también su propio cuerpo traidor que le dolía de un modo diferente al del corazón... un dolor de índole puramente física que podría aliviarse con facilidad si cedía a la tentación. Savanna lo sabía, pero no se atrevía a mitigar aquel sufrimiento.

Adam la contempló largo rato recorriendo con sus oscuros ojos azules el adorable rostro de ella, deteniendo la mirada en la suave tentación de su boca, para luego deslizarse otra vez hasta la plenitud fresca de los pechos con los pezones rosados erguidos e hinchados, y encerró involuntariamente con las manos la carne firme de las nalgas acercándola a la potencia de su virilidad erguida. Savanna reaccionó con un estremecimiento; Adam lo percibió y rozó la boca de la muchacha con la de él, tentándola; repitió:

—Mentirosa. Me deseas, aunque no quieras admitirlo, y creo que entre nosotros ya ha pasado el tiempo de hablar...

La besó una y otra vez, mordisqueándole el labio inferior y por fin la boca de Savanna se abrió y dejó penetrar la lengua de Adam para que explorara a placer. La besó largo tiempo acariciándole la espalda; en ocasiones, le aferraba las nalgas para acercarla más a sí y sólo separó su boca devastadora cuando la joven lanzó un gemido de derrota y le rodeó el cuello con los brazos. Con el aliento entrecortado, recorrió con la yema de los dedos los labios hinchados de Savanna y musitó:

—Si quieres, puedes convencerte de que no me deseas, ¡pero no te engañes: tu cuerpo sí desea al mío!

La alzó en brazos sin esfuerzo y la llevó hasta el sitio sombreado donde la hierba era verde y blanda. La depositó con dulzura sobre la hierba y ante la mirada atónita de Savanna se quitó rápidamente las botas y los pantalones.

Savanna ya había visto hombres desnudos, pero ninguno de tan arrasadora seducción como el hombre alto que estaba de pie frente a ella, sin el menor pudor, mientras el sol que se filtraba entre las hojas acariciaba aquella piel bronceada. Era sin duda la encarnación de las fantasías sensuales de cualquier mujer, desde la corona de cabellos oscuros hasta las plantas de los pies. Los hombros anchos, el pecho amplio y poderoso que terminaba en el vientre plano, la cintura estrecha y las caderas esbeltas. Las piernas largas, de formas elegantes y músculos prietos. Savanna lo contempló incapaz de apartar la mirada de la absoluta belleza masculina, y, a pesar de los malos entendidos entre ambos, sintió que le faltaba el aliento y el corazón aceleraba sus latidos.

La Naturaleza no escatimó nada al crear a Adam St. Clair. Su cuerpo era fuerte pero flexible; sus facciones bien cinceladas eran apuestas y exhibían el sello de una atractiva arrogancia que lo acompañaría hasta el último día de su vida. A pesar de su propia voluntad, Savanna se sintió atraída sin remisión hacia aquella potente virilidad; no advirtió que detenía la mirada acariciante en el vértice de los poderosos muslos, y sufrió una sacudida al descubrir cuán generosa había sido la naturaleza con aquel hombre... y la revelación amarga de que ella misma era la que había provocado aquella erección fue dulce al mismo tiempo.

Mientras Adam se acercaba, Savanna hizo un último intento frenético de escapar, pero fue inútil. Él cerró con fuerza los brazos en torno de la muchacha y su boca certera encontró la de Savanna. El calor del cuerpo de Adam oprimido contra el suyo la conmocionó tanto como el anhelo con que su propio cuerpo respondía a ese calor, y olvidó que lo odiaba.

Los labios de Adam no encontraron barreras, y al instante la lengua del hombre llenó a Savanna colmándola de un intenso placer, recorriendo y explorando su boca con movimientos rítmicos. A Adam le bastó el simple acto de saborear la boca de la muchacha con la lengua, para que Savanna sintiera el impacto en todo su ser. La mano de Adam le rozó el pecho, trazándo círculos en torno de los pezones con sus largos dedos; Savanna se estremeció con las súbitas exigencias que invadieron su propio cuerpo y se retorció entre los brazos de Adam, pero no para huir sino para apretarse más contra él, y abrió los labios para recibir la invasión. Sin pensarlo, le rodeó el cuello con los brazos y se arqueó dominada por un torrente de emociones que los besos y las caricias de Adam despertaron en ella con abrasadora intensidad.

Se sentía arder, y al mismo tiempo temblaba, no por causa del frío sino por la fuerza de las sensaciones apremiantes que la invadían, y se apretó aún más al cuerpo desnudo; la virilidad hinchada empujó vigorosa entre los muslos de Savanna, y la colmó de temor y también de ansia salvaje. Todo el cuerpo de Savanna reaccionó, pero el placer adquirió un matiz de culpa cuando los labios cálidos de Adam se apartaron de su propia boca hinchada y se deslizaron hacia abajo para succionar hambrientos el pecho de la joven; una opresión súbita, un latido doloroso entre los muslos la hizo retorcerse indefensa entre los brazos de Adam. ¡Oh, Dios! ¡En verdad, lo deseaba!

Adam nunca dudó de que deseaba a Savanna, pero no estaba preparado para la magnitud del placer que le proporcionó besarla, explorar la boca de la muchacha y saborear la dulce blandura de esa carne. Lo avasalló, lo enloqueció el anhelo de sumergirse profundamente en esa mujer, de poseerla sin compasión y hacerle el amor con tanta ferocidad que arrasara el recuerdo de cualquier otro hombre que la hubiese tocado. Ninguna mujer le había suscitado esas emociones, y la fuerza de los sentimientos no hacía más que crecer al tenerla entre sus brazos y descubrir impulsivamente los secretos de aquel delicioso cuerpo.

El deseo hacia Savanna era insaciable; las manos y los labios de Adam peregrinaban sin descanso sobre el rostro y los pechos de la muchacha, la mordisqueaban, la besaban, la tocaban y acariciaban, y movía rítmicamente las caderas contra las de ella en franca exigencia carnal. Atrapado, tan indefenso como Savanna en las ansias frenéticas de su propia carne, Adam hundió el rostro entre los pechos de la joven, aspiró su aroma limpio y fue deslizando las manos hacia abajo por el cuerpo de Savanna acariciando la brevedad de la cintura, la curva exhuberante de las caderas, el vientre plano... Alzó la cabeza y oprimió los labios contra la boca de la mujer en indisimulada exigencia; la lengua de Adam colmó la boca de Savanna, y éste deslizó lentamente la mano hacia la mata de apretados rizos rojo-dorados entre los muslos de la muchacha.

Savanna se arqueó contra Adam en una violenta reacción al contacto audaz de la mano y por un momento la fría realidad la invadió a pesar del latir frenético de su pulso y la sensación de que se fundía. Lo empujó con fuerza por los hombros, apartó sus labios de los de Adam y rogó con voz ronca:

—¡Por favor, Adam! ¡No... no quiero...! ¡Basta, por favor! ¡Por favor!

Vio el brillo de los ojos oscuros, un mechón de cabello negro cayó sobre la frente del hombre, y al contemplarlo el corazón saltó en el pecho de Savanna. El rostro de Adam estaba encendido de pasión, y la curva de su boca era tan sensual que a Savanna se le oprimió el vientre de deseo. Se miraron a los ojos con intensidad, y a Savanna se le cortó el aliento al ver que aquellos ojos de color zafiro se oscurecían bajo el influjo de una emoción sin nombre; Adam bajó la cabeza y depositó un beso suavísimo en la comisura de la boca de la joven al tiempo que murmuraba:

—¡Oh, amor mío, tengo la firme intención de hacerte un gran favor!

Savanna no lo dudó: temía que el favor la complaciera demasiado, pero, antes de que pudiera resistirse, la boca de Adam cubrió la de ella, los labios apremiantes devoraron los de Savanna, la lengua impúdica se deslizó entre los dientes y penetró profundamente en el nuevo territorio conquistado. El beso la embriagó, y acarició la cabeza oscura; el cuerpo anhelante de Savanna sólo percibió el embrujo erótico que Adam tejía en torno a ella. Le dolían partes del cuerpo que ignoraba que pudiesen doler, y tembló cuando la mano sabia de él comenzó a explorar con suavidad la carne tierna entre los muslos provocándole un intenso placer. Savanna se retorció salvaje ante el ataque carnal de Adam; la lengua de él invadió su boca, sus senos quedaron oprimidos contra el pecho musculoso y su cuerpo virgen se rindió al impulso explorador de los dedos mientras el hombre la conducía al límite del éxtasis.

Gimió de placer, lo rodeó con los brazos y deslizó las manos ávidas sobre la espalda ancha hundiendo los dedos en aquella piel tibia; la tensión casi insoportable entre los muslos se extendió a todo el cuerpo de Savanna. Adam apartó los labios de la boca de la mujer y fue trazando una huella de fuego sobre sus pechos, rodeando posesivo los pezones erguidos con la lengua, mordiendo suavemente las tiernas cimas, y Savanna sintió que las sensaciones la enloquecían. Adam no dio tregua a las manos y los labios, y Savanna deliró aliviada de aquella urgencia devoradora, inconsciente, que aumentaba a cada segundo. Indefensa ante las demandas de su propio cuerpo, se agitó sin control desesperada por llegar a esa cima de éxtasis que sólo adivinaba. Savanna estaba por completo arrasada por las emociones que la dominaban sin tregua y casi no advirtió que Adam se incorporaba, le separaba los muslos y colocaba su cuerpo vigoroso entre sus piernas.

Adam sintió la misma urgencia que Savanna y supo que moriría si no lograba sumergirse pronto en la tibieza tersa que lo aguardaba. Nunca existió una mujer como Savanna: era fuego y seda entre los brazos de Adam; el sabor, la sensación de aquella carne tierna contra la de él, los movimientos salvajes de la muchacha embriagaron la mente del hombre hasta que en el mundo sólo existió aquella criatura fantástica que se retorcía entre sus brazos. Los deseos desatados de su propio cuerpo lo hicieron gemir, a medias entre el dolor y el placer, cuando se deslizó entre las piernas de Savanna y creyó que la sola excitación podría emascularlo. Se esforzó por aminorar sus movimientos, por recuperar el control de las emociones, pero fue una batalla perdida: el abandono de los movimientos de Savanna lo derrotó. La mujer empujaba contra la virilidad inflamada de Adam rozándolo con aquellos rizos rojos e incitándolo a susurrar maldiciones ante su propia capitulación. Se resignó a un último tirón hambriento del pezón, buscó la boca de la joven y la besó con todo el ardor encerrado en su propio ser mientras deslizaba las manos bajo las caderas de Savanna para alzarla hacia sí. La intensidad del deseo lo hizo temblar y penetró lentamente en la sedosa humedad, percibiendo apenas la estrechez de la abertura, demasiado perdido en su propio placer como para advertir que en aquella muchacha había algo diferente. Sólo al desgarrar la frágil barrera y sentir que los músculos de Savanna se contraían instintivamente la verdad explotó en el cerebro de Adam, pero ya era tarde, demasiado tarde...

Savanna se sintió invadida por emociones intensas e implacables; la sensación seductora y singular de la penetración de Adam en su propia carne y la maravilla de su propio cuerpo que se abría para recibirlo por entero la colmaron de un placer casi intolerable.

Cuando llegó el dolor, fue inesperado, y se arqueó indefensa contra Adam en la súbita urgencia de escapar a aquel sufrimiento. Pero no existía huida posible. El cuerpo duro de Adam la oprimía contra la hierba blanda, el pecho se aplastaba contra sus senos y la carne del hombre estaba irrevocablemente unida a la de ella. Por un instante embriagador quedaron tendidos juntos y luego Adam se movió musitando palabras salvajes contra la boca de Savanna; con impulso profundo la penetró una y otra vez. Savanna se sintió arrastrada; cada arremetida frenética de Adam disminuyó el dolor hasta que sólo quedó la maravilla de la posesión descontrolada. En lo profundo de su ser, Savanna sintió que cada ataque poderoso de Adam provocaba una contracción de placer; luego, sin previo aviso, en el mismo momento en que el hombre gimió al impulso de la explosión de alivio, la mujer se vio invadida por una intensa oleada de gozo que la dejó lánguida y aturdida. ¡Esto era lo que en ocasiones provocaba una conducta incomprensible en los hombres y en las mujeres!, pensó mientras el latido de su corazón disminuía y sentía que su cuerpo se apaciguaba.

Guardaron silencio, con el cuerpo tibio de Adam aún encima del de Savanna, con su carne dentro de la de ella; poco a poco la muchacha comenzó a comprender la envergadura de lo que acababa de suceder. Se puso rígida, tratando de negarlo, totalmente horrorizada, y abrió los ojos para encontrarse con la mirada dura y azul de Adam.

El hombre se incorporó un poco, lentamente, y apoyó todo el peso del cuerpo sobre los antebrazos, pero no interrumpió el contacto entre ambos. Recuperó por fin el ritmo normal de la respiración y también la cordura... ¡y con ella llegó la desagradable idea de que había cometido un error grave con respecto a Savanna O'Rourke! La situación lo enfureció, pero fue incapaz de apartarse de la tibieza blanda y suave de la muchacha y contempló su adorable rostro encendido: se agitó en el interior de Adam la cólera, el resentimiento y, desafortunadamente, también un inconfundible deseo. ¡Aquella perra astuta, manipuladora, seductora!, pensó furioso, lo había atrapado con una carnada antigua como el mundo y él, pobre tonto, cayó... ¡no, se precipitó de cabeza en esa trampa de seda!

Adam se sintió sobre todo traicionado y enfurecido, a pesar de la extraña e irracional satisfacción de saber que había sido el primer amante de Savanna. ¡Las mujeres con la apariencia y el modo de vida de Savanna no solían ser vírgenes! ¡Demonios! ¡Estaba convencido de que Micayá era el amante de la muchacha! Habría jurado que era así, y sin embargo... Hizo una mueca desagradable. Siempre tuvo cuidado de evitar a las doncellas inocentes, cualquiera fuese la situación en que se hallaran... las relaciones sexuales con esa clase de mujeres invariablemente acarreaban problemas, ¡y uno de ellos era que por lo general llevaban al matrimonio! Sin duda, Adam era un sinvergüenza con las mujeres pero tenía ciertos escrúpulos: uno de esos escrúpulos le prohibía sin ambages lo que acababa de hacer. Pensó: «Si lo hubiese sabido, si hubiese tenido el menor indicio, no la habría tocado ni con una vara larga». De inmediato, se le ocurrió la idea contraria: ¡virgen o no, nada le hubiese impedido poseerla! Aun en aquel momento el cuerpo de Adam vibraba con la reminiscencia del placer, y sabía que a Savanna le costaría muy poco esfuerzo provocarle una nueva erección y el consiguiente deseo de volver a perderse en ese calor dulce y embriagador...

Adam apartó los pensamientos y el cuerpo de ese curso peligroso y sus ojos azules se oscurecieron de ira.

—¿Por qué diablos no dijiste nada? ¡Jesús! ¡Una condenada virgen! —exclamó en tono áspero. La miró, suspicaz, y murmuró—: ¿Y bien? ¿No es éste el momento en que mencionas el precio? ¿O esperas acaso que yo te ofrezca alguna recompensa? ¿No suele ocurrir de ese modo?

Aquellas palabras no eran en absoluto las que Savanna esperaba oír, ni aquel tono furioso, y lo miró estupefacta. ¡Adam fue quien la forzó a ella, y no a la inversa, y si alguien tenía derecho a estar furioso, era precisamente Savanna! ¡Hablar de recompensa!

Le espetó con los labios apretados:

—¡Fue mi cuerpo el forzado, no el de usted... y creo que ya me ha insultado demasiado!

—¡Insultar! —repitió Adam, poseído por una cólera irracional al oírla decir que lo que habían compartido era insultante, y le replicó—: ¡Créeme, cariño, ni siquiera he empezado a insultarte! Hace siglos que las mujeres como tú tienden astutas trampas a los hombres como yo, ¡pero que me condenen si me dejo atrapar con tanta facilidad! —Le lanzó una mirada hostil, y prosiguió—: ¡Una virgen! Dime una cosa: ¿por qué me ocultaste ese dato tan interesante hasta que fue demasiado tarde para que yo pudiera evitarlo?

Con un destello furioso en los ojos verde azulados, Savanna respondió:

—¿Acaso hubiera servido de algo? ¿Acaso se hubiese detenido? ¡Recuerde que yo se lo pedí!

Adam hizo un gesto de dolor para sus adentros y apretó los labios. Sin embargo, las palabras de Savanna, en lugar de avergonzado, lo enfurecieron aún más; su cólera crecía al advertir que su propio cuerpo ya comenzaba a responder al estímulo de la proximidad entre ambos. Enfadado por lo que le ocurría, se apartó de aquella carne demasiado atrayente, se tendió de espaldas junto a la muchacha y contempló el cielo azul. Dijo en tono sombrío:

—Damisela, tú me deseabas a mí tanto como yo a ti; ¡no trates de convencerme de que no lo has gozado tanto como yo!

Savanna casi no podía creer lo que oía. Se incorporó apoyándose en un codo, contempló el cuerpo tendido y en ese momento lo odió más que a nadie.

—¡Es un hijo de perra odioso, engreído y estúpido! ¡Me secuestró y me aterrorizó! —Su voz se elevó hasta el grito—. ¡Luego me violó y pretende que yo lo haya disfrutado!

Por primera vez en su vida, impulsado por demonios interiores que no comprendía, Adam se sintió rechazado, enfurecido de que Savanna utilizara una palabra tan desagradable para nombrar lo que habían compartido, y perdió por completo el control.

—¿Violarte? —preguntó con rabiosa incredulidad, irguiéndose de pronto sobre la mujer como un dios vengador—. ¡Te demostraré lo que es una violación, querida!

La boca de Adam se abatió sobre la de Savanna con hambrienta brutalidad. La poseyó sin demasiados preliminares, acoplando ferozmente su propio cuerpo al de la muchacha. Savanna se debatió pero fue inútil, y, aunque no sintió dolor, tampoco recibió placer en aquella posesión hostil que sólo se limitó a soportar. Adam terminó rápidamente, y se apartó rodando de encima de la muchacha en cuanto acabó.

Adam, sobrecogido y profundamente disgustado consigo mismo, se incorporó de un salto y se puso los pantalones dándole la espalda, como si le diese vergüenza mirarla. A pesar del desagrado que sentía en el alma no pudo consolarla ni disculparse, y le dijo con voz fría:

—¡Eso es una violación, cariño! ¡Creo que en el futuro sabrás reconocer la diferencia!

Una furia ciega e incontrolable invadió a Savanna; casi sin saber lo que hacía agarró una rama de árbol del suelo. Se levantó de la hierba como una tigresa que salta sobre la presa y propinó a Adam un fuerte golpe en la cabeza. El hombre se derrumbó con un suave gemido, frente a Savanna. La muchacha lo contempló atontada, paralizada por la estupefacción, sin poder creer del todo en lo que había hecho.

La parálisis desapareció en un momento, y Savanna se movió por instinto, olvidada de su desnudez; instantes después lo había atado firmemente. Segura de que estaría indefenso cuando recobrara la conciencia, se acuclilló junto a él y lo examinó largo tiempo: la sorprendió comprender que aun después de lo sucedido lo hallaba en extremo atractivo. Contra su propia voluntad, acarició con la mirada aquellas facciones bellas y arrogantes, las pestañas tan oscuras y largas sobre los pómulos altos, la nariz audaz y bien formada, y se detuvo luego sin poder evitarlo en la plena sensualidad del labio inferior...

Apartó la mirada con gesto decidido, tomó los pantalones y la camisa por los que tanto discutieron y que Adam había arrojado a los pies de Savanna hacía horas y se los puso de inmediato. Encontró las botas y se las calzó sin perder tiempo; lanzó al hombre tendido una mirada fatigada y luego, con prisa febril dividió las pertenencias y tomó lo que llevaría consigo, sin detenerse a pensar demasiado.

En realidad, Savanna no reflexionó en lo que haría; sólo la impulsó el instinto de huir, de alejarse lo más posible del hombre tendido. Cuando estuvo lista, montada en el caballo, contempló el cuerpo inerte de Adam con expresión inquieta. ¿No tendría que comenzar a reaccionar en aquel momento? Le había atado las manos por delante y dejó el cuchillo cerca, de modo que cuando despertara pudiera soltarse... después de todo, no deseaba que muriera aunque bien lo merecía, pensó airada. Dejó el otro caballo y una cantidad proporcionada de alimento: no sentiría remordimientos por abandonarlo. Era un asesino y la había tratado de un modo abominable, pensó apretando los labios; no tendría escrúpulos en huir, se iría con ánimo ligero, ya que sólo sentía odio y disgusto. No obstante, mientras hacía girar al caballo y abandonaba a Adam allí, tan quieto y vulnerable, la asaltó una intensa desesperación y un arrepentimiento que le destrozaba el corazón...

10

Savanna cabalgó varios kilómetros casi a ciegas, pensando sin querer en el hombre que había dejado indefenso junto a las aguas engañosamente apacibles del estanque del bosque. ¿Y si lo atacaba un cocodrilo? ¿O una mocasín?, imaginó temblando. O alguna bestia salvaje. Savanna recordó cómo Adam había corrido para salvarla de las víboras y la invadió una oleada de culpa. ¡Adam le salvó la vida, y ella lo había dejado a merced del mismo peligro al que había estado expuesta! Se sintió culpable y desgraciada e intentó justificarse ante sí misma.

Sabía que era poco probable que lo atacara un cocodrilo o una víbora en el sitio donde lo dejó tendido, pero no se podía desechar el posible ataque de otros depredadores tan temibles como ésos. Se dijo que no le importaba, que se merecía cualquier destino horrible que le aguardara, y trató de mantener la cabeza fría y olvidarlo. ¡Tenía otras cosas más importantes de qué preocuparse antes que del hombre que había matado a su padre y la había violado a ella!

Detuvo el caballo y miró alrededor, desalentada. Lo único que se veía era el bosque interminable, los troncos moteados de los árboles, enredaderas de variados tonos de verde y espesa vegetación. No carecía de experiencia en acampar, pero la asustaba la perspectiva de orientarse a través del bosque. No obstante, se encogió de hombros. Sólo tenía que seguir cabalgando en dirección al sudeste y tarde o temprano descubriría algún sitio familiar... ¡aunque no encontrara nada hasta llegar al río Misisipi!

En ese momento, comprendió que había olvidado por completo la búsqueda del tesoro azteca. En primer lugar, Savanna nunca tuvo apetencia por las riquezas, y aunque le habría encantado bañar a Elizabeth en una lluvia de oro que le proporcionara una vida elegante y cómoda, su madre y ella podrían vivir bien sin eso. Además, aunque a desgana, admitió que sería imposible hallar el tesoro sin un mapa o sin alguien que la guiara, y que ninguna cantidad de oro justificaba los peligros que tendría que afrontar si era lo bastante demente como para continuar esa búsqueda absurda que había provocado la muerte de su padre. Volver a unirse a Micayá no era la solución, y en ese mismo instante comprendió lo afortunada que había sido, pues Micayá no había abusado de ella peor de lo que fue el caso en manos de Adam. Por fin, intentó convencerse de que Adam la había maltratado de una manera espantosa, pero la idea le sonaba falsa. Si recordaba ese último ataque furioso de Adam, se convencería con facilidad de que éste no era mejor que Micayá; aunque por desgracia su imaginación se negaba a abandonar el recuerdo de aquella primera unión maravillosa y la intensa atracción que aquel hombre ejercía sobre ella.

Se enfadó al advertir que volvía a pensar en Adam, y espoleó al caballo para que reanudara la marcha. ¡Regresaba a casa! No se permitiría pensar en nada de lo que había ocurrido desde el infausto momento en que contempló la cara sonriente de Micayá. Se dejó convencer de que tenía derecho al oro; incluso se permitió pensar que era justo secuestrar y torturar al hombre que había matado a su padre para que los condujera hasta el tesoro, pero ya era suficiente. En realidad, el oro no significaba nada para Savanna, y se contentaría con saber que en el final Dávalos manifestó sus auténticos sentimientos de amor hacia la madre y hacia la propia Savanna. Y en cuanto a las amenazas de Micayá de difundir la verdad acerca del pasado de Elizabeth... Savanna entrecerró los ojos. No sabía exactamente qué haría, pero la próxima vez que viese a Micayá, si es que volvía a verlo, pensaría en algo, tenía que hacerlo si quería proteger la respetabilidad de su madre. Al adoptar esa decisión, sintió que el corazón le pesaba un poco menos. Regresaría a casa, retomaría los hilos de su propia vida y olvidaría que una vez había posado la mirada en un demonio de ojos azules llamado Adam.

Sin embargo eso era más fácil de decir que de hacer, pensó Savanna disgustada al recordar otra vez el cuerpo inerte y desnudo de Adam en el suelo del bosque. Tendría que haberse asegurado de que recobraría la conciencia, antes de dejarlo. De todos modos, hubiese podido escapar: tardaría cierto tiempo en librarse de las ataduras, y Savanna no creía que se molestara en correr tras ella. Sin duda, volvería de inmediato a Terre du Coeur y no pensaría más en ella. De pronto, recordó que Adam volvería junto a su esposa y sus hijos, y al comprender esa posibilidad una puñalada de dolor le atravesó el corazón.

Sabía que Adam estaba casado pero ahora, teniendo en cuenta lo sucedido entre ambos, tuvo dolorosa conciencia de ese hecho y cerró los ojos, angustiada. ¡Cómo pudo olvidar quién era ese hombre, lo que era, y permitir que la embrujara de esa manera! ¿Cómo era posible que lo hubiese deseado y que al terminar la unión continuara entre los brazos de Adam y le concediera libertades que a nadie había concedido antes? ¡No le importaba en absoluto! ¡Lo odiaba! Empecinada, clavó la mirada entre las orejas del caballo, realmente avergonzada del placer que sintiera entre los brazos de Adam, disgustada por haberse dejado seducir por un hombre tan despreciable, y deseó no haberlo conocido.

Bueno, muchacha, pensó, deja de escarbar en el pasado; apártalo de ti y piensa cómo vas a encontrar el camino a casa. Durante unos momentos, la pequeña arenga la animó, y se concentró con firmeza en el camino y en el modo de conseguir más alimentos, pero las imágenes del cuerpo inerte de Adam reaparecían insidiosas en la mente de Savanna. ¿Y si no conseguía soltarse y moría de hambre? ¡Si lo encontraba algún animal salvaje! ¿Y si lo descubría Micayá? ¡Micayá lo torturaría hasta matarlo!

Por fin, Savanna olvidó la necesidad de irse y dejarlo en manos de un destino merecido e hizo dar la vuelta al caballo. Tendría que regresar, asegurarse de que había recobrado la conciencia; no quiso imaginar lo que sentiría si no sucedía así; si había vuelto en sí, pensaría algún plan para marcharse confiando en que Adam fuera capaz de soltarse y al mismo tiempo no pudiese seguirla. «¡Quiero apartarlo definitivamente de mi vida! —se dijo—, ¡pero no deseo verlo muerto!»

Fue bastante sencillo seguir la huella que había dejado hasta el lugar donde abandonó a Adam, aunque se sentía llena de dudas. Mientras deshacía el camino, los pensamientos de Savanna no eran agradables ni confortables.

Por extraño que pareciera, Savanna no lamentaba la pérdida de la virginidad, ni culpaba del todo a Adam por haberla poseído la primera vez. Creía que era casi inevitable, aunque no podía perdonar esa segunda posesión salvaje. Adam se había comportado de una manera abominable y merecía ser castigado... sin hablar de lo que le había hecho a su padre. En cuanto a la esposa y los hijos... tragó con dificultad. Adam les pertenecía y, sabiéndolo, Savanna no deseaba perjudicarlos. Pero había ocurrido y lo lamentaría durante mucho tiempo.

Esbozó una sonrisa torcida. «¡Muchacha, mira lo que has hecho por tratar de vengarte!», pensó. ¡Todo habría sido mucho mejor si no hubiese hecho caso de las palabras de Micayá! Hizo una mueca. Claro, tampoco había tenido demasiadas alternativas, pero tuvo que admitir que, cuando comprendió su propia situación, de todos modos participó activamente en el plan de Micayá. Bien, ahora pagaba su propia estupidez; sólo esperaba que después de asegurarse de que Adam estuviese a salvo, fuera capaz de volverle la espalda, reanudar el viaje de regreso a casa, ¡y olvidar que había conocido a Jason Adam Savage!

Habían pasado varias horas desde que se escapara, y Savanna no sabía qué escena podría estar esperándola al volver al campamento de Adam. Desmontó a cierta distancia, y ató al caballo a un tocón. Procuró hacer el menor ruido posible y se acercó, invadida por emociones contradictorias. No quería volver a ver al torturador, pero estaba preocupada por él y a cada paso el corazón le latía con más fuerza.

Se acercó con sigilo a la zona del campamento y, escondida tras unas matas de follaje enmarañado, espió cautelosa. Todo parecía normal: el caballo de Adam aún estaba amarrado al mismo árbol y las cosas estaban esparcidas al azar, pero no había rastros de Adam. Nada. En aquel lugar no había ningún ser humano. Savanna cerró los ojos, e imaginó escenas horribles de osos o leones de montaña llevándose a Adam. Dominó el alarido de terror que pugnaba por brotarle de los labios; observó con más atención y entonces descubrió que el cuchillo no estaba donde lo había dejado.

Asustada, pensó que había hecho lo que debía —era obvio que Adam se había librado de las ataduras— y se volvió con la intención de alejarse rápidamente de aquel lugar, pero chocó con un cuerpo tibio y duro que conocía muy bien. El hombre la aferró brutalmente con los brazos y, a pesar de los esfuerzos desesperados de Savanna, quedó otra vez prisionera.

Adam sólo tenía puestos los pantalones y el rostro de Savanna se incrustó contra el calor del pecho desnudo, y los brazos del hombre la apretaron. Ese abrazo no tenía nada de amoroso, ni tampoco el tono frío con que dijo arrastrando las palabras:

—¡Cariño! ¿Has vuelto para divertirte viéndome luchar por mi vida? ¿O quizá prefieres que no sufra una espantosa muerte por hambre y pensabas matarme tú misma?

Estaba tan lejos de la verdad, que Savanna sólo pudo mirarlo con la boca abierta. ¿Cómo podía imaginar algo semejante? ¡Precisamente había vuelto para evitarle una muerte así! Cerró la boca, encolerizada de que Adam la creyera capaz de una crueldad tan terrible, y de que a causa de sus nobles intenciones se encontrara otra vez en aquella situación calamitosa. «Jamás tendría que haber sentido el menor escrúpulo por este hombre —pensó encolerizada—, ¡nunca volveré a arriesgar mi propia seguridad en aras de la de Adam!»

Adam le aferró los hombros y la sacudió.

—¿No respondes? —preguntó en tono agrio—. ¿Estás pensando alguna mentira astuta?

Con el aliento entrecortado por el forcejeo y también por la indignación, Savanna replicó:

—¡Canalla asesino! ¿Qué esperabas de mí? ¿Bondad? ¿Después de lo que hiciste a mi padre?

Por un instante apareció una extraña expresión en el rostro de Adam; ¿remordimientos?, ¿vergüenza?... pero se esfumó tan rápido como había aparecido. Ahora sólo mostraba distancia y frialdad, y le espetó en tono helado:

—Yo podría hacerte la misma pregunta: ¿qué demonios esperabas de mí? Después de todo, como tú misma has dicho muchas veces, ¡yo soy un monstruo insensible!

Esas palabras provocaron a Savanna una punzada de dolor, y comprendió abatida que casi nunca lo había considerado de ese modo. «¡Pero tengo que recordarlo! —pensó—. ¡Nunca tendré que olvidar quién es y qué hizo!» Le lanzó una mirada desdeñosa y, adoptando una expresión pétrea, murmuró:

—¡No quiero hablar de eso!

Lo sintió encogerse de hombros.

—No tiene mucho sentido —admitió, ecuánime; la obligó a volverse y la empujó en dirección al campamento—. ¿Dónde están tu caballo y el resto de las cosas? —preguntó, mientras la amarraba con destreza a un sauce joven.

Savanna echó una mirada a las odiosas cadenas y deseó haberlas arrojado a la parte más profunda del estanque cuando tuvo ocasión. Era inútil no responderle, y dijo en tono tenso:

—A menos de medio kilometro de aquí, atado al tocón de un roble.

Adam asintió; se puso la camisa blanca y desapareció tras los matorrales. Savanna lo miró irse con una sonrisa carente de alegría. Pensó con amargo arrepentimiento: «¡Esto es lo que he conseguido por comportarme como una cristiana!»

Mientras Adam caminaba rápidamente en la dirección indicada por la muchacha, lo atormentaban pensamientos tan amargos como los de Savanna, pero por razones muy diferentes. Jamás había abusado de una mujer como lo hizo con esta joven, y el hecho de que la hubiese desflorado lo hacía aún más reprobable. Lo invadió la vergüenza y se preguntó si la compañía de hombres como Micayá lo había transformado en un animal tan rudo como aquél. Por más que lo intentó, Adam no encontró excusa para esa conducta incomprensible... al menos ninguna que lo satisficiera o disminuyera la profunda vergüenza y el disgusto que sentía hacia sí mismo. Admitió sombrío que nunca debió de haberla tocado. Jamás tendría que haberla besado, ni descubrir la sorpresa de que era virgen, ¡y por cierto nunca debería haber dado rienda suelta a su terrible temperamento de un modo tan despreciable!

Al llegar donde estaba el caballo de Savanna se sentía por completo acongojado y abatido; desató mecánicamente al animal y comenzó a caminar de regreso al campamento. Sufría un horrible dolor de cabeza, y la conciencia lo aguijoneaba con más crueldad que nunca en su vida. No lamentaba en absoluto haberle hecho el amor a Savanna, y admitía que el haberla desflorado le había brindado un fuerte sentimiento de posesión y un placer inconmensurable. Se negaba a pensar en esa segunda posesión: ni en la brutalidad del acto en sí mismo ni en los motivos que lo impulsaron.

Al fin, decidió que por el momento debía de concentrarse en cómo salir de aquel peligroso embrollo... ¡que podía adjudicar sin duda a esa condenada Savanna! A pesar de lo sucedido ese día, nada había cambiado: Adam aún era un fugitivo de las «tiernas» manos de Micayá, seguía siendo imperativo que ignoraran que no era Jason Savage, y también evitar que el asesino descubriese el paradero del medio hermano ni en Terre du Coeur ni en Nueva Orleans.

Adam suspiró. ¿Qué demonios haría? No podía continuar vagando indefinidamente por la región salvaje de Texas, y aunque confiaba en haber despistado a Micayá, no quería dirigirse hacia Natchez. ¡Y además, existía el problema de la escasez de alimentos y de los caballos fatigados! Necesitaba mejores caballos y equipamiento para cualquier viaje que emprendiera pero, sin dinero, ¿cómo diablos podría lograrlo?

Admitió que tendría que haberse deshecho de Savanna en la primera ocasión: ¡debería de haberla dejado atada en el suelo, junto a Jeremy! Era una distracción no deseada, una intromisión traicionera y una debilidad peligrosa. Cedió a la tentación en un momento de locura y la llevó con él al huir, pero debió de haber recobrado la cordura cuando llegaron a la plantación: tendría que haberla dejado allí y haber desaparecido con los caballos y las provisiones. Aunque sabía lo que debió haber hecho y lo que tenía que hacer ahora, se preguntó sombrío si la locura sería un rasgo familiar; comprendió que no permitiría que aquella zorrita bruja de cabello flamígero se perdiese de vista, por motivos que no alcanzaba a comprender. ¡Savanna era de él! ¡Y le debía mucho más de lo que había pagado hasta ese momento!

Llegó al campamento con ánimo lúgubre y tenebroso. Sin prestar atención a Savanna, volvió a atar al caballo y sacó las provisiones que la muchacha se había llevado. Vio que el sol estaba bajo en el cielo, y que era tarde para emprender la marcha; ¡además, tenía un espantoso dolor de cabeza! Se levantarían a la mañana siguiente, antes del amanecer, y ya no habría más demoras. Tomó una súbita decisión: cabalgarían a San Antonio, pues recordó que tiempo atrás vivía allí don Felipe Santana, un viejo noble español rígido y puntilloso que conoció una vez en Terre du Coeur. Don Felipe era primo lejano de Jason y, aunque Adam detestaba mendigar, supo que no tenía alternativa. Por otra parte, marchar hacia San Antonio resolvería varios problemas: en el trayecto terminarían de despistar a Micayá y, aunque con desgana, don Felipe les daría alimento y cobijo y entregaría a Adam provisiones y caballos frescos para emprender por fin el viaje a Natchez. Desde ese momento tendrían que cabalgar sin descanso durante largo tiempo. Adam deseó estar tan exhausto a la noche que el recuerdo del cuerpo irresistible de Savanna no lo tentara a buscar alivio en aquella carne demasiado seductora.

Savanna supo que Adam había tomado una decisión, aunque no imaginaba cuál; a la mañana siguiente, cuando partieron a marchas forzadas, sólo pudo preguntarse adónde la llevaba y si volvería a ver alguna vez las caras queridas y los sitios familiares. Nunca había cabalgado a ese ritmo feroz y jamás se había sentido tan dolorida, exhausta, sucia o hambrienta como en aquel momento. Cabalgaron desde la media luz anterior al amanecer hasta las sombras del crepúsculo, casi sin detenerse durante las horas de sol salvo para que Adam tratara de conseguir algo que aliviase la terrible escasez de alimentos. Viajaron por la espesura, en medio de un silencio hostil; en ese silencio denso, enfadado y resentido, bastaría sólo un pequeño esfuerzo de parte de cualquiera de los dos para estallar en una discusión que ninguno de ellos deseaba afrontar.

Sin protestar, Savanna siguió llevando los pantalones y la otra ropa que Adam le consiguió, y no se atrevió a murmurar una objeción cuando él la peinó con rudeza y le arregló el cabello en dos trenzas gruesas sujetas en lo alto de la cabeza. Se sintió agradecida por la frescura que le brindaba, hasta que Adam le encasquetó el viejo sombrero de lana casi hasta los ojos y murmuró:

—¡Al menos nadie verá ese cabello rojo, y desde lejos parecerás un jovencito... espero! Es preferible que no dejemos claves que le faciliten las cosas a Micayá, ¿verdad, brujita?

Adam pensó en cortarle aquella masa enredada de cabellos rojo-dorados, pero por alguna razón no se atrevió, y llegó a la conclusión de que era un tonto víctima de algún embrujo. Los pantalones y la camisa no ocultaban las formas femeninas tanto como Adam esperaba: los pantalones se adherían demasiado a las caderas y a los muslos y aunque la camisa no lograba disimular la plenitud de los pechos, al menos no atraía la atención hacia ellos. Adam no se engañaba sobre la eficacia de sus esfuerzos para ocultar el sexo de Savanna, ¡pero al menos desde lejos la muchacha podría pasar por un jovencito!

Mientras cabalgaban en linea recta hacia el sudoeste, penetrando en Texas, poco a poco el terreno iba cambiando. Dejaron atrás los bosques de pinos y marcharon por regiones donde abundaban los robles y los castaños, mezclados con algunos sauces y magnolias. Sabía que sin duda Micayá se dirigiría hacia Nacogdoches para reaprovisionarse antes de continuar la persecución, después de perder cierto tiempo tratando de descubrir la pista de los fugitivos y, por lo tanto, hizo todo lo posible por mantenerse lejos de esa zona. Adam y Savanna continuaron avanzando sin pausa, cruzaron los ríos Angelina y Neches, cabalgaron a través de interminables bosques de robles de distintas variedades. Algunos días más tarde, antes de cruzar el río Trinidad, divisaron la primera pradera de cierta envergadura. Era agradable descansar la mirada en un paisaje abierto, después de haber vagado a través de bosques que parecían interminables.

Se acercaron al río Trinidad desde un pico escarpado y, después de atravesar con dificultad los rápidos fangosos, se encontraron en un terreno de aspecto tropical. Había que cruzar densos cañaverales; por todos lados crecía una abundante variedad de árboles inmensos de distintos matices verdes, de los que pendían enredaderas de todo tipo, prevaleciendo las más grandes; un musgo fantasmal colgaba de los árboles en espesas guedejas.

Esa noche acamparon en el margen del rico valle del río Trinidad; después de haber estado juntos tanto tiempo, lograron una rutina casi agradable instalando el campamento. Esa mañana habían descubierto una piara de cerdos salvajes y Adam utilizó una de las preciosas balas para matar a un marrano joven. Esa noche cenaron bien.

Adam supuso que esa noche estaría tranquilo: no había señales de persecución, tenía el estomago lleno por primera vez en muchos días y Savanna no estaba demasiado molesta. Y sin embargo... lo acosaba un intenso desasosiego. Todo el día anterior y parte del presente sintió un escozor en la nuca, y aunque miró con frecuencia hacia atrás no vio nada que explicara ese creciente presentimiento de que algo o alguien los seguía. Fuera lo que fuese, lo intrigaba sobremanera, pues cada noche había tomado todas las precauciones posibles para evitar un ataque por sorpresa, pero si eran Micayá y Jeremy quienes los seguían, ¿por qué no se lanzaban contra Adam?

También lo molestaban otros asuntos. Días atrás habían acabado con las escasas provisiones y tenían que ajustarse a lo que Adam pudiese atrapar o matar; la disminución de la cantidad de proyectiles era alarmante, en particular teniendo en cuenta lo vulnerable de la situación de ambos. El maíz se había terminado, los caballos debían limitarse al forraje que hallaban, y que tendía a aumentar a medida que las praderas aparecían con mayor frecuencia; aun así cada vez tenían menos capacidad para avanzar grandes distancias a cualquier velocidad que fuesen.

Adam dejó vagar la mirada en la oscuridad y supo que dentro de poco tiempo uno de los animales quedaría cojo o sencillamente caería al suelo y moriría. La perspectiva de recorrer la vasta región salvaje de Texas sin caballos, y pronto sin armas ni comida, era bastante tenebrosa.

Contempló la figura dormida de Savanna, y, sin que lo advirtiera, sus duras facciones se suavizaron. Tenía el rostro enflaquecido por las privaciones, las manos y los brazos arañados y quemados por el sol, y su ropa estaba sucia y desgarrada, pero soportaba sin quejarse la situación en que el propio Adam la había colocado. Claro, era culpa de Savanna, pensó Adam, cínico: «Si no hubiese sido una zorra ambiciosa y no se hubiera unido a Micayá para buscar el oro, nada de esto habría sucedido». Merecía lo que le pasaba.

Adam frunció el entrecejo. No había disminuido la poderosa atracción que Savanna ejercía sobre él, y aunque todas las noches cayera profundamente dormido, los sueños de Adam estaban colmados de Savanna, de la dulzura de sus besos, de la suavidad de su cuerpo. Por lo general, se despertaba de pésimo humor, furioso porque no podía rehuirla ni aun en sueños.

La mañana siguiente amaneció clara y brillante: el sol era una ardiente órbita amarilla en el azul intenso del cielo y el paisaje volvió a cambiar. Ahora cabalgaban sobre pequeñas praderas llanas y pantanosas bordeadas de montes espesos. La hierba era áspera y puntiaguda; hacia el final de la tarde encontraron robles que luego aparecían en una variedad más pequeña, pero Adam prestaba poca atención al paisaje. Lo desasosegaba aquella permanente sensación de que alguien los seguía.

Quizás Adam se sorprendió al llegar a la aldea mísera y diminuta poco antes del atardecer, por estar tan concentrado en lo que podría haber a sus espaldas. Desde un pequeño monte contempló incrédulo las pocas viviendas destartaladas que se agrupaban como para protegerse, allí, en medio de la nada. La visión era sobremanera acogedora, pero Adam vaciló en aproximarse a las miserables cabañas, pues se habían adentrado sin permiso en territorio español y no sentía especial inclinación a permanecer el resto de su vida encerrado en alguna prisión española olvidada de Dios.

A la luz desmayada del atardecer examinó la aldea con ojo especulativo: el nombre era algo pomposo para las lamentables chozas que veía. Supuso que se trataba de un puesto militar alejado y que la suerte le había sido desfavorable. Sin embargo, había algunos caballos amarrados allí, y divisó un burdo corral donde había una docena más de animales. Tenía la esperanza de que el puesto estuviese bien abastecido, precisamente por encontrarse en un lugar tan apartado, aunque conocía las condiciones deplorables en que solían quedar esas guarniciones remotas. Desde aquella distancia podía oír el mugido de una vaca, el piar de pollos y gruñidos de cerdos, lo que indicaba que en efecto había comida disponible. ¡El problema era cómo conseguirla y escapar sin dejar rastros!

Durante unos segundos contempló pensativo la guarnición. Era probable que sus habitantes fuesen soldados y las familias de los oficiales superiores. Le pareció que el edificio más grande podía ser una cantina: llegaron hasta Adam los sonidos de una guitarra, tintineos de cristal y explosiones de risas roncas. Entornó los párpados. Sin duda, los hombres estarían aburridos y pasarían el tiempo bebiendo y jugando... La boca de Adam se curvó en una sonrisa maliciosa.

Miró a Savanna. Tendría que dejarla, como había hecho cuando fue a la plantación, y esta vez existía una posibilidad real de que no regresara si los soldados lo descubrían merodeando por los corrales y almacenes. Frunció el entrecejo. Tendría que atar las manos de Savanna de tal modo que pudiese escapar en pocas horas, en caso de que algo le sucediera a él. No quería que pereciera de hambre, sola en aquel matorral, ni que la descubrieran los soldados. Adam comprendió extrañado que no quería separarse de la muchacha; lo preocupaba dejarla sola, pero supo que no tenía alternativa y maldijo por lo bajo.

El plan de Adam era arriesgado, pero tenía gran confianza en su propia habilidad y pensaba entrar y salir de la guarnición sin que los españoles advirtieran su presencia. Regresaría junto a Savanna con caballos frescos y provisiones antes de que la joven tuviese tiempo de deshacer el primer nudo. «Claro —admitió con una mueca—, a menos que me capturen o me maten».

Había caído la noche y de algunas chozas salia el resplandor de las velas que se distinguía claramente en la creciente oscuridad. No obstante, pasarían varias horas hasta que Adam se atreviese a aproximarse; hizo girar al caballo y condujo a Savanna hasta un sitio que había visto cuando pasaban, a menos de un kilómetro de allí.

Savanna lo miró con expresión confundida en sus ojos adorables mientras Adam desmontaba y le desataba las manos de la montura.

—¿Por qué no nos acercamos a la aldea?

—Mi amor —dijo Adam en tono cáustico—, ¡no somos demasiado bienvenidos en territorio español! Por otra parte, en cuanto te vean esos soldados españoles, ¡te aclararán el concepto de violación mucho mejor que yo!

Savanna contuvo un resoplido, pero no mordió la carnada que Adam le ofrecía. Por algún motivo, quería provocar una pelea con la muchacha, aunque ella no le daría esa satisfacción. «Algo se trae entre manos», pensó Savanna inquieta, mientras lo veía moverse sacando sólo algunas de las pocas posesiones del campamento. En las últimas semanas, reprimieron con toda prudencia la animosidad entre ambos: hasta esa noche no hicieron referencia a lo que había sucedido junto al estanque.

Savanna se puso delante de Adam, le tocó el brazo y mirándolo a los ojos le preguntó en tono calmado:

—¿Qué vas a hacer?

Casi no distinguía sus facciones en la penumbra del anochecer: la barba espesa que le había crecido en las últimas semanas ocultaba la línea enérgica de la mandíbula y la pétrea barbilla. En la densa oscuridad, sus ojos azules parecían negros, y su expresión hizo brincar dolorosamente el corazón en el pecho de Savanna.

—Regresarás, ¿no es cierto? —preguntó, vacilante.

Adam asintió con un breve gesto y replicó en tono tranquilo:

—Es el único modo en que podemos proveernos. Esperaré hasta después de la medianoche para arriesgarme... tú te quedarás aquí. No tardaré demasiado.

Savanna tragó con dificultad.

—¿Y si te capturan?

Adam sonrió burlón.

—Bueno, cariño, en ese caso quedarás sola y tendrás la enorme satisfacción de que los españoles me degüellen.

Aquellas palabras hirieron a Savanna, y de pronto comprendió que no deseaba que lo hirieran... a pesar de todo lo que pensó en las últimas semanas. Disimuló su angustia y refugiándose en la altanería musitó con fiereza:

—¡Espero ver cómo lo hacen!

La discusión finalizó en ese punto y, cuando llegó el momento de que Adam partiera, Savanna soportó con estoicismo que el hombre la atara; «Si jamás vuelvo a verlo, no me importará», se dijo. Pero cuando Adam comenzó a amordazarla, su control se evaporó y alzó los ojos.

—¡Por favor —rogó—, eso no!

El hombre contempló largo tiempo ese rostro vuelto hacia él; de pronto lo asaltó la angustiosa idea de que quizá fuese la última vez que veía aquellos embrujadores ojos de color aguamarina. No tendría que importarle, pero... Ahogando una maldición, arrojó la mordaza y atrajo a Savanna a sus brazos. La besó con ansia febril, con labios ardientes y arrasadores, y luego la apartó bruscamente, montó el caballo de un salto y desapareció en la noche.

Savanna nunca supo cuánto tiempo permaneció sola en la oscuridad salpicada por la luz de la luna. Al principio, las horas pasaron tranquilas, pero después comenzó a inundarla la inquietante sensación de que no estaba sola. La idea de que había algo en la oscuridad que la observaba, que esperaba... era enloquecedora. Se apretó contra el árbol al que estaba amarrada; pensó que tal vez fuese sólo algún animal vagabundo y rogó que Adam volviera pronto y a salvo. Y de súbito, Adam se materializó frente a Savanna conduciendo una enorme manada de caballos. Desmontó riendo; sus dientes brillaban en la penumbra iluminada apenas por la luna y era evidente que estaba sobremanera complacido consigo mismo. Se arrodilló y abrió de inmediato las esposas. Instantes después, le soltó las manos.

—Debe de haber llegado un tren con suministros hace pocos días, porque los almacenes estaban repletos y estos animales están en excelentes condiciones —explicó Adam; se volvió y pasó la montura de Savanna a uno de los caballos de refresco. Le lanzó una mirada sardónica y añadió—: En cuanto a los soldados, ¡me temo que tendrás que esperar otra oportunidad para conseguir a alguno y librarte de mí!

Una parte de la alegría de Savanna por el regreso triunfal de Adam se esfumó, y, echando chispas por los ojos, replicó:

—¡Bueno, eso nunca ocurrirá lo bastante pronto!

Adam se limitó a reír y comenzó a ajustar la cincha de la montura de Savanna.

Con la excitación del regreso de Adam, Savanna olvidó por un momento la inquietud que había experimentado antes, y Adam, demasiado concentrado en prepararse para partir cuanto antes de aquel lugar, no advirtió la presencia del hombre que se acercaba sigiloso. Savanna estaba a menos de cinco metros de distancia y lanzaba miradas asesinas a la espalda de Adam, mientras él completaba los preparativos; de pronto una enorme figura oscura se precipitó desde los arbustos y golpeó a Adam en la nuca con un grueso garrote.

Savanna gritó y al mismo tiempo Adam se tambaleó. El fuerte impacto alcanzó a Adam en la sien y lo arrojó al suelo. Savanna se lanzó sobre el atacante como una tigresa defendiendo a sus cachorros, pero en ese momento el hombre se volvió; lo reconoció y quedó congelada.

Estupefacta, contempló aquel rostro que conocía tanto como el suyo propio.

—¡Bodene!

11

—Bueno, ¿a quién demonios esperabas? —preguntó el primo en tono irascible, mientras se inclinaba y ataba diestramente las manos de Adam tras la espalda.

Savanna rió trémula; aún era incapaz de aceptar el hecho de que el que había dejado inconsciente a Adam era su primo. Sólo cuando él se puso de pie y la miró con aquella conocida expresión, mezcla de afecto e irritación, supo que de verdad era Bodene Sullivan y no un sueño loco. Riendo y llorando al mismo tiempo, se precipitó en los brazos de Bodene, que la estrecharon en un fuerte apretón, perdió el férreo control que había ejercido sobre sí misma y dejó escapar las lágrimas tanto tiempo contenidas.

Cuando pasó lo peor de la tormenta de lágrimas, se secó la cara con ademán firme, sonrió y lo miró un tanto trémula.

—¡Oh, Bodene! ¡Nunca creí que podría sentirme tan feliz de ver a alguien como me siento ahora al verte a ti! —admitió.

—¡Así lo espero, querida mía! —replicó secamente Bodene—. ¡Te aseguro que buscarte no ha sido nada fácil! Bien, ¿quieres explicarme qué sucede? ¡Te he rastreado durante semanas y lo único que me mantuvo en la búsqueda, además de la satisfacción de retorcerte el cuello, fue descubrir el motivo que te hizo desaparecer de esa manera! ¡Tu madre está desesperada!

Savanna continuaba sonriendo a través de las lágrimas, y advirtió que su primo no mencionaba su propia desesperación. Lanzó un suspiro desgarrador.

—Es una historia muy larga... te la contaré cuando estemos lejos de aquí.

Echó una mirada preocupada en dirección a Adam, se agachó junto al cuerpo inerte y comprobó que sólo estaba desmayado. Musitó con expresión de ansiedad:

—Ojalá no lo hubieses golpeado tan fuerte. De este modo, va a ser difícil llevarlo sobre el caballo.

Bodene la miró atónito.

—¿Qué dices? ¿Eso significa que tendremos que llevarnos a este tunante?

—¡No podemos dejarlo aquí! —exclamo Savanna—. ¡Quién sabe lo que podría sucederle!

—¡Bueno, espero que sí! —explotó Bodene—. Ignoro lo que ha ocurrido, pero es obvio que no te fuiste de casa con él por tu voluntad, ni permaneciste con este hombre porque querías. ¡Y por la conversación que escuché antes de golpearlo, me pareció que la relación entre vosotros no era demasiado amistosa!

Savanna hizo un mohín.

—Lo sé. Es muy complicado. Pero este hombre no es el que me secuestró —admitió—. ¡El que lo hizo fue Micayá!

Bodene la observó en silencio largo tiempo, realmente confundido. Luego, lanzó un suspiro irritado y dijo:

—Creo que es mejor que empieces este relato por el principio.

—Lo haré, te lo prometo, pero conviene que primero nos marchemos: este hombre robó los caballos y las provisiones de una pequeña guarnición militar española que está a menos de un kilómetro de aquí. En cuanto amanezca, saldrán a buscarnos.

La barbilla de Bodene se alzo en gesto obstinado, y Savanna supuso que insistiría, pero el primo contempló la expresión acongojada de la muchacha y después de echar una mirada especulativa al hombre que yacía en el suelo junto a ella, se encogió de hombros.

—De acuerdo. Lo llevaremos con nosotros, ¡pero será mejor que tus explicaciones me convenzan de que no debemos abandonarlo aquí!

Savanna asintió con firmeza y acto seguido se dieron prisa en juntar los animales y las provisiones y en amarrar a Adam como un saco de cereales sobre uno de los caballos de refresco. Dejaron las monturas fatigadas que habían usado Adam y Savanna. Y aunque el caballo y la mula de carga que Bodene dejó ocultos a cierta distancia del lugar mostraban señales de la pesada marcha a la que habían estado sometidos, se hallaban en condiciones aceptables. Menos de quince minutos después, la pequeña procesión estaba en marcha bajo la luz de la luna; Bodene iba al frente cabalgando sobre la mula, y Savanna conducía el caballo de Adam y el otro animal de carga que el hombre había robado.

Los primos no conversaron demasiado, pues ambos estaban ansiosos por alejarse de los españoles de la guarnición, y, aunque la luna iluminaba el camino, el viaje no resultaba placentero. Por fortuna, atravesaban el territorio por el que ya habían pasado antes, y ganaron buena distancia haciendo galopar a los animales tan velozmente como se animaron a hacerlo.

Al principio, Bodene trató de borrar las huellas que dejaban, y perdió algo de tiempo, pero luego desistió, pues si era difícil disimular los rastros de seis animales aun de día, bajo el débil resplandor de la luna resultaba casi imposible. Bodene comprendió que la distancia era lo único que los pondría fuera del alcance de los españoles. Mantuvo la marcha rigurosa de los caballos aun después de la salida del sol, aunque comprendió que por la noche tendrían que hacer un alto: la palidez de Savanna denotaba claramente que estaba al borde del agotamiento total. Bodene ahogó una maldición hacia el hombre que la había dejado en semejantes condiciones. Lanzó una mirada al cuerpo del hombre inconsciente que se agitaba sobre el caballo y juró para sí que le enseñaría lo caro que costaba meterse con Savanna. ¡Bodene Sullivan le daría una lección que jamás olvidaría!

A medida que avanzaba el día, Savanna lanzaba miradas ansiosas hacia Adam; temía que aquella cabalgata tan pesada le hiciera más daño aún. Por enésima vez desde que emprendieran la loca huida, pensó: «¡Si al menos se moviese! ¿Por qué no se despierta?». En cada ocasión en que Bodene frenaba los caballos para un breve descanso o para beber, Savanna desmontaba y examinaba a Adam, pero en las últimas horas de la tarde, como el hombre todavía no recuperaba la conciencia, la preocupación de la muchacha iba en aumento.

—¿No tendría que haberse despertado ya? —preguntó a Bodene con una expresión acongojada en el rostro fatigado.

La mirada de Bodene pasó de la cara de su prima al cuerpo inerte del hombre. Ciertamente Savanna se afligía demasiado por aquel hombre... ¡y eso era extraño! Claro, no sabía con exactitud lo que había sucedido, pero lo que observó antes de dejar inconsciente a aquel hombre le indicaba que sin duda no eran amigos. Sin embargo, Savanna parecía estar genuinamente inquieta por él. ¿Qué demonios había ocurrido entre los dos?

Frunció el entrecejo y preguntó:

—¿Por qué te preocupas? ¡Cuando te encontré, él te había dejado encadenada como a una esclava en un lugar desolado! —Volvió a mirar al hombre—. ¿Acaso sucedió algo entre vosotros dos que yo tendría que saber?

Savanna, fatigada, negó con la cabeza. No pensaba involucrar a otra persona en el conflicto con Adam... ¡si se podía definir de esa manera tan inocua lo que existía entre los dos!

Sin darse cuenta de lo que hacía, Savanna acarició la cabeza oscura de Adam y musitó:

—¡Es que no quiero que muera, eso es todo!

Bodene soltó un resoplido; se acercó a Adam y lo inspeccionó brevemente.

—La respiración es normal y no tiene mal color —dijo al fin—. Recobrará la conciencia en cualquier momento... ¡y sólo tendrá un endiablado dolor de cabeza!

Volvieron a montar y cabalgaron en línea recta hacia el este; Savanna estaba tan exhausta que se limitó a confiar en que su caballo siguiera al de Bodene y cayó en una somnolencia sobresaltada. Sólo cuando estaba a punto de caerse del animal, daba un respingo y despertaba por unos instantes, luchando contra la desesperada necesidad de dormir, hasta que el esfuerzo la vencía y volvía a dormirse.

Bodene había acertado con respecto al dolor de cabeza que sufriría Adam, pero no calculó con suficiente exactitud el momento del despertar. Menos de una hora después de la conversación entre los primos, gradualmente Adam fue tomando conciencia de la situación. En verdad, la cabeza le dolía de una manera atroz, y no lo consolaba lo más mínimo encontrarse atado a la montura como un saco de cereales, con la cabeza colgando de un lado del caballo y los pies del otro. Adam pensó con amargura que ya estaba harto de recibir golpes en la cabeza.

Al comienzo se sintió un tanto confuso; sólo comprendió que alguien lo había dejado inconsciente, pero a cada sacudida del caballo los recuerdos volvieron a su mente. De súbito, los hechos de la noche anterior aparecieron con toda claridad en su memoria, y no hacía falta ser un genio para entender que alguien... ¿Micayá?... tal vez, lo había atacado por atrás y lo había atado.

Tanto como lo permitían las sogas que lo ataban, Adam alzó la cabeza con toda precaución sin revelar que había recobrado el sentido; tampoco quería agravar el latido de sus sienes. Desde la posición en que se hallaba, no pudo ver demasiado, aunque al parecer, Savanna conducía el caballo de Adam y también otro de los animales de carga, y seguía a alguien. ¿Quién? ¿Micayá? La idea le resultó escalofriante, y casi aliviado se deslizó otra vez en la inconsciencia. El resto del día recuperó la consciencia varias veces, y en cada ocasión permanecía un poco más de tiempo despierto. Por los retazos de conversación que oyó entre Savanna y el otro hombre, creyo entender que ese individuo que lo había golpeado en la cabeza no era Micayá. Ese dato no representó gran consuelo, porque también era obvio que, quienquiera fuese, Savanna lo conocía... ¡y eso no entusiasmaba a Adam en absoluto!

Cuando al fin Bodene decidió detenerse para pasar la noche casi oscurecía. Eligió un sitio pequeño y escarpado, poblado de árboles, desde donde se lograba una amplia vista de la pradera que acababan de atravesar; Bodene esperaba fervorosamente que esa situacion les permitiera avistar a cualquier posible perseguidor con tiempo suficiente para defenderse. Cerca de la base del risco corría un arroyo de buen tamaño, y la hierba era larga y dulce para los animales.

Exhausta, Savanna se dejó caer del caballo; al observar los movimientos tensos con que ataba al animal y le quitaba la montura, Bodene dijo en tono áspero:

—¡Déjalo, chica! Yo me ocuparé. Tú ve a ver cómo está nuestro acompañante y luego descansa un rato.

Por primera vez en su vida, la muchacha estaba demasiado agotada para discutir. Dirigió al primo una sonrisa agradecida y se acercó al caballo de Adam. Le rodeó la cara con las manos en un gesto casi tierno, y se la alzó para estudiarle el rostro. La sorprendió la mirada de aquellos duros ojos azules que la examinaban y emitió un breve grito de sobresalto.

Adam preguntó en tono seco:

—Cariño, ¿me darás un beso para despertarme? ¿O quizá vuelvas a golpearme en la cabeza, como hizo tu amigo?

Savanna apretó los labios.

—¡Es lo que te merecerías!

Adam alzo una ceja:

—¿Un beso?

Savanna dejó caer la cabeza de Adam, y se alejó mientras le espetaba, sarcástica:

—¡No! ¡Un golpe en la cabeza!

Bodene levantó la vista y se acercó mientras al mismo tiempo Adam alzaba la cabeza y lo observaba. Por primera vez, podía ver en realidad al que lo había capturado y estuvo a punto de lanzar un gemido. Pocas veces se había topado con un hombre más corpulento que él mismo, pero al contemplar la figura imponente de Bodene lanzó un silbido para sus adentros. ¡Jesús! ¡Si hubiera sabido que el salvador de Savanna sería un maldito gigante...!

Adam lanzó al hombre una sonrisa torcida y preguntó:

—¿Acaso debo agradecerle a usted este dolor de cabeza tan espantoso?

Bodene asintió y replicó, lacónico:

—¡Sí! Supuse que ése era el modo más simple de liberar a Savanna. Te habría disparado, pero podría haberla herido a ella, y no quería.

—Por supuesto que no —respondió Adam en tono cortés, como si estuviera en un enorme salón de fiestas y no en aquella ignominiosa situación. Lanzó una mirada torva al objeto de la conversación y agregó con un matiz intencional—: ¡Bajo ninguna circunstancia permitiremos que la señora resulte herida!

Bodene alzó una ceja. Era evidente que el hombre quería decir exactamente lo contrario, y volvió a preguntarse en qué demonios se habría metido su prima. La miró y comentó:

—Tesoro, tu amigo parece haberse recuperado sin daños permanentes. Creo que tampoco le importas mucho tú, ¿verdad? ¿Quién es?

Savanna lanzó una mirada hostil a Adam.

—Jason Savage. Micayá y Jeremy Childers lo secuestraron de la casa en Terre du Coeur.

—¿Es cierto eso? —replicó Bodene en tono frío.

Algo en aquel tono hizo que Adam lo mirara suspicaz, y un estremecimiento de inquietud le recorrió la espalda. ¿Acaso era posible que aquel gigante de Savanna en realidad conociera a Jason?

Adam suspiró aliviado al ver que el hombre se volvía y comenzaba a encender el fuego. Tal vez se había equivocado.

Cuando el campamento quedó por completo instalado y una cafetera y una olla con guisantes hervían alegremente en el fuego, Bodene volvió la atención al hombre que aún pendía sobre la montura del caballo. Los demás animales estaban maneados y pacían cerca de allí. Savanna descansaba en el suelo, con la espalda apoyada en un tronco, los ojos fijos en las llamas danzantes de la hoguera.

Bodene se acercó al caballo de Adam, deshizo rápidamente las ataduras que lo amarraban a la montura dejándole atados los pies y las manos y alzó el peso nada despreciable de Adam sobre sus propios hombros macizos con un gruñido. Se aproximó hasta uno de los árboles cercanos al fuego y depositó en el suelo al hombre amarrado sin ninguna cortesía. Se volvió, quitó la silla a ese último caballo y, después de manearlo, observó largo rato mientras el animal se acercaba a los otros. Luego, se acercó a Adam y lo contempló.

En aquel examen no había nada amistoso, y Adam maldijo lo indefenso de su situación. Se dispuso a soportar cualquier castigo que pudiera recibir y se enfrentó al hombre más grande con una mirada fría.

Bodene lo examinó atentamente.

—Con que Jason Savage, ¿eh? —Miró a Savanna sobre el hombro—. ¡Creo que tu amigo no sólo es un secuestrador sino también un mentiroso!

Savanna frunció el entrecejo.

—¿Qué quieres decir?

Bodene se acuclilló junto al fuego, tomó el extremo apagado de un tronco y sostuvo la punta encendida cerca de la cara de Adam. Adam lo miró sin pestañear.

Savanna se puso de pie y se detuvo junto a Bodene. Apoyó la mano en el hombro de su primo, lo sacudió con suavidad, y le preguntó:

—¿Qué quieres decir? ¿Un mentiroso?

—Yo conozco bien a Jason Savage... y quienquiera que sea este tipo, ¡te juro que no es Jason Savage!

—¿Qué? —preguntó Savanna, incrédula—. ¡Pero tiene que serlo! —protestó airada—. ¡Estaba en Terre du Coeur y aseguró que era Jason Savage! Micayá lo secuestró e iba a torturarlo... si no es Jason Savage, ¿por qué no lo dijo?

—No lo sé —admitió Bodene—. ¿Por qué no se lo preguntas?

Savanna miró a Adam con expresión acusadora.

—¿Bien? —exigió.

Adam se encogió de hombros y decidió que por el momento la mejor defensa era el silencio.

La indecisión oscureció las facciones de Savanna y, sacudiendo a Bodene por el hombro, preguntó inquieta:

—Bodene, ¿estás seguro de que no es Jason Savage?

Bodene arrojó el tronco al fuego.

—Sí, estoy seguro. Jason Savage es una persona bien conocida en Nueva Orleans. Me lo han señalado muchas veces... incluso en alguna ocasión fue a jugar a las cartas a mi local. Debo agregar que tuvo una suerte endemoniada.

Savanna, evidentemente confusa, preguntó aturdida:

—Pero si no es Jason Savage, ¿entonces, quién es? ¿Y por qué arriesga su vida de ese modo fingiendo que lo es?

Bodene adoptó una expresión pensativa, sin quitar la mirada de la cara que Adam mantenía inexpresiva. El primo se frotó la barbilla y por fin dijo lentamente:

—Supongo que sabía que Micayá le cortaría el cuello cuando descubriera la verdad, y en cuanto a lo demás... quizá trataba de despistar a Micayá con respecto al paradero del auténtico Jason Savage.

—¿Es cierto eso? —le preguntó Savanna a Adam, mirándolo angustiada a los ojos.

Adam permaneció en silencio, y trató de pensar a toda velocidad. Sombrío, admitió que si ese Bodene conocía a Jason, no tenía la menor probabilidad de mantener oculta su verdadera identidad. Especulativo, observó a Bodene. No pudo descubrir ningún parecido entre Bodene y Savanna, aunque algún rasgo indicó a Adam que estaba en manos de algún pariente de la muchacha. Y era obvio que a aquel pariente no le había complacido en absoluto el secuestro de la joven. Tampoco lo complacería la forma en que Adam se había comportado con Savanna, ¡en especial lo disgustaría lo ocurrido en el estanque del bosque! Adam examinó la mandíbula dura y la mirada inconmovible del joven que estaba frente a sí, y llegó a la conclusión de que tenía más probabilidades de sobrevivir con Micayá que con este gigante.

Pasaban los minutos y Bodene no apartaba la mirada de Adam; al fin preguntó en voz suave:

—¿Responderás la pregunta de la señora?

—¡Es mejor que lo hagas! —exclamó Savanna en tono feroz—. ¿Es verdad lo que afirma Bodene? ¡Dímelo, maldito!

Adam suspiró. Bien, se arriesgó tanto como pudo, y no ganaría nada manteniendo la boca cerrada. Admitió en tono seco:

—Es verdad. No soy Jason Savage.

Savanna lo contempló, atónita. Sufrió una conmoción al saber que el hombre que Micayá había secuestrado, el que le había hecho el amor y atormentado sus pensamientos no era Jason Savage. Se sentía sacudida, aliviada, asustada y colérica al mismo tiempo. ¿Quién era este hombre, este extraño que había vuelto del revés la vida de Savanna? Casi temió oír la respuesta. Cuando creyó que era Jason Savage, al menos sabía a qué atenerse, pero esta novedad la hacía sentir vulnerable y furiosa.

Con expresión tensa y una mirada dura en los ojos aguamarina, la muchacha preguntó:

—¿Al menos tu nombre es Adam?

—Oh, sí —respondió con calma el aludido—. En realidad, mi nombre es Adam. Para ser más precisos, mi nombre completo es Adam St. Clair. Jason está casado con mi medio hermana Catherine, y cuando apareció Micayá y me... eh... convenció con tanta elocuencia de unirme a esa pequeña banda... yo estaba pasando una temporada en la casa de ambos, que a la sazón estaban en Nueva Orleans.

Bodene sonrió satisfecho.

—¡Imaginé que serías quien dices ser! Te vi una vez, pero no estaba seguro de reconocerte con esa barba. Bueno, entonces ¿podrías decirme por qué te dirigías al oeste con Savanna, si ya estabas libre de Micayá?

Fatigado, Adam apoyó la cabeza contra el árbol y cerró los ojos. Murmuró resignado:

—No quería atraer a Micayá de vuelta a Nueva Orleans y hacia Jason. Fue el único modo que se me ocurrió de mantener a salvo a Jason.

Bodene asintió; comprendía perfectamente los motivos de Adam.

—Pero, ¿por qué te llevaste a mi prima contigo? ¿Por qué no la dejaste con Micayá?

Adam se removió, incómodo. Aunque hubiese querido explicarlo, no podía... ¡diablos, ni él mismo sabía por qué la había llevado consigo! Abrió los ojos y preguntó de pronto:

—¿Tú la habrías dejado con Micayá?

—Es mi prima —respondió Bodene con calma—. Para mí, sería una obligación de honor llevarla conmigo. —Lanzó a Savanna una mirada tan provocativa como exasperada—. ¡Aunque es un desdichado estorbo! —Volvió a mirar a Adam—. Pero eso no explica tus motivos.

Adam sonrió sin alegría.

—¡Me limitaré a decir que para mí también es un desdichado estorbo y que creo que merece una buena lección!

Bodene asintió y pareció comprender y estar de acuerdo con la explicación de Adam.

Savanna dio un golpe en el hombro de Bodene sintiéndose como una criatura rebelde a la que acaban de regañar, y murmuró:

—¡No importa por qué lo hizo... lo importante es que se trata de un bribón mentiroso que no merece ni un ápice de misericordia de parte de nosotros!

—¡Oh!, ¿te parece? —replicó Bodene en tono tranquilo—. Si eso es lo que sientes, me pregunto por qué quisiste que lo trajéramos con nosotros. Si no me equivoco, yo pretendía dejarlo allá, cerca de la guarnición española, ¡pero tú no quisiste! Dijiste que temías que le sucediera algo malo.

Adam le lanzó una mirada intrigada y Savanna enrojeció intensamente.

—¡No importa! —dijo entre dientes—. ¡No llegues a la conclusión de que este hombre es una pobre víctima inocente que acertó a pasar por el lugar! ¡No lo es!

—Tal vez sea cierto —dijo Bodene irguiéndose—. Pero, chica, creo que hay unas cuantas preguntas que tú misma deberías responder. Ahora, siéntate, cómete los guisantes y cuando terminemos de comer me contarás qué es lo que de verdad ha ocurrido desde que desapareciste.

Resentida, Savanna obedeció a Bodene, aunque el cambio de circunstancias no la hacía muy feliz. No comprendía cómo, pero al parecer ahora resultaba ser ella la responsable de lo sucedido. Cuando sintió el estómago lleno y bebió la segunda taza de café, parte del resentimiento se había esfumado. Bodene no había soltado del todo las ataduras de Adam, a pesar de conocer su verdadera identidad y de cierto matiz de simpatía hacia el hombre que Savanna detectó en su primo. Se limitó a aflojar las sogas lo bastante para que Adam pudiese comer y beber, y luego volvió a ajustarlas. El fuego estaba a medias extinguido; Savanna observó cómo su primo limpiaba los trastos de la comida sin aceptar ayuda y supo que en cualquier momento le exigiría una explicación veraz y detallada de la manera en que había llegado a la situación en que la encontró.

Savanna contempló malhumorada el café sabroso y oscuro. Los hechos desnudos del secuestro, primero por Micayá y luego por Adam, eran bastante simples de relatar; pero lo más difícil era explicar cómo se dejó atrapar en el plan de Micayá para ir en busca del oro azteca. Y en cuanto a Adam St. Clair... Le lanzó una mirada torva bajo las pestañas. ¡Existían asuntos que no eran de la incumbencia de Bodene! Y cabía la duda de que lo que la muchacha sentía por Adam y lo sucedido entre ambos entraba en esa categoría.

Por lo tanto, cuando unos minutos después Bodene le exigió una explicación, le ofreció una versión bastante recortada, contándole sólo los hechos escuetos. Mientras hablaba con su primo, percibió que Adam escuchaba cada palabra y se preguntó si sería capaz de revelar todo lo que ella misma callaba: la hostilidad entre ambos, y la ardiente cópula que habían protagonizado en aquel estanque profundamente oculto en el bosque.

Cuando concluyó, se hizo un prolongado silencio; Bodene removió las brasas y miró a Adam.

—¡Creo que el señor St. Clair es más víctima que verdugo!

Los rasgos de Savanna se pusieron rígidos.

—¡Cómo puedes decir una cosa así! ¡Él me secuestró y me trató de un modo perverso!

—Pero eso fue después de que tú y Micayá lo raptarais a él, e imagino que no lo tratasteis con mucha bondad —replicó Bodene de inmediato—. ¡Creo que tú tienes tanta culpa como él por lo que sucedió!

La risita complacida de Adam no contribuyó en nada a enfriar la cólera de Savanna, y exclamó con los ojos echando chispas:

—¡Tendría que adivinar que te pondrías del lado de Adam! ¡Supongo que lo próximo que harás será felicitarlo y dejarlo libre!

—No. Aún no lo soltaré —respondió Bodene sin alterarse. Miró a Adam—. No sé hacia dónde te dirigías con Savanna, y hasta que no esté seguro de que no me atacarás y te marcharás otra vez con mi prima, me temo que tendrás que soportar las ataduras. Pero te doy mi palabra de que serás bien tratado y, en cuanto demuestres que no representas un peligro para nosotros, te dejaré libre. ¡Mientras tanto, todos nos dirigiremos hacia Nueva Orleans!

Adam asintió.

—Me parece justo... Aborrezco introducir una nota desagradable en estos planes, pero ¿qué hay con respecto a Micayá?

Bodene se encogió de hombros.

—A juzgar por las huellas que descubrí cuando vosotros huisteis, diría que Micayá y Jeremy se dirigieron hacia Nacogdoches, pero ¡quién sabe donde estarán ahora!

—¿Cómo nos encontraste? —preguntó Adam, intrigado—. Creí que había ocultado muy bien nuestras propias huellas.

—¡Hiciste un buen trabajo; en verdad, excelente! —exclamó Bodene, en tono áspero—. En muchas ocasiones creí haber perdido el rastro por completo. Y desde el momento en que vuestras huellas se separaron de las de Micayá, nunca estuve seguro de seguir el camino correcto. Cuando llegué al punto en que los rastros se separaban no sabía cuál pertenecía a quién, y todo lo que pude hacer fue lanzar una moneda... no se me ocurrió nada mejor. Resultó que debía ignorar el rastro que llevaba a Nacogdoches y seguir el que se perdía en el bosque. ¡Fue una apuesta afortunada! —Bodene exhibió una amplia sonrisa—. Os perdí varias veces, y la mayor parte del tiempo temía estar siguiendo el rastro de otras personas... pasé días de mucha inquietud pensando en que tal vez tenía que haber seguido las huellas que conducían a Nacogdoches. Hasta el momento en que os vi, unos días atrás, aún no estaba seguro de que perseguía a la presa correcta. Sólo ayer por la tarde, cuando una de las trenzas de Savanna se escapó del sombrero y descubrí ese cabello rojo, supe que había tenido una suerte endemoniada.

Después de aquello, la conversación languideció; pero cuando se preparaban para dormir, Bodene se refirió a algo que lo inquietaba. Miró a Adam y preguntó:

—¿Qué probabilidades existen de que los españoles nos persigan?

Adam se encogió de hombros.

—No sé. Antes de irme, dejé sueltos a todos los animales, esperando que, por la mañana, cuando lograsen atraparlos y descubrieran que faltaban cuatro, nuestra pista estaría ya fría y demasiado confusa por las huellas de los mismos caballos y no pudiesen seguirnos. Creo que estamos bastante seguros.

Bodene refunfuñó; arrojó una manta a Adam y luego se acomodó en la propia y apoyó la cabeza en la montura. Decidió dormir cerca del límite del campamento, junto a Adam, y Savanna se acostó cerca del fuego que se extinguía. En pocos segundos, todo estaba en silencio y los tres dormían.

Savanna nunca supo qué la despertó. Sólo percibió que había sido arrancada de un sueño profundo con el corazón agitado y todos los sentidos alerta por algún peligro que los acechaba. Permaneció inmóvil en el suelo aguzando el oído para escuchar el menor indicio de lo que la había despertado tan violentamente, aunque todo parecía en calma. El cielo comenzaba a aclarar exhibiendo trazos resplandecientes de oro y rosa, y comprendió que faltaban segundos para el amanecer. Trató de convencerse de que había despertado sin motivo, a pesar de que eso no aplacaba el latido frenético de su corazón ni la intensa sensación de que algo malo sucedía. Casi sin atreverse a respirar, movió apenas el dedo y tocó el largo rifle negro que yacía en el suelo junto a ella, sintiendo un ramalazo de alivio al contacto consolador del arma.

Desde donde dormía Bodene se elevó un gemido sofocado; sin darse tiempo a pensar, Savanna se incorporó, giró y sostuvo con firmeza el rifle. Fue imposible precisar cuál de las cinco personas que formaban la tensa escena estaba más sorprendida. Sin duda, a Savanna la sorprendió ver a un indio alto y de gruesas trenzas negras que cortaba rápidamente las sogas que sujetaban a Adam, mientras un hombre corpulento de ojos color de esmeralda retorcía el brazo de Bodene tras la espalda; ambos hombres parecieron igualmente asombrados de ver a una amazona de cabellos flamígeros que los apuntaba con un rifle: nadie movió un solo músculo.

El hombre de ojos esmeralda fue el primero en recuperarse de la sorpresa, y dijo en tono amenazador, mientras sostenía un cuchillo contra el cuello de Bodene:

—¡Suéltelo, señora! ¡Suéltelo, o lo mato!

Savanna vaciló un solo segundo y apuntó con el rifle al pecho de Adam, que estaba de pie junto al alto aborigen.

—¡Creo que no lo soltaré! —replicó en voz helada—. Si lo mata, Adam muere.

La boca de Adam se curvó en una involuntaria sonrisa de admiración.

—Habla en serio. Creo que hemos hecho tablas... es mejor que sueltes a Bodene, el primo, ¡porque nada le gustaría más a Savanna que meterme una bala en el cuerpo!

El hombre de ojos color esmeralda frunció el entrecejo pero aflojó la presión sobre Bodene. Preguntó en tono seco:

—Ah, ¿acaso has perdido tu famoso encanto? Te advertí que un día iba a suceder. —El que sujetaba a Bodene observó atento a Savanna; sus ojos, que relucían como gemas, no perdieron detalle. —Bueno, señora —dijo al fin—, no tenemos otra alternativa que confiar el uno en el otro. Si suelto a su primo, ¿me da su palabra de que no disparará contra nosotros?

Savanna negó con la cabeza.

—Primero suelte a Bodene.

Adam intercambió una mirada con el hombre de ojos verdes y asintió. El hombre se encogió de hombros; soltó a Bodene y retrocedió. El indio había permanecido en silencio, con los brazos cruzados sobre el pecho y los ojos negros alerta, sin dejar escapar nada, pero Savanna lo contempló inquieta mientras Bodene se aproximaba a su prima frotándose el brazo.

Bodene se acercó a Savanna por detrás, dio un puntapié a los rescoldos fríos, y luego apoyó la mano en el cañón del rifle diciendo:

—Está bien, Savanna. Baja el arma. Conozco a este hombre y sospecho que ha hecho lo mismo que hice yo y por la misma razón: ¡encontrar y liberar a un familiar secuestrado!

Savanna abrió los ojos comenzando a comprender; la comprensión se ahondó cuando vio la sonrisa cínica de Adam que se acercó a los primos con el hombre de los ojos verdes a un lado y el indio al otro, y le espetó en tono burlón:

—Sí, en realidad son las personas que te afanabas por encontrar; permíteme presentarte a Jason Savage y a su hermano de sangre, Blood Drinker.

12

Amargada, Savanna contempló las profundidades de los ojos verdes de Jason y pensó: «¿Acaso no acabas de enterarte de que Micayá atrapó al hombre equivocado?».

Esbozó un gesto decidido con la barbilla. No podía deshacer el pasado, sólo le restaba seguir adelante a partir del presente. Alzó la cabeza con aire altivo y dijo a Jason:

—No puedo afirmar que me complazca conocerlo... ¡o que haya disfrutado del encuentro con su cuñado! —Miró de soslayo a Adam y agregó—: Supongo que tengo que disculparme por haberte confundido con Jason Savage. Sin embargo, deberás admitir que hiciste todo lo posible por hacernos creer que lo eras. ¡Sólo tú tienes la culpa de que ese error persistiera! —Revelando la amargura que sentía, contempló a Adam con mirada acusadora y airada, y dijo—: ¡Creo que estamos en paz!

Adam mantuvo una expresión inescrutable, pero admitió la afirmación de Savanna con un leve gesto de asentimiento.

Los otros tres observaron con interés aquel intercambio y, cuando resultó evidente que no habría más revelaciones fascinantes, Jason se adelantó y con un brillo divertido en su ojos verdes preguntó en tono suave:

—¿Tendría la gentileza de presentarse, dado que lleva usted la ventaja?

Savanna esbozó una sonrisa tensa.

—Será un placer, pero dudo de que el nombre de Savanna O'Rourke signifique algo para usted. Sin embargo, supongo que conoce bien a Blas Dávalos: ¡yo soy su hija!

Jason mantuvo el rostro impávido, con una expresión difícil de discernir en sus ojos severos.

—Ya comprendo —dijo lentamente, recorriendo con la mirada las facciones inmóviles de Savanna mientras buscaba en vano algún parecido con el enemigo más odiado y letal que había tenido—. No se parece en absoluto a su padre.

Savanna dejó escapar un resoplido.

—Su cuñado dijo lo mismo, pero eso no cambia los hechos: ¡Blas Dávalos era mi padre!

Jason intercambió una mirada con Blood Drinker.

—Blas nunca mencionó a una esposa ni una hija —dijo al fin Jason.

Una sonrisa amarga atravesó el rostro expresivo de Savanna.

—Eso se debe a que nunca tuvo esposa... ¡jamás se casó con mi madre!

Bodene quebró la atmósfera tensa diciendo en tono tranquilo:

—Creo que esta historia llevará mucho tiempo, y no sé qué piensan ustedes, pero yo quisiera meter algo sólido en mi estómago y beber café... ¡ha sido una mañana endiablada!

Adam sonrió y Jason asintió con aire ausente, sin apartar la mirada del rostro de la muchacha. Blood Drinker parecía indiferente a todo excepto a la alta joven de cabellos rojos, y, mientras Bodene y Adam se atareaban junto al fuego, el indio empezó a hablar de improviso:

—Su padre era un mal hombre... yo lo maté y volvería a hacerlo. Era malvado e hizo daño a Jason, mi hermano de sangre, pero en la cara de usted no descubro rastros de la naturaleza perversa ni de las debilidades de Dávalos. En usted hay pocas señales de su padre, y a pesar de lo que afirma no percibo nada de esa codicia devoradora que lo llevó a morir por mi mano.

A cada palabra de Blood Drinker, Savanna palidecía más. Una lealtad familiar ciega y obstinada estuvo a punto de hacer brotar de los labios de la muchacha fervientes negativas, pero la prudencia le ató la lengua. Con los puños apretados a los lados, murmuró:

—No importa lo que diga... ¡no hay excusa para un acto tan cruel!

Blood Drinker la miró largamente.

—Mi acto fue tan cruel como el que Dávalos infligió a mi hermano de sangre y a su esposa —dijo con calma. Escudriñándola con sus ojos negros, agregó—: ¡Dávalos merecía morir! ¡Y del modo que yo lo maté!

Los sentimientos confusos que Savanna albergaba hacia su padre, sumados a todo lo que le había sucedido las últimas semanas, hicieron que las palabras de Blood Drinker desbordaran los límites de lo que era capaz de soportar y necesitó culpar a alguien. Echando chispas por los ojos color aguamarina, se abalanzó hacia el indio como un tornado con la clara intención de arrancarle los ojos.

Adam, que había contemplado la escena desde un costado, interceptó velozmente el ataque enceguecido de Savanna, la sujetó por los brazos y sacudiéndola le dijo en tono cortante:

—¡Cálmate! ¡Quizás, antes de precipitarte a defender a Dávalos, deberías conocer el otro lado de las cosas!

Jason tomó una taza de café negro caliente que le alcanzó Bodene, y dijo con encomiable contención:

—¿Sabe?, él tiene razón. Por lo general existen dos caras de una historia, y aunque Dávalos se haya presentado como un inocente en este asunto, la verdad es muy distinta.

Ante la intervención de Adam, Savanna creyó que se ahogaría de furia, y, sin prestar atención al brinco de su corazón cuando las manos del hombre le aferraron los antebrazos, lanzó una fría mirada de soslayo a esas manos que aún la sujetaban y exclamó:

—¡Si no te importa...! ¡Ya pasaron los tiempos en que podías tratarme como se te antojara!

Adam apretó los labios pero dejó caer las manos.

—Savanna, escucha lo que tienen que decir —la apremió con voz ronca—. ¡Hasta para ti puede ser esclarecedor!

Antes de que la muchacha pudiese replicar, se acercó Bodene y le puso una taza de café en la mano.

—¡Bebe esto, mocosa! Y luego, siéntate sobre aquel tronco de allí y déjalos hablar. —La miró alzando una ceja—. ¿Sabes?, no te encuentras en la mejor de las situaciones... en definitiva, tú participaste en el rapto de Adam, y si quieren presentar cargos contra ti, no sé qué opinaría un juez.

Las palabras de Bodene desinflaron de inmediato las velas de la ira de Savanna. Nunca se le había ocurrido que podría enfrentarse a cargos criminales, y de pronto tomó conciencia de lo comprometido de la situación. Contempló el líquido negro en la taza de hojalata y suspiró preguntándose cómo había llegado a ese punto. ¡Estaba tan fatigada! Tan harta de los días interminables con poco que comer y las noches agotadoras de dormir sobre el suelo duro; tan exhausta de la batalla feroz e implacable que Adam provocaba dentro de ella, que sólo deseaba arrastrarse lejos de allí y dormir hasta que todo se hubiese evaporado de su memoria.

De pronto, Savanna advirtió que cuatro pares diferentes de miradas masculinas convergían sobre ella, y se enderezó tratando de conservar el rostro impasible. Tomó un sorbo de café y murmuró:

—Adelante. Contad esa maldita historia.

Jason negó con la cabeza.

—No —afirmó—. Primero escucharemos la de usted.

Savanna se encogió de hombros. No le importaba. En ese momento, nada le importaba. Ya le había confesado a Bodene lo ocurrido y por qué razón y de qué manera había llegado hasta allí con Adam: relatarlo por segunda vez sería más fácil. Deliberadamente, como había hecho antes con su primo, dejó de lado cualquier referencia a la tormenta emocional y a la incomprensible atracción que existía entre ella y Adam. Consciente de la presencia de Adam, volvió a suprimir aquel fatal incidente junto al estanque del bosque. Habló en tono monocorde, con la mirada perdida en algún punto indefinido, sin revelar indicios de lo que había sentido durante aquella salvaje odisea. Acabó el relato con la llegada de Bodene y la huida de manos de los españoles.

Cuando Savanna terminó de hablar, Jason parecía pensativo, y miró a Adam con un extraño brillo en los ojos.

—¿Por qué la llevaste contigo cuando escapaste? ¿No hubiese sido más sencillo dejarla?

Adam apretó los labios y envolvió a Savanna en una mirada frustrada y hostil.

—Digamos que esta muchacha me irritó sobremanera... ¡y supuse que había llegado la hora de que alguien le diese una lección!

Aquella respuesta satisfizo a Jason, aunque el atisbo de una sonrisa le jugueteó en las comisuras de la boca. Al mirar a Savanna, se puso serio y frunció la amplia frente. «¡La hija de Dávalos! ¡Buen Dios, eso sí que es difícil de comprender!»

Hacía años que Jason no pensaba en Dávalos, pero el odio que sentía por ese hombre que en otra época había sido su amigo permanecía intacto, y podía recordar con toda claridad aquel terrible amanecer en que tuvo entre los brazos a su esposa y vio cómo perdía el niño que llevaba en las entrañas; recordó la sangre que oscurecía el suelo; se sintió impotente y temió que pudiese morir... ¡y todo eso tenía que agradecérselo a Dávalos! Más tarde, cuando supo que Catherine viviría, sufrió la conmoción de saber que durante esos días de prueba en que Dávalos la raptó, también la había violado brutalmente. Existen cosas que un hombre jamás olvida ni perdona, ¡y por cierto que la muerte del hijo por nacer y la violación de la esposa entraban con todo derecho en esa categoría! Quizás el tiempo había mitigado el dolor y el espanto, pero las cicatrices aún permanecían en lo profundo del corazón de Jason, y no pudo evitar que lo invadiera una oleada de hostilidad hacia la hija del hombre que le había provocado tanto sufrimiento a él mismo y a su familia. Incluso, era capaz de admitir que esos sentimientos eran injustos, y aceptaba que Savanna era una joven interesante y fuera de lo común, no obstante, el saber que era la hija de Blas Dávalos la hacía tan atrayente para él como un nido de víboras. Además, había participado en el secuestro de Adam y, al parecer, sentía una codicia tan intensa como su padre hacia el oro azteca.

Lo sobresaltó el contacto de una mano en el brazo: alzó la mirada y vio a Blood Drinker. El indio miraba a Jason con profunda comprensión. Blood Drinker dijo en voz baja, para que sólo lo oyera Jason:

—Hermano, sé que es difícil, pero no condenes a la hija por los pecados del padre. La muchacha no tuvo nada que ver con aquellos sucesos que nos causaron tanto dolor hace años. Cuando Dávalos mató a Nolan y robó el brazalete de oro, desencadenando esos hechos terribles que nos ligaron a todos, Savanna era una niña pequeña. Ya nos vengamos de Dávalos, no hay necesidad de castigarla por algo que no pudo evitar.

Jason inspiró. Esbozó una tibia sonrisa.

—Amigo mío, como siempre, tienes razón, pero me resultará difícil mirarla y no recordar lo que nos hizo su padre.

Blood Drinker asintió, y las trenzas negras se balancearon sobre su pecho poderoso.

—Tendrás que aprender a superarlo: ahora debemos de tener en cuenta a Adam.

Jason hizo una mueca: comprendía perfectamente a qué se refería el indio. No se le pasó por alto que su atolondrado medio hermano se sentía atraído hacia Savanna, y eso creaba problemas que no tenía deseos de afrontar. Enfadado, Jason contemplaba ora a Adam, ora a Savanna, y se preguntó por qué Adam no habría perdido el corazón por cualquier otra mujer que no fuese la hija de Dávalos. ¡Buen Dios, Catherine se sentiría abrumada por el desdichado enamoramiento de Adam, y sólo por eso Jason deseaba que jamás hubiese conocido a Savanna O'Rourke!

Mientras Jason y Blood Drinker hablaban en tono bajo, Bodene terminaba de preparar el desayuno para todos. Entre las provisiones que Adam sustrajo a los españoles, Bodene había encontrado una tajada de tocino ahumado que utilizó entera pues de lo contrario tendrían que tirarla; la puso en la sartén y pronto el aroma tentador del tocino frito inundaba el campamento. La sirvió con el sempiterno maíz pelado, pero a nadie le importó: la comida desapareció instantes después de que Bodene la sirviera.

Evidentemente, todos sintieron la necesidad de disfrutar del desayuno en relativa tranquilidad, por lo tanto, la conversación transcurrió en un clima de fría gentileza. Poco a poco la atmósfera se fue aligerando y pronto Jason comenzó a indagar acerca de la vida de los primos con hábiles preguntas: cómo y dónde habían vivido cuando niños. Con suma destreza, recopiló información general acerca de ellos. Savanna y Bodene respondieron con cautela, pero Jason y los otros sacaron importantes conclusiones de lo que ocultaban, y lograron un cuadro claro de las primeras épocas en la vida de los primos: sin saberlo, revelaron más por lo que callaban que por lo que decían. Una vez satisfecha el hambre del grupo y lavados y guardados los enseres del desayuno, Jason se sentó apoyándose en la corteza áspera de un roble y comenzó a describir su propia relación con Dávalos.

—Beauvais, la plantación de mi abuelo, limita con Campo de Verde, ¿lo sabían? —preguntó Jason en tono calmo, mirando a Savanna.

Todos se habían acomodado en distintos puntos del campamento, cada uno en posturas relajadas, con excepción de Blood

Drinker, que permaneció de pie, medio oculto tras la maleza, a espaldas de Jason, oteando el horizonte con sus ojos negros a los que nada escapaba. Savanna y Bodene estaban sentados juntos en el suelo, a la izquierda de Jason, con las espaldas apoyadas contra un tronco caído; Adam, cómodamente tendido frente a su medio hermano, y al igual que él, descansaba los hombros anchos contra el tronco de un árbol. Salvo Blood Drinker, todos bebían una última taza de café, y aunque la hostilidad inicial se había esfumado en gran medida, todavía se advertía cierta tensión en el grupo.

Savanna apartó la mirada de la abstraída contemplación del café y la posó en la de Jason; agitó el cabello rojo y dijo:

—No, no lo sabía. Todo lo que sabía era que junto a nosotros vivía un anciano.

Ante la mención de un «anciano», Jason esbozó una débil sonrisa.

—Es Armand, mi abuelo —dijo—, y no le gusta que le digan «anciano». ¡En febrero pasado celebró su octogésimo tercer cumpleaños y aún ejerce un gran atractivo entre las señoras!

Savanna se encogió de hombros.

—Tal vez... pero nunca lo conocí, aunque quizá se lo hayan presentado a mi madre.

—Lo dudo —interrumpió Bodene en tono seco—. Me temo que esta rama de los O'Rourke no se mueve en círculos tan elevados.

Jason no le discutió. Bebió un sorbo de café y dijo lentamente:

—Por la ubicación de la plantación de mi abuelo y porque pasé allí gran parte de mi juventud, era natural que me hiciese íntimo amigo del hijo del vecino: Blas Dávalos. Teníamos casi la misma edad, y en aquellos tiempos nos interesaban las mismas cosas. —Jason hizo un gesto—. Sobre todo los caballos, las mujeres y el juego. Aquella amistad habría perdurado, pero hacia fines de 1790 la cosecha de índigo falló y la fortuna Dávalos se esfumó. —Jason adoptó un aire lúgubre—. Blas se sintió abrumado y manifestó un amargo resentimiento por haber pasado en pocos meses de ser el heredero de una gran fortuna a tener que trabajar para sobrevivir. El último dinero que quedaba se utilizó en comprar un rango para Blas en el ejército español. —Jason suspiró—. Quizás otro hombre habría seguido adelante y olvidado el pasado, pero Blas no: culpó a todos por el súbito revés de la fortuna y, en especial, sintió gran amargura hacia mi propia familia. Nosotros pudimos evitar la crisis del índigo porque unos años antes habíamos comenzado a plantar caña de azúcar. —Jason volvió a suspirar y dejó vagar la mirada en el espacio—. Fueron tiempos duros para Blas y, aunque al principio yo simpatizaba con él, después de un tiempo empezaron a irritarme y enfadarme las quejas permanentes acerca del desastre financiero de los Dávalos. Nos fuimos separando paulatinamente, en parte porque Blas ya no podía afrontar los gastos que yo aún disfrutaba, pero en mayor medida por aquella profunda amargura y aquel resentimiento que le había dejado ese golpe del destino. Se volvió hosco y desagradable, y comenzó a buscar maneras rápidas, a trazar a menudo planes ilegales para recuperar la fortuna perdida de la familia.

Jason guardó silencio largo rato, con la mente sumida en los dolorosos recuerdos de aquellos años lejanos. Después, se sacudió y añadió en voz suave:

—Yo tenía otro amigo: Phillip Nolan. Nolan era mi héroe y mi maestro, y Blood Drinker y yo corrimos muchas aventuras con él. Era mayor que yo y quizá no fuese más prudente que nosotros, pero sin duda era una fuente de sabiduría para mí: yo quería mucho a Nolan.

Jason volvió a dejar vagar la mirada; Savanna comprendió que aquella conversación le resultaba en extremo dolorosa, aunque los hechos que narraba hubiesen sucedido hacía décadas. Jason bebió otro sorbo de café y luego siguió hablando con voz constreñida, creando una atmósfera de encantamiento que los envolvió a todos. Relató aquella excursión fatal para comerciar con los comanches y el descubrimiento casual del tesoro escondido de los aztecas. Describió en detalle los brazaletes gemelos de oro y esmeraldas que encontraron en los lamentables despojos mortales de la última víctima de los sacerdotes aztecas, esos brazaletes que Nolan y Jason llevaron con ellos cuando abandonaron el valle oculto y el tesoro. Se enrolló la manga y mostró la banda de oro y esmeraldas que aún lucía en el brazo, y Savanna lo contempló hechizada hasta que Jason se bajó la manga con un gesto brusco y reanudó el relato.

Aturdida por lo que acababa de saber, Savanna no pudo evitar interrumpirlo. Fijó la mirada en Jason y preguntó en voz ronca:

—¿Por qué dejó el tesoro? ¿Nunca intentó volver a buscarlo?

Jason esbozó una sonrisa pálida.

—Sólo teníamos los caballos que montábamos, y nos seguía una banda de comanches con la intención de arrancarnos la cabellera, de modo que quedaba por completo fuera de cuestión llevarnos del tesoro otra cosa que los brazaletes. Y volviendo a mi relato... —Miró a Blood Drinker.

Las facciones hondamente cinceladas del indio asumieron una expresión cavilosa, y dijo marcando las palabras:

—Era un lugar maldito, y ni mi hermano de sangre ni yo deseábamos volver allí. Por otra parte, no necesitábamos el oro. Jason siempre poseyó una gran fortuna... ¿para qué quería más? Mi familia es rica incluso considerada según las pautas del hombre blanco, y mis necesidades son simples. El oro de los aztecas no me servía para nada.

Savanna observó empecinada a Blood Drinker.

—Pero, ¿podría volver a encontrarlo?

Blood Drinker asintió con mucha lentitud.

—Si quisiera... —replicó con aire distante.

A Bodene también se le despertó la curiosidad y preguntó:

—¿Cree que Nolan regresó a ese lugar?

Jason se encogio de hombros.

—Supongo que debió de pensar en ello. —Miró de soslayo a Savanna—. Por desgracia, se topó con el padre de usted.

Se produjo un breve e incómodo silencio y luego Jason continuó el relato, sin ocultar la angustia que sentía al contar cómo Dávalos se llevó a Nolan encadenado y esposado y jamás volvieron a verlo.

El simple hecho de que Nolan hubiese desaparecido de manos de Dávalos ya era condenatorio, pero además Savanna sabía que su padre había matado a aquel hombre; el relato de Jeremy acerca de las últimas palabras de su padre disipaba cualquier sombra de duda que quisiera albergar con respecto a la culpabilidad de Dávalos. La boca de la joven se curvó en un gesto amargo. ¡Qué herencia maravillosa le había dejado su padre!

La historia se volvió aún más espantosa, más terrible a medida que Jason continuaba hablando con frecuentes pausas; contó lo sucedido a Catherine, su esposa, cuando Dávalos, que continuaba la tenaz búsqueda del tesoro azteca, se topó con ella y la raptó. Blood Drinker y Adam conocían la horrible verdad, y mantuvieron los rostros impávidos mientras Jason llegaba al punto en que Catherine logró escapar después de que Dávalos la violara brutalmente y, como consecuencia, perdiera el hijo que llevaba en el seno.

Cuando Jason concluyó, se produjo un profundo silencio y un clima lúgubre, cargado de dolorosas reminiscencias. El corazón tierno de Savanna se encogió ante el dolor de Jason y Catherine; casi se sintió capaz de perdonar a Adam por haberla tratado de esa manera sabiendo el dolor que Dávalos les había infligido. Por cierto, estaba segura de que acababa de escuchar la verdad en lugar de alguna versión fantasiosa imaginada por Micayá para atraerla hacia sus propios designios. Llena de vergüenza y horror por haber permitido que el asesino la convenciera de participar en aquel plan repugnante, Savanna fijó la mirada en el fondo de su taza y deseó poder hacer o decir algo que reparara aun en pequeña medida sus propias acciones. Y en cuanto a lo que había hecho su padre...

Fatigada, Savanna comprendió que nada de lo que dijese podría excusar o explicar sus propios actos precipitados ni los crímenes de su padre, y, ocultando con valentía la tormenta que la asolaba en lo profundo de su ser, hizo frente a la mirada fría de Jason. Alzó la barbilla ante la expresión condenatoria del hombre.

—Al parecer, la familia Dávalos le acarreó más de un daño —afirmó en tono serio.

Jason asintió.

—Así es.

El matiz de la voz de Jason provocó en Savanna un estremecimiento de culpa y se vio impulsada a añadir algo en su propia defensa.

—Yo no tengo una excusa verdadera... salvo que creí a pies juntillas en lo que hice... creí que el derecho y la justicia estaban de mi lado... que estaba vengando la muerte de mi padre y que tenía un derecho moral sobre ese oro.

A Jason no lo conmovieron aquellas palabras: recordaba la expresión afligida de Catherine cuando Blood Drinker y él mismo salieron en busca de Adam, y su propio temor de no volver a ver con vida a su medio hermano. Se limitó a resoplar, y dijo:

—Por su propio bien espero que un juez admita una excusa tan endeble. En lo que a mí respecta, ¡cuanto antes pueda entregarla a las autoridades y me deshaga de usted, mejor me sentiré!

Adam había escuchado esa conversación en silencio pero, ante la mención de las autoridades, se puso de pie y manifestó enérgicamente:

—¡No la llevaremos ante ningún juez! —Contempló a Jason con aire severo y añadió con voz ronca—: ¡Este episodio está concluido! No pienso levantar ningún cargo contra Savanna y, si tú lo haces, lo negaré todo.

Los dos hombres se miraron a los ojos largo rato, y al observar la expresión feroz y decidida de Adam, Jason se encogió de hombros.

—Es tu decisión y no la discutiré... ¡Sólo espero que sepas lo que estás haciendo!

Adam esbozó una sonrisa torcida.

—Dudo de que lo sepa, pero creo que será mejor para todos si lo dejamos así. —La sonrisa se esfumó y agregó en tono seco—: Si bien Savanna participó en el plan de Micayá, estuvo tan prisionera de ese criminal como yo. Por cierto, lo pasó bastante mal, y no veo motivo para seguir castigándola.

Si bien Savanna estaba horrorizada por lo que Dávalos les había hecho a Jason y a su esposa y profundamente avergonzada por haber continuado con los espantosos errores de su padre, después de la forma en que Adam la trató, al verlo actuar como su propio defensor, se puso furiosa. ¡No quería nada de él! Y en contra de sus mejores intenciones, aquella lengua rebelde la traicionó una vez más. El color aguamarina de sus ojos se volvió de un verde azulado tormentoso; se puso de pie de un salto y exclamó:

—¡Si hay algo que no necesito es que tú me ayudes! ¡No quiero nada de ti, y menos aún tu asqueroso apoyo! —Lanzó una mirada colérica a Jason, y dijo en tono acalorado—: ¡Lléveme ante un juez... no me importa en absoluto!

—Pero a mí sí me importa, y también le preocupará a tu madre —intervino otra vez Bodene en tono calmo—. Y, si te tranquilizas y lo piensas, estoy seguro de que no querrás seguir adelante con este desagradable conflicto. ¡Tampoco creo que te agrade el escándalo que acompañará tu presentación en la corte!

—¡Sí! —acordó Adam con una mueca burlona—. Al menos una vez, ¿por qué no cierras esa boca encantadora y dejas que nosotros arreglemos este asunto en paz?

Savanna lanzó a Adam una mirada letal pero, al oír que Bodene mencionaba a su madre, se contuvo. ¿Acaso no había participado tan sumisamente en los planes de Micayá sobre todo por resguardar la reputación de su madre? Además, la amenaza de Micayá seguía siendo real y Savanna aún no sabía cómo hacerle frente; ¿acaso deseaba someter a Elizabeth a desagradables habladurías sólo para desafiar a Adam St. Clair? Savanna, aunque tenía un temperamento demasiado ardiente, no era estúpida, por lo tanto se encogió de hombros resignada y se volvió.

—Hagan lo que quieran —murmuró, sombría—. Nada me importa mucho.

Jason miró a Adam e inquirió secamente:

—Ya hemos solucionado este pequeño conflicto, ¿y ahora qué hacemos con nuestro amigo Micayá?

Adam rió.

—¡Primero, Micayá tendría que encontrarnos!

Jason no pareció divertido, y le lanzó una mirada exasperada.

—¿Y cuando lo haga? ¿Qué piensas hacer?

Adam se puso serio y respondió:

—Por el momento, no podemos hacer nada; si nos presentamos ante las autoridades reclamando justicia, en caso de que lo atrapen y lo lleven a juicio, toda esta sucia historia saldrá a la luz, ¡puedes apostarlo! Micayá se ocupará de que así ocurra: le encantará arrastrar a Savanna consigo. —Las miradas de Adam y Jason se encontraron—. No tenemos idea del paradero de Micayá; tal vez ha regresado a Natchez, o se haya quedado en Nacogdoches, o quizás haya ido tras el oro por su propia cuenta, en la esperanza de que Jeremy lo guíe hasta el sitio donde murió Dávalos. Incluso es posible que esté muerto, o perdido en una zona desierta tratando de encontrar mis huellas. Por cierto, no tengo intención de perder tiempo buscándolo a él, y a menos que ese criminal dé señales de vida no es mucho lo que podemos hacer... excepto tomar precauciones para que no nos sorprenda. Cuando sepamos dónde está... —Adam exhibió una sonrisa nada agradable—. ¡Entonces, creo que sólo tendré que obligarlo a que trate de asesinarme!

Jason asintió lentamente.

—Por supuesto, espero que me concedas ese placer si por casualidad el truhán aparece buscando al verdadero Jason Savage.

—Por supuesto —replicó Adam en tono cordial; en sus ojos azules apareció un brillo que convenció a Jason de que su hermano mentía con todo descaro.

—Bueno —propuso Bodene— ya hemos resuelto qué hacer con respecto a Micayá, ya hemos desayunado y el sol está alto: sugiero que nos pongamos en marcha, pues tenemos un largo viaje por delante.

Habían decidido cabalgar los cinco juntos para compartir las provisiones; por otro lado, en caso de peligro, cinco personas tenían mejores probabilidades de éxito que dos grupos pequeños. Avanzaron rápidamente durante los dos días que siguieron; a medida que se acercaban al río Sabine se advertía un clima más relajado en el grupo. Pronto dejarían territorio español y al menos uno de los peligros quedaría atrás.

Entre los cuatro hombres surgió una espontánea camaradería, pero Savanna sólo se sentía cómoda en compañía de Bodene. La vergüenza la obligaba a rechazar los gestos amistosos de Jason y de Blood Drinker... y en cuanto a Adam...

La acometía la más profunda ira cuando levantaba la vista y se topaba con la mirada de esos duros ojos azules que la observaban, y el corazón le brincaba en el pecho... y no a causa del miedo. Le bastaba verlo moverse a través del campamento por las noches, con esa gracia animal, la figura alta, de hombros anchos recortados contra las llamas parpadeantes de la hoguera, para evocar la nítida sensación de aquel cuerpo esbelto y musculoso sobre el suyo, poseyéndola por entero... Savanna lo odiaba porque le recordaba algo que ansiaba olvidar, e imaginar que jamás había sucedido.

Savanna anhelaba fervorosamente volver a ser la joven que fue antes de que Adam St. Clair invadiera su vida y le hiciese conocer el placer que las caricias y los besos de un hombre podían brindar a una mujer. Se había ufanado de no inmutarse ante ningún hombre que se le cruzara en el camino, pero Adam derrumbó las certezas más firmes de la muchacha acerca de sí misma, y de ningún modo le estaba agradecida por ello. «Lo odio», pensaba. Detestaba aquella arrogancia, la sonrisa burlona de aquella boca tan sensual, las emociones que provocaba en ella una mirada casual de aquellos resplandecientes ojos azules... Temía que el oscuro hechizo que aquel hombre ejercía la arrojara al mismo precipicio en que había caído su madre. Y, si existía algo que Savanna en verdad temía, era amar a un hombre como su madre había amado a Dávalos... y sufrir la degradación causada por ese amor. Pero también experimentaba otro temor que la carcomía con creciente intensidad en lo profundo del ser: desde que Micayá la raptara, no había tenido el flujo menstrual ni una sola vez...

Al principio, no se preocupó, pues lo atribuyó a las tribulaciones y el esfuerzo físico al que estuvo expuesta, pero desde que Adam le había hecho el amor, la consumía el pánico de que hubiese un motivo concreto para la ausencia de la menstruación: ¡estar gestando el hijo de Adam! La idea le resultaba abrumadora y no se apartaba de la mente de la muchacha por más esfuerzos que hiciera para olvidarla: representaba otra razón para temer y detestar a Adam St. Clair.

Temprano, en la mañana del 22 de junio, cruzaron el río Sabine y esa noche, cuando instalaron el campamento, todos recordaron que al amanecer del día siguiente se separarían. Savanna y Bodene enfilarían hacia Campo de Verde, al sur de Louisiana, y los demás se dirigirían a Terre du Coeur, hacia el norte.

Desde que encontraran a los otros, Adam y Savanna no sostuvieron ninguna conversación privada, pero Savanna advirtió que Adam la observaba continuamente con una expresión indefinible en sus ojos azul zafiro. Los días anteriores, en algunos momentos, el hombre intentó hablarle a solas, pero la muchacha lo evitó. Pensó: «No tengo nada que decirle a Adam St. Clair; y no imagino nada que pueda decirme y que yo tenga deseos de oír... ¡ni siquiera una disculpa!» Nada podía decir Adam que reparara lo que le había hecho, del mismo modo que Savanna no podía reparar lo que Dávalos hizo a Jason y a Catherine. Se separarían, y eso era lo que la muchacha deseaba... ¡sin importar lo que sucediese dentro de su propio cuerpo!

Esa noche, Savanna no durmió bien; se revolvió inquieta sobre el suelo duro y cuando al fin amaneció se sintió aliviada. Después de terminado el desayuno y la limpieza correspondiente, la joven se apartó para gozar de un momento de intimidad mientras los demás bebían otra taza de café antes de separarse. Melancólica, pensó que era la última vez que tendría que soportar la presencia inquietante de Adam y que eso la regocijaba.

Se encaminaba con desgana de regreso al campamento cuando descubrió la figura alta de Adam apoyada contra un árbol, con los brazos cruzados sobre el pecho, y de súbito en las venas de Savanna rugió la sangre. Estaba precisamente en el camino, y lo saludó con un frío ademán de la cabeza. Esperó que la dejara pasar sin perturbarla, pero la esperanza murió cuando Adam la aferró por el brazo y le dijo en tono enérgico:

—Creo que ya es hora de que tú y yo hablemos.

Impávida, Savanna lo miró de frente.

—No tengo nada que decirte. ¡Nada!

El hombre entornó los ojos.

—Bueno, cariño, yo discrepo contigo —replicó en tono insolente, recorriéndola con la mirada, y apretó los labios al percibir los signos de los sufrimientos que la joven había experimentado en las semanas anteriores. En aquel rostro encantador, los ojos de color aguamarina parecían inmensos, la delgadez acentuaba la línea de los pómulos altos y la gracia de la mandíbula y el mentón. Al contemplar la curva demasiado tentadora de la boca, un músculo se contrajo en la mejilla de Adam, y se concentró en los cambios experimentados por la joven, y de los cuales era en parte responsable. Su cuerpo tenía una apariencia casi frágil: se evidenciaban la delicadeza de la clavícula que asomaba por la camisa entreabierta y la conmovedora delgadez de las muñecas.

Sintió un extraño dolor en el pecho al contemplarla, pero mantuvo una expresión y un tono de voz tiernos al decir:

—Pienso que hay un tema que debemos discutir antes de separarnos, ¡y por una vez en tu vida, no me eludirás como una gata escaldada!

Savanna lo miró resentida: una vez más experimentaba la intensa atracción que Adam ejercía sobre ella.

—No me imagino de qué se trata —dijo al fin con tanta indiferencia como pudo, y se obstinó en ignorar la tibieza embriagadora de aquella mano sobre su brazo.

Adam sonrió burlón, pero mantuvo una mirada seria.

—Oh, estoy seguro de que sabes exactamente a qué me refiero... por lo general, las mujeres lo saben. —Como Savanna permaneció en un silencio obstinado, el hombre le preguntó, cortante—: ¿Estás embarazada?

Savanna lanzó una exclamación y lo miró atónita por un instante. Luego alzó el mentón y dijo con firmeza:

—¡No tiene ninguna importancia si lo estoy o no! —Sonrió con aire malicioso y le preguntó—: ¿Por qué quieres saberlo? ¿Tal vez tienes intenciones honorables y piensas proponerme matrimonio?

Adam ahogó un juramento, la acercó violentamente hacia sí y la besó con pasión arrasadora; luego musitó con los labios pegados a los de Savanna:

—¡Maldita seas! ¡Eso es exactamente lo que pensaba hacer!

TERCERA PARTE

Deseo peligroso

«¿En qué consiste el amor, sino en el poder
que otorgamos a otro para que nos atormente?»

Edward Bulwer-Lytton,
Darnley

13

Savanna miró atónita el rostro inflexible de Adam, incapaz de dar crédito a lo que oía. Le temblaban los labios por la intensidad del beso y sintió la calidez de aquel cuerpo apretado contra el suyo, aunque este abrazo no le brindó alegría. Comprendió que, a diferencia de Dávalos, Adam era un hombre honrado. Sospechando que podía estar encinta se vio obligado a proponerle matrimonio a una mujer que sin duda deseaba, al menos por el momento, a pesar de que no le inspiraba sentimientos más profundos y nobles, pensó Savanna con amarga certidumbre. Dejando de lado lo referido al padre de Savanna, ¿qué clase de matrimonio sería para Adam, ligado a una mujer que en circunstancias normales jamás se habría cruzado en su camino? Si existiera amor entre ambos, tal vez serían capaces de superar los abismos que los separaban, pero el único lazo que los unía era el deseo, y si cometía la estupidez de casarse con él la muchacha preveía sólo un futuro de infelicidad para ambos. Y, con respecto a Dávalos: ¿acaso Adam o cualquier otro miembro de la familia podría mirar a Savanna sin recordar la terrible tragedia que el padre les había acarreado, y no odiarla por eso? ¿Podía acaso Savanna casarse con Adam en beneficio de su hijo conociendo las desgraciadas circunstancias que los condujeron a esa situación, los pecados que el padre cometió contra esa familia? Sólo la lujuria sería el sentimiento que los uniera. Cuando se esfumara la fascinación que el cuerpo de la joven ejercía sobre Adam —y Savanna no dudaba de que eso ocurriría— la odiaría a ella y al hijo que tal vez estuviese gestando...

El dolor le oprimió el corazón. Se creía capaz de soportar el desdén y el odio de Adam, pero no que odiara el hijo de ambos.

¿Acaso no había sufrido ella misma a causa de la indiferencia de Dávalos? ¡Y cuánto peor sería si la aversión del padre hacia la madre se extendía a su hijo!

Adam se impacientó al ver que Savanna lo miraba en silencio. La sacudió con suavidad y exigió:

—¿Y bien? ¿Te casarás conmigo?

Savanna inspiró y se libró con esfuerzo de los brazos del hombre. Para no mirarlo, se quitó una hoja de los pantalones y dijo en tono suave:

—No.

Adam la miró incrédulo: un dolor inesperado le atenazó el corazón al oír la respuesta de la joven y estuvo a punto de ponerse de rodillas.

—¿Qué dices? —dijo en tono amenazador cuando recuperó el control sobre sí mismo—. ¿Acaso me rechazas? ¿Dices que no te casarás conmigo?

Savanna asintió con gesto tenso; no se atrevió a mirarlo por temor a que su decisión se debilitara.

Adam sintió que lo invadía una oleada de furia impotente; la contempló con los ojos azules endurecidos y tuvo deseos de maldecir, y, al mismo tiempo, de sacudirla hasta hacerle perder los sentidos, de besarla hasta que aceptara. La miró con evidente disgusto, la mandíbula tensa y las manos en las caderas.

—¿Te molestaría decirme —exclamó al fin— por qué demonios no me aceptas? ¡Ciertamente, no conseguirás una oferta superior!

Savanna alzó la cabeza; de pronto, tan furiosa como él, le espetó:

—¡No tengo por qué darte una razón... aunque podría señalar que no me has dado ningún motivo para que desee pasar el resto de mi vida contigo! ¡Eres un bribón insoportable y arrogante! ¿Por qué diablos querría casarme contigo?

La verdad que revelaban las palabras de Savanna sacudió a Adam como si hubiera recibido un golpe, y el dolor y la furia ante el rechazo de la muchacha disminuyeron un poco. ¡Dios sabía que el romance entre ambos, si es que merecía ese nombre, no había sido especialmente tierno! Nunca en la vida le había propuesto matrimonio a una mujer, nunca deseó casarse, y aunque admitía que las circunstancias no eran las mejores, estaba seguro de que Savanna consideraría la oferta como la solución ideal del problema. Adam desechó la idea de los verdaderos motivos que tenía para casarse con Savanna además de darle un apellido al hijo. ¡Tendría que convencerla! A causa de los hechos que habían rodeado su propio nacimiento, Adam no soportaba la idea de que el niño naciese fuera del lecho matrimonial, y estaba decidido a que un hijo propio no sufriera semejante destino... ¡aunque tuviera que amarrar a la madre y arrastrarla hasta el altar! ¡Savanna se casaría con él! Sólo que aún lo ignoraba. Y estaba dispuesto a utilizar cualquier triquiñuela para obligarla a comprender...

La sorprendió desprevenida y la estrechó con fuerza entre sus brazos, buscando y hallando su boca. El beso pareció interminable; toda la pasión y el anhelo largemente contenidos se volcaron en la fuerza con que apretó su boca contra la de ella. «¡Oh, Cristo, cuánto he echado de menos tenerla entre mis brazos!», pensó, extasiado. El calor de aquel cuerpo suave contra el suyo, el sabor embriagante de Savanna en la lengua, los excitantes gemidos que emitía cuando la besaba...

Savanna se defendió contra el deseo devorador que la boca de Adam suscitaba en ella, pero fue inútil: por fin se fundió en el hombre con un débil gemido de derrota y desesperación, y creyó odiarlo tanto como se odiaba a sí misma. La lengua de Adam recorría la boca de Savanna con sensual abandono y la debilitaba provocándole anhelos, despertando sensaciones que no deseaba sentir y que no lograba controlar. Par su propia vergüenza, la joven se acercó más a él, rodeó con su lengua la de Adam y oprimió sus senos contra aquel pecho firme.

Indefensos, enredados en la telaraña del deseo que los unía, se apretaron uno al otro con desesperación y olvidaron por un momento las dificultades, las heridas y los malentendidos que existían entre ambos. Sólo contaba el hambre devoradora de ese beso, la sensación embriagante de los cuerpos unidos en ese abrazo apasionado.

Permanecieron absortos en el abrazo hasta que oyeron el sonido distante de la voz de Bodene, y Adam volvió con lentitud a la realidad. Aturdido, separó su boca de la de Savanna, aunque se recompuso al instante y le dirigió una sonrisa maligna mientras contemplaba el rostro fascinado de la joven y le decía burlón:

—Creo que acabamos de demostrar cabalmente una de las razones por las cuales tendrías que casarte conmigo.

Savanna estaba sumida en la dulzura del beso, pero las palabras de Adam le cayeron como una ducha helada y le explotaron en la mente todos los problemas y obstáculos que existían entre ambos: antes de detenerse a pensarlo, alzó la mano y le propinó una sonora bofetada.

—¡Ésa —exclamó en tono helado— no es razón suficiente para mí!

El rostro de Adam se ensombreció; colérico, se adelantó hacia la joven. La aferró por el brazo, la sacudió sin miramientos y gruñó:

—¡Ya he tolerado todo el maltrato físico que estoy dispuesto a soportar de tu parte... cariño, ésta es la última vez que me golpeas! ¡La próxima vez que lo hagas... te daré una tunda que no olvidarás!

—¡Inténtalo! —replicó Savanna—. ¡Si te atreves, te arrancaré el hígado y se lo daré a los cocodrilos!

Bodene oyó esa última exclamación mientras se acercaba a ellos; sonrió y murmuró:

—¡Ah, qué dulce es el canto de los pajarillos enamorados!

Dos pares de ojos enfurecidos lo congelaron donde estaba, y con las voces cargadas de odio, Savanna y Adam exclamaron casi al unísono:

—¡Pajarillos enamorados!

Bodene se tironeó de una oreja e inclinó la cabeza; adoptó un aire compungido, pero una sonrisa jugueteó en las comisuras de sus labios mientras decía con sospechosa docilidad:

—¡Lo siento! ¡Me equivoqué! —Los contempló zumbón y agregó—: Estamos listos para levantar el campamento; es conveniente que regreséis, pues de lo contrario, Jason y Blood Drinker vendrán a buscaros.

Savanna lanzó a Adam una mirada fulminante y dijo:

—¡Créeme, estoy ansiosa por levantar el campamento! ¡Hay ciertas personas a las que me alegrará no volver a ver!

Adam aspiró hondo y la aferró por el brazo.

—Aún no hemos terminado la conversación —insistió. Sin apartar la mirada de los ojos fulminantes de Savanna, dijo a Bodene—: Diles a los demás que estaremos allí en un momento. Tenemos que solucionar un problema entre nosotros.

Bodene advirtió el ademán severo de la barbilla de Adam y comprendió que no era momento de discutir con él. Se encogió de hombros y desapareció entre los arbustos.

Savanna sintió rabia hacia su primo por haberla abandonado con tanta negligencia, y también hacia Adam por su arrogancia; lo miró de soslayo y murmuró:

—No tengo nada que que decir. ¡Suéltame!

Adam le volvió el rostro con suavidad hacia él y la apremió:

—Savanna, cualquiera que sea el sentimiento que albergues hacia mí, tenemos que pensar en el niño... ¿acaso no te importa que sea un bastardo fuera del matrimonio?

Savanna se mordió el labio y apartó la mirada. Indócil, insistió:

—No sé si estoy embarazada. ¡Tal vez no, y hasta que no esté segura no discutiré el tema del matrimonio!

—¡Mírame! —dijo Adam tenso, oprimiéndole el brazo con más fuerza. Cuando los ojos de Savanna se posaron airados en los suyos, exigió en tono decidido—: Si compruebas que estás gestando a mi hijo, ¿puedo confiar en que me lo dirás?

La joven estaba agotada por los sucesos que había soportado, y por la tormenta de emociones que la sacudía, y sintió que el valor comenzaba a abandonarla. El orgullo le impidió desistir y respondió en tono tenso:

—Adam, aunque esté embarazada, eso no cambiará mi respuesta. ¡No me casaré contigo! —Alzó la barbilla en gesto desafiante—. ¡Y no puedes obligarme!

En los ojos azul zafiro asomó un destello amenazador. Adam replicó en voz meliflua:

—Bien, cariño, eso ya lo veremos.

La soltó con brusquedad y la empujó en dirección al campamento. Savanna, incómoda por la presencia de Adam, se apresuró hacia el lugar donde los demás esperaban. Un rubor intenso le tiñó las mejillas al toparse con la mirada interrogante de Jason. Farfulló un confuso saludo y se dedicó a revisar los arreos del caballo, aliviada por la distracción.

Minutos después, todos habían montado; se produjo una breve pausa hasta que Bodene se tocó el ala del sombrero y exclamó en tono cordial:

—¡Caballeros, adiós; les deseamos buen viaje!

Jason asintió, y Blood Drinker y él volvieron los caballos hacia el norte llevando también uno de los animales de carga, y comenzaron la travesía hacia Terre du Coeur. Sólo Adam permaneció junto a los primos. Le sonrió a Bodene y murmuró:

—¡La próxima vez que vaya a Nueva Orleans, pienso visitar tu local!

Bodene rió.

—¡Y espero que pierdas una bonita suma!

Adam sacudió la cabeza, con un brillo burlón en la mirada.

—¡Lo dudo: tengo la reputación de ser muy afortunado!

Los dos hombres rieron; Adam se puso serio y miró a Savanna en los ojos.

—Puedes enviarme cualquier mensaje que necesites a Bella Vista, cerca de Natchez.

Savanna desvió la mirada y dijo con aire envarado:

—No se me ocurre ninguna razón por la que desee enviarte un mensaje. —No quiso esperar una respuesta; aguijoneó rápidamente al caballo y desapareció entre los matorrales.

Bodene y Adam intercambiaron una mirada.

—Es muy orgullosa... ¡y obstinada como el demonio! —exclamó Bodene pesaroso.

—Lo he notado —replicó Adam secamente. Fijó en Bodene una mirada significativa y agregó—: Si surgiese alguna dificultad... ¿me lo comunicarás?

Bodene asintió; alzó el sombrero en gesto de saludo y siguió a Savanna llevando de la rienda al animal de carga. Adam permaneció largo rato contemplando el lugar por donde había desaparecido Savanna; todo su ser le gritaba que fuese tras ella y la convenciera de casarse con él, pero comprendió que sería inútil. En ese momento, Savanna estaba obstinada en oponerse a Adam, y él no tenía más remedio que esperar a que cambiara de ánimo. Adam murmuró algo acerca de la obstinación de las mujeres, en particular de cierta pelirroja, y volviendo el caballo siguió en la misma dirección que Jason y Blood Drinker.

Bodene alcanzó rápidamente a Savanna; observó la expresión cerrada del rostro de su prima y llegó a la conclusión de que no era momento propicio para conversar... ¡acerca de nada! Cabalgaron en silencio varias horas. Sólo intercambiaron las palabras necesarias para orientarse en el terreno y sobre la mejor manera de sortear los obstáculos naturales con que se topaban.

Cuando finalmente Bodene propuso que se detuvieran ya había pasado el mediodía; necesitaban dejar descansar a los caballos y también comer algo. Savanna aceptó y se apeó en silencio; se preguntó por qué se sentía tan miserable y desgraciada si ya se había librado de Adam.

En pocos momentos, Bodene encendió una pequeña hoguera y preparó café. Con el cereal cocido que sobró del desayuno hizo dos tortitas, las colocó en una sartén y las cocio al fuego. Poco después, sirvió una de las tortitas a su prima y dijo riendo:

—¿Sabes?, cuando regresemos a Campo de Verde, ¡creo que no volveré a comer nada que contenga maíz por el resto de mi vida!

Savanna le respondió con una sonrisa triste y admitió mordisqueando la tortita:

—¡Yo ya no quiero ni verlo! Aunque reconozco que, en los últimos tiempos, muchas veces agradecí tener al menos maíz para comer.

Era obvio que Savanna había sufrido durante aquella enloquecida odisea: se advertía en ella un cierto encanto delicado que antes no poseía; pero aun vestida con aquellas ropas gastadas y sucias de muchachito sin duda seguía siendo una mujer impactante. Se había quitado el sombrero y el sol encendía como un fuego las trenzas doradas y rojizas que llevaba sujetas sobre la coronilla, y acariciaba su piel tersa y bronceada acentuando el color del rostro. Bodene la examinó unos momentos y descubrió que por fin había desaparecido la tensión que denotaban los pliegues en torno a su boca. Le preguntó en tono tranquilo:

—¿Querrías decirme qué fue lo que en realidad pasó entre tú y Adam St. Clair?

Savanna alzó bruscamente la cabeza y le asomó a los ojos una expresión agobiada.

—No sé a qué te refieres —dijo tras una breve pausa—. Ya te lo dije todo.

Bodene agitó la cabeza oscura.

—No, no me lo contaste todo: no me mientas. Tal vez puedas engañar a otras personas, pero yo te conozco de toda la vida y sé que hay algo entre los dos. Sería necesario ser un completo imbécil para no percibir el clima explosivo que se creaba cada vez que tú y Adam estabais a un par de metros el uno del otro; quizá me hayan dicho muchas cosas, aunque hasta ahora nunca me han llamado imbécil.

—¿Tan evidente fue? —preguntó Savanna angustiada; la enfureció darse cuenta de que fuese tan notoria su reacción ante Adam.

Bodene asintió.

—Digamos que vuestro comportamiento, además de la mía provocó otras miradas interrogantes.

Savanna inclinó la cabeza. En voz apenas audible, preguntó:

—¿La de Adam?

Su primo resopló.

—¡Adam estaba demasiado ocupado contemplándote como para ver cualquier otra cosa!

—Me odia —afirmó la muchacha en tono sombrío, sin mirar a su primo.

—¡Lo dudo! Bien, ¿me contarás lo que sucedió o no?

—¡Bodene! —explotó Savanna, acongojada—. ¡No puedo explicarlo! De pronto, lo odio, estoy convencida de que es el canalla más soberbio, irritante e insoportable que he conocido, y luego... —Tragó con dificultad—. ¡Luego, siento que moriré si no puedo estar con él! —Adoptó una expresión desafiante y murmuró—: ¡Ya está! ¿Eso es lo que querías que confesara?

—No exactamente... en realidad, tu confesión no me sorprende en absoluto. En realidad, lo que más me interesa saber es si habrá alguna futura repercusión de este enredo... ¡y estoy seguro de que sabes bien a qué me refiero!

Cuando concluyó la frase, la boca bien cincelada de Bodene adopto una expresión obstinada. Si bien Adam le había causado una impresión favorable, no estaba dispuesto a quedarse tranquilo viendo cómo Savanna sufría el mismo destino que la madre. No tendría ningún escrúpulo en poner una pistola contra la cabeza de Adam, si era necesario, para salvar a su prima de posibles desgracias futuras.

—¡No lo sé! —respondió la muchacha en tono agudo—. ¡No puedo asegurarlo, pues desde que Micayá me raptó no he tenido mi período normal!

Por un instante, Bodene palideció.

—¿Estás insinuando... —dijo en tono amenazador— que Micayá...?

Savanna, con los ojos muy abiertos en el rostro sucio de polvo, exclamó en tono feroz:

—¡Por Dios, no! ¡Lo habría matado!

El color volvio al rostro de Bodene y dijo en tono cortante:

—Pero no mataste a Adam.

Savanna suspiró, y lo miró perpleja:

—No —respondió con voz suave y temblorosa—. No maté a Adam...

—¿Quieres que lo mate yo? —preguntó; el brillo letal de su mirada demostró que si su prima se lo pedía estaba dispuesto a hacerlo.

La muchacha sacudió la cabeza con vehemencia y replicó acalorada:

—¡No! —Sus mejillas se tiñeron de un intenso rubor, y musitó apartando la mirada—: Adam no hizo nada que yo no quisiera.

Bodene la contempló largo rato, poco convencido por la respuesta de ella.

—¿Y entonces, qué vamos a hacer ahora? —preguntó al fin.

—Regresaremos a casa y reanudaremos nuestra vida normal.

—¿Y si estás embarazada?

Era evidente que Bodene no la dejaría en paz, y Savanna admitió fatigada:

—No sé; sin embargo, antes de que te precipites a perseguir a Adam, creo que debes saber algo: Adam me propuso matrimonio y yo lo rechacé.

Bodene la miró estupefacto y furioso.

—¿Por qué demonios hiciste algo tan estúpido? —le espetó cuando recuperó el habla; estaba convencido de que su prima se había vuelto loca.

—¡No tengo ninguna obligación de darte explicaciones! —explotó Savanna; se puso de pie y miró encolerizada a Bodene—. Contéstame una cosa: ¿qué clase de vida supones que llevaría con un hombre que sólo se habría casado conmigo para darle un apellido a nuestro hijo? ¡Un hombre que tiene muy buenos motivos para odiarme! ¿Crees que alguna vez olvidaría quién soy, y lo que mi padre le hizo a su hermana? ¿Piensas que olvidará alguna vez mi posición social... o más bien mi carencia de ella? ¿Supones que los ricos y elegantes amigos de Adam nos darán a mi hijo y a mí la bienvenida en la buena sociedad? —Con los ojos arrasados de lágrimas, pronunció una promesa apasionada—: ¡Antes de someter a Adam y a mí misma a semejante infierno, prefiero criar sola a mi hijo... y me importáis un bledo tú y el resto del mundo!

Bodene se puso ceñudo. Todas las preguntas de Savanna tenían respuestas desagradables. Se acercó a su prima y le tocó el hombro en un torpe gesto de consuelo.

—Lo siento, chica. No lo había pensado. Tienes razón. No te preocupes: si vas a tener un niño, no lo criarás sola. Yo estaré a tu lado y me ocuparé de que no os falte nada.

La joven parpadeó para rechazar las lágrimas, apoyó la cabeza en el hombro de él y musitó:

—¡Oh, Bodene! ¡Qué haría yo sin ti!

—¡Maldita sea si lo sé! —replicó, tratando de provocarla, de reanimarla—. Pero hay algo de lo que estoy seguro: ¡si queremos avanzar, será mejor que nos pongamos en marcha!

El resto del viaje hasta Campo de Verde transcurrió sin incidentes, y la tarde en que por fin llegaron a la plantación, Savanna experimentó una intensa sensación de protección. Por primera vez en su vida, sintió que Campo de Verde era el único lugar en el mundo donde deseaba estar. Después de los sucesos de los últimos meses se habían desvanecido por completo todos los impulsos aventureros que la alejaron de allí a los dieciocho años. Mientras cabalgaban por el sendero sombreado que conducía a la casa, de pronto comprendió que, si bien antes desdeñó la vida de su madre y las restricciones sociales que Elizabeth le imponía, ahora anhelaba retornar a aquellos tiempos. ¡A la época en que no tenía recuerdos de Adam St. Clair y de la forma devastadora en que la había poseído...!

Pero algo bueno había resultado de conocer a Adam St. Clair: Savanna ya no reprochaba a su madre ese amor inmutable hacia Dávalos. Antes de conocer a Adam, la joven ignoraba las crueles trampas que las emociones podían tender a las personas, y contemplaba a su madre y a los que eran como ella con negligente desdén, convencida de que ella misma jamás sería víctima de esas emociones primitivas. Esbozó una mueca triste. Aún no estaba dispuesta a admitir que lo que sentía hacia Adam St. Clair fuese amor; sólo sabía que nunca antes existió en su vida alguien como él, y que desde que se habían separado lo echaba de menos con desesperación... ¡y también aquella irritante sonrisa burlona! La avergonzaba admitir que, pese a sus mejores intenciones y a las amargas exhortaciones que se dirigía a sí misma, si Adam volvía a proponerle matrimonio, lo pensaría dos veces antes de rechazarlo.

Para Savanna era una amarga confesión: evocó los vívidos recuerdos de lo que había sufrido su madre por amar al hombre equivocado. ¡Y no importaba lo que sintiera por Adam, estaba segura de que sólo Asesino Micayá podía ser un objeto de amor más desdichado!

Al ver el rostro de Elizabeth que corría escaleras abajo al encuentro de su hija, a Savanna se le hizo un nudo en la garganta y tomó repentina conciencia del profundo amor que sentía, y también experimentó por primera vez compasión y comprensión por lo que su madre había sufrido. Saltó de la montura sin hacer caso de las lágrimas que se le agolpaban en los ojos, se zambulló en los brazos abiertos de su madre y estrechó el cuerpo menudo de Elizabeth sintiendo que la valoraba y la amaba como nunca. Los ojos color aguamarina de Elizabeth resplandecían de lágrimas.

—¡Oh, querida! ¡Estaba tan afligida! ¡Desesperada! ¡Temí que nunca volvería a verte! ¿Qué ocurrió? ¿Por qué desapareciste de ese modo?

Savanna depositó un beso suave en la cabeza de su madre y dijo con voz ronca:

—¡Shh, calla, tesoro! Estoy bien y no desaparecí adrede: ¡Micayá me encontró y me raptó!

Elizabeth la miró espantada:

—¡Oh, Dios mío! ¡Esa bestia horrorosa! —Sacudió con suavidad a Savanna por los hombros y le preguntó, ansiosa—: ¿Estás segura de que te encuentras bien?

Savanna sonrió.

—¡Seguro, madre! Aunque es difícil de creer, pero Micayá no me hizo daño... de ninguna manera. Me asustó, no me forzó.

—No —intervino Bodene en tono seco mientras se acercaba a Elizabeth y la besaba en la mejilla—. ¡Eso tenemos que agradecérselo a un caballero que se llama Adam St. Clair!

Elizabeth abrió los ojos y miró inquieta a Savanna y a Bodene.

—¿Qué quieres decir? —preguntó—. ¿Quién es ese Adam St. Clair, y qué tiene que ver con Micayá y con Savanna?

Savanna miró ceñuda a Bodene, y éste le devolvió la mirada sin inmutarse. Hubiese preferido ocultarle a su madre una parte de la verdad, al menos hasta asegurarse de que estaba embarazada... ¡el maldito Bodene se le había adelantado! Abrazó otra vez a Elizabeth y dijo en tono fatigado:

—Madre, es una larga historia, y te la contaré después de haber tomado un baño larguísimo y de haber comido algo que no sea maíz ni carne de cerdo.

Elizabeth volvió a mirar a los primos y, aún un tanto afligida, dijo en tono cálido:

—¡Claro, queridos míos! Estoy segura de que los dos estáis deseando tomar un baño y cambiaros de ropa. —Los condujo hasta los escalones y continuó entusiasmada—: El cocinero ha preparado un hermoso pollo gordo; esta noche cenaremos pollo, budines tiernos de guisantes verdes y zanahorias de nuestra propia huerta. Y de postre, ¡un pastel de moras con nata, como digno broche de oro!

Savanna y Bodene se miraron y, lanzando gemidos de placer anticipado, sintieron que se les hacía la boca agua. La comida resultó tan deliciosa como prometía y, varias horas después, con el estómago repleto, la cara resplandeciente de limpieza y el cabello rojo dorado brillando como un halo, ataviada con un vestido de muselina verde pálido, Savanna se hundió en los mullidos almohadones del sofá que estaba en el salón de atrás. Bodene se sentó junto a su prima estirando sus largas piernas delante de él. Elizabeth se acomodó frente a su hija y a Bodene en una silla de respaldo alto, tapizada de cretona; entre la silla y el sofá había una mesa baja de roble. Se dispuso a servir el café negro y aromático que habían depositado sobre la mesa.

Cuando terminó de servirlo y todos comenzaron a beber, Elizabeth exigió una explicación. Contempló a los dos jóvenes instalados en aquella sala tan confortable con los ojos ensombrecidos de preocupación y dijo en tono firme:

—Bien, creo que he sido sobremanera paciente. Ya es hora de que me lo contéis todo.

Y así, Savanna comenzó a relatar la odisea que había vivido y la aparición de Adam St. Clair en su vida. Dado que Bodene ya lo había revelado, no tenía sentido que ocultara nada de lo referido a su relación con Adam, aunque sólo reveló los hechos escuetos. Cuando concluyó la narración, en el cuarto se hizo un profundo silencio.

Con la voz cargada de ira y dolor, Elizabeth exclamó:

—¡Oh, querida mía! ¿Cómo fuiste capaz de correr ese riesgo para evitarme un pequeño escándalo? ¡Tú eres mucho más importante para mí que mi buen nombre! ¡Nunca permitas que Micayá te obligue a hacer nada para protegerme a mí!

—No obstante, las habladurías... la gente te miraría y murmuraría, y tus amigos... —protestó Savanna.

Elizabeth se irguió en gesto majestuoso.

—¡Mis amigos verdaderos seguirán siéndolo, no darán crédito a lo que diga un patán como Micayá! En cuanto a los demás... —Exhaló un resoplido desdeñoso—. En mis tiempos, soporté cosas mucho peores que algunas miradas y murmuraciones, y las personas de espíritu tan estrecho como para escuchar y creer a Micayá... ¡me importan un bledo! —Sonrió a su hija con ternura—. Nunca olvides que tú eres lo más importante para mí, y que juntos —la mirada cálida incluyó a Bodene— podremos superar lo que sea. ¿Acaso no lo hemos hecho hasta ahora?

Savanna asintió, con los ojos empañados, y dijo con voz suave:

—Me hubiese gustado saber algo más acerca del oro y de lo que pensaba hacer Dávalos cuando lo hallara.

La cara de Elizabeth adoptó una expresión afligida.

—Querida, prométeme que abandonarás la idea de buscar ese oro, a tu padre le ocasionó la muerte y yo no soportaría que ese tesoro te obsesionara tanto como a él. ¡Prométemelo!

Savanna hizo una mueca.

—Ya lo he hecho. Ya ha causado demasiada destrucción, y después de escuchar la historia de Jason, no siento más deseos de seguir buscándolo.

Al oír mencionar a Jason Savage, Elizabeth apretó los labios; viendo esa reacción, Bodene dijo en tono ligero:

—Liza, no me gusta nada hablar mal de los muertos, pero tú sabes muy bien que Dávalos te mintió muchas veces: te aseguro que no te dijo absolutamente nada que fuera verdad con respecto a Jason Savage. Jason nos trató muy bien, a pesar de tener buenos motivos para hacer lo contrario. Yo lo conozco desde antes, sabía que era un hombre estupendo, honesto, y este último encuentro confirmó mi opinión anterior. Se convirtió en enemigo de Dávalos porque éste lo obligó.

Fue evidente que a Elizabeth le disgustaron las palabars de Bodene, aunque trató de ser ecuánime. Bodene le sonrió y le dijo, conciliador:

—Recuerda que Dávalos tenía sus propios motivos para deformar la verdad y, cuando al fin conozcas a Jason Savage, comprobarás que no se parece en absoluto al monstruo que Dávalos te pintó. Ese hombre me agrada, y estoy seguro de que a ti también te gustará.

—¡Desde luego, es mucho mejor que ese canalla de Adam St. Clair! —exclamó Savanna en tono lúgubre.

Savanna no advirtió cuánto había dejado entrever con aquella súbita exclamación; Elizabeth contempló el gesto desdeñoso de su hija y el rostro se le iluminó de comprensión. Atravesó corriendo el cuarto y se acuclilló en el suelo, junto al sofá.

—¡Oh, querida! —exclamó Elizabeth en tono triste tomando la mano de Savanna—. ¡Es peor de lo que imaginé! —Examinó el rostro de su hija y pregunto—: ¿Estás por completo segura de que no deseas casarte con ese Adam St. Clair? ¿Lo has pensado bien?

Savanna apartó la mirada del rostro de su madre, donde el amor y la preocupación eran evidentes, y dijo con voz ronca:

—Tal vez no esté embarazada, y creo que debemos dejar ese tema a un lado hasta que lo sepa con certeza. —Miró a Elizabeth y le dirigió una vaga sonrisa—. Y, si lo estoy, me encontraré en condiciones mucho mejores que las tuyas... a menos que pienses hacer como tu hermano y echarme de la casa sin un centavo.

Elizabeth la estrechó en un fuerte abrazo:

—¡Querida, ni se te ocurra! ¡Jamás!

No volvieron a mencionar el tema, aunque, a medida que pasaban los días, Savanna notó que su madre la observaba con creciente ansiedad. Bodene había partido en un breve viaje hasta La Dama Dorada, el local de juegos que poseía en Nueva Orleans, y volvió casi de inmediato a Campo de Verde. También el primo miraba a Savanna con ese matiz de preocupación que la muchacha descubrió a menudo en la mirada de Elizabeth. Sin embargo, salvo en lo referido al probable embarazo, los días transcurrían agradables y tranquilos, y Savanna se sorprendió de la facilidad y rapidez con que se adaptó a la rutina de la casa. El largo viaje la había dejado agotada, y durante la primera semana pasó muchas horas durmiendo y vagabundeando por la casa, charlando con su madre y con Bodene. Por el momento, estaba satisfecha con el curso de la vida. Comía en abundancia y gradualmente fue recobrando la lozanía; a medida que el agotamiento desaparecía comenzó a ayudar a Elizabeth en el manejo de la plantación, y de ese modo, los días apacibles y soleados empezaron a confundirse unos con otros.

Todos los días rogaba encontrar las señales de que no estaba preñada, sin embargo nada sucedió. Notó que tenía los pechos más blandos y quizá más llenos, y quiso atribuirlo a la próxima menstruación que esperaba con tanta ansiedad. Por fin, una mañana, tres semanas después del regreso a Campo de Verde, su organismo le dio pruebas de su estado. Se despertó temprano y, cuando se levantaba como de costumbre, le pareció que la habitación giraba violentamente y sintió unas náuseas espantosas. Las náuseas pasaron pero, mientras permanecía de pie en el cuarto con la mirada perdida, reconoció la verdad, la terrible verdad que con tanta desesperación tratara de negar: ¡estaba gestando un hijo de Adam St. Clair...!

14

A Savanna le llevó varios días cobrar ánimo para contárselo a su madre y a Bodene. Esperaba haberse equivocado, y que ese malestar matinal fuese sólo una casualidad; resultó así; doce días después, despertó con el mareo que ya se le había vuelto familiar y que precedía a las espantosas e inevitables náuseas, y supo que no ganaría nada con guardar silencio.

Esa noche, sentados en la sala trasera, mientras las señoras bebían limonada y el joven saboreaba un whisky, Savanna por fin confesó que estaba encinta. Ni Elizabeth ni Bodene se sorprendieron. Elizabeth palideció, se sentó junto a su hija en el sofá, le tomó la mano con ternura y le dijo, animosa:

—¡Bueno! ¡Mi primer nieto! ¡Esperaré ansiosa el nacimiento!

Bodene, repantigado en la silla tapizada de cretona, las envolvió en una mirada amarga. Fijó la vista en Savanna y le preguntó en tono cortante:

—¿Has escrito a Adam?

—¡No! —afirmó rotundamente ella—. ¡Y no quiero que tú lo hagas! —Se miró las manos apretadas sobre el regazo y agregó con amargura y desazón—: ¡Lo que ocurrió entre nosotros no significa absolutamente nada! —La sinceridad la obligó a añadir—: ¡Al menos para él, y por tanto no veo motivo para escribirle! Si no estuviese gestando un hijo, podrías apostar La Dama Dorada a que Adam no se acercaría ni a un kilómetro de mí. El hecho de que vaya a tener un hijo que, además, no ha sido planeado ni deseado, no cambiará mi opinión hacia Adam ni la de él hacia mí. ¡Esto no le concierne a Adam!

—¡Por el amor de Dios, es el padre del niño! —explotó enfadado Bodene—. ¿No te parece que al menos tiene todo el derecho del mundo de saberlo?

Savanna alzó la barbilla en gesto empecinado.

—Ya hace un mes que estamos aquí, en Campo de Verde... si tuviese el menor interés —replicó dolorida— ¿no crees que podría haber hecho algún intento de escribir, o de averiguar lo que sucede?

—Si no recuerdo mal —contestó Bodene conteniéndose—, Adam pidió que tú le escribieras.

—Sí, querida —intervino Elizabeth con suavidad—. La noche que me contaste todo, tanto tú como Bodene dijisteis que Adam había pedido que le enviaras un mensaje: lo recuerdo con toda claridad. —Observó el rostro afligido de Savanna y agregó con ternura—: ¿No crees que sería una buena idea? Ahora ya sabes que estás gestando un hijo. ¿No te parece que deberías decírselo?

Savanna cerró los ojos angustiada. No tenía argumentos con qué replicar, y admitió que las preguntas eran tan lógicas como valederas: ¿acaso ella misma no se había atormentado con esas preguntas desde el momento en que comprobó que estaba encinta? Una parte de la joven aceptaba que era justo que Adam supiese de su inminente paternidad, la otra se negaba instintivamente a dar aquel paso. Cada fibra de su ser clamaba por que no se lo dijeran a Adam, pues sabía que, en cuanto se enterara, removería cielo y tierra para obligarla a casarse con él... y también admitía que en un momento de debilidad sería capaz de ceder. ¡Y entonces los dos estarían condenados a toda una vida de amarga desdicha!

Advirtió que su madre y su primo aún esperaban una respuesta; volvió a mirarse las manos y musitó:

—¡Lo lamento! Sé que queréis lo que consideráis mejor para el niño y para mí; yo no creo que informar a Adam sea la solución. Yo... no quiero que nadie me obligue a casarme, ni vosotros ni Adam St. Clair. —Alzó la mirada y contempló a Bodene—. Y quiero que me prometas que no se lo dirás.

Bodene le lanzó una larga mirada reflexiva, y percibió en aquel rostro delicado y encantador el orgullo feroz y obstinado que cada línea de su cuerpo reforzaba. Evidentemente, sería inútil seguir discutiendo, y supo que Savanna no lo dejaría en paz hasta que prometiera lo que le pedía.

—Está bien —murmuró al fin, sin mirarla.

Savanna desconfió de su primo; se inclinó hacia adelante con gesto tenso y lo apremió:

—¡Dilo!

Bodene bebió un gran sorbo de whisky, apoyó con un golpe el vaso sobre la mesita de roble y refunfuñó:

—No le diré una palabra a Adam St. Clair... ¿estás conforme?

La joven aún no estaba convencida, pero la expresión decidida de él le indicó que aquello era todo lo que estaba dispuesto a prometer, y que tendría que conformarse. Poco a poco, la tensión de Savanna cedió, y volvió a reclinarse en el sofá.

—Gracias, Bodene —dijo con voz suave—. Sé que crees que estoy equivocada —miró con cariño a su madre— y tú también, pero nada ha cambiado. Nunca le importé a Adam... ni a mí me importa nada de él —se apresuró a añadir—. Aunque estoy embarazada, todos los motivos que tenía en un principio para rechazar su propuesta de matrimonio siguen siendo válidos.

Bodene resopló disgustado; se puso de pie y dijo en tono agrio:

—Bien, señoras, si me disculpan, iré unas horas a la oficina y veré lo que puedo hacer para que el futuro de la próxima generación sea un poco más venturoso que el nuestro.

Veinte minutos más tarde, levantó la vista de la carta que estaba escribiendo y vio la cara de Elizabeth que asomaba por la puerta. Con expresión afligida, la mujer entró y cerró rápidamente la puerta tras ella.

En otra época, la oficina fue una pequeña despensa, bajo la administración de Elizabeth se había transformado en un lugar agradable y muy práctico para atender los asuntos de la plantación. Una de las paredes estaba cubierta por una librería de roble; junto a otra pared, había una mesa ancha y larga sobre la que se encontraban desparramadas varias herramientas de trabajo de la granja y una bandeja con copas y botellas de licor, y en otro extremo del cuarto estaba el enorme escritorio con la silla de cuero donde se sentaba Bodene. Frente a ese escritorio, había dos cómodas sillas tapizadas de terciopelo un tanto gastado; Elizabeth se sentó en una de ellas y contempló a Bodene con expresión preocupada en sus ojos de color aguamarina.

Al joven le pareció que tenía un aspecto encantador con el vestido de muselina azul adornado de espigas y el cabello rubio rojizo peinado en un prolijo moño sujeto sobre la nuca. No obstante, la serenidad habitual que Bodene solía ver en los ojos de Elizabeth había sido reemplazada por una profunda ansiedad, y, dispuesto como de costumbre a protegerla de cualquier revés, el joven le dijo con voz suave:

—¡No te aflijas, Liza... todo se solucionará! ¡Ya verás!

Elizabeth lo miró confundida, vacilante, y se mordio el labio inferior.

—¡Oh, Bodene! ¿Cómo puedes estar tan seguro? He rezado tanto para que mi hija encontrara a un hombre bueno con quien casarse y vivir una vida respetable y feliz... ¡Y ahora...! Creo que no podré soportar verla sufrir el desprecio y la suspicacia de todos nuestros amigos y vecinos cuando se conozca la verdad.

Elizabeth apartó la mirada, con los ojos totalmente arrasados de lágrimas.

—¡Es espantoso que la gente te mire como si fueses una especie de basura que tiene bajo los pies! ¡Y los hombres! Te consideran una mujerzuela sucia y desvergonzada, pronta a caer y siempre ansiosa de aceptar sus groseras proposiciones. ¡No tolero la idea de que Savanna tenga que soportarlo! ¡Tiene que haber un modo en que podamos evitarle tanta vergüenza y degradación! ¡Debemos hacerlo!

Conmovido, Bodene se arrodilló junto a la silla. Le tomó una de sus delgadas manos y murmuró:

—¡Liza! ¡No te atormentes así! Te prometo que nadie se animará a someter a Savanna a lo que tú sufriste. En aquel entonces, yo era demasiado joven para protegerte... ¡que algún hombre se atreva a tratar a Savanna de ese modo, y yo estaré ahí para responderle!

En la voz profunda del joven había tal decisión que Elizabeth lo miró cariñosa y asustada.

—Bodene, aunque sé que darías la vida por cualquiera de las dos, no puedes interponerte siempre entre nosotras y el mundo. —Lo miró atentamente—. ¿Cómo crees que se sentiría Savanna si tú murieras en un duelo por causa de ella?

Bodene esbozó una sonrisa maliciosa.

—Querida mía, soy bueno tanto con la pistola como con la espada, pues en un negocio como el mío necesito serlo, y es muy improbable que pierda un desafío en el campo del honor. Para que te quedes tranquila... pienso que no tendré que arriesgar mi vida por el honor de mi prima. Savanna no tendrá que soportar lo que tuviste que sufrir tú... ¡puedes estar segura!

La mujer lo miró, perpleja por el matiz de seguridad que demostraban las palabras de Bodene.

—¿Cómo puedes afirmarlo? —preguntó en voz ronca—. Savanna no quiere saber nada de Adam St. Clair, y yo sólo puedo prever la infelicidad que la espera. —De pronto, entornó los párpados con suspicacia—. ¿Qué es lo que tú sabes y yo ignoro?

Bodene se puso de pie riendo, cruzó los brazos sobre su amplio pecho y dijo:

—Savanna te ha dado una idea distorsionada de su relación con Adam. Tú no los viste juntos: están medio enamorados uno del otro, y apostaría una buena suma de dinero a que, cuando Adam sepa que va a ser padre, ¡obligará a Savanna a casarse con él! La proximidad hará el resto. Si todo resulta como espero, tu hija pronto estará casada con un caballero rico, de buena cuna y bien relacionado. Quizá no sea el hombre común que hubieses deseado para Savanna, pero verás que tu futuro yerno es el que cualquier mujer ansía para una hija. Liza, cuando lo conozcas, te agradará mucho.

Elizabeth lo miró exasperada.

—¡Está muy bien, Bodene! Dime: ¿cómo lo conoceré si Savanna se niega a decirle lo del niño, y si te obligó a prometer que no se lo dirás?

La sonrisa de Bodene se ensanchó y una chispa traviesa le bailoteó en los ojos; marcando las palabras, respondió:

—En este mismo momento estoy ocupándome de ese detalle. Savanna me hizo jurar que no le diría una palabra... ¡pero no dijo nada acerca de escribirle!

Los ojos de Elizabeth se agrandaron.

—Bodene! —dijo al fin con una risita suave—. ¡Eres un pillastre! ¿Eso es lo que estabas haciendo? ¿Escribirle a Adam?

El joven asintió.

—Sí, y enviaré la carta con Isaac, a primera hora de mañana con uno de los caballos más veloces. Y, si mi opinión acerca de

Adam es acertada, antes de que transcurra otro mes, ¡tu hija será la señora St. Clair!

Bodene no se sentía tan optimista como aparentaba. Era probable que, cuando Adam volviera a estar con sus amigos en su ambiente habitual, olvidara todo el incidente con Savanna, y al recibir la carta la arrojase al cesto después de leerla. La mayoría de los hombres de su clase procedían de ese modo; después de todo, ¿qué significaba el embarazo de una muchachita de tan modesta procedencia? Esa clase de hombres se encogían de hombros, olvidaban el asunto y continuaban atendiendo sus propios intereses. Bodene no creía que Adam reaccionara de esa manera ante el anuncio de su inminente paternidad, aunque en realidad, ¿qué sabía acerca de ese hombre? Y además, había que considerar a Savanna... Se pondría furiosa tanto con su primo como con Adam, pues había afirmado con toda claridad que no pensaba casarse con Adam St. Clair. Cuando Savanna estaba convencida de algo, era tan difícil hacerla cambiar de opinión que muchos hombres en esa situación se limitarían a darle la espalda y desentenderse. Bodene esbozó una sonrisa torcida. No envidiaba en absoluto a Adam por la tarea ímproba que lo esperaba: cortejar a una fiera obstinada, orgullosa y temperamental como Savanna.

Adam recibió la carta de Bodene el atardecer del 9 de agosto y; después de leer el escueto mensaje se quedó largo rato mirando por la ventana de la elegante biblioteca de Bella Vista, hacia las tierras rojizas que bordeaban el río Misisipi; se sentía desgarrado entre el júbilo y la desesperación. Bodene le decía con absoluta claridad que, pese a su estado, Savanna se oponía al matrimonio con la misma firmeza que al comienzo. La boca de Adam se torció en un gesto amargo. Aunque, hasta cierto punto, la aversión de Savanna hacia el matrimonio con él no debiera sorprenderlo, en realidad lo intrigaba. Sin falsa modestia era consciente de sus propios méritos; durante años, las mujeres más deslumbrantes y sofisticadas de las mejores familias de los alrededores se disputaban la mano de Adam, y le resultó una amarga ironía que, cuando al fin hacía una propuesta matrimonial, la mujer no quisiera saber nada con él... ¡aunque llevara en las entrañas al hijo de los dos!

La idea de ser padre lo conmovía a la vez que le suscitaba sentimientos ambivalentes. Aunque se alegró al saberlo, admitió con franqueza brutal que gran parte de su alegría se debía a que le proporcionaba un arma contra la oposición de Savanna. La muchacha tendría que soportar una intensa presión social que la obligaría a aceptar el matrimonio. La carta revelaba con toda claridad que tanto Bodene como Elizabeth estaban decididamente del lado de Adam en cuanto a la urgencia de que Savanna realizara un casamiento respetable, y eso daba a Adam un arma aún más poderosa: además de la sociedad, los seres queridos de Savanna la empujarían en dirección del mismo objetivo que Adam. Movió la cabeza disgustado y se preguntó cómo había llegado a ser capaz de apelar a cualquier arma o cualquier método con tal de tener a Savanna en sus brazos.

Se alejó de la ventana, se sirvió una copa de coñac de un botellón de cristal e hizo girar la copa para apreciar el *bouquet;* se sentó en una silla tapizada de cuero rojo adornada con borlas y dejó vagar la mirada reflexionando acerca de las ironías del destino. De súbito, su rostro de mejillas delgadas se abrió en una sonrisa sardónica. ¡Adam St. Clair, marido y padre! Cinco meses atrás, habría negado con vehemencia que eso fuese posible... ¡claro que eso fue antes de que cierta seductora pelirroja, hechicera, con ojos de bruja, llamada Savanna O'Rourke, irrumpiera repentinamente en la vida de Adam!

Sorbió un buen trago de licor y pensó en cómo habían sido las últimas semanas: desde que viera alejarse a Savanna, Adam sintió la constante compañía de un doloroso vacío. El viaje hasta Terre du Coeur careció de incidentes. El reencuentro con Catherine fue un instante lacrimoso y feliz: su hermana fue la que aportó las lágrimas; Adam, a pesar de la alegría de estar de regreso y a salvo en el seno de la familia, sintió que le faltaba algo vital. Furioso y desasosegado, comprendió que de pronto el futuro se le aparecía yermo y aburrido, y que la causa de esa apatía era... ¡Savanna! Aquello constituyó un descubrimiento mortificante y, en consecuencia, trató de quedarse con Jason y Catherine sólo el tiempo suficiente para convencer a su hermana de que no había sufrido ningún daño permanente, desesperado por escapar de todo lo que le recordara a aquella mujer. Suponiendo que el regreso a la casa y a las tareas habituales le devolvería el entusiasmo de costumbre, montó a caballo y partió hacia Bella Vista.

Adam se levantó, se sirvió otro coñac y se acercó otra vez hasta una de las amplias ventanas que embellecían la biblioteca. Pesaroso, contempló cómo progresaban las sombras de la noche, y comprendió que unas cuantas semanas de actividad frenética, de días atareados atendiendo los numerosos detalles relacionados con el manejo de una propiedad del tamaño de Bella Vista, de veladas desperdiciadas en hacer y recibir visitas de amigos y asistir a los más brillantes acontecimientos sociales, de noches de aturdimiento bebiendo y jugando a las cartas, no lograron aliviar un ápice el doloroso vacío que Savanna había dejado dentro de Adam.

«En el mismo momento en que recobré el sentido y posé la mirada en ese rostro inolvidable, esa mujer me hechizó —reconoció a su pesar—. Me embrujó, y mi vida se convirtió en algo insoportable sin la presencia de Savanna.» Fue hasta donde había dejado la carta, la releyó, y una sonrisa apesadumbrada le curvó los labios. Aunque concisa, la carta de Bodene demostraba con toda claridad que convencer a Savanna de que se casara con él resultaría una tarea ciclópea. De pronto, Adam sintió que la perspectiva de semejante desafío le levantaba el ánimo alicaído.

En realidad, la llegada de la carta de Bodene no modificó demasiado los planes inmediatos de Adam. Unos días atrás, al comprender que hundirse en el alcohol era una locura, ya había tomado una decisión: no permitiría que la situación con Savanna continuara sin solución, en aquel estado indefinido. Adam se lanzó de lleno a preparar la partida de Bella Vista rumbo a Nueva Orleans, a enfrentarse con la incendiaria pelirroja que colmaba sus sueños. Lo único que hizo la carta de Bodene fue acelerar la fecha de la partida; Adam realizó un cálculo rápido del tiempo necesario para disponer las cosas para volver a dejar por tiempo indefinido los negocios de la plantación en las competentes manos del capataz y el agente. Supuso que el lunes siguiente, a más tardar, podría estar en marcha hacia Nueva Orleans. Mientras tanto, después de tomarse un día de descanso, enviaría a Isaac en barco por el río a La Dama Dorada con la respuesta que Bodene estaba esperando. Adam hizo una mueca. La sugerencia de Bodene de que toda comunicación entre ambos se concretara a través del local de juegos de Nueva Orleans le resultó prudente. ¡De ese modo no corrían el riesgo de que llegara a Savanna algún indicio de lo que estaban tramando!

Algunos días más tarde, Bodene, sentado en su oficina situada en la parte trasera de La Dama Dorada, alzó la mirada al oír el estrépito de una pelea al otro lado de la puerta. Estaba a punto de levantarse cuando de súbito la puerta se abrió y Adam irrumpió en la oficina con todo el aspecto del caballero rico y seguro de sí que realmente era. Ese aspecto elegante no recordaba al vagabundo barbudo y de mirada áspera que Bodene había conocido, y el contraste lo dejó boquiabierto. Desde el sombrero hasta las suelas de las relucientes botas negras, Adam era la encarnación de un petimetre: la chaqueta azul oscuro se ajustaba a la perfección a sus anchos hombros, y el chaleco rayado de color azul claro combinaba de maravilla con los pantalones grises. Llevaba un bastón corto que ocultaba una pequeña espada, a la moda de Nueva Orleans. Se acercó al moderno escritorio de nogal de Bodene, le sonrió y murmuró:

—Al parecer, alguno de tus hombres quiso anunciarme pero yo... eh... lo he convencido de que no era necesario.

Bodene rió, miró al hombre que a la entrada de la oficina trataba de recuperar el equilibrio y se frotaba la mandíbula dolorida, y lo despidió diciendo:

—Jake, no hay de qué preocuparse. El caballero es amigo mío y, a menos que yo te ordene lo contrario, tendrá libre acceso a mi oficina.

Jake asintió sacudiendo la cabeza rubia y cerró la puerta, refunfuñando algo como «el señor sí que golpea duro».

Adam se acomodó en una de las sillas tapizadas de cuero con adornos de bronce que estaban esparcidas por el amplio cuarto, se apoyó en el respaldo y alzó una ceja.

—¿Y bien? ¿La situación ha variado desde que recibí tu carta?

Disgustado, Bodene negó con la cabeza.

—¡No! Mi prima sigue oponiéndose con toda firmeza a que te enteres de su embarazo, y yo tuve que contenerme para no ponerle las manos encima, y ver si recobraba un tanto la sensatez.

Adam hizo una mueca y dijo:

—Eso no cambia las cosas: Savanna se casará conmigo antes de fin de mes. ¡Me agradaría más comenzar nuestra vida en común en una situación menos belicosa!

—¿Te molestaría decirme cómo piensas lograr ese propósito?

—¿El matrimonio, o la situación apacible? —preguntó Adam con un destello burlón en la mirada.

—¡El matrimonio!

Adam adoptó una expresión implacable. Honestamente, no sabía cómo lograría convencerla de que se casara con él: sólo estaba seguro de que, sin Savanna, su vida sería desolada, ¡y que si no lo lograba tendría que retorcerle el cuello! Esos pensamientos lo hicieron sonreír, y musitó:

—¡Maldigo esa tozudez! ¿Por qué tiene que volver todo tan difícil?

Bodene se inquietó: se preguntó si a fin de cuentas había hecho bien en escribirle a Adam. Preguntó en tono seco:

—Si mi prima no estuviese embarazada, ¿de todos modos te casarías con ella?

—¡Ésa es una pregunta estúpida! —replicó Adam irritado—. ¡Claro que lo haría! Antes de recibir tu carta, ya había dispuesto las cosas para venir a Nueva Orleans con la intención de cortejar a Savanna. El niño sólo significa que tengo que apresurarme más de lo que había pensado. —Miró de frente a Bodene—. Seré sincero contigo: tu prima me vuelve loco. A veces deseo besarla y otras, retorcerle el cuello y, como estoy seguro de que pasaré el resto de mi vida debatiéndome entre ambos deseos, no existe otra mujer a la que quiera por esposa... a la que jamás haya querido por esposa.

Aunque Adam no admitió que amara a Savanna, al oírlo Bodene se convenció de que no estaba condenando a su prima a una boda sin amor. No tenía dudas con respecto a los sentimientos de Savanna, y después de escuchar a Adam supo que había analizado correctamente la situación: ¡los únicos que no sabían que se amaban eran Adam y Savanna!

Complacido, Bodene se recostó en la silla.

—¿De qué manera te propones convencerla para que se case contigo?

Los labios de Adam se curvaron en una sonrisa maliciosa.

—¡Enamorándola, por supuesto! A pesar de la obstinación con que lo niega, sé que no le soy indiferente. Ya en una ocasión Savanna vino voluntariamente a mis brazos, y sin duda volverá a hacerlo. Por otra parte, tengo mucho que ofrecerle; aunque no quisiera fanfarronear, ¡no soy ningún mendigo! —Y agregó con un destello burlón en los ojos azules—: ¿Cómo podría resistirse?

Bodene estuvo de acuerdo. Si existía alguien que podía hacer cambiar de opinión a Savanna, era Adam St. Clair. Al imaginar el tormentoso cortejo que estaba a punto de comenzar, una sonrisa jugueteó en la boca de Bodene.

—¡Puedes contar con mi ayuda! Y también con la de Elizabeth. Yo volveré mañana a Campo de Verde y le informaré de tu plan.

Adam frunció el entrecejo.

—¿Acaso Elizabeth no pone reparos a que me case con Savanna? No me conoce. —Hizo una mueca—. Salvo por lo que le haya dicho Savanna, ¡y no creo que haya hablado maravillas de mí! Y por cierto, teniendo en cuenta las circunstancias...

Bodene se apresuró a asegurarle el apoyo de Elizabeth. Luego, los dos hombres siguieron conversando durante varias horas. Tenían mucho de qué hablar, y no sólo acerca de lo que harían si Savanna no sucumbía a los encantos de Adam. La camaradería que se había forjado entre ambos durante el viaje de regreso desde Texas estaba intacta, y aquel ambiente propicio no hizo más que fortalecerla. A medida que pasaban las horas y charlaban de distintos temas, el cálido aprecio mutuo que sentían iba en aumento, y se desvaneció por completo cualquier desavenencia que hubiese podido existir.

Cuando comenzaba a amanecer, descubrieron sorpendidos que habían estado hablando toda la noche. Adam se levantó, tiró el cabo de un cigarro que había fumado, y dijo entusiasmado:

—Pocas veces he pasado una velada más placentera. Podríamos repetirla una vez que esté respetablemente casado con tu prima.

Bodene estuvo de acuerdo; acompañó a Adam hacia la salida a través de los salones ya oscuros y desiertos de La Dama Dorada y le dijo:

—Me parece magnífico... ¡y espero que sea pronto!

Adam rió; ya estaba a punto de cruzar las elegantes puertas de caoba del establecimiento cuando preguntó con aire casual:

—¿Has sabido algo de Micayá o de Jeremy desde que regresaste?

Bodene negó con la cabeza.

—No. He ordenado a varios de mis hombres que mantengan los ojos y los oídos bien abiertos, pero hasta ahora no ha habido novedades. Es como si a esos dos tunantes se los hubiese tragado la tierra. ¿Y qué me dices de ti y de Jason?

Adam se encogió de hombros.

—En primer lugar, Micayá no me quería a mí... incluso creo que ignora mi existencia, y no hay motivos para que busque a un tal Adam St. Clair, de Natchez. Claro que no sucede lo mismo con Jason. Como ya sabemos lo que pretenden, Jason está alerta y armado, listo para cualquier ataque que se les ocurra intentar... si son lo bastante estúpidos como para volver a Terre du Coeur o a cualquier otro lugar donde Jason viva. —Adam esbozó una sonrisa amarga—. Mi hermano es capaz de cuidar de sí mismo, y Micayá y Jeremy ya no cuentan con la ventaja de la sorpresa.

Los dos hombres comenzaron a andar en dirección al hotel en que se alojaba Adam. Ya lo habían confundido una vez con su hermano y, como Jeremy y Micayá aún persistían en el error, no deseaba volver a tener ese dudoso placer; por lo tanto, Adam no se había alojado en la residencia de Jason en Nueva Orleans, como acostumbraba. En cambio, tomó una suite en uno de los elegantes hoteles de la zona próspera de la ciudad, y mientras se dirigían hacia allí continuaron hablando de Micayá y de Jeremy. Tanto Bodene como Adam suponían que sin duda los bribones habrían proseguido la búsqueda del oro y tal vez estuviesen muertos o perdidos sin remedio en las infinitas planicies de Texas, ya que no habían logrado obtener la información que deseaban, y tampoco podían seguir el rastro que Adam había disimulado.

Ninguno de los dos habría estado tan tranquilo si supiesen que Jeremy y Micayá, lejos de encontrarse en Texas, en realidad trataban de ahogar su frustración y su desencanto en uno de los famosos tugurios de la calle Silver, en Natchez, y que el tema de conversación era precisamente Adam St. Clair.

Al volver al campamento y descubrir lo ocurrido, Micayá estuvo a punto de ahogarse de furia, y, encolerizado al encontrarse con que Savanna también había huido, durante largo rato pensó en desahogarse con la única persona que podía guiarlo hasta el oro, y consideró fríamente la idea de cortarle el cuello a Jeremy. Se contuvo al recordar que por lo menos Jeremy conocía el lugar donde había muerto Dávalos. No perdieron demasiado tiempo en seguir el rastro de Adam: necesitaban reaprovisionarse antes de emprender cualquier tipo de búsqueda complicada. Cabalgaron sin descanso hasta Nacogdoches, cambiaron los caballos agotados por animales de refresco y una vez que renovaron las provisiones volvieron en busca de Adam y Savanna; vagaron desesperados en círculos cada vez más amplios tratando de hallar alguna pista. Al final, reconociendo la derrota, comprendieron que se habían perdido. Pasaron varias semanas de infortunio antes de llegar a una región que les resultó vagamente familiar, y por fin, con enorme alivio se las arreglaron para encontrar el camino a Nacogdoches. Para ese momento, se les habían agotado las provisiones, el dinero y las cabalgaduras, y tuvieron que permanecer emboscados un tiempo en la zona, robando y matando a cualquier infortunado que se les cruzara en el camino. Finalmente, asesinaron a un rico mercader español que llevaba una importante cantidad de oro, y, montados en los magníficos caballos del muerto, con el oro tintineando en las bolsas de las monturas, volaron hacia Natchez llegando a la parte inferior de la ciudad dos días después de que Adam partiera a Nueva Orleans.

Pasaron varios meses viviendo en lo que hasta para ellos resultaba la mugre más espantosa, pescaron la más tumultuosa de las borracheras y permanecieron en esas condiciones durante casi una semana, con la colaboración de un par de rameras. Sólo cuando el dinero estaba a punto de evaporarse por completo lograron ponerse sobrios y afrontar la realidad.

Micayá no había renunciado a la búsqueda del tesoro azteca; aunque tal vez al principio vacilara, parte de la ciega codicia de Jeremy por el oro escondido ya se le había contagiado. Estaba convencido de que tenía derecho a aquel oro, de que teniendo en cuenta las peripecias sufridas desde que desaparecieran Savanna y aquel endemoniado canalla de ojos azules, ¡en verdad, había ganado el tesoro!

La pérdida de Savanna constituyó un duro golpe para Micayá. La codició durante mucho tiempo, y saber que la había tenido en su poder pero que ya no podría disfrutar de aquella carne blanda y suave lo carcomía como un cáncer. Micayá, obsesionado por Savanna, trató de imaginar lo que había sido de ella; supuso que podría estar muerta, que el raptor, habiéndola disfrutado hasta hartarse, le había cortado el cuello y arrojado su cadáver en cualquier sitio de la vasta región incivilizada, como él mismo había pensado hacer. Sin embargo, lo inquietaba imaginar a Savanna muerta, y se maldijo por no haberse saciado con el cuerpo de la muchacha cuando tuvo ocasión. Con una mirada dura en los pétreos ojos azules, el asesino se juró que, si estaba viva y la suerte le permitía volver a tenerla entre las garras, Micayá no vacilaría en someterla y sentirla retorciéndose debajo de él.

En ese momento, los ensueños de lo que le haría a Savanna O'Rourke eran inútiles, y mientras Micayá y Jeremy se tambaleaban sobre una de las mesas gastadas de El Gallo Blanco, el asesino murmuró:

—Necesitamos dinero. Y sólo hay un modo de conseguirlo rápidamente.

Jeremy lo miró con los ojos inyectados en sangre. Micayá sonrió con crueldad.

—Creo —dijo lentamente el asesino— que es hora de que me dedique a buscar a Adam St. Clair y me gane la otra mitad del dinero que me corresponde...

15

Jeremy siguió mirando a Micayá: los vapores del whisky hacían aún más lento el dificultoso proceso de pensar. Al fin, comprendió el significado de las palabras de Micayá, y en los ojos turbios del borracho se encendió una chispa de interés hasta que de pronto se le ocurrió una idea desagradable. Vacilante, dijo:

—Tendrías que haberlo hecho meses atrás... ¿crees que el tipo aún estará dispuesto a pagarte?

Micayá se encogió de hombros y bebió un gran trago de whisky.

—Si tenía tantos deseos de eliminar a Adam St. Clair como para contratarme, no veo por qué el paso del tiempo le haría cambiar de opinión.

Micayá cometió un pequeño error de cálculo: ¡no tenía idea de dónde encontrar al hombre que lo había contratado para matar a Adam St. Clair! Se frotó el mentón ensombrecido por una barba de varios días, y reflexionó sobre el problema. Cuando recibió la primera parte del pago en oro en el Spanish Lick, acordaron que el resto del dinero estaría oculto en el mismo lugar una vez que el asesino hubiese cumplido el trato. ¿Cómo pudo ser tan estúpido? ¿Y si hubiese asesinado a St. Clair y la segunda parte del pago no aparecía? No tenía ninguna seguridad, y sería en vano vengarse del hombre que lo hubiese estafado; y se preguntó amargamente dónde tendría la cabeza.

Micayá frunció el entrecejo, furioso consigo mismo por su falta de previsión. Buscaría a Jem Elliot y vería si Jem sabía algo más acerca del caballero rubio. Y tendría que averiguar si St. Clair estaba de regreso en su residencia, en la lujosa propiedad de Bella Vista. En el peor de los casos, seguiría adelante: mataría a St. Clair y esperaría a que el caballero cumpliese su parte del acuerdo. Si el tipo no cumplía... Micayá se encogió de hombros. Al menos había conseguido dos mil dólares por el trabajo: en más de una ocasión ya había asesinado por mucho menos que eso.

Resultó bastante fácil encontrar a Jem Elliot, quien no tenía ninguna novedad de interés. Micayá y Jeremy lo hallaron en su garito preferido, otra mugrienta taberna un poco más alejada en la misma calle Silver. Jem estaba sentado a una mesa en un rincón, inclinado sobre un vaso de whisky, y cuando alzó la mirada y divisó a Micayá y a Jeremy, lanzó una risa maliciosa.

—¡Caramba, si es mi buen amigo Micayá Yates! ¿Dónde demonios has estado?

—No tiene importancia —refunfuñó Micayá mientras se dejaba caer sobre una silla, junto a Jem—. Quiero saber más acerca del tipo que me presentaste, el que quería que matara a Adam St. Clair.

—¿Por qué? —preguntó Jem con un brillo cruel en sus ojos castaños—. Desapareciste con el dinero y dejaste que yo me enfrentase a un cliente muy disgustado.

—¿Volviste a verlo? —preguntó Micayá, excitado—. ¿Sabes cómo se llama?

—¡No, no lo sé! —replico Jem, enfadado—. ¡En cambio tuve que soportar una filípica sobre la clase de truhanes mal nacidos y mentirosos que somos! El caballero estaba tan furioso de que te hubieses llevado el dinero y no mataras a St. Clair que creo que hasta pensó en presentar el caso ante un juez... ¡imagínate lo enfadado que estaba! —Jem lanzó a Micayá una mirada lúgubre—. Perjudicaste mi reputación, ¡y te aseguro que ya no obtendremos ningún otro encargo de ese tipo ni de ninguno de sus amigos!

Micayá refunfuñó:

—¿Crees acaso que si yo hubiese cumplido el encargo el tipo habría sido más amable? Y, lo que es más importante, ¿crees que pagará el resto del dinero?

Jem se irguió, con un brillo de codicia en la mirada.

—¿Es que piensas hacerlo?

—Si supiera que obtendré el dinero, quizá lo haría.

Ansioso, Jem se relamió los labios.

—Veré qué puedo averiguar. ¿Aún te alojas en lo de la viuda?

Micayá asintió. Los tres hombres comentaron brevemente los últimos acontecimientos de Natchez, aunque el aporte de Micayá y Jeremy a la conversación fue escaso. Aún no habían permanecido suficiente tiempo en la ciudad, y pronto se separaron de Jem y se encaminaron hacia la pensión de la viuda de Blackstone.

La falta de dinero los apremiaba, y a primeras horas de la mañana siguiente los criminales abandonaron la zona y desaparecieron en la vasta región salvaje conocida como el Rastro de Natchez. El Rastro era una zona peligrosa, conocida por los ladrones y asesinos que merodeaban entre las densas malezas y los cañaverales acechando a los viajeros desprevenidos. Micayá y Jeremy se dirigieron al Rastro con el propósito específico de robar y asesinar, y no tuvieron que esperar demasiado. Dos días después, un padre y su hijo, dos comerciantes prósperos de Nashville, que regresaban al hogar desde Nueva Orleans, tuvieron la desgracia de cruzarse en el camino de los dos criminales. «Los muertos no hablan», pensó Micayá, y haciendo honor a su propio apodo, liquidó a los dos hombres con absoluta crueldad y escondió los cadáveres en lo más denso de los matorrales. Encontraron en las monturas casi cuatro mil dólares en oro, y Micayá y Jeremy regresaron a Natchez a planear el paso siguiente, con los bolsillos otra vez llenos.

Jeremy era partidario de reaprovisionarse y encaminarse de inmediato a Texas, aun sin contar con un mapa. Aunque Micayá también estaba ansioso por encontrar el oro, no tenía prisa por volver a someterse a los rigores del viaje... ¡sin la información que no logró extraerle a aquel demonio de ojos azules! Micayá lamentó enormemente la huida de Jason Savage, y supo además que ya no contaban con la ventaja de la sorpresa. Por lo tanto, dudaba de que tuviesen otra oportunidad de ponerle las manos encima. Y sin Jason Savage, Micayá tendría que confiar en Jeremy para llegar al sitio en que había muerto el español; desde allí, sólo podrían esperar que un golpe de suerte les proporcionara la clave para hallar el tesoro escondido. Micayá deseaba el oro casi tanto como Jeremy, y aunque no había desistido aún, ¡no se sentía ansioso ante la perspectiva de pasar meses vagando por las regiones salvajes de Texas guiado por Jeremy! Con el oro tintineando en los bolsillos, Micayá no encontraba objeciones para viajar a Nueva Orleans y divertirse un poco antes de partir hacia Texas. Y, a pesar de que se dejaría cortar la lengua antes que admitirlo, quería hablar con Bodene Sullivan respecto de Savanna. Sería un interrogatorio disimulado, con él estaba seguro de poder averiguar lo que deseaba sin revelar su propia responsabilidad en la desaparición de la joven. ¡Y, por cierto, si alguien sabía algo de Savanna, si estaba viva o muerta, ese alguien era Bodene Sullivan!

Jeremy no estaba muy de acuerdo con Micayá, aunque tampoco era por completo indiferente al atractivo de la carne y la bebida de los que el socio hablaba con tanto entusiasmo: finalmente, cedió y aceptó con desgana la demora. Se sumergieron en la lujuria carnal en el prostíbulo preferido de Micayá: bebieron en compañía de las prostitutas, y deliraron, ebrios, acerca de las distintas maneras de liquidar al señor St. Clair... en caso de que Jem les informara que el tipo aquel todavía estaba dispuesto a pagar. Una vez resuelto el asunto del asesinato, viajarían a Nueva Orleans para visitar al primo de Savanna...

Bodene llegó a media mañana del jueves a Campo de Verde, y hubiese preferido una visita de Micayá y Jeremy antes que tener que hacer frente a la furia de Savanna cuando descubriera que la había traicionado. No obstante, la inocultable alegría de Elizabeth cuando le contó el encuentro con Adam y lo que éste pensaba hacer, le levantó el ánimo y se sintió ansioso por la llegada de Adam. Habían acordado que Adam sencillamente llegaría a Campo de Verde y que Elizabeth y Bodene desaparecerían con toda discreción momentos antes de que él apareciese. Lo esperaban esa tarde, y tanto Bodene como Elizabeth hicieron todo lo posible por evitar a Savanna o bien actuar con la mayor naturalidad posible cuando se veían obligados a estar con la muchacha.

Si Savanna percibió que los ojos de su madre brillaban de entusiasmo, o que ocasionalmente en los labios de Bodene jugueteaba una sonrisa misteriosa, no dio muestras de enterarse. En realidad, Savanna estaba tan hundida en su propia desesperación que casi no advertía lo que pasaba en torno a ella. Esa mañana había comprendido la envergadura de la carga que había tomado sobre los hombros al afirmar orgullosa que no quería saber nada de Adam St. Clair, y estaba tratando de asumir la realidad de la situación. Las conclusiones no fueron agradables: comprendió que su hijo merecía un futuro mejor que el que ella misma le depararía. No se trataba sólo de que Adam podría proveerlo mejor en el aspecto material, sino también de que la joven recordaba con dolorosa claridad su propia infancia y el desprecio y el desdén con que la miraban las personas por el solo hecho de que sus padres no se habían casado. ¿Acaso tenía derecho a condenar a su propio hijo a semejante destino? ¿Y su madre? ¿Era justo que Elizabeth tuviese que sufrir porque los amigos y los vecinos estuviesen enterados de que su hija había engendrado un bastardo? ¿Acaso esa vergonzosa revelación no derrumbaría la fachada respetable que Elizabeth había erigido durante años? ¿Se atrevería Savanna a producir en esa fachada la menor resquebrajadura?

Además, tenía que pensar en Bodene. Si bien la joven alardeaba de su propia independencia, sería cobarde ignorar que era con el dinero de Bodene como ella y su hijo se mantendrían durante muchos meses. Bodene era sumamente discreto al respecto, pero Savanna sabía que durante años su primo había sido sobremanera generoso para reforzar con su propio dinero las magras finanzas de la casa. Si Elizabeth y los primos se vieran obligados a vivir sólo de lo que producía Campo de Verde, su vida no sería tan confortable como en aquel momento. Uno de los motivos fundamentales por los cuales Savanna se marchó fue que no quería significar una carga para la madre ni para Bodene. ¡Y ahora regresaba embarazada y casi en la miseria! ¿Hasta qué extremos sería capaz de llegar para preservar su orgullo? ¿Y cómo podía aún hacer alarde de ese orgullo si se limitaba a cambiar un proveedor por otro? ¿A Adam por Bodene?

Con la amarga conciencia de que se había metido a sí misma en una situación insostenible, a la hora de las comidas Savanna se limitaba a picotear en el plato, con la mente perdida en el desastroso futuro que parecía extenderse ante ella. Una vocecita dentro de su cabeza le preguntaba: «¿Acaso sería tan terrible casarse con Adam St. Clair? Tu hijo tendría un apellido, y sería el heredero legítimo de una fortuna respetable, quizás enorme». Por cierto, habría algunas personas que fruncirían la nariz al conocer los antecedentes de Savanna, sin embargo, el hijo reconocido de Adam no tendría que sufrir a causa de esos prejuicios. ¿Acaso era justa al negarle al niño el lugar legítimo que le correspondía?

Después del almuerzo, Bodene le propuso a Elizabeth que fuesen a visitar a unos amigos, y Savanna, sumergida en esos tormentosos pensamientos, casi no lo oyó. Incluso se le pasó por alto el hecho de que no la invitaran a ir con ellos y de que se marcharon con demasiada prisa. Cuando se fueron en el nuevo coche de Bodene, la joven vagó desolada por el prado poblado de robles que estaba al frente de la casa. A pesar de las preocupaciones, Savanna procuró permanecer bien a la vista de la casa: ¡no se arriesgaría a que Micayá la sorprendiera y la raptase otra vez! Eligió un lugar moteado por la sombra bajo uno de los árboles altos y se sentó sobre la hierba apoyando la espalda contra el tronco marrón grisáceo. Ocultó decorosamente las piernas bajo la falda del vaporoso vestido de batista verde manzana, con un recatado cuello de volados que enmarcaba sus encantadoras facciones. Con la mata gloriosa de cabellos rojos dorados sujetos flojamente en la coronilla por una cinta del mismo color que el vestido, ¡apenas se parecía a esa joven amazona sucia y vestida de muchachito que Adam recordaba!

Cuando Adam y Bodene se separaron, en las primeras horas de la mañana anterior, el primero se sintió muy inquieto pese a la falta de sueño, y, en lugar de acostarse, después de lavarse se fue a vagar sin rumbo por la ciudad. Casi todos sus pensamientos se concentraban en Savanna y en la necesidad de convencerla de la urgencia de casarse. Con la mente colmada de imágenes de la joven y del aspecto que tenía la última vez que la viera, acertó a pasar por el discreto local de una conocida modista de Nueva Orleans y aminoró la marcha... De pronto, una sonrisa iluminó su apuesto rostro. ¡Savanna estaría furiosa con Adam hiciera lo que hiciese y, por lo tanto, podría darse el gusto! Entró de prisa en el comercio, con un brillo de entusiasmo en los ojos azules.

A la mañana siguiente, Adam prefirió cabalgar junto al río Misisipi en lugar de viajar en barco como había planeado, y partió de la ciudad varias horas antes que el otro conspirador. Habían decidido que era preferible que Bodene llegara el primero para poner a Elizabeth en antecedentes del plan, y como Adam no tenía ningún interés en ocultarse durante un par de horas entre las malezas, la forma que eligió cada uno de viajar resultó perfecta. Además, Adam necesitaba tiempo para ordenar sus pensamientos antes de enfrentarse a Savanna. Incluso mientras guiaba al caballo por el sendero trillado que Bodene le indicara para llegar a la casa, Adam aún no sabía cuáles serían las primeras palabras que le diría a Savanna. Desde luego, no esperaba toparse con la joven sentada sobre la hierba verde como una hechicera ninfa del bosque, bajo las ramas extendidas de uno de los numerosos robles que poblaban el parque.

Por su expresión distraída, era obvio que Savanna no había oído los pasos del caballo en el camino, y Adam, aprovechando esa distracción, frenó al animal y desmontó en silencio. Dejó al caballo pastando al borde del sendero y se encaminó lentamente hacia la muchacha. Paseó la mirada de sus ojos azules en extasiada contemplación por el rostro que bañaba el sol y apreció el delicado arco de las cejas, la línea altiva de la nariz y la barbilla, la curva plena y tentadora de la boca y luego la dejó caer sobre las curvas seductoras del cuerpo que el recatado vestido revelaba. Se quedó sin aliento al contemplarla, como si hubiese corrido una gran distancia, y lo abandonó por completo su acostumbrada sangre fría.

Debió de hacer ruido, porque de pronto Savanna alzó la mirada y sus increíbles ojos de color de aguamarina se abrieron sorprendidos al reconocerlo de pie, ante ella. Si Adam había quedado atónito al verla, lo mismo pudo decirse de la joven cuando lo descubrió. El bribón barbudo, desgreñado, de cabellos revueltos que la secuestró, había cedido el lugar a un hombre extremadamente apuesto y elegante. El grueso cabello negro se ondulaba sobre la frente ancha; la piel bronceada, afeitada con cuidado, mostraba otra vez el cincelado perfecto de la boca, el mentón enérgico y los pómulos altos, la curva seductora del labio inferior y el gesto altivo de la cabeza. Su vestimenta era impecable: la chaqueta verde botella se ajustaba a sus hombros y a sus poderosos brazos, y el chaleco castaño pálido formaba un agradable contraste con los pantalones de montar de nanquín amarillo que marcaban sus piernas largas y de músculos fuertes. Como entre sueños, Savanna comprendió que lo único que no había cambiado era la expresión burlona de aquellos inolvidables ojos azul zafiro, y la asaltó el recuerdo de todas las razones por las que no tenía que alegrarse con la visita de Adam; «¡Mi primo es un hijo de perra, solapado, mentiroso conspirador!», pensó, tensa de cólera.

Apretó las mandíbulas, y le apareció en los ojos un destello hostil; miró a Adam de soslayo y exclamó con la voz cargada de odio:

—¡Bodene!

Adam esbozó una sonrisa torcida.

—Por supuesto. —Hizo caso omiso del siseo furioso de Savanna, se sentó en la hierba junto a la joven y añadió secamente—: Agradezco que al menos uno de vosotros haya mostrado cierto sentido común y haya tenido la prudencia de informarme acerca de mi inminente paternidad.

Savanna se sintió herida e irritada por las palabras, el aire descarado de Adam y la flagrante traición de Bodene, y luchó con denuedo para controlar su fogoso temperamento. Le habría gustado fingir que la presencia inesperada de aquel hombre no significaba nada para ella, que en realidad no deseaba verlo, pero no era cierto... y Savanna solía ser en extremo sincera, incluso consigo misma. A pesar del enfado que sentía hacia Bodene, la presencia de Adam encendió la sangre que le corría por las venas y, para su propio horror, tuvo que vencer una necesidad casi irreprimible de arrojarse en brazos de aquel hombre. No obstante, las palabras provocativas de Adam la hicieron olvidar por un momento todas las dudas que había estado rumiando acerca de la decisión de no revelarle el embarazo, y replicó con aire envarado:

—No había motivos para informarte. Yo soy perfectamente capaz de criar a mi hijo sola... ¡sin tu ayuda!

Adam se quedó mirándola largo tiempo.

—¿Sabes?, cuando dices estupideces como ésa —dijo en tono casual— nunca estoy seguro de si siento deseos de pegarte o de besarte hasta que pierdas los sentidos.

Savanna le lanzó una mirada de soslayo.

—¡Intenta cualquiera de las dos cosas, y lo lamentarás! —le advirtió; los ojos de la muchacha prometían una dura batalla.

Él se apoyó sobre el codo y la contempló con una mezcla de exasperación y admiración. «¡Por Dios, esta muchacha es encantadora, la criatura más adorable que he conocido!», pensó malhumorado mientras deslizaba la mirada lentamente por el rostro y el cuerpo de Savanna.

Savanna apretó los puños, enfurecida por aquel descarado examen, y murmuró:

—¿Serías tan amable de no desnudarme con los ojos? Quizás en otro tiempo me hayas tenido en tu poder, ¡que me condenen si permito que eso vuelva a suceder!

—¿Por qué? —preguntó Adam en tono meloso—. ¿Tienes miedo de que llegue a gustarte?

La expresión colérica del rostro de Savanna indicó a Adam que la joven no se dejaría provocar; descubrió con cierta inquietud que esa actitud indoblegable lo hería. El rechazo no era algo a lo que Adam estuviese habituado y lo mortificó comprender que, pese a la hostilidad de Savanna, no podía limitarse a encogerse de hombros y marcharse. Con aire ausente, dijo:

—¡No comprendo por qué diablos me resultas tan atrayente! —La boca de Adam esbozó una mueca amarga—. ¡Oh, sí, te aseguro que eres hermosa, y hasta estoy dispuesto a admitir que, aunque eres muy seductora, también eres verdaderamente irritante! En verdad, tienes la lengua y el carácter de una bruja, y eres capaz de enfurecerme más rápidamente con sólo alzar una ceja que cualquier persona que yo haya conocido. —La miró, ceñudo—. Cuando he dicho que no sabía si pegarte o besarte no hablaba por completo en broma; hay una cosa de la que estoy seguro: cuando no estoy contigo, sólo me siento a medias vivo, como si me faltara una parte...

Habría sido difícil decir cuál de los dos quedó más atónito por esa inesperada confesión. Ciertamente, si la expresión de Savanna revelaba a las claras su reacción, fue Adam quien se sintió conmocionado por la enormidad de lo que acababa de decir y lo que ello implicaba. Comprendió con la súbita sacudida de un trueno por qué Savanna tenía semejante poder sobre él: ¡la amaba!

El corazón latió dolorosamente dentro del pecho de Adam, y apartó la mirada, desgarrado entre el más abyecto terror y una fuerte sensación de injusticia mientras trataba de rechazar aquella idea inesperada e indeseada. «¡Jesús! —pensó con amargura—, ¡tenía que ser precisamente ella, la hija del hombre al que odio más que a nadie, la única mujer a la que de verdad quiero y que además dejó bien en claro que no quiere saber nada conmigo! —Esbozó una sonrisa irónica—. Tal vez sea un castigo merecido», admitió con sombrío humor, recordando vívidamente algunas de las cosas poco halagüeñas que ciertas jóvenes le habían lanzado al rostro cuando Adam eludía con habilidad las trampas que le tendían. ¡Oh, Dios, cómo disfrutaría Betsey Asher si lo viese en este embrollo!

Adam guardó silencio unos instantes y trató de comprender lo que sucedía. Lamentablemente, la introspección dio a Savanna tiempo suficiente para rehacerse. Las palabras de aquel hombre la habían envuelto en una nube rosa de ensoñación; de pronto se le ocurrió la insidiosa idea de que Adam tenía un motivo poderoso para decir algo tan sorpresivo: estaba allí por el niño, y sólo por causa del niño insistía en convencerla de realizar un matrimonio respetable. ¿Acaso podía existir una carnada más atractiva que confesar a Savanna que en realidad la quería?

Al imaginar la falsedad de Adam, Savanna no pudo contener la ira y dijo, furiosa:

—¡Qué burda y solapada mentira! ¿En realidad crees que soy tan ingenua como para no saber qué te propones?

Adam la miró sobresaltado.

—¿De qué demonios hablas?

—Sabes exactamente de qué hablo: el niño. ¡El único motivo de tu presencia aquí! ¡No niegues que has venido a convencerme de que me case contigo! —exclamó en tono apasionado—. ¡Estás tan decidido a salirte con la tuya que no tienes reparos en lanzar las mentiras más desvergonzadas! No importa lo que digas, no pienso amilanarme ni permitir que me convenzas de aceptar un aburrido matrimonio de conveniencia.

Adam entrecerró los ojos, y por un momento Savanna creyó que lo había presionado demasiado. Él hizo un esfuerzo y se contuvo; de pronto, apareció en los ojos de Adam un brillo que inquietó a la joven.

—¡Bueno, al menos has dicho la verdad en un punto! —admitió en tono cortante—. He venido aquí para convencerte de que te cases conmigo e incluso debo confesar que siempre consideré al matrimonio como una trampa. —Meneó pesaroso la cabeza—. Estaba seguro de que el matrimonio anunciaría el fin de mi juventud, pues una esposa me limitaría y pondría fin a mis vagabundeos. De hecho, casarme contigo sería algo por completo diferente... ¡estoy seguro de que, si tengo que casarme, tú eres la clase de mujer que quiero por esposa!

En lo que se refería a Savanna, Adam no podría haberse expresado con mayor claridad. No deseaba a una mujer de su propia clase que se atreviera a preguntarle adónde iba o de dónde venía, que se enfrentara a él en un pie de igualdad. ¡No! ¡Quería a una mujer como Savanna: una chica de bajo nivel social a quien pudiera dejar en segundo plano y manipular a su antojo! ¡Ah, sí, Savanna sabía muy bien a qué aludía diciendo que era ella el tipo de mujer que quería por esposa! Se sintió herida y menospreciada; se irguió y exclamó altiva:

—¡Bien, me temo que te has equivocado de mujer! ¡No pienso casarme... ni contigo ni con ningún otro! ¡Olvídate de mí! ¡Olvídate del niño! No te necesitamos. ¡Nos arreglaremos bien... sin ninguna ayuda de tu parte!

—¡Si no me equivoco, no quedaste embarazada por tus propios medios! —silabeó Adam con toda calma, aunque en sus ojos azules apareció un brillo amenazador—. ¡Incluso recuerdo haber cumplido mi parte con mucho entusiasmo!

Savanna apretó los labios.

—¡No lo niego! ¡Sin embargo, aquel suceso infortunado no es razón suficiente para que yo pase el resto de mi vida atada a un opaco matrimonio contigo!

Adam suspiró, y volvió a pensar que no sabía si golpearla o besarla... La contempló con aire reflexivo. Nunca había tenido dificultades para seducir a una mujer, y ahora que era tan importante, que casi había arrojado el corazón a los pies de Savanna, era incapaz de convencerla. El hombre sintió que comenzaba a enfadarse; se contuvo y dijo en tono cortante:

—Antes de conocerte, yo veía el matrimonio del mismo modo. Consideraba que sería una condena de años de aburrida domesticidad; contigo... —De súbito, rio imaginando los años de amor temperamental, tumultuoso y apasionado que podrían compartir... ¡por supuesto, si lograba convencerla!—. Contigo —añadió con aire malicioso, recobrando el buen humor— ¡jamás sería aburrido! —Sus ojos azules bailotearon cargados de burla y agregó, provocativo—: ¡De hecho, será un fascinante desafío!

Savanna creyó que estallaría de furia y, sintiendo que necesitaba descargar aunque fuese una parte de la ira que bullía dentro de ella, le propinó una fuerte bofetada. Para su asombro, Adam rio a carcajadas, y, antes de que la joven tuviera tiempo de comprender lo que se proponía, la embistió tomándola de los hombros, la apartó del árbol y la apretó sobre la hierba, Adam contempló largo rato los ojos coléricos de Savanna.

—¡Mi amor, esperaba hacerte entrar en razones, pero creo que se acabó el tiempo de hablar! ¡Parece que hay un solo modo de que recobres la sensatez!

Adam posó con firmeza sus labios en los de Savanna, la boca y el cuerpo hambrientos después de semanas de ausencia. Se encontraba reclinado a medias sobre la muchacha y los forcejeos furiosos de ella no hicieron más que excitarlo, y olvidó todo lo que no fuese el puro éxtasis de volver a tener a la mujer amada en los brazos. Corrió por sus venas un deseo elemental e inexorable y la oprimió en un poderoso abrazo como si no quisiese soltarla nunca, como si quisiera absorberla dentro de sí mismo, de fundirla en su propio ser.

Al primer contacto, Savanna sintió que se hundía en un torbellino. Se preguntó cómo era posible que odiara a un hombre que la hacía sentir así, cómo podía detestar al padre del hijo que llevaba en las entrañas, y luchó contra las emociones traicioneras que amenazaban con dominarla. Mientras se esforzaba por concentrar los pensamientos y no rendirse al dulce placer que se extendía insidioso por todo el cuerpo, comprendió aturdida que jamás podría odiarlo, que nunca lo había odiado... De súbito, le explotó en el cerebro la causa del inexplicable poder que Adam ejercía sobre ella, de la facilidad con que provocaba sus emociones. «¡Lo que sucede es que lo amo!», pensó sumida en un profundo asombro.

Savanna se sintió tan sacudida como Adam al descubrir que lo amaba pero, mientras que el hombre al fin aceptó alborozado ese descubrimiento, la muchacha lo negó: el ejemplo de su madre le demostraba lo que podía acarrear a una mujer un objeto de amor mal elegido, y no podía ignorar ese recuerdo que llevaba impreso en todo su ser. En realidad, saber que lo amaba tornó la situacion aún más dolorosa e insoportable. Frenética, intentó controlar su propio cuerpo indócil, de ignorar la delicia salvaje del beso y las caricias, sabiendo lo que el amor por aquel hombre podría depararle.

El deleite de la boca hambrienta de Adam moviéndose sobre la suya la apremió, y con un breve gemido indefenso la muchacha le entregó lo que ambos deseaban desesperadamente y abrió los labios. La lengua cálida de él invadió su boca, y evocó el recuerdo de ese cuerpo vigoroso que la penetraba. En medio del vértigo, Savanna percibió la virilidad hinchada del hombre apretada entre los cuerpos de ambos, rodeó los hombros de Adam con movimientos convulsos y al instante la invadió el mismo anhelo que a él.

Adam gimió al sentir que Savanna se rendía, le apretó suavemente el pecho con la mano y tembló con violencia imaginando los años que tendrían para compartir ese exquisito placer. De pronto volvió bruscamente a la realidad y cayó en la cuenta del lugar donde estaban. Se controló con gran esfuerzo, aunque no pudo dejar de tocarla, y murmuró con su boca sobre la de Savanna:

—¡Savanna, cásate conmigo! ¡Deja que cuide de ti y del niño!

Aquellas palabras hicieron aterrizar a Savanna de golpe en la realidad, y la humilló la facilidad con que Adam le había hecho dejar de lado el problema principal entre los dos. ¡Cuán tonta había sido al olvidar que, de no haber sido por el niño y por Bodene, jamás hubiese vuelto a oír hablar de Adam! Creyó que algo moría dentro de ella y volvió el rostro, temerosa de que él descubriese el amor que sentía y blandiera ese sentimiento como un arma en contra de la propia Savanna. Forcejeó para librarse del abrazo de Adam, se sentó y, sin mirarlo, preguntó con acento dolorido:

—¿De eso se trata? ¿De otra trampa para salirte con la tuya?

Adam entrecerró los ojos y apretó los labios.

—¿Sabes? —dijo en tono llano—, hay ocasiones en que me gustaría mucho golpearte.

La muchacha alzó la barbilla y lo miró de soslayo.

—¡Ponme una mano encima y...!

—Ya lo sé —la interrumpió Adam con voz fría—. ¡Me destriparás y arrojarás mi hígado a los cocodrilos!

Savanna esbozó una dulce sonrisa:

—¡Eso es!

Adam se incorporó, se quitó unas briznas de hierba de los pantalones y dijo en tono seco:

—Aunque parezca tonto, había creído que quizá fueses capaz de atender a razones. —Le lanzó una mirada hostil—. Sí, ya sé, soy un estúpido. ¡Estás empecinada en ser tan empecinada y tonta como puedas! ¿No es cierto?

De súbito, todas las dudas que se agazapaban en el fondo de la mente de Savanna saltaron a la superficie y ahogaron la explosión temperamental que las palabras de Adam estuvieron a punto de provocar; decidió probarle que se equivocaba, que por el bien del hijo era capaz de intentar un futuro en común.

—No exactamente —comenzó con toda honestidad—. En realidad es que...

Quizá, si Adam hubiese prestado más atención, si no estuviera aún sacudido por el descubrimiento de que la amaba, si en realidad hubiese prestado atención a Savanna en ese momento hubiera advertido todas las dudas e incertidumbres que se manifestaban en los ojos y la voz de la muchacha, y no habría pronunciado las siguientes palabras. Pero por primera vez en la vida Adam experimentaba las más hondas emociones, y seguía sin terminar de asimilar la idea de que la amaba, y en consecuencia el cambio sutil producido en Savanna se le pasó por alto y llegó a la conclusión de que la joven lo detestaba. Con expresión cerrada, la interrumpió:

—Por desgracia, ése es el problema. Te empeñas en crear una situación odiosa para todos sólo porque soy yo el que te pide que hagas algo sensato. —Con una mirada hostil en los ojos azules, refunfuñó—: ¡Bendito sea Dios, Savanna, eres una chica tan empecinada! No quieres escuchar a nadie: ni a tu madre, ni a Bodene, y sospechas de todo lo que yo digo. —Por un momento, el rostro del hombre se suavizó—. Sé que soportas una gran presión; créeme que si nuestro hijo no estuviese ya en camino, te cortejaría del modo que mereces.

—¿Es cierto? —preguntó Savanna, suspicaz—. Si no te hubieras enterado del niño, ¿habrías venido?

—Sí —respondió Adam sin alterarse—. Ya había tomado disposiciones para venir a verte antes de recibir la carta de Bodene.

Savanna lo contempló con aire desdichado, deseando con desesperación poder creerle, pero la idea de que el apuesto, sofisticado y rico Adam St. Clair, un hombre que podía poseer a cualquier mujer que deseara, quisiera en realidad casarse con ella le resultaba inconcebible. ¡Y cómo se habían conocido! ¡Sin hablar de lo que Dávalos le había hecho a la hermana de Adam! Tal vez el hombre dijera la verdad en cuanto a que de todos modos hubiese ido a verla... «¡pero sólo para comprobar si en realidad estoy embarazada!», pensó. También sabía que era un hombre de honor y, como tal, sin duda haría lo correcto, ¡aunque significara casarse con la rústica hija bastarda del hombre que odiaba! Savanna se estremeció. ¡Jamás!

Enderezó los hombros y dijo poniéndose rígida.

—No tiene importancia. ¡Aun así, no me casaré contigo, y no puedes obligarme!

Adam la contempló, desgarrado entre la desesperación y la ira. Había apelado al razonamiento, a la seducción. Hasta le había confesado los más profundos sentimientos hacia ella, sentimientos que sólo admitió al expresarlos de viva voz... ¡aun así, lo rechazaba! Savanna había aplastado el orgullo de Adam, lo hirió, aunque estaba convencido de que nadie era capaz de herirlo, y, sintiendo que le hervía la sangre, tomó la firme decisión de hacer frente al desafío que la muchacha le arrojaba al rostro. Adam la miró con una mezcla de ira y exasperación y perdió el control como pocas veces le había sucedido en la vida. Ni él mismo supo de dónde nacieron aquellas palabras; de pronto se sorprendió exclamando:

—¡Querida mía, el hecho concreto es que te casarás conmigo! ¡O nos casamos en el término de una semana o yo destruiré el mundo respetable de tu madre! ¿Cómo te sentirás cuando les diga a sus vecinos y amigos que Elizabeth no es la viuda de Blas Dávalos sino una palomita con la que ese hombre nunca se casó? ¡Y que la hija ilegítima sigue los pasos de la madre! —Sus palabras fueron deliberadamente crueles, pero Adam estaba luchando por su propio futuro... y también por el de Savanna, aunque ella no lo comprendiera; no se dejó conmover por la palidez y la expresión atónita de la muchacha y le preguntó con una mirada fría y dura en los ojos azules—: ¿Te parece que a tu madre le gustaría? ¿Eh, cariño?

Savanna estuvo a punto de ahogarse por la oleada de ira que la inundó; se puso de pie de un salto y se abalanzó sobre Adam con una mirada asesina.

—¡Canalla sin corazón! ¡Antes de que le hagas daño a mi madre, te mataré!

Adam le sujetó las muñecas y lucharon unos momentos antes de que el hombre lograra atraerla hacia sí y besarla enfurecido.

—No —dijo por fin separando la boca de los labios de la joven—. ¡No me matarás! —Una sonrisa burlona iluminó su rostro moreno—. ¿Acaso matarías al padre de tu hijo? ¡No lo creo! ¡Lo que sí harás, y muy pronto, es casarte conmigo!

16

La profecía de Adam se cumplió. Cuatro días después, en una tarde soleada, Adam St. Clair se casó con Savanna O'Rourke, en presencia de una Elizabeth lacrimosa y radiante, un satisfecho Bodene y un sonriente Sam Bracken. Como se imponía el secreto, la boda se realizó lejos de Campo de Verde. Sam conducía a las damas en un faetón antiguo, y Adam y Bodene cabalgaban junto al coche. La ceremonia transcurrió sin inconvenientes. En el viaje desde Nueva Orleans, previendo esa eventualidad, Adam se había detenido en una pequeña aldea al norte de la ciudad; habló con el pastor de la diminuta iglesia e hizo los arreglos para la boda. Si bien el pastor advirtió que la novia miraba al novio con algo muy cercano al odio, se sintió inclinado a desecharlo al ver la expresión de las otras cuatro caras de los asistentes a la boda... ¡y también al recordar la generosa donación hecha por el novio al Fondo de Viudas y Huérfanos!

Tanto en beneficio de las mujeres como en el propio, y también para evitar en la medida de lo posible suspicacias ajenas cuando naciera el niño, Adam declaró que no habría luna de miel ni tampoco anuncio de la boda. Si bien la noticia se difundió a través de amigos y conocidos, no se mencionó la fecha concreta de la boda. ¡En lo que concernía al resto de la sociedad, el matrimonio era reciente, pero nadie tendría que saber cuándo se había realizado!

No obstante, aunque se desechó la luna de miel, Adam insistió en que Savanna dispusiera de cierto tiempo a solas antes de que regresaran a Campo de Verde a pasar un par de semanas para luego emprender el viaje a Bella Vista. Savanna se mostró tan indiferente a la luna de miel como a todo lo que le propuso Adam desde aquella tarde en que afirmara con tanta vehemencia que se casarían, y el hombre sintió un fuerte deseo de estrangular a su bienamada.

La noche de la boda, cuando la pequeña compañía de viajeros fatigados se detuvo para pasar la noche en una taberna respetable, aunque modesta, a unos kilómetros al norte de Nueva Orleans, Adam sugirió que las dos damas compartieran el único dormitorio disponible y que los caballeros durmieran fuera de la habitación, sobre unas mantas. Lo satisfizo ver que los ojos de Savanna se agrandaban de asombro, y lo observaban perplejos durante el resto de la velada. A pesar de lo mucho que Adam deseaba hacerle el amor a la flamante novia, quería concretarlo en un ambiente más seductor que el de un cuarto minúsculo con paredes de papel y una cama llena de bultos.

Mientras se preparaban para acostarse, el ánimo de Savanna continuó deteriorándose al oír exclamar a su madre lo considerado y encantador que era el joven con el que se había casado. La muchacha, furiosa y amargada por los métodos solapados a que Adam había recurrido, no deseaba escuchar alabanzas sobre su esposo. Dejando escapar en el brillo de la mirada el esfuerzo que hacía para controlar un estallido, abrió la boca dispuesta a aclarar qué clase de canalla arrogante y astuto era en realidad Adam St. Clair y, al ver el rostro feliz de su madre, la cerró con gesto decidido. ¡Elizabeth estaba fascinada con esta boda! Estaba extasiada de que su hija contrajera un matrimonio seguro y respetable con un joven apuesto, generoso y de buena familia. Savanna no tuvo ánimos para desilusionarla. Además, el conflicto era con Adam y no tenía por qué involucrar a su madre. Dio a Elizabeth un beso cariñoso en la frente, se acomodó en la pequeña cama, y lanzando un bostezo pensó que aquélla debía de ser la noche de bodas más extraña para una novia reciente: ¡compartiendo la cama con la madre, mientras el novio dormía en el piso, fuera de la habitación! Savanna sonrió. ¡Ese demonio insolente lo tenía bien merecido!

Cuando Adam habló de la estancia en Nueva Orleans, Savanna sospechó que se trataba de otra manipulación aunque supo que, mientras su madre estuviera cerca, tendría que contener la lengua. Esperaba ansiosa el momento en que se separaran. Y, cuando el pequeño grupo se deshizo, y la flamante pareja partía hacia Nueva Orleans a caballo mientras los demás regresaban a Campo de Verde en el faetón, Savanna sonrió y en lo profundo de sus ojos aguamarina apareció una chispa belicosa.

Adam había conservado la *suite* en el hotel y allí llevó a la renuente novia. Si Savanna quedó impresionada por la belleza de las habitaciones y la elegancia del mobiliario, no lo dijo. ¡No se dejaría engañar con frivolidades tales como las alfombras de tonos brillantes, los espejos de marco dorado, los sofás adamascados, las arañas de cristal resplandecientes o las camas con colgaduras de seda!

Admitió para sus adentros que las habitaciones eran magníficas y que, en otras circunstancias, los ojos se le habrían agrandado de placer y se sentiría completamente fascinada por ese ambiente. De pie, tensa en el centro del elegante salón, lanzó a Adam una mirada de soslayo cargada de resentimiento mientras él cerraba tras de si las puertas dobles, al mismo tiempo que deseó que no tuviera aquel aspecto tan endiabladamente atractivo enfundado en la chaqueta azul oscuro y los pantalones de ante. El guardarropa de Savanna siempre había sido bastante escaso y, aunque no anhelaba vestidos fruncidos, de seda y encajes, al menos no demasiado, se sintió fuera de lugar en aquel ambiente tan lujoso, con su traje de montar pasado de moda, de sencilla tela gris. Y no se sintió mejor al comprobar que Adam, a pesar del ajetreo del viaje, era la imagen misma de la elegancia, desde la blancura inmaculada de su corbata hasta el brillo de sus botas negras. Según su estado de ánimo en aquel momento, la impresionante elegancia de Adam sólo agregaba otro defecto a la lista de imperfecciones que Savanna confeccionó en su mente.

Adam deshizo el nudo de la corbata que tanto irritaba a la novia, se la arrancó del cuello, la arrojó descuidadamente sobre una de las mesas de mármol que había en el cuarto y contempló a Savanna. Durante el viaje hasta la ciudad, la muchacha había estado particularmente dócil, sin embargo él sabía que se preparaba para la pelea. Adam no tenía reparos en que desahogase su amargura: después de todo se había visto forzada a mantener una perpetua sonrisa delante de su madre y a hablar a su marido en tono cortés pese a la ira que la ahogaba. Rio entre dientes. Conociendo a la novia, imaginó que estaría a punto de estallar después de haberse visto obligada a ser gentil con su marido.

Adam se acomodó en una silla de seda pajiza, apoyó las manos sobre la cabeza y estiró las piernas.

—¡Ah, querida, al fin solos! —silabeó de un modo enervante—. ¿Vamos a arrullarnos como el par de pajarillos amorosos que se supone que somos?

—¡Yo —explotó Savanna con los ojos ardiendo— no te amo! ¡Te odio... canalla solapado y calculador!

Adam sonrió, aunque sus ojos se mantuvieron serios.

—¡Oh, estoy seguro de ello! Después de todo —prosiguió con voz meliflua— lo único que he hecho ha sido salvarte de la desgracia y dar un apellido a mi hijo. ¡En verdad, he cometido un crimen atroz!

Savanna apartó el rostro sintiendo que la abrasaban la vergüenza y la culpa. No podía ignorar esas verdades y, a pesar de su ira y su afán por pelear, las palabras de Adam la desarmaron. Le llegaron a lo más hondo y de pronto se resquebrajó el escudo de cólera que había erigido para defenderse. «Este hombre juega sucio», pensó irritada. ¿Cómo podía insultarlo y gritarle cuando en lo profundo de su corazón sabía que tendría que estarle agradecida por lo que había hecho? Suspirando, se encaminó hacia una de las amplias ventanas cubiertas con cortinas de terciopelo y dejó vagar la mirada por la calle. Se le hizo un nudo en la garganta pero se las arregló para hablar.

—No puedo negar que has hecho algo honroso, y m-m-muchos hombres en tu situación no hubiesen llegado hasta este punto. —De súbito, con los ojos arrasados de lágrimas incontenibles, exclamó en tono apasionado—: ¡Por desgracia, también has logrado que quedemos encadenados el uno al otro para el resto de nuestras vidas! ¡No compartimos nada, ningún sentimiento, además de nuestro hijo!

Oyó que Adam se levantaba de la silla y se puso rígida mientras su marido se aproximaba. Estaba tan cerca que Savanna sintió el calor de aquel cuerpo robusto contra la espalda, y se le aceleró el pulso cuando su esposo le apoyó suavemente la mano en el hombro. El aliento tibio de Adam le acarició el oído cuando se inclinó sobre ella y le dijo con voz suave:

—Savanna, yo siento algo profundo hacia ti. Sé que hemos empezado mal pero, ya que nos las ingeniamos para concebir un hijo y estamos casados, ¿no crees que podríamos intentar llevarnos un poco mejor que hasta el momento?

Savanna se mordio con fuerza el labio tratando de evitar las lágrimas. El trato amable de Adam produjo dramáticos estragos en su facultad de razonamiento y le impidió recordar que era un monstruo sin principios, que la había chantajeado para casarse con ella, que en verdad no lo deseaba. Quería discutir, arrojarle al rostro palabras coléricas, aunque el anhelo de darse la vuelta, arrojarse en brazos de su esposo y buscar consuelo en el abrazo fue demasiado apremiante y necesitó de toda su voluntad para impedirlo. ¡No le daría el arma que pudiese esgrimir en contra de ella! No obstante, teniendo en cuenta que sus propias emociones la traicionaban, le resultó imposible no aceptar la rama de olivo que Adam le ofrecía con tanta generosidad. La idea de vivir en una permanente situación de lucha no le resultaba demasiado atrayente, y la lógica le indicó que si querían sobrevivir tenían que hallar alguna forma apacible de convivencia. Sin volverse, Savanna admitió con voz ronca:

—No será fácil: provenimos de medios muy diferentes. Y no creo que tu familia pueda olvidar lo que les hizo mi padre.

Savanna sintió que la mano de Adam le oprimía el hombro.

—No te engañaré afirmando que Jason y Catherine estarán encantados con nuestro matrimonio; sin embargo, son personas sensatas. En cuanto se convenzan de que tú nunca les has deseado ningún daño, te aceptarán gustosos por lo que eres... ¡no por lo que fue tu padre! Y en cuanto a la diferencia de nuestros respectivos ambientes... —Adam sonrió, la hizo girar lentamente y enlazó las manos en la cintura de Savanna—. ¿Nunca te he hablado de mi vida con los gitanos?

Como Adam suponía, Savanna se distrajo de inmediato del tema de discusion y lo miró con ojos vivaces y curiosos.

—¿Gitanos? ¿De qué hablas?

La risa bailoteó en sus ojos azules.

—¡Bueno, querida mía, me refiero a que no soy el modelo de respetabilidad que supone tu madre! ¡Los primeros años de mi vida fueron tan alocados y poco ortodoxos como los tuyos! Ven, siéntate a mi lado en el sofá y te hablaré de Clive Pendleton, de Reina, Manuel y Tamara. Ése era el nombre de Catherine cuando vivíamos con los gitanos.

Fascinada, Savanna se sentó junto a Adam en el sofá adamascado y escuchó con los ojos muy abiertos. Adam le habló de aquellos años lejanos que él y Catherine pasaron con los gitanos. Adam era un buen narrador, y además había vivido todo aquello como una gran aventura, y Savanna lo escuchó como si fuera un relato excitante. Cuando terminó, la muchacha lo miraba con un nuevo destello de respeto en la profundidad de sus ojos, cosa que asombró a Adam.

Se sobresaltó al ver que la joven alzaba la mano y le acariciaba con suavidad la mejilla.

—¿Fue muy duro para ti cuando Reina te devolvio al conde?

Adam le tomó la mano y le besó las yemas de los dedos, encantado con la reacción de Savanna. Con un brillo divertido en los ojos, dijo:

—No tan duro como convencerte de que te casaras conmigo

Inmediatamente, la expresión de la joven se cerró y apartó el rostro. Adam maldijo su propia impetuosidad y se levantó del sofá. Todo lo que podía hacer para no tomarla en los brazos y forzar la respuesta que quería era reprimir sus más bajos instintos, pues la amaba demasiado y estaba decidido a ganar el corazón de su esposa.

Adoptó un aire casual y dijo como por descuido:

—Me imagino que anhelas tomar un baño. Después, podremos ordenar que nos sirvan una buena cena en nuestras habitaciones.

Savanna lo miró agradecida, y se alegró de que hubiese tocado un tema tan mundano. Las emociones la habían agotado y la idea de un baño prolongado y lujurioso seguido de una cena en aquel ambiente elegante era en extremo seductora. Le sonrió con timidez y respondió:

—¡Me parece encantador!

Adam rio y tiró del cordón de la campanilla.

—¡Los deseos de la señora son órdenes para mí! En particular porque el personal de este hotel tiene fama de ser excelente y sólo necesito hacerles saber lo que deseas.

Hasta que todo estuvo preparado para el baño de Savanna, Adam se quedó; luego, le dijo con aire casual que quería estirar un poco las piernas, y después de pasear un rato por la antecámara se marchó, dejando a Savanna sola en la *suite*. La muchacha se maravilló de lo bien que marchaban las cosas; recorrió soñadora el enorme vestidor que estaba junto al dormitorio y donde le preparaban el baño. Sólo cuando ya estaba sumergida en la delicia de la profunda bañera de bronce desbordante de burbujas con perfume de lavanda, Savanna comprendió que al llegar la noche sin duda Adam le exigiría una relación más íntima. Se imaginó cenando a solas con su esposo en sus habitaciones privadas, y en especial, lo que ocurriría luego, y de pronto, el corazón aceleró sus latidos y le palpitaron los pezones.

Se apresuró a hundir la cabeza bajo el agua, tratando de borrar las imágenes eróticas que evocaba su mente, y maldijo el hecho de sentirse tan vulnerable a Adam. Se había olvidado de cerrar los ojos y la boca, y emergió escupiendo burbujas, con los ojos irritados. «¡Amiga mía —pensó fastidiada—, eso te pasa por ser una zorrita lasciva!»

Minutos después, con el cabello húmedo y el cuerpo envuelto en una toalla, salió del vestidor y fue al dormitorio a buscar el vestido más limpio y decente que tuviera para la cena. Se detuvo, atónita, al ver las prendas increíblemente encantadoras que la tentaban desde la enorme cama.

El *negligée* era la creación más delicada y femenina que Savanna había visto en su vida. Estaba confeccionada con un hilo de seda fino como tela de araña, de un matiz que rivalizaba con el color de los ojos de la muchacha, con blondas de encaje en la pechera: por cierto, era una prenda muy perversa, diseñada especialmente para provocar una flagrante seducción. Savanna la contempló estremecida y ansiosa. ¿Se atrevería a usarla? Hechizada por el *negligée* y el peinador, se acercó a la cama como en sueños. Acarició soñadora la tela suave y blanda del peinador, que también era una creación arrebatadora de un tono aguamarina más intenso, con hilos de oro entretejidos con la pesada tela de seda. Un ancho volado de encaje la bordeaba desde el cuello hasta el borde y trasuntaba un algo tan atrayente y femenino que Savanna, acostumbrada de toda la vida a la ropa más práctica posible, fue incapaz de resistir a la tentación.

Arrojó las toallas y se puso el camisón: suspiró cuando esa tela tan delicada le acarició la piel. Sin prestar atención al cabello húmedo que le caía en salvaje desorden en torno del rostro, corrió hasta el espejo móvil de cuerpo entero que estaba en un rincón del cuarto y, al ver su propia imagen, abrió la boca, extasiada. El camisón se adhería a cada línea de su cuerpo, a cada curva, a cada prominencia turgente de la figura y las realzaba, y el vivo tono de la prenda intensificaba la blancura lechosa de su carne tierna. Lo que alarmó a la muchacha fue el recorte de la pechera: lo único que cubría el pecho era un tenue trozo de encaje que revelaba con bastante claridad los pezones sonrosados.

Estaba allí de pie confusa e indecisa, cuando oyó que se abría y volvía a cerrarse la puerta de la *suite,* y entonces se puso el peinador con una urgencia muy cercana al pánico. Así como el camisón se le adhería al cuerpo y lo revelaba, el peinador era amplio, casi recatado: estaba hecho de una seda pesada, opaca, y ocultaba por completo la seductora prenda del interior. Savanna, preocupada por el desorden de sus cabellos húmedos, lamentó haber cedido a la tentación de probarse el conjunto de prendas nuevas y se acomodó la melena salvaje. Al menos, el peinador ocultaba ese malhadado camisón y le otorgaba cierta compostura. Aunque sólo en parte. Siempre se había sentido satisfecha con su propio cuerpo, y de pronto tuvo conciencia de él de una manera que antes creyó imposible. El roce del camisón sobre la piel le evocó el contacto de las manos de Adam, y se estremeció: le agradaba demasiado la sensación de la seda acariciándole la piel.

Se congeló al oír los pasos mesurados que se acercaban al dormitorio, y el corazón le latió descompasado. Savanna miró hacia la puerta, turbada e incómoda, con la barbilla alzada en gesto desafiante, y apretó el cuello del peinador con una mano como si su propia vida dependiera de ello.

Adam se detuvo en la entrada: allí estaba Savanna tal como él la imaginara tantas veces en sueños, hechizándolo. Como en parte, esperaba encontrar los regalos hechos jirones sobre el piso, se sintió sobremanera complacido al comprobar que su esposa había sido incapaz de resistir la tentación. Estaba adorable: a medias preparada para huir, a medias dispuesta a pelear, y de pronto se regocijó de que fuese su esposa... ¡ya no importaban las tretas solapadas a las que había recurrido para lograrlo!

Mientras la contemplaba, el deseo latió en las venas de Adam: sabía que debajo del amplio peinador se ocultaba el seductor *negligée* que había encargado a la modista. El encaje del peinador enmarcaba el rostro encantador, acariciaba las líneas puras de las mejillas y el mentón, y la seda caía en pliegues graciosos hasta el suelo donde asomaban los pies desnudos bajo el encaje del borde. La humedad atenuaba ahora el resplandor del cabello rojo dorado, las luces titilantes de las velas realzaban los destellos de fuego en los mechones ya secos. Adam sintió el corazón henchido: estaba seguro de que, incluso con los cabellos húmedos y en desorden, Savanna nunca le había parecido más bella o deseable que en este momento.

Durante largos instantes, ambos se miraron sin hablar; todos los instintos le gritaban a Adam que la tomara en los brazos y la besara apasionadamente, pero se esforzó por actuar con naturalidad y dijo en tono prosaico, con la voz enronquecida:

—Ah, veo que encontraste la ropa. Espero que te guste. Si no te agrada, podemos encargar otra.

Savanna tragó saliva; se sentía agradecida de que Adam le facilitara las cosas. Acarició la pesada seda y admitió, casi con timidez:

—Son encantadoras. Yo... n-n-unca he visto nada tan precioso. G-g-gracias.

Se produjo un nuevo silencio. Adam no podía apartar los ojos de Savanna; el deseo de hacerle el amor era casi insoportable, aunque era demasiado consciente del modo en que la había atacado aquella última vez, junto al estanque, y no quería repetir la experiencia. Ansiaba borrar ese vergonzoso recuerdo de la memoria de su esposa y lograr que recordara con placer la relación amorosa entre ambos. Sabía que arrojarse sobre Savanna, arrancarle las prendas del cuerpo y hundir su propia carne a la de ella en la primera ocasión no era el modo de lograr esos objetivos... ¡a pesar del apremio y la disposición de su propio cuerpo en aquel mismo momento!

Adam ignoró virilmente el dolor en la ingle; se aclaró la voz y al fin dijo:

—Bien. Me alegro de que te gusten. Te dejaré para que completes tu arreglo. Hazme saber cuando termines y entonces ordenaré mi propio baño. —Maldijo para sus adentros la torpeza de su lengua; sabía que balbuceaba como un tonto, pero fue incapaz de detenerse y prosiguió—: Todavía falta para que nos sirvan la cena, de modo que tendré tiempo de bañarme antes de que la traigan.

Adam nunca se había sentido así, jamás le costó entablar conversación con una mujer; ahora estaba torpe como un jovenzuelo que se enamora por primera vez. Como podría sucederle a cualquier patán que se encuentra de pronto con una reina, desaparecieron la famosa elocuencia y el arrullo sofisticado; farfulló un comentario intrascendente y se apresuró a salir del dormitorio.

Savanna estaba demasiado embarullada por sus propias reacciones y no advirtió que su esposo no se comportaba con el aplomo habitual; sí percibió que algo vital y excitante desapareció de la habitación junto con Adam. Le pareció tan apuesto y deseable cuando lo vio en la entrada del cuarto, con aquel rebelde cabello negro cayendo seductor sobre sus sienes y aquellos ojos azules en los que brillaba una emoción indefinible cada vez que la miraba. Cuando Adam la sorprendió vestida con el camisón y el peinador, Savanna se sobresaltó y se sintió avergonzada; una parte de su ser deseaba entregar el cuerpo a la mirada de su esposo, dejar caer el peinador y que Adam viese cómo los pezones se traslucían a través del encaje, ver encenderse en la mirada de su esposo la llama del deseo, y otra parte de la joven anhelaba arrojarle las prendas al rostro arrogante y gritarle todo el enfado y el resentimiento que le producía el chantaje a que la había sometido.

No obstante, ya era tarde para rechazar el regalo de Adam. Disgustada por el sesgo de sus emociones, Savanna se acercó al tocador de caoba con espejo, se sentó en el taburete de terciopelo y se contempló llena de tristeza. ¿Qué diablos le sucedía?

Savanna miró alrededor, sin ver nada en aquel cuarto encantador donde se encontraba. Conocía la respuesta a aquella pregunta. Se relacionaba con el modo en que su madre amó a Dávalos y lo que había sufrido por ello. No existían muchas cosas que atemorizaran a Savanna; ahora la aterraba que el amor la debilitase, que la sometiera al control total de un hombre que se había casado con ella sólo porque estaba gestando al hijo de ambos.

La joven suspiró; tomó distraída el peine de plata y comenzó a desenredarse el cabello que comenzaba a secarse. No podía negar que Adam se había comportado con mucha gentileza. Si bien la obligó a casarse por medio de tretas en aras del niño, ahora que podía permitirse ser frío y cruel con Savanna no lo hizo: las ropas que la muchacha vestía y la habitación donde estaba eran pruebas de la bondad y la consideración que Adam le manifestaba. «Tengo que recordar lo afortunada que soy», pensó desesperada. Sus labios se curvaron en una sonrisa amarga. ¡Oh, sí, era afortunada: al menos no tenía que soportar el mismo infierno al que Dávalos había sometido a Elizabeth! ¿Acaso Savanna no tendría que sufrir lo mismo si se enamoraba de Adam? ¿Acaso Dávalos no hizo daño a Elizabeth precisamente porque ella lo amaba?

Savanna se levantó bruscamente. Hurgando en el pasado, lamentando sucesos que ella misma no podía cambiar... no lograría otra cosa que sentirse aún más desalentada y atrapada de lo que ya se sentía. ¡Muchas mujeres tuvieron que hacer frente a destinos peores que el que le aguardaba a ella, y tendría que resignarse a sacar el mejor partido posible!

Se contempló en el espejo con un destello decidido en la mirada. ¡Lo haría lo mejor que pudiese! Irguió los hombros, alzó orgullosa el mentón y caminó con gracia soberana desde la cámara nupcial hasta el salón, con el peinador flotando majestuoso en torno de sus pies descalzos.

Esos pies descalzos fueron lo primero que vio Adam y, al verlos, sonrió. La contempló con la risa bullendo en la mirada, como invitándola a compartir su buen humor, y musitó:

—Creo que mañana tendremos que ir de compras: necesitas zapatillas y algunas otras prendas para tu guardarropa... aunque admito que los dedos rosados de tus pies me parecen sumamente atrayentes.

Savanna se miró los dedos de los pies que asomaban bajo el borde de encaje y también sonrió.

—¡Magnífico! Pues dudo de que mi calzado habitual haga honor a estas prendas tan encantadoras. —Las palabras escaparon de la boca de Savanna antes de que tuviese tiempo de pensarlas y deseó morderse la lengua. Ya era bastante malo haberse rendido a la tentación, como para permitir además que el esposo le comprara más cosas. ¿No era suficiente que Adam la forzara a casarse en beneficio del hijo sin que también quisiera comprar su complacencia?

Savanna se enfadó consigo misma; recordó que unos instantes atrás se había propuesto tener buena voluntad y se las arregló para conservar la sonrisa.

Tratando de cambiar de tema, entró en el salón y preguntó en tono ligero:

—¿Ordenaste tu baño?

—Sí, hace unos minutos —respondió Adam—. Después de la noche pasada, estoy ansioso de bañarme.

En cuanto terminó la frase, llamaron a la puerta. Había llegado el baño. Savanna quedó sola en el salón mientas su esposo iba a tomarlo, y deseó poder resolver el conflicto que la asolaba. De pronto, sintió pánico ante la perspectiva de aquella velada y se preguntó si sería capaz de sobrellevar tantos años de relaciones apasionadas con su marido: sabía que sólo la lujuria llevaría a Adam a la cama, que no habría amor en la posesión. Peor aun, admitió con amargura: aunque el corazón de la joven anhelaba el amor, a su propia carne traicionera el amor la tenía sin cuidado. Bastaba con que la tocara para que se sintiera perdida, el cuerpo transformado en fuego liquido, perdida en el éxtasis del hechizo de Adam.

«Pero sí importa», pensó Savanna desesperada. Para ella, era lo más importante de todo...

Adam volvió renovado por el baño y encontró a Savanna acurrucada en un rincón del sofá, con expresión seria, los pies metidos debajo del cuerpo. Una sonrisa irónica jugueteó en las comisuras de los labios del marido; se sentó en el extremo opuesto del sofá y preguntó:

—¿Qué te ocurre? ¿No te agrada el camisón? Si es así, puedes tirarlo y te compraré otro que te guste.

Lo que Adam deseaba era provocarla, hacerla sonreír, y además era un hombre generoso. No quería que a su esposa le faltara nada: sabía cuánta pobreza había sufrido en la niñez y estaba ansioso por complacer a Savanna y a sí mismo. ¡Pero no esperaba esa reacción!

Savanna palideció al oírlo: se había confirmado lo precario de su propia situación. Para no demostrarle la facilidad con que podía herirla, se refugió en la ira; se inclinó hacia adelante con los ojos llameantes y exclamó:

—¡No soy una niña a la que haya que aplacar con regalos! Quizá lograste obligarme a que me casara contigo, pero éste no es un matrimonio normal y no veo por qué tienes que ser tan extremadamente generoso con tu fortuna.

Adam apretó la mandíbula, dijo en tono calmo:

—Estás equivocada, querida. ¡No te confundas, nuestro matrimonio será por completo normal en todos los aspectos!

Savanna lo miró de soslayo, contenta de que la furia le corriera por las venas, de que pudiera ocultar el amor que sentía tras una máscara de enfado y desdén. Se puso de pie y le lanzó una mirada fría.

—¡Discúlpame, creo que tú eres quien está equivocado!

Adam se incorporó, atrajo a Savanna a sus brazos de un tirón y la besó con airada y apremiante pasión. Alzó la cabeza y contempló el rostro de su esposa, sujetándola por los hombros.

—¡No, mi amor, estoy en lo cierto, y tú te equivocas si supones que no gozaré uno de los pocos placeres del matrimonio: hacerle el amor a mi propia esposa!

17

La exclamación furiosa de Savanna se perdió en el ataque hambriento de la boca exigente de Adam; sus manos fuertes la apretaron contra su cuerpo esbelto y revelaron a Savanna que el esposo ya estaba excitado y dispuesto para el amor. Se debatió tratando desesperadamente de escapar al embrujo seductor que él ejercía sin esfuerzo, y también de sofocar el anhelo de rendirse que le corrió por las venas al primer contacto de los labios de Adam. La arrasó una necesidad primitiva, le recorrió el cuerpo una sacudida eléctrica ante la exploración carnal de aquella lengua y la sensación de aquel cuerpo duro y cálido oprimido contra ella; luchó con todas sus fuerzas tratando de no dejarse arrastrar por las delicias que ese beso prometía.

Adam ignoró los frenéticos intentos de huida de su esposa y, sin apartar su boca de la de Savanna, la alzó en brazos y la llevó hasta la cámara nupcial. Se acercó a la cama cubierta de seda y arrojó a la esposa sin ceremonias sobre el colchón de plumas.

La muchacha aterrizó desparramada y el peinador se abrió exhibiendo la ajustada prenda que antes ocultara; Adam contempló las curvas turgentes como si fuese la primera vez que veía a una mujer. Estaba adorable tendida ante Adam, con la cascada salvaje de cabello rojo derramada sobre los hombros, los pezones rosados destacándose contra el delicado encaje. El cuerpo del hombre se crispó de creciente deseo y esbozó una sonrisa recia. ¿Dejarla escapar? ¡Jamás! ¡Aquella mujer le pertenecía! ¡Era su esposa, y antes de que la noche llegara a su fin, le demostraría hasta qué punto le pertenecía!

No era así como había imaginado poseerla, pero todas las buenas intenciones de Adam se desvanecieron cuando Savanna le espetó esa tontería de que el de ellos «no era un matrimonio normal». ¡Aquella mujer era su esposa y Adam pensaba gozar de los placeres con los que había soñado en las últimas semanas!

Savanna lo miró, percibió la expresión francamente licenciosa de aquel rostro moreno y gateó con torpeza hacia el centro de la cama, pero de inmediato Adam la atrapó con firmeza por el tobillo.

—¡Déjame! —gritó, lanzando crueles puntapiés en dirección de Adam, intentando en vano librarse de su férreo apretón, hasta que advirtió que el camisón se iba deslizando hacia arriba y que él gozaba con la desnudez que se revelaba a cada movimiento. Apretó los dientes y exclamó con la mirada turbia de furia y desesperación:

—¡Te odio! ¡Suéltame!

El rostro de Adam adoptó una expresión extrañamente ofuscada y apartó con esfuerzo la vista de las largas piernas sedosas que la lucha había descubierto.

—¿Soltarte? —repitió con voz densa. Sacudió lentamente la cabeza—. No. ¡Nunca!

Se contemplaron uno al otro en una silenciosa batalla de voluntades y a cada instante el corazón de Savanna latía más a prisa, sintiendo que un lánguido calor le invadía el cuerpo y que crecía la involuntaria fascinación que aquel hombre ejercía sobre ella. Avergonzada, imaginó el aspecto que tendría desparramada en erótico abandono sobre la cama, con el camisón arrugado sobre los muslos, una cadera desnuda y los pezones apretados contra el corpiño de encaje; sin embargo, una parte de ella se alegró de que su esposo la hallara atractiva.

Bajó los ojos y rompió a sollozar.

—¡Oh, déjame! ¡Yo no deseaba este matrimonio, y no te deseo a ti!

En la mandíbula de Adam se contrajo un músculo y apretó con más fuerza la mano en el tobillo de Savanna.

—Me desearás —dijo con voz ronca, mientras la arrastraba hacia él—. ¡Créeme, amor mío, esta vez me desearás!

La muchacha contempló aquella visión turbadora bajo la luz titilante: aquel hombre alto, con el espeso cabello negro azulado revuelto por la lucha, con la elegante bata de seda negra que se había puesto después del baño y que delineaba la anchura de sus hombros, era su marido. Pocas mujeres podrían resistirse a aquel rostro tan apuesto y a aquel cuerpo vigoroso, y Savanna no dudó de que lograría seducirla. Nunca había puesto en duda la capacidad de Adam para hacerla olvidar todo lo que no fuera aquella embriagadora posesión. Lo que la hacía debatirse con desesperación contra ese intenso atractivo era la idea de que su esposo no experimentaba por ella sentimientos más hondos y nobles. Era una batalla amarga que libraba no sólo contra Adam sino contra sí misma, contra su propia carne traicionera, su propia piel que parecía erizarse hambrienta bajo las caricias del esposo. Mientras lo miraba, advirtió mortificada los cambios que se producían en su propio cuerpo: el fuego líquido que le ardía en las entrañas, los pezones que se erguían y el anhelo de los labios por los besos devoradores de Adam.

Adam la acercó hacia él centímetro a centímetro, con sus ojos clavados en los de ella, como desafiándola a negar la atracción que había entre los dos, el placer que podrían brindarse. Lo que por fin quebró la silenciosa lucha de voluntades fueron los movimientos del camisón de seda: Adam no pudo apartar la mirada de aquellas piernas pálidas que habían hechizado sus sueños. En sensual apreciación, paseó la mirada sobre los voluptuosos encantos tendidos ante él, y el dulce dolor que sentía entre las piernas se intensificó y se hizo más manifiesto a cada instante.

Savanna, tendida sobre el cobertor dorado, era una verdadera tentación para cualquier varón, con la melena rizada que el fuego encendía como un río de llamas contra la blancura alabastrina de su piel. Sus ojos exhibían el brillo de todas las emociones que bullían en su interior, sus mejillas estaban sonrojadas y su boca entreabierta era una rosada invitación; los ojos de Adam se posaron largo tiempo en aquellos labios involuntariamente provocativos, y luego se deslizaron hacia los maravillosos encantos de aquel largo cuerpo. El camisón se había alzado de un costado descubriendo una porción de la piel, que lo provocaba con la evocación de esas curvas suaves que aún ocultaba. Uno de los turgentes pechos estaba desnudo a medias, el pezón escondido bajo la seda; se veía una parte del torso, del vientre y la cadera, y en la unión de los muslos desnudos unos rizos rojos y dorados se revelaron ante los ojos de Adam, que descendieron por las largas y adorables piernas.

Savanna sabía que tenía que hacer algo, que no podía permanecer allí tendida, sumisa, permitiendo que su esposo la contemplara a gusto; una extraña languidez la mantenía inmóvil sobre la cama. Se sentía débil, incapaz de moverse, como si estuviese derritiéndose bajo la mirada de Adam, y un deseo irresistible le ascendió en espirales por el cuerpo. La conciencia de que era su marido, de que, lo quisieran o no, habían gestado un hijo, de que lo amaba, se mezclaba en ella con ese deseo pérfido e inexcusable y supo que luchaba contra fuerzas más poderosas que ella misma... o que Adam. Lo deseaba con cada fibra de su ser, y de pronto desapareció la urgencia de luchar contra las exigencias primitivas de su propia carne y quedó inerme, sumergida en un mar de hambrientos anhelos.

El recorrido sensual de los dedos de Adam que ascendían poco a poco por su pierna provocó en Savanna un estremecimiento de gozo, y vio la mano de él muy oscura contra la blancura de su propia piel. Lo contempló fascinada, mientras veía asomar la cabeza de Adam y el hombre depositaba un ardiente beso en el borde del muslo. Se sobresaltó ante las sensaciones francamente eróticas que las acciones de su esposo le provocaban, y el pulso le latió errático cuando Adam la miró con un brillo malicioso en sus ojos azul zafiro.

—Tenemos una larga noche por delante —dijo con voz densa—, y mucho que aprender... y disfrutar.

Ella quiso refutar con vehemencia aquellas palabras y no pudo; no se movió aunque intentó una última protesta. Musitó en tono helado:

—¡No quiero...!

—¿No quieres que haga esto? —preguntó el hombre, burlón, deslizando la boca sobre la piel de Savanna. Los labios de Adam fueron depositando pequeños y cálidos besos sobre el suave cuerpo de ella y ascendieron siguiendo la línea de la tela a través de los muslos temblorosos, haciéndola estremecerse cuando su boca merodeadora rozaba ligeramente los rizos en el vértice de los muslos antes de seguir por el vientre y el torso—. ¿O esto? —Los dientes de Adam se cerraron a través de la tela sobre el pezón túmido y jugueteó provocativo; Savanna se arqueó, ardiendo de anhelo de que él lo tomara por entero en la boca.

Deliberadamente, el hombre se demoró en lo que ambos deseaban y, cuando su boca encontró por fin la de Savanna, la mujer era toda ella un intenso dolor de deseo insatisfecho. Respondió con ímpetu al beso; la batalla estaba perdida desde hacía tiempo, quizá desde el primer momento en que los ojos de Savanna se posaron sobre Adam, y abrió los labios cuando la lengua de él invadió su boca.

Adam se apretó contra ella, excitado por la respuesta; su cuerpo alto y musculoso se unió al de Savanna en la cama y le sostuvo la cara con las manos bebiendo la miel de aquella boca. La bata de Adam estaba entreabierta y las piernas de los amantes se enlazaron mientras se besaban con pasión desenfrenada. El roce de las piernas sedosas de Savanna era incitador; él ya no toleraba ni la más tenue barrera entre ambos y, lanzando un juramento sofocado, separó su boca de la de ella lo bastante como para librarse de la bata. Se inclinó otra vez sobre la mujer y depositó una miríada de besos suaves en el lóbulo de la oreja y en el mentón mientras le quitaba las seductoras prendas que Savanna se había puesto. Adam sólo estuvo satisfecho cuando su esposa quedó ante él en todo su desnudo esplendor: una figura de turgentes curvas alabastrinas iluminada por el resplandor feroz del cabello rojo y dorado en la cabeza y entre las piernas, con los rosados pezones erectos. Arrojó con negligencia la ropa al suelo, junto a su propia bata, y contempló reverente a la exquisita mujer desnuda, deteniendo la mirada en el vientre todavía plano.

Ambos se sorprendieron cuando de pronto el esposo dejó caer un tierno beso en el sitio donde crecía el hijo, dentro de Savanna.

—Mi hijo —musitó con un matiz de extraña ternura en la voz, como si sólo en aquel momento se le revelara la realidad.

Ese beso y el tono maravillado de la voz fueron todo lo que Savanna necesitaba, y cuando Adam se acostó en la cama junto a ella, la muchacha se entregó con pasión al abrazo. Tal vez no la amara a ella, pero quería al niño... trataría de conformarse. Cuando la mano de Adam le cubrió un pecho, Savanna se estremeció de deseo, y cuando la boca de él se abatió premiosa sobre la de ella, la muchacha pensó que, cualesquiera fuesen los conflictos entre ambos, ¡al menos gozaban de esto!

Mientras pudo pensar, las ideas de Adam fueron muy similares a las de Savanna; luego, el encanto embriagador de la esposa esfumó de la mente del hombre todo pensamiento coherente. La sintió de fuego y seda entre los brazos; tenía un delicioso aroma de lavanda y sabía a miel. Adam no se saciaba, movía sin descanso la boca y las manos sobre aquella carne flexible. Supo que su esposa era todo lo que deseaba en una mujer, todo lo que alguna vez desearía; esa comprensión intensificó más todavía el anhelo casi doloroso que cantaba en su cuerpo vigoroso, porque ella era la única mujer para él y la amaba como jamás había soñado que amaría a ninguna.

Olvidada de todo lo que no fueran las caricias amorosas de Adam, Savanna fue reconociendo todos los contornos y los planos del cuerpo magnífico de su esposo. Recorrió maravillada con las manos sus hombros amplios, el relieve acerado de los tendones de su espalda y la curva firme de sus nalgas. Ese contacto la excitó: sintió que aquel cuerpo vigoroso temblaba bajo la caricia de sus manos, y supo que le brindaba placer, que atizaba el fuego en que Adam ardía, en que ardían los dos...

La boca de él era como un dulce fuego sobre el pecho de ella; el roce de sus dientes en los pezones henchidos le provocaba un nudo de deseo en el vientre y se apretó contra el hombre gimiendo suavemente cuando las manos de él se deslizaron sensuales por su cuerpo y los dedos sabios buscaron los rizos dorados entre sus piernas. Adam jugueteó con la mujer: la frotó con suavidad y exploró lentamente la carne blanda, enloqueciéndola, haciéndola desear que ahondara la exploración. Con el aliento entrecortado, Savanna gimió de frustración, pero las sensaciones que él le provocaba con aquellas íntimas caricias eran aún demasiado nuevas para ella, demasiado excitantes, y la asustaban tanto que no acababa de aceptarlas y a la primera penetración del dedo retrocedió, vacilando entre el rechazo y el deseo.

—Despacio, despacio, mi amor —exhaló Adam sin interrumpir los movimientos que hacían que Savanna le clavara las uñas con fuerza en los hombros y se retorciera presa de un delirio creciente. Le sonrió, contemplando aquel rostro enrojecido de pasión y susurró—: No te resistas, dulzura. Déjame que te enseñe, déjame que te demuestre cuánto placer puede dar un hombre a una mujer.

No rogaba: afirmaba, y los brazos de ella se cerraron con fuerza alrededor del hombre mientras la boca arrasadora encontraba otra vez la de la mujer. La besó con violencia apenas contenida: la urgencia de su propio cuerpo le dificultaba reprimir los instintos. Sin embargo se contuvo, pues quería complacer a Savanna, quería que experimentara todas las delicias eróticas que pensaba derramar sobre ella.

Dominada por entero por los anhelos de su propia carne clamorosa, Savanna era una cautiva voluntaria; los besos y las caricias de Adam destruyeron sus pensamientos racionales y sus inhibiciones normales, y sólo sintió las lascivas sensaciones que sacudían su cuerpo agitado. Él la besó muchas veces, con besos salvajes y exigentes que la dejaron deseando más cuando al fin Adam separó la boca y la deslizó como un río de fuego por sus pechos; después de succionarlos un instante siguió el recorrido hasta el vientre y luego más abajo...

El movimiento del cuerpo de Adam mientras se deslizaba entre los muslos de Savanna no perturbó la trampa sensual que él mismo había tendido, pero cuando los labios y la lengua reemplazaron a la mano entre los rizos rojos de la entrepierna, Savanna boqueó, avergonzada de tanto placer, y se congeló sin poder creer lo que él le hacía. La mirada atónita de la muchacha se encontró con el brillo duro de los ojos de Adam, y el hombre murmuró con voz ronca:

—Eres muy bella para mí... quiero... no, necesito saborear y explorar cada centímetro de ti.

Atrapada sin piedad por el deseo, Savanna no habría podido detenerlo aunque hubiese querido hacerlo, y cuando él le separó las piernas e inclinó la cabeza para golpetear su carne tierna con la lengua, se estremeció con intenso placer y las sensaciones la dejaron débil. La succión y las caricias de aquella boca eran casi insoportables; los movimientos la hicieron retorcerse y arquearse hacia arriba sintiendo que una feroz excitación se le anudaba en el vientre. Aferró indefensa los cabellos oscuros del hombre y deseó tocarlo, acariciarlo y compartir con él las increíbles sensaciones que le agitaban el cuerpo. Se sentía arder, le dolían los pechos, su boca ansiaba la de Adam, pero estaba subyugada por lo que él le hacía, y se retorcía en frenesí bajo el látigo de aquella lengua.

La respuesta desinhibida de Savanna no hizo más que aumentar la excitación creciente de Adam, y se abatió más hambriento aún sobre ella deseando llevarla al borde del éxtasis y sentir que se convulsionaba debajo de él. Percibió que ya estaba próxima, y el dolor entre sus propias piernas le recordó que él mismo estaba próximo al clímax hasta que el ansia de hundirse en la tibia humedad de Savanna fue casi más de lo que podía soportar. Le aferró las nalgas con vigor desesperado y sostuvo el cuerpo agitado de la mujer contra el ataque caliente de su propia lengua.

De pronto, Savanna se puso rígida y soltó un suave gemido ahogado mientras explotaban a través de su cuerpo oleadas sucesivas de exquisito placer. En un momento se encontró sacudida por la dulce violencia del orgasmo, y al siguiente, flotó a la deriva sintiendo los miembros ingrávidos, el cuerpo saciado. El mundo giró alrededor y cuando volvió a la realidad sólo encontró a Adam: a Adam que la abrazaba, a Adam que le murmuraba en el oído sensuales promesas...

A medida que pasaban los minutos y cobraba más noción de lo que la rodeaba, todo el cuerpo de Savanna hormigueaba con menudas oleadas de placer y se sintió tan turbada como estupefacta por la intensidad del éxtasis que la sacudiera. Tenía aguda conciencia del cuerpo tibio de Adam apretado contra el propio y la mente colmada con el recuerdo de las cosas asombrosas que le había hecho. Mientras recuperaba la normalidad de la respiración y desaparecía el último estremecimiento de placer, comprendió que, si bien ella había alcanzado el clímax, Adam todavía no. Era casi imposible ignorar la prueba de ello, acurrucada entre los brazos fuertes del esposo, los labios de Adam rozándole el cabello y la mejilla de ella apoyada en el pecho firme, ¡pues la rígida extensión de la virilidad túmida del hombre se apoyaba como un tizón ardiente contra el muslo de la joven!

Savanna lo miró; vio la línea firme del mentón y la mandíbula y sin querer exploró dulcemente con la mano los planos bien cincelados del rostro de Adam. Al sentir ese contacto, Adam inclinó la cabeza, le mordisqueó con suavidad las yemas de los dedos y murmuró:

—Hemos vuelto a la tierra, ¿no es cierto, mi amor?

Los ojos de Savanna contemplaron los ojos azules de su esposo y sonrió con timidez, sonrojándose:

—Sí... pero tú nunca despegaste, ¿verdad?

El hombre esbozó una sonrisa torcida.

—Tú me ayudarás a hacer algo al respecto, ¿no es así? —preguntó en tono suave, rozándole la sien con los labios.

Para su asombro, Savanna sintió un estremecimiento en su interior al oírlo. Todavía lo deseaba, comprendió maravillada: deseaba que aquel cuerpo firme la poseyera por entero, y todavía lo pensaba cuando ya sus pezones volvieron a erguirse y el deseo reemplazó rápidamente a la saciedad. Lánguida, se estiró y una expresión invitante asomó a las profundidades de sus ojos aguamarina mientras lo miraba con una sonrisa cargada de promesas.

—¡Oh, creo que hay algo —dijo en tono burlón— que podría hacer por ti!

Lanzando un suave gemido, Adam la atrapó y apretó su boca contra la de la mujer, mientras le tocaba el pecho suave. La muchacha aceptó esa feroz exigencia, y su cuerpo respondió con ardor a la caricia.

A pesar de la urgencia desesperada de unir los cuerpos, Adam se contuvo, para asegurarse de que Savanna se convirtiera una vez más en una criatura indómita y lasciva, antes de obtener el alivio que ambos buscaban desesperadamente. Con un gemido casi salvaje de súplica, se hundió en el sedoso calor y los cuerpos chocaron y se separaron en un ritmo carnal hasta que alcanzaron juntos el paraíso.

Durante esa larga noche, Savanna aprendió que existían distintas cosas que la mujer podía permitir al hombre que le hiciera... en especial cuando ese hombre era el esposo y esa mujer lo amaba, y el esposo invitaba generosamente a la esposa a utilizar su propio cuerpo como deseara. Fue una experiencia reveladora, y Savanna la aprovechó al máximo: con la boca y las manos exploró todo el cuerpo esbelto del esposo, verdaderamente embelesada al descubrir que podía hacerlo estremecerse y temblar al influjo de sus propias caricias inexpertas. Adam soportaba la tortura de esas sensuales caricias hasta que perdía el control y penetraba una vez más en aquel suave calor de la mujer.

Cuando Savanna sintió por fin un dulce agotamiento y Adam alivió la mayor parte de su insaciable deseo por ella, los primeros rayos del sol se filtraban en el cuarto y por fin se durmieron. Después de lo que habían compartido, lo más natural era que la mujer durmiera desnuda en los fuertes brazos del esposo, el cuerpo de él encerrando protector el de ella y los labios hundidos en la melena roja y dorada.

Savanna no supo cuánto tiempo había dormido; cuando desperto Adam ya no estaba y se encontró sola en la enorme cama. Permaneció tendida unos momentos, contemplando confundida las cortinas de seda dorada, y titilaron en su memoria las vívidas imágenes de la noche que acababa de pasar. Se preguntó inquieta cómo se enfrentaría a Adam a la inclemente luz del día, cómo se atrevería a negar que se convertía en una persona diferente entre los brazos del esposo: una criatura lasciva y apasionada, capaz de seguirlo de inmediato adonde él quisiera llevarla.

Sin embargo, había una cosa muy clara. A pesar de la noche transcurrida, nada había cambiado entre ellos: la única razón de aquel matrimonio apresurado era el niño que crecía en el vientre de Savanna. No hubo ni una sola palabra de amor entre los dos, y, pese al placer que Adam le brindó, ella sintió un profundo dolor en el corazón. Gimió, hundiendo la cabeza en la almohada. Sin amor, de súbito la noche anterior se le antojaba sórdida y tosca; se preguntó sombríamente cómo podía recuperar el terreno que su propia carne traicionera le había hecho perder. De ninguna manera podía culpar a Adam por lo sucedido esa noche: después de la resistencia inicial Savanna se convirtió en una gozosa voluntaria de todos los placeres carnales que Adam le revelara. «¡Si pudiera odiarlo! —pensó—. ¡Convencerme de que es un hombre despreciable... convencer a mi cuerpo de que tiemble disgustado y no extasiado cuando él me toca!»

Ansiosa de huir de los demonios que la torturaban, Savanna se sentó y apartó las colgaduras de la cama. Un sol brillante inundaba la habitación y la hizo parpadear: advirtió que era muy tarde. Encontró la adorable bata entretejida de oro donde Adam la había arrojado la noche anterior, se la puso y saltó ágilmente de la cama. El cuarto estaba desolado, pero encontró un trozo de papel a la vista sobre el tocador.

Atravesó la habitación, tomó el papel y leyó la escritura decidida de Adam. Al parecer, había tenido que atender un asunto y pronto regresaría. Mientras tanto, había ordenado que le llevaran a Savanna el baño y el desayuno. Todo lo que tendría que hacer era tirar del cordón de la campanilla y satisfarían de inmediato sus deseos.

Savanna esbozó una media sonrisa y trató de no ablandarse ante las consideraciones de su esposo; hizo lo que sugería la nota y avisó al personal del hotel de que estaba despierta. Mientras aguardaba que llegaran los sirvientes con el baño, se acercó al alto guardarropa de caoba en el que había dejado su propia ropa la noche anterior, abrió una de las puertas y examinó el contenido sin excesiva alegría.

Savanna nunca había tenido un guardarropa demasiado abundante, y nunca le había importado lo más mínimo la ropa... hasta ahora. Sin mucha convicción pensó que la noche anterior no había cambiado nada entre ella y Adam, aunque admitió que le habría gustado tener algo moderno y elegante que ponerse. Examinó desazonada la limitada colección que tenía ante sí y al fin se decidió por un práctico vestido de falda amplia, de rayas verde pálido, con escote cuadrado y la pechera adornada con una cinta verde oscuro.

Disfrutó sobremanera del baño, tan encantada con el aroma de lavanda de las burbujas como la noche anterior. Por fin, dejó el baño sintiéndose vigorizada y llena de vitalidad, y se puso rápidamente el vestido rayado antes de regresar al dormitorio. Acababa de entrar en la habitación cuando le llegó el aroma tentador del café recién hecho: vio al instante la bandeja con el desayuno que habían dejado sobre una de las pequeñas mesitas de mármol, junto a la cama.

Savanna encontró ante ella una jarra humeante de café con leche, una pequeña fuente de cristal con fresas glaseadas y diversos tipos de bollos recién hechos, aún tibios y fragantes, espolvoreados con azúcar. Aspiró los deliciosos aromas y mordió un trozo de bollo: el sabor a levadura de la masa frita se le derritió sobre la lengua. Sonriendo, llevó la bandeja hasta el pequeño balcón del dormitorio, se sentó a la mesita que encontró allí y disfrutó del desayuno.

Al terminar, Savanna volvió a entrar en el dormitorio, se sentó frente al tocador y con dedos ágiles se peinó los rebeldes cabellos formando dos trenzas que se sujetó en torno de la cabeza a modo de corona. De pie, delante del espejo, se examinó con labios temblorosos. Estaba... presentable, concluyó con brutal sinceridad. El cabello estaba en orden, el vestido, limpio y no carecía de gracia, y tendría que conformarse. «Además, ¿no se supone que estás enfadada con Adam? —pensó—. ¿Acaso no te obligó a contraer un matrimonio sin amor, y no es cierto que el placer físico que habéis compartido no cambia nada? ¡No olvides que sólo eres la hembra de Adam! ¡Alégrate de no tener otra cosa más atractiva que este viejo vestido!» No se le ocurrió pensar que la cinta verde oscuro que bordeaba el cuello constituía un marco delicioso para su belleza vivaz, y la severidad del peinado no hacía más que realzar la perfección escultórica de sus facciones, ni tampoco que, aunque el vestido no fuese el último grito de la moda, Savanna lo lucía con gracia sobre su cuerpo alto y turgente, que la falda se mecía suavemente a cada paso que daba...

Inquieta y desasosegada, con las emociones fluctuando en direcciones opuestas, Savanna salió del dormitorio y se encaminó al salón principal. Comenzaba a preguntarse cuánto tardaría Adam, cuando entró.

Al verlo, el corazón de Savanna dio un estúpido brinco: contempló su cara atezada y apuesta sobre la blanca corbata almidonada, la chaqueta azul oscura delineando los hombros anchos, las piernas vigorosas destacadas por los pantalones amarillos de nankín. Se sintió extrañamente tímida teniendo en cuenta la noche que habían compartido; notó que le ardían las mejillas al evocar lo que hicieron y habló precipitadamente.

—¡B-b-buenos días! ¿C-c-concluiste tu negocio?

Adam rio y la abrazó y la besó con fervor. Posando sus labios tibios sobre los de Savanna, murmuró:

—¡Desde luego que sí! Sólo espero que te satisfagan los resultados.

Ella lo miró, con la boca aún palpitante por el beso:

—¿A mí? ¿Qué tengo yo que ver con tus negocios?

Adam se limitó a sonreír y adoptó un aire misterioso.

—¿Ya has desayunado? —preguntó. Savanna asintió, y Adam exclamó alegremente—: ¡Excelente! Ahora, ven conmigo: quiero mostrarte algunos lugares.

Vacilante, Savanna se dejó arrastrar fuera de las habitaciones. La incomodaba el hecho de disfrutar tanto la compañía de Adam, de aceptar sus propuestas con tanta facilidad. Si fuese prudente, le explicaría por qué no debía repetirse lo de la noche pasada...

Si la muchacha se viera obligada a explicar el torbellino de sentimientos que se agitaba en lo profundo de su ser, se habría encontrado en dificultades. Sin embargo sabía que, pese a amar a Adam, era imprescindible que le hiciera entender, más aún, resultaba imperioso explicárselo: no podían seguir compartiendo la cama aunque Savanna llevara en sus entrañas al hijo de ambos. Su orgullo se lo exigía. No soportaba continuar subyugada a esas fascinantes intimidades sabiendo que él no la amaba... que sólo se trataba de lujuria... una lujuria que cualquier otra mujer podría satisfacer.

La distrajo de estos pensamientos el súbito envaramiento de Adam, y lo miró. El semblante de él no revelaba nada, pero Savanna supo que sucedía algo malo. Al llegar al final de la escalera y avanzar por el piso embaldosado del vestíbulo del hotel decorado en tonos crema y dorado, la mujer advirtió de inmediato a la pareja que se acercaba hacia ellos, pero no entendió por qué Adam se había puesto tan tenso al verlos. A menos que se avergonzara de ella y no quisiese presentarla a los amigos...

La mujer era encantadora. Menuda, rubia, vestida al último grito de la moda, con una figura de curvas atrayentes y una belleza que hacía volver la cabeza a más de uno. Al aproximarse, Savanna percibió que el atractivo caballero rubio que acompañaba a la mujer debía de ser un pariente, pues eran parecidos aunque el hombre no fuese tan impactante como la compañera. También el caballero vestía con exquisita elegancia: una chaqueta verde oscuro de corte tan impecable como la de Adam, la corbata nívea y las botas brillantemente lustrosas.

La dama, sin prestar la más mínima atención a Savanna, se aproximó a Adam, le propinó un golpecito juguetón con el abanico de marfil y encaje, y exclamó en tono alegre:

—¡Oh, Adam! ¡Estás aquí! Alguien me dijo que vendrías a la ciudad, ¡pero jamás soñé que nos cruzaríamos contigo! Charles y yo salimos de Natchez y partiremos hacia Oak Shadows, la plantación de los Michauds en Bayou Chupitulas. —Le dirigió una sonrisa taimada—. Quizá quieras ir a visitarnos...

En el límite mismo de la cortesía, Adam replicó:

—Hola, señorita Asher... ¡qué sorpresa encontrarla aquí, en Nueva Orleans! —Saludó al hombre con la cabeza y agregó—: Y a usted, Asher.

Charles Asher no pareció más complacido que Adam del encuentro, y respondió con aire rígido:

—Me alegro. ¿Estará mucho tiempo aquí?

—No. Sólo unos días. —Los buenos modales indicaban que presentase a Savanna, y Adam, deseando que Betsey Asher y el hermano se fueran al infierno, dijo en tono helado—: Quiero presentarles a mi esposa, Savanna St. Clair. Savanna, éstos son la señorita Betsey Asher y su hermano, el señor Charles Asher.

La reacción de Betsey fue sorprendente. Se puso pálida y abrió la boca; en cambio Charles se mostró muy satisfecho.

—¡Tu esposa! —exclamó Betsey con voz destemplada—. ¡Debes de estar bromeando!

Adam esbozó una sonrisa severa y casi arrastró a Savanna, apartándose de los hermanos.

—No, le aseguro que no —pronunció en tono helado—. Discúlpennos, tenemos una cita.

Betsey, con sus malévolos ojos verdes entrecerrados, se quedó mirando cómo Adam y Savanna se alejaban. Sólo los insistentes tirones de Charles en el brazo la sacaron de la contemplación. El hombre susurró entre dientes:

—No puedes hacer nada. ¡Está casado! Tendrás que apuntar hacia algún otro objetivo.

Betsey apretó los labios y algo amenazador asomó a sus ojos verdes.

—¡No me digas lo que tengo que hacer! ¡Esposa o no esposa, aún tengo la intención de que Adam St. Clair sea mi marido!

—exclamó con voz temblorosa de rabia. Contempló con mirada cargada de malevolencia la figura de Savanna que desaparecía y agregó en tono cruel—: No sé de dónde viene esa mujer ni de qué poderes goza sobre Adam, ¡aunque apuesto a que este matrimonio apresurado —y te aseguro que es apresurado— no es una unión por amor! ¡Yo lo quiero a él, y nada me detendrá, ni una esposa común y corriente!

CUARTA PARTE

Traición y triunfo

«Si no recuerdas la menor locura
que el amor te haya hecho cometer,
es que no has amado.»

William Shakespeare
Como gustéis

18

Charles Asher estuvo a punto de escupir un furioso juramento, pero recordó dónde estaban y se contuvo. Después sonrió entre dientes y dijo:

—¡Querida hermanita, si no te molesta, preferiría discutir esta cuestión en un lugar más privado!

Betsey se encogió de hombros, y siguió al hermano manteniendo una expresión apacible mientras subían la escalera hacia las habitaciones que ocupaban en el hotel. Habían llegado a la ciudad dos días antes. En esa época, Nueva Orleans estaba bastante vacía pues los plantadores estaban ocupados en sus propiedades y todos evitaban los calores agobiantes de la estación, y los Asher estaban bastante aburridos. Claro que sería diferente cuando llegaran a Oak Shadows: Charles tenía grandes esperanzas en que Betsey sedujera a Pierre, el heredero de los Michaud, y obtuviese una propuesta matrimonial. Los Asher habían conocido a los Michaud, madre e hijo, poco tiempo atrás, en mayo, cuando fueron a visitar a un pariente lejano en Natchez. Casi de inmediato resultó evidente que Betsey había impresionado a Pierre, y como el muchacho cumplía los requisitos deseados, Charles aceptó amablemente la ansiosa invitación del joven a pasar una temporada en el hogar de los Michaud en Oak Shadows, ese otoño.

Nada más cerrarse tras ellos la puerta que comunicaba ambos dormitorios, Betsey arrojó al suelo su adorable abanico de marfil y encaje y vociferó con el rostro contraído de furia:

—¡Casado! ¡No puedo creerlo! ¡En particular, porque no ha sido conmigo con quien ese canalla se ha casado!

Charles, muy habituado a los ataques de cólera y vanidad herida de Betsey, guardó silencio y dejó que desahogara su furia por la habitación, esperando que agotara lo peor de la rabieta. Después de haber arrojado un botellón de cristal contra la pared, de haber propinado un puntapié a una exquisita mesa de caoba tallada y de tirar al suelo todas las almohadas de la cama, la joven pareció recobrar cierta apariencia de calma.

Con el pecho agitado, miró a su hermano y escupió:

—Sé que nunca quisiste que me casara con Adam, y aunque a ti no te satisfaga, ¡a mí sí! ¡Yo lo quiero! Pierre es sólo un muchacho... ¡no tiene ni comparación con Adam St. Clair!

—Puede ser y, si bien es posible que Adam te satisfaga en la cama —replicó Charles, malicioso— ¡dudo de que acepte dócilmente que le pongas los cuernos, o de que haga la vista gorda mientras yo me juego su fortuna a los naipes!

—¡Bueno, es culpa tuya! ¡Fuiste tú quien dilapidó nuestra fortuna en los naipes! ¡Me alegro de que mamá y papá no estén vivos para ver a qué estado nos redujiste!

Charles no pudo discutirle, pues eso era justamente lo que había hecho: derrochar en el juego la enorme fortuna que les dejara el padre. Nadie, ni aun Susan, la hermana de ambos, sabía cuán desesperada era en realidad su situación cuando llegó esa invitación providencial.

La casa, la plantación, la fortuna de Charles y hasta la herencia de Betsey, que estaba bajo control del hermano, fueron vendidas para pagar las monstruosas deudas de juego de Charles en Virginia. La invitación de Susan resultó una bendición. Aunque Betsey siempre tenía pretendientes, al comenzar a circular los rumores acerca de las enormes pérdidas del hermano, la mayoría de esos pretendientes se esfumaron. Ninguno de los que quedaron tenía fortuna suficiente como para satisfacer a Charles.

Cuando Betsey se enteró de la dimensión del desastre se puso furiosa, pero si había alguien que amara además de sí misma, era Charles, y llegó un momento en que su hermano le explicó el modo de resolver ese problema: que se casara con un caballero rico e indulgente. Y era Betsey la que tendría que casarse, pues así como se habían esfumado los pretendientes al difundirse la noticia entre los amigos y los vecinos, también se disiparon las perspectivas de Charles de realizar una boda conveniente. El caballero que pretendiera a Betsey no tendría que ser muy interesado ni hacer averiguaciones con exagerada insistencia acerca de la supuesta fortuna de la muchacha y; dado que la novedad del desastre no se había extendido más allá de la ciudad en que vivían, aun en el caso de que Charles tuviese la buena suerte de encontrar a una heredera que lo aceptase, era poco probable que el matrimonio se concretara sin un meticuloso examen de la fortuna del propio Charles. ¡Y eso sería fatal!

Adam St. Clair hubiera representado un candidato perfecto para Betsey en distintos aspectos, pero a pesar de que la joven quería casarse con Adam, Charles se opuso terminantemente. Le bastó conocerlo para comprender que aunque St. Clair tenía un trato agradable no era hombre de hacer la vista gorda ante los flirteos de Betsey, ¡ni cargaría gustoso con un cuñado extremadamente caro! Los hermanos Asher sostuvieron una amarga disputa al respecto, y Charles exhaló un suspiro de alivio cuando Adam fue a visitar a la familia de su hermana.

A Charles lo complació sobremanera que Adam ahora estuviese casado, en particular porque había aparecido en escena un joven que cumplía todos los requisitos. Pierre, el hijo único de una viuda rica, era un joven apuesto y despreocupado de veintitrés años y, lo más importante: estaba convencido de que Betsey era un ángel. No sólo el joven estaba fascinado con Betsey sino que la madre miraba con buenos ojos a Charles. Durante aquellas semanas, mientras Betsey mantenía a Pierre en un estado de abyecta adoración, Charles desarmó a la viuda con sus modales encantadores y comenzaba a ocupar el lugar de útil consejero. ¡Resultaba perfecto!

Las facciones demasiado apuestas de Charles se fruncieron en un gesto preocupado. ¡Todo sería posible si Betsey no permitía que su propia fascinación por Adam St. Clair lo arruinara!

—No importa —dijo Charles descartando el argumento— de qué modo llegamos a esta situación: ¡el hecho es que estamos en ella y la solución consiste en que te olvides de Adam St. Clair y te concentres en Pierre Michaud!

—¡No quiero a Pierre! ¡No es más que un niño! ¡Quiero a Adam!

Charles la abofeteó con dureza. Le aseguró, con el rostro ensombrecido por la cólera:

—¡Betsey, desalienta a Pierre y te haré tan desgraciada que desearás morir!

Betsey se acarició lentamente la mejilla enrojecida y le lanzó una mirada cruel.

—¡No me amenaces! ¡No olvides que podría revelar ciertas cosas acerca de ti!

Charles se controló con dificultad y dijo en tono rígido:

—¡Querida mía, yo podría decir lo mismo! Somos capaces de arruinarnos mutuamente... o bien, como siempre hemos hecho, podemos unir fuerzas. La elección es tuya.

La hermana dijo con una sonrisa hechicera:

—¡Oh, Charles! ¡Estamos peleando otra vez! Vamos, hablemos de algo más agradable. ¿Tenemos que partir para Oak Shadows esta misma tarde? —le tironeó de la manga como una niña y preguntó en tono dulce—: ¿No podríamos quedarnos en Nueva Orleans una noche más y viajar mañana por la tarde?

Charles la contempló con aire suspicaz, sabiendo que Betsey era muy capaz de fingir una cosa y hacer otra. Aunque hubiese preferido poner la mayor distancia posible entre su hermana y Adam St. Clair, no encontró excusa para agregar motivos de controversia con Betsey. Además, ¿qué mal podría causar Betsey en sólo veinticuatro horas?

La misma Betsey no sabía bien qué haría, sólo estaba segura de que no dejaría pasar ninguna oportunidad. Si tenía que sepultarse en Oak Shadows por tiempo indefinido, no podría seguir adelante con sus propios planes respecto del futuro de Adam, y ansiaba aprovechar cualquier posibilidad. Si el Cielo la acompañaba, una sola noche sería suficiente para lograr que los St. Clair se pelearan. La joven sonrió.

Si Betsey hubiera podido ver los problemas que su sola presencia había provocado entre Adam y su esposa, la sonrisa de la joven se habría ensanchado. Savanna había perdido cualquier placer que le hubiera proporcionado ese día, pues estaba convencida de que Adam se avergonzaba de ella y de que por esa causa se había despedido con tanta prisa de los amigos. Las mismas actitudes de Adam confirmaron sus temores, pero estaba decidida a no dejarse abatir con tanta facilidad. El orgullo la obligó a caminar con porte majestuoso junto a su marido, alzando altiva la barbilla, con la espalda y los hombros erguidos. Sin embargo, no sólo se sentía herida por la actitud de Adam sino también enfadada, y cuando él sugirió que pasearan por el Mercado Francés, le respondio en tono cortante. Mantuvo la mirada al frente mientras caminaban por la acera y dijo con aire tenso:

—Me sorprende que sugieras un lugar público. ¿No temes que nos encontremos con algún conocido y tengas que presentarme?

Jamás había cruzado por la mente de Adam que Savanna se sintiera insegura de la recepción que podría aguardarla en el ambiente de él, y en ese momento tampoco lo entendió: aún estaba furioso por las descaradas maniobras de Betsey. Aunque no hubiese estado recién casado, y en las circunstancias más dudosas, Betsey era la última persona que Adam desearía presentar a Savanna. Maldijo la aparición de Betsey y pensó en el modo de evitarla en las horas que todavía permanecerían en Nueva Orleans. Concentrado en esas elucubraciones, Adam no prestó atención a las palabras de Savanna ni al tono con que las pronunció, como hubiese hecho normalmente. Sonrio y replicó, sincero:

—Oh, no creo que nos topemos con ningún conocido... nadie se aventura por la ciudad en esta época del año. ¡La tenemos toda para nosotros!

Adam no advirtió que había herido más aún a su esposa, y apuró el paso en dirección al Mercado Francés. En otras circunstancias, Savanna habría disfrutado del paseo por aquel mercado bullicioso, estridente y lleno de vida, pero ese día no. Estaba ensimismada en sus propios pensamientos y casi no oyó la multitud de lenguas que colmaban el aire. Se oía hablar en francés, español, indio, inglés, americano y hasta alemán, mientras los tenderos y los clientes regateaban en tono amable en la compra y venta de la amplia variedad de productos que habían hecho famoso aquel mercado. Aves vivas, amarradas por las patas en grupos de tres, codornices, pescado fresco, camarones y cangrejos se amontonaban en el frente de los puestos, en una sección del enorme mercado; en otra, una tentadora variedad de productos listos para consumir: guisantes, remolachas, tomates, maíz, jengibre, zarzamoras y alcauciles. Había una multitud colorida y cambiante: mulatas con encantadores vestidos púrpuras y amarillos, esclavos de ropas pardas, hindúes mugrientos. Unos pocos caballeros vestidos de azul oscuro, acompañados de damas ataviadas con colores claros paseaban por ahí, y entre todo aquel barullo se movían con gracia y agilidad mujeres negras que vendían ramos de rosas, violetas, jazmines españoles y claveles. Savanna no veía nada, y cuando Adam, preocupado por la distracción de su esposa, la condujo fuera del bullicioso mercado y se dirigieron hacia una tienda pequeña y discreta sobre la calle Charles, ella lo siguió sin discutir.

Adam se sintió intrigado; el instinto le decía que pasaba algo malo aunque no podía imaginar de qué se trataba. ¿Acaso la noche anterior no le había demostrado nada a su esposa? La había sentido tibia y dócil entre los brazos y sabía que le brindó un placer tan exquisito como el que Savanna le había proporcionado a él. Entonces, ¿qué era lo que sucedía? ¿Quizás aún estaba enfadada por el solapado procedimiento que Adam utilizó para obligarla a casarse? El entrecejo de Adam se hizo más profundo y de pronto comprendió que, si hubiera estado en el lugar de Savanna y lo obligaran a él a casarse, tampoco estaría del mejor de los talantes. ¡Se habría puesto furioso! Y amargado. Resentido.

Inquieto, observó la expresión cerrada de Savanna. No parecía furiosa, amargada ni resentida, pero eso no lo tranquilizó y comprendió algo tarde que la noche anterior no había demostrado nada... ¡excepto que podía lograr que su esposa lo deseara y que era capaz de brindarle placer! Cuando llegaron a la pequeña tienda en la calle Charles, el entrecejo de Adam era sombrío, y recordó la rudeza con que la había alejado de los Asher y luego la había arrastrado a través del Mercado Francés. Por su parte, Savanna estaba convencida de que su esposo no deseaba que la viesen con él. La joven llegó a la amarga conclusión de que su esposo se avergonzaba de ella y que ya lamentaba haberse casado. Cuando entendió el objetivo de la visita a la calle Charles, se confirmaron sus presentimientos.

A la vista de Savanna se exponía el conjunto más espectacular de telas, de los materiales y matices más diversos, bellos y finos: era el negocio de *madame* Galland, famosa por la excelencia de su costura y con un instinto infalible para los colores y los estilos. Madame Galland, menuda y morena, con el cabello negro recogido en un rodete sobre la nuca, saludo a Adam y Savanna y los hizo pasar a un confortable gabinete tapizado con seda adamascada de tono rosa pálido. Si *madame* advirtió que estos clientes tenían un aire desusadamente grave y silencioso, lo reservó para sí misma, y comenzó a exhibir las prendas casi terminadas que Adam le había encargado al llegar a Nueva Orleans.

Madame Galland, sonriente, y con una expresión vivaz y amistosa en sus líquidos ojos castaños, dejó caer sobre el regazo de Savanna una encantadora capa de seda azul de Prusia y murmuró:

—Si la señora quisiera probársela podría ordenar los ajustes necesarios, *oui*? Ya tengo otras prendas casi listas: sólo necesito su aprobación y tal vez algún pequeño retoque para que le sienten a la perfección. —Examinó las curvas voluptuosas de Savanna con ojo experto y agregó con aire ligero—: *Monsieur* fue muy preciso con las medidas, y excepto algunos pequeños cambios, creo que usted quedará satisfecha con estas primeras entregas.

Savanna recordó poco de la visita a *madame* Galland. Recordó que *madame* la había conducido a un pequeño gabinete de pruebas y le puso y le quitó rápidamente una innumerable cantidad de vestidos y conjuntos, además de otras prendas del atavío femenino. Luego, Adam, con expresión severa, ayudó a elegir otros artículos, diseños, telas y cortes que armonizaban con el fabuloso guardarropa encargado para Savanna, pero la joven sólo percibió a medias lo que sucedía a su alrededor. Se sentía morir por dentro. Cada prenda encantadora, cada trozo de encaje, cada adorno lujoso que se agregaba a la pila que tenía ante ella, la crispaba y subrayaba cruelmente el profundo abismo que se abría entre su propio y modesto vestido y los elegantes y lujosos atavíos que Adam le compraba.

La visita a *madame* Galland pareció ahondar el abismo que había entre los esposos y acrecentó los temores de Savanna. Y además, el malhumor de Adam se sumó a su propia desesperación y la impulsó a hacerle comprender que, si bien llevaba en el vientre al hijo de ambos y trataría de ser una buena esposa, ¡era una locura fingir que su matrimonio era normal, y eso significaba que no se repetirían noches como la pasada!

Los esposos, con una tensión casi palpable entre ambos, dispusieron que les entregaran esa tarde algunas de las prendas terminadas, salieron de casa de *madame* Galland y regresaron al hotel. No conversaron, sumidos como estaban cada uno en sus propios y desdichados pensamientos, pero cuando llegaron a las habitaciones, Savanna dijo con aire envarado:

—Creo que debo darte las gracias por todas las cosas que me has comprado.

Adam se sentía furioso y desanimado por su propia situación: ¿quién iba a decir que se enamoraría de una mujer a la que le importaba un bledo? Contempló a Savanna con expresión grave. Murmuró con una mueca de la boca expresiva:

—¿Debes? Muchas mujeres estarían en las nubes si sus maridos hubiesen sido tan generosos. —Entrecerró los ojos—. No obstante, tú no eres como la mayoría de las mujeres, ¿verdad?

—No —replicó Savanna, más mortificada aún al suponer que Adam creía poder comprar los favores de su esposa—. ¡Y nuestro matrimonio es bien distinto del que contraería la mayoría de las personas! —Después de haber pasado una mañana humillante, la joven quiso aclarar las cosas y prosiguió en tono amargo—: Te aseguraste de que yo no tuviese alternativa: llevo a tu hijo en el vientre y también llevo tu apellido, aunque eso no será excusa para que satisfagas tu lujuria. Desde ahora, insisto en tener mi propio dormitorio y mi intimidad.

Adam palideció y se le contrajo un músculo de la mejilla. Lo hirió profundamente que Savanna desdeñara lo que habían compartido la noche anterior; nada lo había herido de ese modo y reaccionó como solía hacerlo. Apretó los labios, aferró a Savanna del brazo y la sacudió sin contemplaciones.

—¿Eso es todo lo que significó para ti la noche pasada? ¿Sólo lujuria?

Savanna no pudo hacer frente a la mirada furiosa de Adam. «Esto es necesario», pensó; apartó el rostro de aquellos penetrantes ojos azules y guardó un empecinado silencio.

Adam contemplo el perfil de la mujer durante un largo momento, y luego la angustia y la cólera lo dominaron.

—¡Muy bien, señora! —le espetó en tono helado—. ¡Has manifestado tus deseos con la mayor claridad! ¡Y como me niegas mis derechos conyugales, me perdonarás si salgo a buscar otra mujer más amable con quien saciar mi lujuria! —La apartó con un gesto despectivo y salio de la habitación cerrando la puerta con un estruendoso golpe.

Savanna, muda y desdichada, se quedó mirando la puerta cerrada. «Es mejor así», pensó con valentía. Después de todo, provenían de mundos diferentes, y esa mañana la diferencia se había hecho evidente cuando Adam se avergonzó de presentarla como su esposa y también cuando manifestó disgusto por las ropas que ella llevaba. Abatida, se acercó al sofá, diciéndose que no tenía que dejarse desanimar por la actitud de su esposo: de todos modos sería sólo cuestión de tiempo que buscara a otras mujeres. ¡En realidad, se sentiría mejor ahora que habían aclarado las cosas en el comienzo! «¡Pero duele mucho! —pensó—. ¡Es difícil de soportar!»

Se dejó caer en el sofá y contempló la habitación sin ver nada en realidad mientras las lágrimas se le deslizaban por la cara sin que lo advirtiera; se preguntó cómo sobreviviría a los terribles años vacíos que le esperaban. No supo cuánto tiempo permaneció allí sentada con las lágrimas secándose en sus mejillas, hasta que oyó que alguien llamaba a la puerta.

Borró rápidamente todo signo de pena, y se apresuró a abrir la puerta. Allí estaba Betsey Asher mirándola con una sonrisa dulce y ansiosa.

Betsey era una aparición. Sus resplandecientes rizos dorados escapaban con gracia bajo el encantador sombrero de paja, que sujetaba un enorme lazo de seda lavanda bajo la barbilla. Llevaba un delicioso vestido de cintura alta, de finísima muselina en un tono lavanda claro, con manguitas abullonadas. Sus pequeñas manos estaban cubiertas con guantes níveos y llevaba un elegante bolso. Savanna se sintió como un enorme leño, consciente de su estatura y de lo andrajoso de su vestido.

—¡Oh, sé que soy un poco precipitada! —arrulló Betsey con tono de suave sinceridad—, pero como me quedaré muy poco tiempo en la ciudad, quise visitarla y felicitarla por su matrimonio antes de partir para Oak Shadows. —Miró el rostro lúgubre de Savanna con expresión radiante y prosiguió—.:Vi que Adam salía, supe que usted estaba sola, y se me ocurrió proponerle que compartamos un vaso de limonada en ese encantador saloncito de té que hay abajo.

Savanna se quedó mirándola largo rato, perpleja por la presencia misma de Betsey y por la invitación. Las ideas se confundieron en su mente. Lo último que hubiera deseado Savanna era intercambiar visitas con Betsey Asher: la graciosa elegancia y el aire amable de aquella joven le recordaban las enormes diferencias entre ambas. Por añadidura, la invitación llegaba después de la mañana que Savanna acababa de pasar y de la desagradable discusión con Adam: tuvo que contenerse para no lanzar gritos histéricos. No obstante, Savanna pensó que lo ocurrido no era culpa de la señorita Asher y que la joven dama había tenido un gesto agradable y considerado. Se esforzó por dejar de lado sus sentimientos desdichados, y, esbozando una sonrisa vacilante, Savanna dijo al fin con cortante sinceridad:

—Agradezco su invitación, pero por desgracia Adam no me dejó dinero: no puedo pagar la limonada.

Betsey lanzó una risita tintineante.

—¡Oh, no se preocupe por eso! Yo invito. ¡La próxima vez, pagará usted! Y ahora, vamos: ¡tengo tantos deseos de charlar con usted!

Aunque con renuencia, Savanna se dejó convencer por Betsey; abrió la puerta y dijo cortésmente:

—Entre un momento, por favor. Tengo que dejarle una nota a Adam.

Savanna escribió la nota para Adam, sin percibir el brillo cruel de los ojos verdes que la examinaban con tanta atención. Mientras Savanna escribía sentada frente a un delicado escritorio de madera de cerezo, Betsey merodeaba por la opulenta habitación y comparaba llena de envidia el tamaño y el mobiliario de aquel cuarto con las habitaciones baratas que ella y Charles habían conseguido. «¡No es justo! —pensó indignada—. ¡Adam es mío! ¡Yo tendría que ser la esposa y estar aquí con él, en estas habitaciones tan espaciosas, y no esta rústica doña nadie!»

Betsey dijo en tono despreocupado, con una sonrisa fija en los labios:

—Debo disculparme por mi comportamiento de esta mañana: ¡me causó una fuerte impresión enterarme de la boda de Adam! ¡Era tan decididamente adverso al matrimonio! ¿Qué hizo usted para que cambiara de opinión?

Savanna se ruborizó; ¡cómo hubiera querido tener una lengua ágil en aquel momento! Se concentró en lo que escribía y murmuró distraída:

—Hum, no lo sé. S-s-simplemente, n-n-n-os pareció una buena idea.

—Creo que nunca he oído mencionar su nombre a ninguno de nuestros amigos, ¿sabe? Savanna es un nombre poco común, ¿no es así? Creo que si lo hubiese oído, lo recordaría, ¡y desde luego, si lo hubiera oído de labios de Adam! —Lanzó a la otra joven una mirada amable—. No se incomode: Adam y yo somos muy buenos amigos... ¡me lo cuenta todo! ¿Hace mucho que lo conoce?

—N-n-n-o, no mucho —farfulló Savanna sintiéndose algo mareada.

—La boda fue... algo precipitada, ¿verdad?

El rubor de Savanna se acentuó. Se sentía insegura en ese nuevo papel de esposa de Adam, un tanto extraña e inferior a esta joven tan bella que sin duda había gozado de la intimidad de su esposo, y que se movía en la alta sociedad. A pesar de todo, no deseaba crearle dificultades a Adam siendo descortés con alguno de los amigos y, ciertamente, no quería ofender a la señorita Asher; con singular inocencia, se le ocurrió que quizás ella y la señorita Asher podrían ser aliadas. Con la ayuda y la guía de esta joven, más mundana y sofisticada que Savanna, la transición entre Savanna O'Rourke, propietaria de una modesta taberna, a la señora St. Clair, esposa de un caballero tan rico y aristocrático como Adam, sería menos dura. A medida que pasaban los minutos, se preguntó si esta señorita Asher no era algo entrometida y si no existiría algún motivo ulterior para esa visita aparentemente amable. Savanna comenzó a dudar de su opinión favorable de unos momentos atrás.

Replicó con aire envarado:

—Creo que si nuestro matrimonio fue precipitado no es asunto suyo, ¿no le parece?

—¡Oh, caramba! ¡La he ofendido!, ¿no es cierto? —exclamó Betsey fingiendo desazón—. ¡Perdóneme! Es que Adam y yo siempre hemos sido tan íntimos, y enterarme de pronto de que se ha casado con una completa desconocida... —Betsey rió pesarosa—. ¡Es mi lengua atrevida! ¡Por favor, perdóneme!

¿Qué podía hacer Savanna? Descartó con gracia las disculpas corteses de Betsey, pero se desvaneció cualquier entusiasmo que pudo haber tenido por la compañía de la joven, y deseó haber rechazado de inmediato la invitación. Si bien hasta ese momento Savanna no se había movido en la alta sociedad, el instinto le decía que la señorita Asher no se traía nada bueno entre manos...

La breve conversación había respondido algunas preguntas que habían atormentado a Betsey toda la mañana, y pudo sacar más conclusiones de lo que Savanna calló que de lo que dijo. Era evidente que ese matrimonio no se había realizado por amor; fue repentino, y a juzgar por el atavío de Savanna tampoco el dinero había sido el motivo, al menos en lo referido a la muchacha. La aristocracia de los plantadores en el sur de Estados Unidos era limitada; todos se conocían y, en muchos casos, eran parientes, aunque lejanos. El hecho de que Betsey jamás hubiese oído mencionar a Savanna la llevó a una conclusión obvia: la esposa de Adam no frecuentaba los círculos más altos de la sociedad; peor aún, tal vez fuese la prima pobre de algún pariente lejano más rico y con mejores relaciones. ¡No era nadie! Y este descubrimiento exasperó más aún a Betsey que el mismo casamiento de Adam. Después de haber llegado a esa conclusión, aún estaba intrigada por el motivo que había llevado a ese hombre a casarse con una señorita pobre y provinciana sin riquezas ni poder. Oh, sin duda Savanna era una criatura impactante y muchos hombres la considerarían atractiva... pero ¿casarse?

Mientras las dos jóvenes salían de la habitación y se encaminaban hacia la larga escalera curva que conducía al vestíbulo del hotel, Betsey aún rumiaba esos pensamientos. ¿Cuál podía ser el motivo de Adam para casarse con aquella muchacha?, se preguntó sombría... aunque eso no obstaculizaría en absoluto los planes de Betsey. Todavía no se le había ocurrido qué haría para deshacerse de la actual esposa. No obstante, sabía que tendría que moverse con celeridad: Adam era un amante viril y exigente ¡y por cierto que Betsey no deseaba cargar con el chico de otra mujer!

Betsey se detuvo en seco, como si se hubiese topado con una pared. ¡Claro!, pensó con los ojos entrecerrados, lanzando una mirada perversa a Savanna. ¡La estúpida zorra estaba preñada! ¡Así había atrapado a Adam! ¡El truco más antiguo del mundo!

Savanna llegó a las escaleras, sin advertir la transfiguración sufrida por Betsey. Ésta no planeó lo que sucedería... ¡sólo se dejó llevar por la furia y reaccionó sin pensar! De pronto, se presentó la oportunidad, y la aprovechó: desde el vestíbulo que estaba abajo nadie vería lo ocurrido, y arriba no había ninguna persona. ¡La visión de Savanna, embarazada, esposa de Adam, de pie en lo alto de las escaleras, con un pie extendido como para comenzar a descender fue más de lo que Betsey pudo soportar! Con el bello rostro horriblemente contorsionado por los terribles pensamientos que la asaltaban, se precipitó hacia Savanna y le propinó un rápido y enérgico empujón.

Savanna, tomada completamente por sorpresa, no pudo sujetarse y lanzó un suave grito de alarma mientras caía con violencia escaleras abajo. Desesperada, trató de enderezarse y manoteó el barandal de madera pero falló, perdió el equilibrio y cayó sin control golpeándose contra los escalones. Sintió en todo el cuerpo una explosión de dolor mientras se tambaleaba y rebotaba hasta caer en el suelo, al pie de las escaleras, como un montón de trapos.

Afligida y excitada al mismo tiempo, Betsey miró el cuerpo inmóvil de Savanna desde lo alto de las escaleras. «¡Lo he hecho! ¡He matado a esa estúpida zorra!», pensó alborozada, con los ojos chispeantes de satisfacción. Sin embargo, cuando los horrorizados testigos que estaban en el *foyer* se precipitaron a socorrer a la víctima, su alborozo disminuyó y se adueñó de la joven un agudo sentido de autoconservación. El bello rostro de Betsey adoptó la apropiada expresión afligida, bajó flotando los escalones, y exclamó con voz acongojada:

—¡Oh! ¡Oh! ¿Qué puede haberle ocurrido? ¡Vi que se caía y traté de agarrarla! ¡Oh! ¡Oh! ¡Esto es espantoso! ¡Pobre, querida muchacha! ¡Díganme que no está muerta!

Varias personas corrieron a consolar a Betsey, que lloraba de maravilla, y el caballero que se había acercado a Savanna en primer lugar alzó la mirada.

—Todavía no está muerta —dijo en tono sobrio—. Pero tiene una hemorragia y me temo lo peor.

«¿No está muerta?» En su frustración, Betsey hubiera deseado golpear el suelo con sus pequeños pies, sin embargo alzó el rostro que había sepultado entre las manos y contempló fascinada la mancha carmesí que brotaba inexorable de la mitad inferior del cuerpo de Savanna.

19

Aturdida, Savanna volvió en sí sin saber muy bien dónde estaba y contempló con expresión perpleja las colgaduras de satén de la cama. A medida que recobraba los sentidos reconoció el lugar: estaba en el hotel, en la cama que había compartido con Adam. ¿Por qué estaba en la cama? Sin duda, todavía no era de noche. ¿Y dónde estaba Adam? Frunció el entrecejo tratando de recordar. De súbito, los sucesos de ese día aparecieron en su mente... la memoria se detenía en el momento en que salía con Betsey Asher de las habitaciones. Recordó vagamente haber caminado con la joven hasta la galería y la imagen borrosa de sí misma de pie en lo alto de las escaleras, dispuesta a descender... después de eso sólo sintió un vacío aterrador.

Experimentó un extraño presentimiento y se incorporó bruscamente, soltó un gemido y cayó de nuevo hacia atrás cuando el dolor le atenazó el cuerpo. Le dolían todos los huesos y los músculos, y por un breve instante sintió que se desmayaría. ¿Qué le había sucedido? ¿Qué?

En el interior de la muchacha se produjo un raro vacío y contuvo el aliento al advertir que tenía un grueso apósito entre las piernas... como si hubieran tratado de detener el flujo de sangre... ¡El niño! La realidad le explotó de pronto en el cerebro: ¡había perdido a su hijo!

Savanna siempre vivió el embarazo con emociones contradictorias, y aun desde antes de la concepción del niño su propia existencia se encontraba en un torbellino; por lo tanto, no había experimentado los sentimientos tiernos de todas las madres, excepto una feroz inclinación a protegerlo. No obstante, la comprensión de que su hijo ya no estaba dentro de sí la inundó de una dolorosa agonía. Exhaló un gemido quebrado y comenzó a sollozar suavemente; las lágrimas descendieron por sus mejillas mientras tomaba conciencia de la inmensidad de la pérdida. Nunca tendría a su hijo en los brazos, ni oiría sus primeros llantos ni acariciaría la suavidad aterciopelada de su cabecita...

De pronto, las cortinas de seda de la cama se abrieron y la lechosa claridad de la mañana se filtró por la abertura: la cara ojerosa y macilenta de Adam la contemplaba.

—Estás despierta —dijo, y su voz ronca expresaba un alivio y una satisfacción tan enormes que Savanna se limitó a mirarlo atónita.

Contempló las facciones agotadas de su esposo con los bellos ojos azul verdoso arrasados de lágrimas. Tenía un aspecto horrible. Su apuesto rostro estaba sombreado por la barba, su corbata arrugada y su cabello revuelto y desarreglado. Lo que confundió a Savanna fue la expresión agónica de sus oscuros ojos azules. ¿Acaso el niño había significado tanto para Adam? De pronto, evocó la imagen de él besándole el abdomen, al tiempo que susurraba con voz maravillada y extasiada: «¡Mi hijo!», y comprendió que Adam también sufría por la pérdida del niño, cualesquiera fuesen sus motivos.

La muchacha preguntó con una vocecita lastimera:

—¿Qué ha ocurrido? ¿Cómo fue que perdí al niño?

El corazón de Adam se oprimió acongojado al revivir aquellos primeros momentos terribles en que había regresado al hotel y encontrado el vestíbulo en plena agitación, y muchas personas agolpadas en torno del cuerpo tendido de su esposa. Cerró los ojos, angustiado. ¡Nunca debió de abandonarla! ¡Si hubiese sido capaz de controlar ese maldito temperamento, esto no habría ocurrido! ¡Era su propia culpa! Y se sintió peor aún al comprender que no resolvería los problemas de ambos saliendo precipitadamente en medio de un ataque de cólera. Después de dejar el hotel, no lejos de allí, cuando lo peor de la furia se había calmado y pudo razonar con calma, supo que no solucionaría el conflicto con Savanna buscando solaz en los brazos de otra mujer. Tendría que hacerle comprender que las vidas de ambos estaban indisolublemente ligadas y que necesitaban lograr que su matrimonio funcionara. Giró sobre sus talones y caminó a toda velocidad hacia el hotel, con la mente bullendo de ideas para arrullar a esa novia intratable, pensando mil maneras de ganar el amor de su esposa...

De pronto, volvió a asaltarlo la desolación que había sentido cuando viera el cuerpo inerte y sangrante de Savanna, y sentándose con suavidad en la cama para no provocarle dolor, la sostuvo entre los brazos con el mayor cuidado. Le confesó sin ambages, apoyando su boca sobre la sien de Savanna:

—¡Creí que habías muerto! ¡Nunca, en toda mi vida, he estado tan asustado!

Era maravilloso que los brazos fuertes del esposo la estrecharan, y Savanna, apoyándose confiada en él, le acarició el pecho y preguntó en voz suave:

—¿Qué pasó? Después de llegar al comienzo de las escaleras para ir a tomar una limonada con la señorita Asher, no recuerdo nada más.

Adam apretó los labios. ¡Tenía ganas de retorcer el cuello de Betsey! ¡Nada de esto habría sucedido si ella no se hubiese entrometido, si no hubiera intentado congraciarse con Savanna por medio de malas artes! Zumbando en torno de Adam como una abeja, se había inclinado sobre Savanna al mismo tiempo que el médico al que se había llamado para atenderla de urgencia en el lugar donde había caído, al pie de las escaleras.

—¡Oh, Adam! —exclamó Betsey—. ¡Fue terrible! Sólo trataba de ser amable con ella: la había invitado a beber una limonada, ¡y se cayó por la escalera! Estábamos las dos ahí, de pie, y de pronto, ¡Savanna se cayó! ¡Fue espantoso para mí! ¡Horrible! No sé cómo no me desmayé del susto.

Adam no le prestó la menor atención. Cuando le aseguraron que no había peligro en moverla y Savanna fue transportada solícitamente a las habitaciones de los St. Clair, Adam sintió una enorme satisfacción al cerrar la puerta en la cara de Betsey y dejar fuera el incesante parloteo de la joven. De cualquier modo, casi no entendió una palabra de lo que decía, pues estaba concentrado por entero en Savanna. No quería volver a padecer nada parecido a la noche que acababa de terminar. Al principio, la pérdida del hijo no lo golpeó demasiado. Lo aterraba la posibilidad de perder a Savanna y no comprendía del todo lo sucedido. El médico la había examinado con expresión seria; después de lo que a él le parecio una espera angustiosamente larga, el profesional asintió y dijo:

—Se recuperará sin daño permanente. Ahora duerme: debe de haber recibido un golpe fuerte en la cabeza contra los escalones, creo que pronto recobrará la conciencia. No hay huesos rotos y, aunque ha sufrido una gran hemorragia, es joven y sana, y en pocas semanas volverá a ser la de antes.

Durante esa noche interminable, Adam permaneció sentado en la cama, junto a su esposa; en ocasiones le secaba la frente con un trapo húmedo, y el resto del tiempo se limitó a sostenerle la mano inerte deseando que abriera los ojos y lo mirase. En el transcurso de esas horas lúgubres y solitarias pensó mucho en el hijo y su ánimo se ensombreció cada vez más. Hasta esa última noche, el niño no fue nada real para Adam: sólo representó un medio para obligar a Savanna a casarse con él; la idea de que el niño había muerto lo afectó como si le hubiesen arrancado el corazón. Sabía que no podía hacer nada por el niño ni por Savanna, y ese hecho lo hería en lo más hondo; sólo le quedaba aguardar y rogar que su esposa se recobrara al llegar la mañana. Adam estaba en la otra habitación pidiendo café cuando Savanna despertó; regresó al dormitorio y oyó un sollozo suave.

Aquel sonido le desgarró el corazón; la atrajo hacia sí, la besó en la mejilla y murmuró:

—Querida, ahora no hables. El médico ha ordenado que descanses.

—¿Cómo puedo descansar si mi mente está llena de preguntas? —preguntó Savanna con voz débil—. Adam, por favor, dime qué pasó.

A desgana, Adam le contó lo que sabía: que ella y Betsey Asher iban a beber una limonada y, al parecer, Savanna había errado el escalón y se había caído por las escaleras.

El esposo contempló el rostro pálido de la joven y le preguntó con dulzura:

—¿Recuerdas algo de eso?

Savanna negó con la cabeza, y el dolor de los músculos la obligó a hacer una mueca.

—Sólo recuerdo que íbamos a tomar una limonada y que yo estaba en lo alto de la escalera... después, se me borró todo hasta que desperté aquí.

—El médico supone que puedes haber sufrido un leve desmayo y por eso caíste. Parece coherente. Betsey dice que primero estabas ahí, al comienzo de la escalera, y un instante después rodabas hacia abajo.

—Oh... —exclamó Savanna, aturdida.

Algo casi imperceptible se agitó en el fondo de su mente. Frunció el entrecejo. Nunca en la vida se había desmayado y, por algún motivo, aquella explicación no la convencía. Había algo...

—Con respecto al niño... —comenzó Adam con cautela—. ¿Quieres hablar de ello?

La muchacha emitió un sollozo ahogado y asintió.

—Adam, yo lo quería. A pesar de todo.

—Lo sé, mi amor —respondió Adam con ternura—. Lo sé. Yo también lo quería.

Guardaron silencio largo rato. Cada uno estaba sumergido en sus propios pensamientos sobre el niño que había muerto, hasta que comenzaron a hablar sobre la pérdida y a compartir la pena que sólo podían comprender los que habían sufrido una experiencia tan devastadora.

Adam observó las facciones expresivas de Savanna. Cuando las primeras oleadas de dolor se aliviaron, vio que estaba fatigada, entonces desvió la conversación del tema del niño y la convenció de que descansara. Durmió casi todo el día y en las primeras horas de la noche la despertó el aroma de un caldo de gallina y de pan recién horneado.

Permaneció tendida un momento; sus primeros pensamientos al despertar fueron para el hijito perdido. Se le nublaron los ojos y creyó que el dolor nunca pasaría. Tal vez disminuyera, aunque el recuerdo la acompañaría toda la vida.

Se libró con esfuerzo de aquellas ideas melancólicas y prestó atención a los temas prácticos. Para su sorpresa, descubrió que estaba hambrienta y trató de incorporarse, sus músculos doloridos le hicieron lanzar un gemido sordo y desistir.

Adam volvió a apartar las cortinas de la cama y la miró. En esta ocasión, tenía mejor aspecto: se había afeitado, y en sus ojos azul zafiro resplandecía una expresión cálida. Sonrió, haciendo brincar el corazón de Savanna.

—¡Estaba seguro de que el olor de la comida te despertaría! ¿Cómo te sientes? ¿Tienes hambre?

Savanna asintió. Después de beber dos tazones de sopa y de comer media hogaza de pan tibio, se sintió mucho mejor. Y cuando Adam la acompañó de vuelta a acostarse, miró la cama con fastidio. Se dirigió a su esposo con expresión suplicante:

—¡Por favor, no estoy inválida! ¿Tengo que volver a la cama? Me sentiría mucho mejor si pudiese cambiarme de ropa y sentarme unos momentos.

Adam la observó con suspicacia. Tenía buen color y se sostenía con firmeza sobre los pies. Se encogió de hombros.

—Me parece que no puede hacerte daño descansar en el sofá del otro cuarto.

Poco después, más fresca tras un baño de esponja, con el cabello cayendo en una gloriosa nube dorada rojiza sobre sus hombros, ataviada con uno de los favorecedores vestidos que llegaron de la casa de *madame* Galland, Savanna estaba instalada en la sala, apoyada en las almohadas y el regazo cubierto por una manta. Aunque no estaba dispuesta a admitirlo, el esfuerzo la había fatigado y se alegró de poder descansar en el sofá; Adam le envolvió los hombros en un chal de lana de vistosos dibujos, también de *madame* Galland. Una vez satisfechas todas las necesidades de Savanna, Adam se sentó frente a ella, en una silla de respaldo alto.

Se hizo un incómodo silencio entre los dos; Savanna, nerviosa, tironeaba de la fina batista del vestido. Tratando de romper el silencio, dijo en tono suave:

—Gracias por esta ropa tan bonita. ¡Me parece que hay muchísima! ¡No creo que pueda usarla toda!

Adam hubiese preferido hablar de otras cosas, aunque si Savanna quería conversar de banalidades, le daría el gusto. Replicó con una sonrisa irónica:

—Me alegro. En cuanto a que no puedas usar todo... créeme, conozco a las mujeres... ¡y en poco tiempo me dirás que no tienes nada para ponerte y que tenemos que acudir de inmediato a *madame* Galland para encargar las piezas más extravagantes y costosas del atavío femenino!

Al ver que ella adoptaba una expresión abatida, Adam quiso morderse la lengua. Se incorporó de un salto, se arrodilló junto a Savanna, le tomó la mano y dijo precipitadamente:

—¡Oh, mi amor! ¡No te pongas así! ¡Solamente intentaba animarte!

Savanna apartó el rostro y murmuró en tono constreñido:

—¡Si te avergüenzas tanto de mí y de mi vestimenta, no entiendo por qué insististe en casarte conmigo!

Adam la miró, con la perplejidad reflejada en el rostro apuesto.

—¿Avergonzarme de ti? —exclamó atónito, con un matiz de enfado en la voz—. ¡Buen Dios! ¿Cómo se te ocurre que puedo avergonzarme de ti?

Savanna lo miró de soslayo. Le pareció por completo desorientado, como si no entendiera de qué le hablaba. Lo miró afligida.

—Y entonces, ¿por qué me llevaste a *madame* Galland? —preguntó en tono ronco—. ¿No fue acaso porque te disgustaban mis vestidos viejos y no querías que te vieran en público conmigo?

—¡Qué idea tan absurda! —refunfuñó Adam, disgustado. Se incorporó y se sentó junto a Savanna, tomándole ambas manos entre las de él—. ¡Amor mío! —comenzó con tono apasionado—. ¡La única razón por la que te llevé a *madame* Galland, es porque supuse que te gustaría tener algunos vestidos nuevos! No fue para ocultarte bajo una sábana. Soy un hombre rico y me complace comprarte cosas. ¡No tiene ninguna relación con que me avergüence de ti! ¡Por Dios! ¿Qué clase de farsante crees que soy? —La emoción había tornado casi negros sus ojos azules, y dijo remarcando las palabras—: Tú eres la mujer más excitante que conozco, estés vestida con ese espantoso... vestido marrón que llevabas cuando te conocí o con la ropa más elegante que se pueda comprar. ¡Ponte lo que más te agrade! ¡A mí me da lo mismo!

Savanna no pudo menos que creerle: las palabras estaban cargadas de tan vehemente sinceridad y sus ojos exhibían un candor tan conmovedor... que la muchacha se sintió algo tonta por haber dudado de los motivos de su esposo. Se sonrojó, bajó la mirada contemplándose las manos apretadas sobre el regazo y musitó:

—¡Lo siento! ¡Debí de haberlo comprendido! —Tragó saliva y lo miró— . Perdóname.

—¡Bueno, así debe de ser! —replicó Adam, sagaz, con un destello provocador en la mirada. Entonces, observó atentamente a su esposa y el destello se apagó, cuando agregó en tono suave—: ¡No puedes haber creído que me avergonzaba de ti! ¡Tontita! ¿Cómo se te ocurrió semejante idea?

Savanna, con las mejillas ardiendo de turbación, quiso apartar la mirada de aquellos fascinantes ojos azul zafiro. Se aclaró nerviosa la voz y confesó:

—Cuando nos encontramos con tus amigos, los Asher, tú mostraste prisa por alejarte de ellos... como si en realidad no quisieras presentarme.

—No quería —admitió francamente Adam, y sonrió al ver que Savanna lo miraba perpleja—. ¡No porque me avergonzara de ti! —Se puso ceñudo y esbozó una mueca severa—. Mi amor, me encontré en una... situación tremendamente embarazosa. En otra época, yo... —se interrumpió y, para asombro de Savanna, se ruborizó—. ¿Sabes? —dijo al fin en tono apagado—. En otra época, yo tuve cierta... amistad con la señorita Asher... ¡antes de saber de tu existencia!

—Ah... —exclamó Savanna en tono hueco, fijando en el esposo la mirada acusadora de sus ojos aguamarina.

—¡Savanna! ¡Yo ni sabía que existías! No me reprocharás los pecadillos del pasado, ¿verdad?

—Quizá no —admitió la muchacha con decoro—. Eso explica muchas cosas. —Frunció el entrecejo—. Salvo las excesivas muestras de amistad que me dedicó esa joven. ¡Si yo estuviera en lugar de Betsey, le arrancaría los ojos!

Adam rio con tan masculina satisfacción que Savanna deseó que se abriese la tierra y la tragara. Las mejillas le ardieron con más intensidad. Alzó la barbilla en gesto desafiante y dijo con sospechosa ligereza:

—¡Claro que eso sería si nos hubiésemos casado en circunstancias normales!

—¡Oh, por supuesto! —replicó Adam con un brillo malicioso bailoteando en sus ojos, regocijado al percibir la primera señal de que no le era indiferente—. ¡Solamente en circunstancias normales, claro!

Savanna le lanzó una mirada severa.

—¿Acaso estás provocándome?

Adam le dedicó una de esas sonrisas arrebatadoras y la atrajo lentamente hacia sí.

—¡Sin duda! ¡Aunque en realidad prefiero besarte! —Y acompañando la acción a las palabras, posó su boca tibia sobre la de la esposa.

Le dio un beso tan tierno, cargado de emociones nunca expresadas, que las defensas de Savanna se derrumbaron y le echó los brazos al cuello. Fue un beso prolongado, embriagador; los labios firmes de Adam acariciaron con suave erotismo los de Savanna, sin llegar a una pasión exaltada.

Cuando al fin alzó la cabeza, Savanna aún estaba sonrojada pero por causas diferentes: su rostro adoptó una expresión suave y pensativa. El hombre rodeó la cara de la joven con las manos, la miró de frente y dijo remarcando las palabras:

—¡Jamás me avergonzaría de ti! ¡Eres mi esposa! Y lo único reprochable es que yo no llegué al matrimonio tan puro como tú. Si tuve prisa en alejarme de los Asher es porque ellos no son gente agradable y porque no me gusta la idea de que mi esposa se relacione con una antigua amante, y no porque esté arrepentido de haberme casado contigo. —La contempló con mirada perspicaz—. ¿Lo has comprendido?

Savanna asintió aturdida, y de pronto sintió que el corazón se le aligeraba y se colmaba de esperanzas. Si bien Adam no había pronunciado las palabras que ella anhelaba escuchar, tendría que ser más que tonta para no comprender que los sentimientos que le inspiraba eran muy hondos. La muchacha le dirigió al esposo una sonrisa tan cálida, soñadora y radiante que Adam estuvo a punto de parpadear, deslumbrado.

—¡Soy una verdadera tonta! —admitió Savanna—. Tendría que haberlo entendido.

Adam sabía que sonreía como un imbécil; de súbito se sintió embriagado y trató de recuperar el control de la situación. Dijo en tono hosco:

—¡Sí, tendrías que haberlo entendido! ¡Y como mereces un castigo, insisto en que llamemos a *madame* Galland para que venga al hotel, y te obligaré a elegir al menos tres vestidos más! —Savanna rompió en carcajadas; Adam trató de mantenerse serio—.

¡No bromees conmigo! ¡De lo contrario, verás con qué tacaño te casaste... te obligaré a elegir cinco vestidos!

Se miraron riendo durante unos momentos; al pasar los minutos, el buen humor se disipó. Poniéndose serio de pronto, Adam se inclinó hacia adelante y tocó la mejilla de Savanna con dedos temblorosos.

—¡Oh, Savanna, cariño! —exclamó en tono apasionado—. ¡Te am...!

Se oyó un fuerte golpe en la puerta y el clima se quebró, interrumpiendo la declaración de Adam. Se puso de pie con aire fastidiado, ahogó un juramento y se acercó a la puerta.

Al abrirla, la expresión del hombre se volvió aún más ceñuda. En cuanto Savanna reconoció la voz de la inesperada e indeseada visitante, comprendió la razón del entrecejo sombrío de Adam.

—¡Oh, Adam! ¡No podía marcharme sin verte! —comenzó Betsey sin aliento—. Charles insiste en que partamos mañana por la mañana y éste es el único momento que tengo para verte. —Observando el rostro inmutable de Adam, preguntó afligida—: ¿Se ha producido alguna mejoría?

—Puedes verlo tú misma —respondió Adam en tono seco, reacio a dejar entrar a Betsey en la habitación.

Betsey no demostró en absoluto su posible decepción al ver a Savanna sentada con un aspecto atractivo, los ojos aguamarina enormes en el rostro pálido, el salvaje resplandor del cabello que intensificaba la blancura marmórea de la piel, aunque no rebosara de salud. Tampoco exhibió la menor señal de la preocupación que debía de sentir al preguntarse si Savanna recordaría la participación de Betsey en la caída. Se acercó apresurada a Savanna y barbotó:

—¡Oh, querida mía! ¡Qué buen aspecto tiene! ¡Por Dios, qué susto me dio ayer! ¡Se lo aseguro, estaba tan preocupada que no pegué un ojo en toda la noche!

Savanna asintió cortésmente y no prestó atención a Betsey... al menos al parloteo de la joven. Al oír la voz de la muchacha, se sobresaltó y algo indefinido se agitó en su memoria, un destello que desapareció casi al instante. Savanna frunció el entrecejo, oyendo a medias la conversación de Betsey. ¿Qué era? ¿Por qué no podía recordar?

Betsey abrevió la visita. Su interés fundamental era espiar el territorio enemigo, y si bien se alegraba de que a Savanna le fallara la memoria, estaba furiosa al ver que la caída sólo había causado daños leves. ¡Claro, el hecho de que Savanna hubiese perdido al niño era maravilloso, pero...!

Se apartó de Savanna; el elegante vestido de muselina de algodón verde pálido flotó en torno de la joven. Betsey se aproximó a Adam, que aún estaba junto a la puerta, y le apoyó la mano blanca y delicada sobre el brazo. El efecto que tuvo la visión de aquella pequeña mano sobre Savanna fue sorprendente. El recuerdo vívido y agudo surgió en el cerebro de la muchacha como si acabara de suceder y pudiera sentir el brutal empujón de aquellas dos manitas sobre la espalda.

Savanna se incorporó con brusquedad y con voz cargada de furia, exclamó:

—¡Usted me empujó! ¡Yo no me caí! ¡Usted me empujó!

Betsey se puso rígida, y sus ojos verdes se toparon por un instante con la mirada azul encendida de Adam. Se volvió para mirar a Savanna y preguntó con convincente inocencia:

—¿De qué habla, querida mía?

La voz de Savanna tembló de rabia contenida.

—¡Hablo de la tarde de ayer, cuando usted me empujó escaleras abajo! Lo recuerdo todo. No me desmayé ni me caí: ¡usted se acercó y me empujó!

Betsey lanzó una mirada compasiva al rostro de Adam que, de súbito, se había puesto tenso.

—¡Oh, querido, cuánto lo siento! ¡No me dijiste que tu esposa estaba perturbada! ¡Qué triste para ti!

—¡Yo no estoy loca! —gritó Savanna, sosteniéndose con esfuerzo—. No recordaba nada hasta que he escuchado su voz y he visto su mano sobre el brazo de Adam, y ahora me ha vuelto la memoria. ¡Usted me empujó: trató de matarme y mató a mi hijito!

Una rápida mirada al rostro helado y a los labios pálidos de Adam indicó a Betsey que no debía esperar apoyo de ese lado; lanzando una risita nerviosa se acercó a la puerta.

—Bueno, querida, no discutiré con usted, pero creo que le falla la memoria. ¿Qué motivos podría tener yo para hacer algo tan horrible?

En tono frío y hostil, Adam dijo remarcando las palabras:

—Creo que yo puedo responder a eso: esperabas que quitando a Savanna del medio yo volvería a ti.

—¡Mi queridísimo Adam! —dijo Betsey en tono ligero—. ¿No te muestras un tanto engreído? ¡Como si yo fuese capaz de hacer una cosa semejante para retener el interés de un hombre! ¿Te olvidas de que mañana iré a visitar al que sin duda se convertirá en mi prometido? Créeme, me pareces muy atractivo... —Rio, desdeñosa—. Querido, hemos pasado momentos maravillosos, aunque se terminaron y nadie está más feliz que yo de que así sea. ¿Cómo pudiste imaginar siquiera que yo fuera capaz de hacer algo semejante? —Las palabras de la joven fueron recibidas con un silencio ominoso y amenazador—. ¡Bien! —prosiguió ofendida—. ¡Es evidente que no se puede hablar con ninguno de los dos! ¡Si me disculpan, yo me retiro!

—No tan rápido —le espetó Adam, aferrándola brutalmente del brazo—. ¿En realidad imaginas que puedes hacer daño a mi esposa y a mi hijo y escaparte indemne?

Betsey perdió finalmente el control: nada estaba saliendo como lo planeara.

—¡Cómo te atreves! —exclamó furiosa—. ¡Me importa un bledo lo que pienses! —Comprendió que había perdido la partida al ver el semblante helado y colérico de Adam—. ¡No puedes probar nada! —siseó—. Es mi palabra contra la de Savanna, y todos saben que recibió un golpe en la cabeza. ¿Estás seguro de que dice la verdad? —El rostro de Adam se mantuvo impasible y Betsey tuvo deseos de gritar de frustración. Agregó con un gesto desdeñoso en su bello rostro—: ¡En realidad, no entiendo cómo alguna vez deseé casarme con un bruto insoportable como tú! ¡Suéltame!

Adam apretó con más fuerza el brazo de Betsey; lo acometió un feroz deseo de venganza.

—Tendría que romperte el cuello —exclamó con una expresión letal en el rostro; por un instante, la explosión amenazó con estallar.

Adam controló con gran esfuerzo de voluntad su furia demoníaca. La solución no era matar a Betsey. Le habría dado una gran satisfacción estrangularla con las manos desnudas, aunque ese placer acabaría al instante. No. Pagaría por lo que había hecho, de modo que el castigo durara hasta el fin de sus días. Tomó aliento y le soltó el brazo con gesto despectivo.

—¡No vales la pena! ¡No quiero que me cuelguen por tu culpa! Escúchame bien, Betsey, porque aún no he acabado contigo. —Esbozó una sonrisa cruel y terrorífica y murmuró en tono casi gentil—: No, querida, aún no he acabado contigo, cuando lo haga, ¡quizá desearás que te haya roto el cuello!

Betsey aferró el pomo de cristal de la puerta, la abrió, y con los ojos verdes cargados de un odio intenso lo miró y escupió en tono venenoso:

—¡Adam St. Clair, te haré pagar por esto! ¡Ya lo verás!

Betsey salió dando un portazo y Adam se volvió hacia Savanna que estaba de pie junto al sofá, pálida y ojerosa.

—*¡Dios!* ¡Qué mujer tan espantosa! —exclamó la muchacha con voz cargada de odio—. ¡Querría tirarla a un foso repleto de cocodrilos; pero me alegro de que no la hayas estrangulado! —Dirigió al marido una sonrisa temblorosa—. ¡Tampoco me gustaría que te colgasen!

Adam cruzó la habitación a grandes zancadas y envolvió a Savanna en sus brazos.

—¡Mi amor! ¡Lamento que hayas tenido que soportar esta horrible escena! —Torció la boca—. Y lo siento más aún porque yo he sido la causa de tu sufrimiento.

Con la cabeza apoyada en el hombro de Adam, la joven susurró en voz baja:

—Adam, no fue tu culpa. No podías saberlo. ¡Esa chica debe de estar loca!

—¡Loca y malvada! —agregó Adam en tono lúgubre. Comprendiendo que la escena había extenuado a Savanna, la alzó en brazos y la llevó al dormitorio. Le sonrió y le dijo en tono ligero—: El médico dijo que debías descansar, y, te guste o no, el mejor lugar para descansar es la cama.

Savanna no discutió. De pronto, se sintió mortalmente fatigada y, aunque hubiese querido quedarse levantada unos momentos más, la cama no le pareció tan fastidiosa como antes.

Adam resultó una doncella perfecta: le quitó hábilmente el vestido, y le puso un camisón de fino bordado. La acostó, le acomodó las almohadas tras la espalda, y luego la observó con atención. Tenía círculos purpúreos bajo los ojos y las mejillas hundidas, y eso le preocupó, aunque, teniendo en cuenta que había escapado por poco, se resignó.

El hombre se acomodó en la cama junto a su esposa, le tomó una mano y murmuró:

—Pienso que tenemos que regresar a Campo de Verde tan pronto como estés en condiciones. En tu antiguo hogar, con tu madre cerca, te sentirás mucho mejor. —Hizo una mueca—. Nunca debí traerte a Nueva Orleans... ¡no sólo por la época del año sino porque jamás nos habríamos cruzado con Betsey Asher!

Los dos se quedaron pensando en la terrible pérdida que Betsey les había causado y se produjo un denso silencio. Adam se rehízo y dijo, tratando de hablar con aire despreocupado:

—Esta mañana, antes de escribirle a tu madre, esperé a que te despertaras. Hoy, mientras dormías, le envié un mensaje explicándole todo, y aunque le aseguré que estabas recuperándote, debe estar ansiosa esperando nuestra llegada.

Savanna sonrió débilmente.

—¡Me mimará de un modo espantoso!

—¡Por supuesto! —La envolvió en una mirada preocupada—. Creo que es precisamente lo que necesitas ahora. Duérmete, amor mío. Yo estaré en el cuarto de al lado: si necesitas algo, no vaciles en llamarme.

Savanna asintió con una docilidad desacostumbrada y, antes de que Adam llegara a la puerta que separaba las dos habitaciones se había dormido profundamente.

Adam no podía disfrutar del mismo alivio, y pasó las horas siguientes recorriendo sin descanso los confines del salón, torturado con la idea de lo fácil que hubiera sido perder a Savanna. Supo que, aun sin quererlo, él había sido la causa indirecta de lo sucedido, y eso agravó su inquietud. ¡Su esposa había estado a punto de morir y perdió al hijo a causa de un insignificante romance con Betsey! Impotente, apretó los puños a los lados. ¡El coste resultó terrible! ¡Tendría que haberle roto el cuello de Betsey cuando tuvo la oportunidad!

Pese a su ánimo sombrío y amargo, a pesar del furioso deseo de venganza que se le clavaba en las entrañas, tenía asuntos más mundanos de qué preocuparse; se sirvió una copa de coñac y se sentó a escribir las cartas necesarias para informar a la familia de su boda y también de la tragedia que los había golpeado. En la carta a los padres, relató sólo los hechos escuetos y prometió volver a escribirles pronto. Sin embargo, al escribir a Jason y Catherine, confesó que amaba a Savanna con desesperación y, además, que sentía una enorme culpa y pena por haber perdido al hijo. En ninguna de las cartas habló de la participación de Betsey en la tragedia: no quería que ningún consejo sano ni argumento frío interfiriera cuando llegase el momento de la venganza...

20

Inmerso en sus propios deseos de venganza, a Adam no se le ocurrió que Betsey también podría estar planeando lo mismo hacia él. Corriendo por el pasillo hacia las habitaciones que compartía con el hermano, con los ojos verdes ardiendo de furia, la mente de Betsey bullía de planes a cual más nefasto para vengarse de Adam. «¡Cómo se atrevió!», pensó airada mientras se precipitaba en la habitación cerrando la puerta de un golpe. ¡La idea la indignaba! Ya era bastante malo que se hubiera casado con esa zorra vulgar, ¡que además creyera en la historia de Savanna en lugar de la suya, y no conforme con eso la amenazara... !

Charles oyó las manifestaciones de ira de su hermana y entro en el cuarto de Betsey a través de la puerta que comunicaba ambos dormitorios; contempló los destrozos que había hecho con cualquier cosa que se cruzara en su camino y comprendió que ella estaba por completo fuera de control. El día anterior, cuando Betsey le confesó lo que había hecho, aunque se enfadó, Charles no se había sorprendido: Betsey nunca toleró que se la contrariase. Lo que más lo preocupaba era que pudiese haber consecuencias posteriores, y cuando esa tarde Betsey insistió en visitar a los St. Clair para evaluar la situación él se opuso terminantemente. Tuvieron una terrible disputa, y Charles no pudo convencerla y ya no podía hacer otra cosa, salvo encerrarla en la habitación hasta la mañana siguiente. En muchas ocasiones, a Charles le resultaba más fácil dejarla hacer, lo que en este caso había ocurrido. El hecho de que su hermana hubiese vuelto tan indignada significaba que la trama había fallado... o peor aún, que había sido descubierta. Lo último que Charles deseaba era que Betsey quedara al descubierto. De cualquier modo no se preocupó demasiado: en última instancia, sería la palabra de Savanna contra la de Betsey, y dudaba de que Adam o Savanna quisieran lavar los trapos sucios en público.

Charles alzó una ceja bien dibujada y dijo, marcando las palabras:

—¿Qué ha pasado? ¿Adam te ha echado con cajas destempladas?

Betsey le lanzó una mirada cargada de odio y le espetó:

—¡Charles, no seas vulgar! —Y si bien por lo general se habría contentado con volcar su ira sobre Charles o sobre cualquiera que tuviese la mala fortuna de cruzarse en su camino, en esta ocasión Betsey estaba demasiado furiosa para conformarse con eso. Quería venganza. Quería que Adam fuese castigado, y Charles podría ayudarla...

Con una perversa expresión en su hermoso rostro, y los crueles ojos verdes entrecerrados, dijo en tono feroz:

—¡Quiero verlo muerto! ¡Me ha insultado!

—¡Supongo que no esperarás que lo rete a duelo! —replicó Charles en tono cortante—. Adam es conocido por su excelente puntería y su habilidad con la espada.

—¡No seas estúpido! ¡Yo no quiero que te hagan daño a ti... sino a Adam! —Frunció el entrecejo y se concentró. De pronto, asomó a sus ojos verdes un brillo de excitación—. ¡Podemos contratar a alguien! Tal vez podemos utilizar a un par de matones, no para que lo maten, sino para que lo golpeen. ¿No?

Charles la contempló pensativo.

—¿Hablas en serio? —preguntó con cautela—. ¿Quieres que contrate a alguien para que haga daño a tu maravilloso Adam?

La boca de Betsey se estiró en una línea fina.

—¡Sí! ¡Quiero que aprenda lo que significa rechazarme!

Charles lanzó una risita irónica.

—¡Ojalá hubieses pensado lo mismo tiempo atrás: habría resultado mucho más barato contratar a alguien para que lo golpeara! —Como Betsey lo miró perpleja, el joven se sentó despreocupadamente en una silla y admitió en tono frío—: En Natchez, en la época en que estabas decidida a casarte con ese hombre, yo tomé el asunto en mis manos y gasté buena parte del capital que hab´çiamos logrado salvar de Virginia en contratar a un asesino para que lo matara. —Charles hizo una mueca—. Por desgracia, el canalla se llevó el dinero y no cumplió su parte del trato; ahora nuestros fondos son tan escasos que no me atrevo a invertir la cantidad de dinero necesaria para contratar a otro sujeto.

Al oír la confesión de Charles, Betsey se enfureció: se acercó a su hermano y le propinó un fuerte bofetón. El joven se tambaleó por la fuerza del golpe, pero aferró velozmente la muñeca de la hermana y se la retorció hasta que Betsey gritó de dolor.

—Jamás —dijo Charles en tono helado— vuelvas a hacerlo. Te lo advierto por última vez.

Betsey rompió en un llanto lastimero.

—¡Oh, Charles, sabes que no quería hacerte daño! ¿Qué vamos a hacer? ¡Yo quiero castigarlo! ¡No es justo!

Charles ya sabía que su hermana era capaz de ponerse frenética y culminar en una escena de llantos, berrinches y rabietas, hacerse la vida imposible y hacérsela a cualquiera que estuviese cerca. Ante la perspectiva inminente de una proposición matrimonial de parte de Pierre Michaud, era imperativo tranquilizar de inmediato a Betsey. Con la irritación pintada en su apuesto rostro, Charles soltó el brazo de su hermana y dijo:

—Veré qué puedo hacer. No te prometo nada, aunque quizá pueda arreglar algo...

De inmediato, la cara de Betsey se volvió toda sonrisas.

—¡Oh!, ¿lo harías? —Bajó las pestañas—. ¡En ese caso, me sería más soportable atarme para siempre a ese muchachito!

Charles resopló.

—¡Estoy seguro de ello! —Tomó con crueldad la barbilla de su hermana—. Te unirás a ese rico «muchachito», ¿no es así? ¡Tanto si yo puedo arreglar que le den una paliza a St. Clair como si no lo logro!

Con una mueca hosca, Betsey asintió.

—¡Odio ser pobre! ¡Es tan incivilizado!

—¡Bueno, entonces no te olvides de que ese muchachito, Pierre Michaud, puede mantenerte alejada de la pobreza! —le recordó Charles con brutalidad. Vio que Betsey comprendía; se relajó y prosiguió en tono más suave—: Deberías saber que, mientras tú tratabas de conquistar a St. Clair, yo recibí un mensaje de Pierre.

Está tan ansioso de verte que tiene previsto encontrarse con nosotros mañana por la mañana y piensa acompañarnos hasta su casa. —Charles miró con severidad a la hermana—. Cualesquiera que sean tus sentimientos personales, quiero que mañana tengas un aspecto espléndido y que luzcas una sonrisa hechicera cuando veas a ese joven.

Betsey hizo pucheros. Murmuró malhumorada:

—Quizás esté más dispuesta a complacer a Pierre si sé que tú has contratado a alguien para dar una paliza a Adam... y lo organizas de forma que yo pueda presenciarlo. ¡Oh, Charles, por favor!

Charles suspiró. Cuando a Betsey se le metía una idea en la cabeza no había forma de disuadirla y, a menos que quisiera ver como ella desperdiciaba la posibilidad de acceder a la fortuna Michaud, cosa que no quería, era evidente que tendría que complacerla.

—Muy bien, hermanita —dijo el joven, sombrío—. ¡Si me das tu palabra de que serás amable con Pierre, yo buscaré los medios de contratar a alguien para que propine una buena tunda al señor Adam St. Clair, y tú podrás mirar!

Cuando Charles regresó a las habitaciones ya era tarde, y por la expresión de su cara era evidente que sus esfuerzos habían dado buen resultado.

—¡Encontraste a alguien! —chilló Betsey, encantada.

—Sí, encontré a alguien: ¡un par de ratas de río que no dudarían en cortarle el cuello a su propia madre si el precio fuese apropiado! —Charles frunció el entrecejo—. Sin embargo, tenemos un problema arduo: ¡atraer a Adam hacia el barrio ribereño donde esos dos pillos estarán aguardándolo! No se me ocurre una razón para hacerlo ir... ¡y menos de noche, tan tarde!

Betsey se puso pensativa.

—¿Y si le mandamos un mensaje relacionado con su cuñado? Ese Jason Savage. En Natchez, todo el mundo dice que están muy unidos, casi como hermanos. Si recibiera una nota donde dijese que Savage está en grave peligro, y que sólo la presencia de Adam podría salvarlo, ¿eso no lo atraería?

—¡Muy bien! —exclamó Charles admirado—. Y como el mensaje no provendría de Savage, no tendremos que preocuparnos de que no reconozca la letra del cuñado.

Cuando más tarde Adam recibió la nota mugrienta y arrugada que habían pergeñado los hermanos Asher, se quedó mirándola pensativo largo rato. Savanna aún dormía y Adam estaba solo en el salón cuando llegó el mensaje.

Ni por un instante creyó en el contenido de la nota. Incluso si Micayá hubiera podido raptar a Jason, lo que era bastante improbable, era más improbable aún que lo llevara a Nueva Orleans y, si hubiera hecho algo tan insensato, era absurdo que ahora quisiese hablar con el cuñado de Jason. La nota no tenía sentido, aunque conociendo lo que había sucedido antes y sabiendo que Micayá y Jeremy todavía eran capaces de crear problemas, Adam pensó que no tenía más alternativa que seguir las indicaciones de la nota y acudir a medianoche a la taberna La Espada Rota, en la calle Girod, en el barrio ribereño.

Mientras tanto podía hacer varias cosas. Una rápida visita al empleado nocturno del hotel le confirmó que La Espada Rota no era precisamente la taberna preferida de la alta sociedad... ¡todo lo contrario! Un mensajero enviado a la casa de Jason en la ciudad regresó poco después para darle noticias que no sorprendieron a Adam en absoluto: últimamente, ni el señor ni la señora Savage habían estado en la residencia ni se los esperaba en breve.

Adam comprendió con toda claridad que la nota era una trampa, sin embargo aún le restaba una mínima preocupación. No podía descartar el mensaje por el solo hecho de que la cita fuera en una asquerosa taberna del barrio costero y de que Jason no hubiese estado últimamente en Nueva Orleans, y no se atrevió a ignorarlo.

Adam lamentó que Bodene estuviera en ese momento en Campo de Verde. Se habría sentido mucho más seguro con su apoyo. Pero eso era imposible...

Sin perder un instante, Adam despachó con Jake un mensaje urgente para Bodene a La Dama Dorada. Bodene confiaba por entero en Jake, y le había dicho a Adam que, si alguna vez necesitaba a alguien en quien apoyarse, Jake era esa persona. Mientras esperaba la respuesta, Adam se puso la ropa más ordinaria que tenía, y cuando Jake llegó poco después, le explicó brevemente la situación.

Al hombre le pareció tan turbia como a Adam.

—Yo creo que usted se equivoca —refunfuñó Jake cuando escuchó el plan de Adam—. ¡Es un tonto si no permite que Dooley y yo lo sigamos hasta ese lugar!

Adam esbozó una sonrisa desganada.

—Necesito que usted y Dooley se queden aquí cuidando a mi esposa... y también necesito que den la alarma si yo no vuelvo de La Espada Rota.

—A Bodene no le gustará saber que yo le permito arriesgarse de este modo!

—¡No veo alternativa! —replicó Adam de inmediato—. Si el mensaje es genuino, no quiero que Jason corra riesgos, y aunque estoy seguro de que usted y Dooley son la discreción personificada, tampoco quiero que hagan nada que haga sospechar o ponga nervioso a nuestro objetivo. Si bien es difícil, no es imposible que el autor de la nota los reconozca a ustedes como hombres de Bodene y comprenda que no estoy siguiendo las instrucciones del mensaje... y si la vida de Jason estuviese en peligro...

Jake refunfuñó:

—Lo entiendo, aunque sigue sin gustarme nada.

—Puede ser, pero confío en poder arreglármelas. Además, como ya le he dicho, quiero que usted y Dooley se queden aquí protegiendo a mi esposa en caso de que la nota sea sólo un ardid para apartarme de ella.

Al pensar en Savanna, el rostro de Adam se suavizó por un momento. Esa tarde, estuvo mil veces a punto de confesarle sus sentimientos, pero la vio tan fatigada, comprendió lo herida y exhausta que se encontraba, que sofocó sin piedad sus propias emociones forzándose a ser un acompañante solícito y encantador.

La mirada de Adam cayó sobre el mensaje que tenía en la mano. Suspiró. No había nada que hacer: tendría que ir a La Espada Rota a medianoche y esperar que Dios le conservara la destreza para eludir la trampa que sin duda le habían tendido.

Jake se fue a buscar a Dooley a La Dama Dorada y, mientras esperaba que los dos hombres regresaran Adam fue varias veces a ver a Savanna, que seguía durmiendo. De pie junto a la cama, contemplando la cara de su esposa en reposo, con el cabello flamígero desparramado sobre la mullida almohada blanca, sintió que el pecho se le contraía. ¡Si algo le llegaba a suceder...!

En el salón, garrapateó una nota para ella explicándole dónde había ido y por qué, y cuando minutos después llegaron Jake y Dooley, le confió la nota al primero. Hecho esto, no tuvo más excusas para entretenerse; escondió una pequeña pistola en el chaleco y un cuchillo en una de las botas y se dispuso a enfrentarse al autor del misterioso mensaje.

Adam llegó unos minutos antes de la medianoche; no lo sorprendió comprobar que La Espada Rota era un lugar desastroso que el turbulento río Misisipi bañaba casi hasta los cimientos. La pequeña taberna estaba mal iluminada y el aire olia a cuerpos sucios, a licor y otros tantos olores ofensivos que Adam no quiso identificar. Tal como le habían indicado, eligió una mesa desocupada cerca de la puerta, y, después de echar una cuidadosa mirada alrededor, se sentó y pidió un whisky a la moza desaliñada que se acercó a atenderlo.

Adam no quería arriesgarse a que lo drogaran, y cuando le llevaron la bebida la dejó intacta, y en cambio encendió un largo cigarro negro. Una fina columna de humo azulado se elevó sobre la cabeza oscura del hombre; continuó fumando dedicado a observar a los parroquianos. Eran del tipo que uno esperaría encontrar en un lugar tan vulgar como aquél: una o dos mujeres que no ocultaban su condición de rameras, algunos tramperos, unos cuantos pendencieros y varios de los miembros de la estridente tripulación de un barco fluvial. La llegada de Adam produjo cierta agitación, pero después de un momento todos volvieron a lo que estaban haciendo. Nadie pareció interesarse por él en lo más mínimo y a medida que pasaban los minutos y nadie se acercaba a su mesa, Adam comenzó a inquietarse. Miró con disimulo el reloj. Habían pasado treinta minutos de la medianoche y no había señales del autor de la nota. Adam siguió fumando con apariencia tranquila, con todos los nervios alerta al peligro, y echó otro vistazo al salón.

Unas pocas velas chisporroteaban aquí y allá y, aunque escudriñó entre las sombras de los rincones, no vio nada que lo alarmara.

Ante la ausencia del emisor del mensaje, comenzó a enfadarse y a preocuparse, y contempló el líquido color ámbar intacto en el vaso. ¿Contendría droga? ¿Acaso era ése el motivo de que no apareciese nadie? ¿Querrían que estuviese aturdido o inconsciente antes de tomar cualquier iniciativa? Esbozó una sonrisa torcida.

¡Peor para ellos! No tenía la menor intención de facilitarles las cosas. Los minutos siguieron transcurriendo lentos, como una víbora serpentea apareciendo a la vista, y a Adam se le ocurrió otra posibilidad: ¿acaso la nota sería parte de una cruel jugarreta? Quizá no se equivocó al imaginar que podría ser una treta para apartarlo de Savanna.

Adam se puso de pie inmediatamente. Arrojó descuidadamente unas monedas sobre la mesa, giró sobre sus talones y salió precipitadamente de la taberna. ¡Si le había pasado algo a Savanna...! ¿Y si el propósito de la nota era alejarlo para poder raptarla o herirla...?

Aunque era una idea insoportable, no pudo apartarla de su mente: imaginó la cara maligna de Micayá apareciendo amenazadora ante él. Inconsciente de todo lo que no fuese la desesperación por ver a su esposa, Adam se lanzó a correr por la calle irregular sin ver lo que lo rodeaba y, concentrado en el peligro que podía correr Savanna, no advirtió el riesgo real que él mismo corría...

El primer impacto lo tomó completamente por sorpresa: el golpe cruel del garrote le dio de lleno en el costado izquierdo, mientras otro bastón se estrellaba sobre su cabeza y su hombro. Adam estuvo a punto de caer de rodillas y, al sentir una oleada de dolor, luchó con desesperación por disipar la nube negra que pareció explotarle ante los ojos.

El atacante de Adam había elegido bien el lugar: estaba aguardándolo en un callejón oscuro y maloliente y sólo asomó cuando la presa cayó en la trampa. Adam trató de mantenerse en pie y advirtió que había dos hombres cuyas voces le retumbaban dolorosamente en la cabeza.

—¡Maldición! ¡No lo mates! ¡Sólo tenemos que herirlo! ¡No nos han pagado para que lo matemos!

—No quiero correr riesgos. ¡Es un tipo grandote y quiero aturdirlo antes de dejar el arma y comprobar cuánta fuerza tiene en los puños!

—¡Eso no importa! ¡Agárralo! ¡Agárralo! ¡Rápido, arrástralo hasta aquí, que ellos están esperando!

Adam sintió que lo aferraban unas manos rudas y lo arrastraban por el callejón. Tenía la ventaja de que lo creyeran atontado y, como no estaba lejos de ser cierto fue más sencillo dejarse llevar que pelear. Aprovechó el tiempo mientras lo arrastraban y lo empujaban por el intrincado callejón para recobrar los sentidos y prepararse para la lucha que se avecinaba.

En última instancia, el mensaje había sido una carnada, y Adam fue lo bastante ingenuo como para que el miedo por la seguridad de Savanna lo cegara a los peligros de ese suburbio. Furioso consigo mismo, ignoró el dolor de cabeza y pensó que alguien se llevaría una gran sorpresa. Era evidente que los truhanes que lo habían golpeado eran mercenarios y, por lo que oyó, al parecer la paliza sería propinada al llegar al sitio donde «ellos» esperaban.

Adam distinguió el resplandor débil de una linterna y casi al instante se sintió arrojado con violencia hacia adelante y aterrizó sobre el suelo mugriento del callejón. Comenzó a incorporarse pero una bota le golpeó con brutalidad en las costillas y luego en la cabeza, y casi lo dejó inconsciente. Hizo esfuerzos desesperados por despejarse la mente y oyó vagamente la conversación que se desarrollaba sobre su cuerpo tendido.

—¿Éste es el tipo? —preguntó uno de los atacantes.

Adam arriesgó un vistazo a la luz tenue del farol fijado a un poste, pero sólo pudo distinguir dos figuras cubiertas con pesadas capas. Permanecieron en la sombra, fuera de la zona iluminada, y sólo pudo descubrir que se trataba de dos personas, hasta que oyó el susurro de Betsey:

—¡Oh, sí! ¡Es él! ¡Golpéenlo!

De inmediato, los dos hombres se pusieron en acción; Adam, indefenso en el suelo, y demasiado ocupado en protegerse para pasar a la ofensiva, soportó varios porrazos terribles en las costillas y en la cabeza. Desde las sombras, le llegó la risa alborozada de Betsey.

—¡Sí! ¡Sí! ¡Dadle más! ¡Hacedlo sangrar! Quiero que sangre.

La voz de la joven resonó como una cruel letanía en la cabeza de Adam, hasta que al fin logró rodar y ponerse en pie de un salto. Se tambaleó atontado, bajo la luz vacilante del farol, sintiendo intensos dolores. Lo asaltó una furia helada y, ardiendo en deseos de devolver los golpes que había recibido, olvidó las armas que llevaba consigo.

Dejó escapar un grito y se lanzó contra los dos atacantes, acometiendo a diestra y siniestra con sus puños vigorosos. El asalto tomó por sorpresa a los maleantes, y en la confusión por escapar de esos puños letales uno de los hombres cayó. Adam rió a pesar del dolor y asestó al truhán un salvaje puntapié en la cabeza mientras seguía disparando puñetazos sobre el otro hombre.

Esto no era lo que los truhanes esperaban, y quedaron por completo fuera de combate. Eran bribones y mercenarios, pero no luchadores; no imaginaban que la presa podría devolver los golpes. Comenzaron a retroceder, llenos de resentimiento por el giro de la situación, pero Adam lo impidió.

Sin darles espacio para huir, Adam lanzó un puñetazo a la nariz del hombre que aún estaba en pie, otro a la boca, y el sujeto aulló y cayó de espaldas tomándose la cara. Adam se volvió hacia el hombre que yacía en el suelo, y que intentaba levantarse. Sin inmutarse, Adam lanzó un puntapié a la barriga del sujeto y dijo en tono impersonal:

—¡Es agradable!, ¿no es cierto, buen hombre?

Sólo quebraron el silencio los débiles gemidos de los sujetos aporreados. Adam, tambaleándose un poco a causa de la paliza, mantuvo los puños cerrados, listo para volver a embestir. Era obvio que los atacantes ya no representaban una amenaza, y en ese instante apareció Charles blandiendo en alto una caña malaca. Por desgracia, Charles no era un luchador y Adam eludió la caña sin dificultad y le asestó un golpe brutal.

Cuando el puño de Adam chocó contra la barbilla de Charles, éste lanzó un extraño suspiro y se desplomó sobre el suelo mugriento del callejón con la capa negra flotando alrededor. Adam contempló fríamente al enemigo caído y lo asoló una oleada de disgusto y honda fatiga que dominó sobre el dolor que sentía.

Miró hacia la oscuridad, sabiendo que Betsey aún estaba allí, oculta en las sombras.

—¿Estás contenta, querida mía? —preguntó con engañosa despreocupación.

Betsey permaneció muda, y uno de los asaltantes gimió.

—¡Bueno, le aseguro que yo no estoy contento! Nos dijeron que usted era un petimetre, y que esto era un modo de ganar dinero fácil... sólo he conseguido que me aplaste la nariz y me parta el labio. No me parece justo.

Adam alzó una ceja.

—Oh, estoy seguro de que si revisa los bolsillos de... su patrón encontrará bastante dinero para quedar satisfecho. Dudo de que se oponga, teniendo en cuenta el estado en que se halla.

Los dos sujetos se miraron entre sí y rieron.

—¡Bueno, eso es muy generoso de su parte! —Ignoraron a Adam, y como buenos basureros que eran cayeron sobre Charles y procedieron a vaciarle los bolsillos en busca de todo lo que tuviese algún valor.

Betsey no pudo soportarlo: avanzó hasta la zona iluminada por el farol y gritó:

—¡Basta, monstruos! ¡Dejadlo en paz! ¡Deteneos ya!

Resultó un error fatal. La capucha de la capa cayó y la luz del farol iluminó los brillantes cabellos rubios y el hermoso rostro. Los dos sujetos, que estaban atareados despojando a Charles, se volvieron a mirarla con las bocas abiertas al ver a aquella encantadora criatura en medio de aquel sórdido callejón. A medida que la miraban, la avaricia de sus rostros iba siendo reemplazada por una definida lujuria.

Uno de los hombres se levantó y dijo:

—Bien, bien, bien, ¿qué tenemos aquí? La palomita más linda y rolliza que nunca he visto.

Betsey comprendió su error y retrocedió. Era demasiado tarde. El otro hombre también se incorporó y comenzó a avanzar hacia la muchacha.

—Creo que esta linda muñequita nos vendrá muy bien para compensar lo que ha pasado. —Se detuvo, indeciso y miró a Adam—. ¡Eso, si usted no se opone!

Adam lanzó una fría mirada a Betsey: aquélla era la mujer que había asesinado a su hijo, recordó, y en su mente surgió una imagen cegadora. El recuerdo de la cara blanca de Savanna sobre la cama, mientras Adam sentado a su lado la noche anterior temía que también ella muriese, resurgió en su memoria, y dijo con naturalidad:

—No, no tengo objeciones.

Los dos bribones rieron lascivamente. Uno de ellos estiró una zarpa roñosa y toco el pecho de Betsey.

—Aquí no —dijo el otro con rudeza—. Llevémosla adonde podamos disfrutarla toda la noche.

Betsey boqueó con los ojos agrandados de furia.

—¿Y dónde la vais a llevar? —preguntó Adam, con fría curiosidad.

—Tenemos un barco, el *Merry Madame*, anclado cerca de La Espada Rota.

Adam contempló los semblantes toscos y rudos de los asaltantes e imaginó la clase de embarcación sórdida que tendrían. Y, en cierto modo, considerando lo que les había hecho a los seres que Adam amaba, era el lugar que Betsey Asher merecía. Le lanzó una última mirada indiferente y, girando sobre sus talones, dijo en tono calmo:

—No la matéis. Quiero que viva mucho tiempo.

Betsey contempló con expresión incrédula la figura que se alejaba. Apartó impaciente las manos que la aferraban, golpeó con el pie en el suelo y gritó enojada:

—¡Adam! ¡No puedes dejarme con estos palurdos asquerosos!

Adam se detuvo y se volvió. Sus brillantes ojos azules la examinaron duramente. De pronto, esbozó una sonrisa felina y letal.

—Oh, sí puedo, cariño —dijo en tono suave.

Inclinó la cabeza en un gesto de insultante desdén y volvió a dar la vuelta para irse. Sin alterar el paso, abandonó el callejón ignorando los alaridos indignados de Betsey: sólo tenía en la mente la imagen de su esposa y el recuerdo de su hijo muerto.

Cuando llegó a la seguridad de sus habitaciones, se desvaneció el férreo control que lo había mantenido en pie hasta el momento y, sin prestar atención a las exclamaciones horrorizadas de Jake y Dooley, se derrumbó con un gemido en el sofá: todos los músculos y los huesos del cuerpo de Adam se crispaban de dolor. Les relató brevemente lo ocurrido y los despidió, no sin antes convencerlos de que iba a sobrevivir. No quiso que Savanna lo viese en aquellas condiciones y, levantándose con dificultad, caminó lentamente hasta el cuarto de vestir. Era muy tarde para pedir un baño y Adam, haciendo muecas de dolor, se quitó la ropa sucia, vertió agua tibia del aguamanil de loza en la palangana, y se lavó con cuidado los cortes y magulladuras.

Savanna lo encontró en esa tarea y se le encogió el corazón al ver la cara lastimada y los hematomas negros y azulados que se extendían por todo el cuerpo de su esposo. Corrió hacia Adam con el temor reflejado en sus ojos.

—Jake me entregó tu nota... era una trampa, ¿verdad? —preguntó ansiosa. Le quitó el paño de la mano laxa y reanudó con suma delicadeza la tarea que Adam había abandonado.

Adam se dejó caer en un taburete y dijo abatido:

—Oh, sí, era una trampa... ¡tendida por nuestros queridos amigos, Charles y Betsey Asher!

Savanna apretó los labios y dijo en tono bajo y maligno:

—¡Creo que mañana le haré una visita a la señorita Asher y le arrancaré el cabello a mechones... y luego la arrojaré a ella por las escaleras!

Adam esbozó una sonrisa débil.

—Después de esta noche, dudo de que la señorita Asher se acerque a menos de quince kilómetros de nosotros. Puedes olvidarte de ella.

Aunque a Savanna la picó la curiosidad, sólo cuando estuvieron acostados en la sedante oscuridad, se animó a interrogarlo.

—Adam, ¿qué ha pasado? Cuéntamelo todo.

Adam suspiró y le relató brevemente lo ocurrido. Cuando concluyó, la muchacha se quedó callada unos instantes. Entonces, le tocó con suavidad la mejilla herida en una caricia sutil como las alas de una mariposa.

—Me alegro de que la abandonaras. Es lo que se merecía.

Adam bostezó, y respingó por el dolor de los labios. Murmuró soñoliento:

—Yo pienso lo mismo.

A la mañana siguiente, el rostro de Adam era capaz de asustar al hombre más curtido; al verse el ojo y el labio hinchados, y el pómulo magullado, hizo una mueca. Observó los hematomas que tenía en todo el cuerpo. Ni siquiera un baño caliente logró aliviar los numerosos dolores que padecía, pero quiso partir lo antes posible hacia Campo de Verde y se vistió soportando virilmente el sufrimiento.

Savanna lo contempló con expresión afligida cuando Adam entró en el salón. A pesar de la ropa elegante y el cuerpo vigoroso, tenía un aspecto horrible. Al ver a Savanna sonrió y la esposa sintió que la invadía una oleada de tibieza.

La joven llevaba un favorecedor vestido de muselina amarillo pálido, con escote bordeado de encaje que revelaba una porción tentadora del magnífico busto. Las mangas abullonadas también estaban adornadas de encaje, y Savanna se había sujetado las mechas salvajes del cabello con una cinta de seda amarilla. Estaba adorable.

A pesar de los dolores que sufría, Adam deseó que su esposa estuviese en condiciones de hacer el amor; suspiró pesaroso apartando la idea de su mente y dijo:

—Iré a alquilar un carruaje cómodo para nosotros, y, si todo marcha bien, tal vez podamos partir hacia Campo de Verde esta misma mañana. ¿Te parece bien?

Savanna estuvo de acuerdo y Adam salió a cumplir su cometido. Luego, al volver al hotel, vio otra vez a Charles Asher.

Charles no mostraba rastros de lo sucedido la noche anterior y cuando Adam entró en el vestíbulo hablaba con aire sincero a un apuesto joven. Adam se aproximó a los dos hombres con un destello peligroso en sus ojos azules.

—Buenos días, Charles —dijo en tono sereno—. Espero que estés bien, después de la huida de anoche.

Impaciente, Charles alzó la mirada y palideció al ver a Adam; éste descubrió satisfecho que el hombre tenía una magulladura en la barbilla. Con el rostro ceniciento, Asher tragó con dificultad y dijo nervioso, sin ver escapatoria posible:

—Sí. Fue muy agradable.

—Y la rubia Betsey, ¿también disfrutó de la velada? —preguntó Adam con voz meliflua.

El joven que estaba junto a Charles frunció el entrecejo:

—Señor —dijo mirando a Asher—, si no recuerdo mal, usted me dijo que *mademoiselle* Betsey estaba muy enferma esta mañana y que no podría recibirme.

Antes de que Asher pudiese responder, Adam interrumpió:

—¡Oh, pero eso es imposible! ¡Si yo la vi anoche y parecía divertirse mucho! ¿No es cierto, Charles?

Paralizado por la ira y el miedo, Charles sólo pudo contemplar impotente el semblante apaleado de Adam. Éste, desdeñoso, volvió la espalda a Charles y se dirigió al joven.

—Yo soy Adam St. Clair, y usted debe de ser Pierre Michaud.

Pierre esbozó una sonrisa cortés y asintió: era evidente que la situación lo confundía. Paso la mirada de un hombre a otro y volvió al tema que le interesaba más.

—Entonces, ¿*mademoiselle* Betsey no está enferma? —preguntó ansioso—. ¿Podrá recibirme?

Otra vez, el que habló fue Adam. No quería herir a Pierre, aunque tampoco dejaría que Charles y Betsey recuperaran el terreno perdido. Con una expresión compasiva en los ojos, dijo con voz suave:

—Sí, lo recibirá a usted. Creo que la encontrará con dos... acompañantes en el *Merry Madame*, anclado cerca de la taberna de La Espada Rota, en la calle Girod.

Charles emitió un extraño cloqueo y Adam se volvió hacia él dirigiéndole esa sonrisa felina que Betsey había visto la noche anterior.

—Estoy seguro —agregó en el más dulce de los tonos— de que Betsey debe de estar ansiosa de verlo.

Mientras se alejaba, Adam sintio lástima por la pena y la desilusión que se llevaría Pierre, sin embargo tenía que asegurarse de que, cuando la desgracia de Betsey se difundiera, como sin duda ocurriría, ella y Charles jamás podrían volver a aparecer en la sociedad decente, y, por lo tanto, ningún otro joven como Pierre caería en las inescrupulosas garras de los hermanos Asher. Los Asher estaban arruinados en el aspecto social: se convertirían en parias. Y, en realidad, recordando la muerte de su hijo y lo cerca que había estado Savanna de morir, no sintió demasiados remordimientos por el destino que aguardaba a los hermanos Asher...

21

La carta de Adam relatando los últimos acontecimientos tumultuosos fue recibida por Jason en Terre du Coeur, hacia fines de septiembre. Ni el casamiento de Adam con Savanna O'Rourke ni el embarazo de ésta sorprendieron mucho a Jason, pero se apenó al enterarse de que la muchacha había perdido al niño. Recordaba muy bien el dolor que él y Catherine sintieron cuando ella perdió a su segundo hijo, tras escapar de las garras de Dávalos.

Sentado en el estudio, con el sol de la tarde entrando por las amplias ventanas de la casa, Jason contempló pensativo la carta de Adam. ¡Así que Adam se había casado! La boca plena de Jason se curvó en una sonrisa maliciosa. ¡Y el muy tunante le había dejado la delicada tarea de informar de la novedad a Catherine!

Catherine no lo tomó muy bien. Sus ojos amatista ardieron de indignación cuando leyó la carta de Adam, aunque, como el objeto de su enfado estaba a salvo en Campo de Verde, miró impotente a Jason.

—¡Se ha casado! —exclamó colérica—. ¡Cómo se ha atrevido! ¡Y con la hija de ese individuo!

Agitada, dio una vuelta por el estudio de Jason y éste pudo admirar su esbelta figura. Después de doce años de matrimonio y cinco hijos, Catherine Savage aún le parecía la mujer más fascinante que había visto, y cuando estaba enfadada como en aquel momento, con las mejillas arreboladas, los ojos llenos de chispas purpúreas y el cabello negro y espeso cayendo en bucles sobre los hombros, le recordaba a la gitanilla de la que se había enamorado muchos años atrás.

Jason sonrió impertérrito y dijo marcando las palabras:

—Gatita, no lo ha hecho a propósito para herirte o enfadarte. Es que no pudo evitar enamorarse. No lo culparás por eso, ¿no es cierto?

Catherine interrumpió su agitado paseo por el estudio y miró a su esposo con los bellos ojos arrasados de lágrimas.

—¡Oh, Jason! Sabes que le deseo toda la felicidad... mamá y yo esperábamos con tanta ansiedad el día en que Adam se casara con alguna joven decente... ¡Y no, fue a dar a esa región perdida y quedó atrapado en las redes de la hija de Dávalos!

Jason se levantó de la silla, rodeó el macizo escritorio de roble y, apoyando una cadera en una esquina del mueble, atrapó entre los brazos el cuerpo tenso de Catherine. Contempló su rostro acongojado con un destello burlón en los ojos esmeralda.

—No es el matrimonio que ninguno de nosotros hubiese deseado para Adam —comenzó remarcando las palabras— aunque, a menos que desees que tu hermano te estrangule, sugiero que cuando conozcas a Savanna te dispongas a aceptar la elección de Adam, si no con entusiasmo al menos con cordialidad. Gatita, ¡él la ama! Y conociendo a Adam, imagino que tomará a mal cualquier ofensa, incluso leve, que se le haga a su esposa.

Catherine resopló, y Jason agregó, conciliador:

—Mi amor, sé que será duro para ti, pero Savanna no es como su padre. No se parece en absoluto a Dávalos, ni en su aspecto ni en su espíritu.

Como Catherine lo miró escéptica, Jason la sacudió suavemente e insistió:

—A Blood Drinker le gustó. En el viaje de regreso a Terre du Coeur, dijo que era precisamente la mujer que Adam necesitaba: ¡una mujer bella, que lo igualara en obstinación y temperamento! —Esbozó una sonrisa al recordar—. Y si los hubieses visto juntos, la noticia de su boda no te sorprendería. ¡Era inevitable!

Ella dudó, volvió a tomar la carta y la releyó; al llegar a la parte en que hablaba del niño, se le llenaron los ojos de lágrimas.

—Deben de estar desolados —dijo en tono suave. El rostro de la mujer adoptó una expresión decidida—. ¡Tenemos que acompañarlos! Como nosotros también perdimos un hijo, quizá podamos ayudarlos a superar la tragedia.

Jason se relajó y contempló a su esposa con un brillo cálido en la mirada. Sabía que Catherine tomaría a mal la noticia del casamiento de Adam con la hija de Dávalos, y también sabía que dejaría a un lado sus propios sentimientos y estaría dispuesta a ayudar a la esposa de Adam.

Le dio un beso en la nariz, se incorporó y murmuró:

—Dejaré el equipaje a tu cargo.

Los Savage no eran los únicos que pensaban viajar a la zona de Nueva Orleans. Al mismo tiempo que Catherine comenzaba a hacer las maletas, Micayá Yates también planeaba un viaje a esa ciudad.

Micayá y Jeremy se habían ocultado en Natchez durante un tiempo esperando recibir noticias del desconocido que una vez contratara al primero para matar a Adam St. Clair. Tanto los esfuerzos de ellos dos como los de Jem fueron en vano; de todos modos pescaron un rumor interesante: al parecer, en aquel momento, el mismo Adam St. Clair estaba en la zona de Nueva Orleans.

El oro azteca aún ocupaba el lugar fundamental en los pensamientos de Micayá, aunque en ese momento había suspendido la búsqueda. Sin tener los conocimientos de Jason ni las informaciones que Savanna afirmaba no poseer, el único vínculo de Micayá con el oro era Jeremy, y el asesino no confiaba del todo en las habilidades del socio. Quizá llegara el momento en que no tendría más remedio que hacerlo... o bien imaginar un modo de atrapar a Jason y torturarlo para sonsacarle la información. Mientras tanto, se ocuparía del asunto St. Clair...

Aunque no fuera más que por orgullo, Micayá estaba decidido a liquidar al esquivo señor St. Clair, y partió de inmediato con Jeremy hacia Nueva Orleans. El asesino también tenía otro motivo para ir a Nueva Orleans: pensaba que, si alguien tenía noticias sobre el paradero de Savanna, sería Bodene Sullivan. En cuanto llegaron a la ciudad, Micayá dejó a Jeremy ocupado en sus propios asuntos y se apresuró a ir al establecimiento de juegos de Bodene.

Micayá no tuvo dificultades para encontrar La Dama Dorada. No entró en el edificio; en cambio, merodeó alrededor del local en la oscuridad, familiarizándose con el lugar. Solamente había dos entradas en La Dama Dorada: la puerta del frente y la de atrás, y Micayá desechó ambas vías. No estaba enterado de ningún aviso reciente contra él y, además, pocas de sus víctimas sobrevivían para contar las atrocidades del asesino. No le molestaba en absoluto ser reconocido como un asesino famoso, pero la idea de un audaz enfrentamiento con Bodene sí lo inquietaba. Era probable que Bodene estuviese furioso por el rapto de Savanna, y ahora que se acercaba el momento Micayá sentía temor de enfrentarse con la cólera del primo.

Volvió a observar el edificio desde afuera, poniendo especial atención en encontrar el modo de introducirse sin ser visto. En la planta baja había pocas ventanas y, por lo que pudo oír pegando el oído a los cristales cubiertos por densas cortinas, la mayoría estaban ocupadas por jugadores concentrados en sus propias apuestas. Un tanto desalentado, el criminal se acercó a la última ventana en la parte trasera del edificio, pegó el oído al cristal tibio y se sobresaltó al oír la voz del propio Bodene detrás de él:

—¿Sabes?: uno de mis hombres creyo verte escondido por aquí. ¿Qué esperabas, amigo mío: escuchar algo interesante... como por ejemplo, dónde está Savanna?

—¡Maldición, Bodene! ¡No puedes sobresaltar así a un tipo! —chilló Micayá apartándose de un salto de la ventana—. Expectante, aguardó la siguiente iniciativa de Bodene, y se asustó al sentir una pistola apretada contra la espalda.

—Bueno, si tú no anduvieras merodeando por mi local, yo no te habría asustado. Y ahora que hemos aclarado este pequeño malentendido, ¿por qué no vienes a mi oficina y sostenemos una agradable conversación privada, eh? —dijo Bodene.

El cañón de la pistola se apartó de la espalda de Micayá, y este respiró aliviado hasta que Bodene dijo en voz suave:

—Estoy apuntándote con la pistola: haz un movimiento que no me agrade y tendré sumo placer en agujerearte. Si es necesario, frente a diez testigos. ¿Entendido?

Micayá tragó saliva y asintió enérgicamente.

—Bien —prosiguió Bodene con calma—. Ahora vamos a entrar en La Dama Dorada. No te detengas a hablar con nadie y camina derecho a mi oficina, que está en el segundo piso a la izquierda. Si intentas cualquier tontería, me sentiré dichoso, muy dichoso de acabar con tus días de criminal. ¿He hablado con claridad?

Micayá asintió y se preguntó por qué siempre que se metía con Bodene terminaba en la misma situación. Sin embargo, cuando llegaron a la oficina, recobró parte de su jactancia habitual e intentó una baladronada. Se volvió a mirar al otro hombre y le espetó:

—¿Qué demonios pasa? ¿Acaso un hombre no puede beber un trago de whisky sin que le respires en la nuca?

Bodene esbozó una sonrisa fría.

—Si tenemos en cuenta lo que le hiciste a Savanna, ¡tienes una suerte endiablada de que no te mate! Y lo único que me detiene es que no quiero ensuciarme las manos contigo... y que Savanna está a salvo en Campo de Verde.

Al oír las palabras de Bodene, Micayá sintió que lo invadía una oleada de excitación. Era de suponer que Savanna había sobrevivido después de ser raptada por Jason Savage y que se las había arreglado para regresar a casa. Se inquietó al advertir que Bodene seguía lanzándole miradas asesinas y gimió:

—¡Bueno, no lo tomes así! ¡Yo no quería hacerle daño! Sabes que siempre me gustó tu prima, y te juro que me habría casado con ella después de... haberla domado un poco.

—Quieres decir que la raptarías y la golpearías hasta someterla, ¿no es así? —replicó Bodene en voz baja; la expresión del joven hizo retroceder a Micayá hasta dar con los hombros contra la pared.

El criminal tragó saliva.

—Bueno, ¿yo qué podía hacer si no quiso atender a razones? —preguntó con desvergonzado candor.

Los labios finos de Bodene se curvaron en un gesto despectivo, ya se había desvanecido su deseo de estrangular al asesino. Sabía desde mucho tiempo atrás que no se podía razonar con hombres como Micayá, y comprendió disgustado que no había argumento alguno capaz de convencer al criminal de que lo que había hecho no estaba bien.

Sin ocultar su desdén, Bodene dijo en tono helado:

—Olvídate de Savanna: ahora es una mujer casada.

Los ojos de Micayá estuvieron a punto de saltársele de las órbitas, y se quedó contemplando el semblante pétreo de Bodene con la boca abierta de estupefacción.

—¡Casada! —exclamó atónito—. ¡Es imposible! ¡Nadie más que yo sería tan tonto como para casarse con esa gata salvaje!

Bodene se sentó sobre una esquina del escritorio y siguió observando a Micayá con franco desprecio.

—Lamento que te disguste la novedad... teniendo en cuenta que tengo noticias aún más desagradables para ti.

—¿Qué quieres decir? —preguntó Micayá.

—Mi cobarde amigo, lo que quiero decir es que finalmente llegaste demasiado lejos. Cuando secuestraste a Jason Savage... o creíste hacerlo, cometiste un error fatal.

Micayá entornó los ojos.

—¿Sí?

Bodene esbozó una sonrisa torcida.

—El que raptaste aquella noche no era Jason Savage, sino su cuñado, y debo decir que es un rico plantador de Natchez, el mismo que se ha casado con Savanna. Incluso se podría decir que tú se lo presentaste a Savanna: es Adam St. Clair.

Si, al enterarse del matrimonio de Savanna, Micayá pareció un pez fuera del agua, ahora, al oír las últimas palabras contempló a Bodene con el rostro purpúreo de ira, los ojos casi desaparecidos y los puños amenazantes apretados a los costados.

—¡St. Clair! —explotó con tal acento de odio que Bodene se sobresaltó.

—¿Conoces a Adam St. Clair?

—¡No, no conozco a ese canalla! —escupió Micayá entre dientes, y estuvo a punto de barbotar toda la sucia historia pero se contuvo y cerró la boca con un chasquido. Ahora tenía otro motivo además del dinero para desear el fin del señor St. Clair, ¡y no podía ser tan imbécil como para soltar todo su plan ante Bodene Sullivan!

Ceñudo, Bodene le preguntó en tono cortante:

—Si no conoces a St. Clair, ¿por qué te irritas tanto al oírlo mencionar?

Micayá pensó a toda velocidad en un modo de distraer la atención de Bodene de cualquier sospecha que pudiese albergar y se esforzo en sonreír.

—Oh, no tengo nada contra ese hombre en particular —explicó con aire negligente—. ¡Es que no me parece justo que un tipo rico venga y me sople a Savanna bajo de mis propias narices! Siempre imaginé que algún día Savanna y yo estaríamos juntos. —Lanzo un pesado suspiro—. Ahora que se ha casado con ese St. Clair, supongo que tendré que olvidarla y estrechar la mano de ese señor.

—Dudo que el señor St. Clair desee estrecharte la mano. De hecho, estoy seguro de que está ansioso por meterte una bala entre los ojos. ¡Eso es lo que yo tendría que haber hecho hace años!

—Me parece que no soy muy bienvenido aquí, y pienso que es mejor que me marche —replicó Micayá, atemorizado por la expresión de Bodene.

—Por desgracia, tampoco puedes marcharte —respondió Bodene en tono helado—. Ya te lo he dicho: esta vez has ido demasiado lejos. Pienso tomarte prisionero, y no irás a ninguna parte hasta que Savage y St. Clair decidan qué hacer contigo.

De pronto, se hizo un denso silencio mientras los dos hombres se miraban con los cuerpos tensos, listos para saltar. Durante una fracción de segundo, quedaron congelados como las figuras de un antiguo retablo: el bien y el mal enfrentados; pero entonces, con un juramento ahogado, Micayá saltó sobre Bodene. Aunque lo esperaba, el ataque de Micayá hizo perder el equilibrio a Bodene y las piernas macizas del asesino se cerraron con fuerza en torno de él sujetándole los brazos e impidiéndole tomar la pistola.

Enlazados en un violento abrazo, los dos hombres cayeron al suelo y la pistola saltó del bolsillo de Bodene. Micayá gruñó satisfecho aunque no aflojó el apretón, y rodaron una y otra vez haciendo volar las sillas y chocando contra la pared, mientras Bodene luchaba para escapar a la opresión paralizante de los brazos de Micayá. Por fin, haciendo uso de toda su fuerza, Bodene logró liberarse. Mientras luchaban para derrotarse uno al otro Micayá le asestó un terrible puñetazo en la barbilla. Aturdido por la fuerza del golpe, Bodene sintió que se debilitaba un instante y entonces fue demasiado tarde. El asesino se puso en pie de un salto y agarró la pistola.

Apuntando el arma al pecho de Bodene, Micayá esbozó una sonrisa maligna.

—Bueno, bueno, ¡esto sí que es un giro interesante de los acontecimientos! ¡Apuesto que nunca creíste que podía suceder! —No había tiempo que perder. Era obvio que los ruidos de la pelea no se oirían por encima del barullo de los salones de juego, aunque eso no quería decir que en cualquier momento uno de los hombres de Bodene no llamara a la puerta. La sonrisa de Micayá se esfumó, y gruñó con una mirada helada en sus ojos azules:

—¡Ponte de pie! ¡Acércate aquí y siéntate detrás del escritorio!

Hirviendo de impotencia, Bodene hizo lo que le ordenaba. Segundos después, estaba atado y amordazado.

Convencido de que Bodene no podría moverse durante un buen rato, Micayá dejó la pistola y dijo:

—Creo que ahora me iré. No puedo decir que haya disfrutado de tu hospitalidad.

Salió por la puerta y escapó de la La Dama Dorada rumiando pensamientos amargos: ¡el mismo hombre al que Micayá tenía que asesinar por encargo de algún misterioso caballero, el mismo que había buscado durante días... no, semanas, estuvo bajo las propias narices de Micayá! Le inundó el pecho una furia helada cuando comprendió lo incauto que había sido, y su cólera subió de punto cuando supo que todo lo que hizo desde que escuchó por primera vez en Natchez el nombre de ese demonio de ojos azules había sido inútil. Para Micayá, la lista de crímenes imperdonables que Adam St. Clair había cometido contra él era interminable. Cada hecho aciago, cada revés, cada contratiempo que sufrió desde la noche en que lo contrataron para matar a ese hombre podía atribuírsela al mismo St. Clair. Los puños macizos de Micayá se abrieron y se cerraron impotentes cuando pensó lo diferentes que habrían sido las cosas si hubiese hallado a ese canalla y lo hubiera asesinado de inmediato. No sólo tendría unos cuantos dólares en su poder sino que también habría mantenido intacta su reputación como el sujeto al que se podía encargar los más sucios crímenes. Por el solo hecho de vivir, Adam St. Clair había empañado la fama de Micayá y arruinado un negocio lucrativo. Y no conforme con eso, Adam St. Clair se hizo pasar por Jason Savage y destruyó el plan original para la búsqueda del tesoro y, peor aún, convirtió a Micayá Yates en un tonto. Para mayor ignominia, le robó la única mujer a la que Micayá siempre había considerado como propia. ¡Lo que ese hombre le había hecho era por completo insultante y no debía ser tolerado! El rostro de Micayá se abrió en una sonrisa helada mientras iba en busca de Jeremy. En la cabeza del asesino comenzaba a tomar forma un plan: ¡en un futuro muy cercano Adam St. Clair aprendería por qué lo llamaban Asesino Micayá!

En cuanto la puerta se cerró tras la figura de Micayá, Bodene comenzó a debatirse con violencia contra las ligaduras que lo sujetaban y, aunque era un hombre sumamente vigoroso, era evidente que Micayá conocía bien el oficio, y sus esfuerzos resultaron infructuosos. Furioso, Bodene continuó luchando y retorciéndose; las ligaduras no se soltaron; también intentó escupir la mordaza lo que fue inútil. Frustrado, trató de sacudir la silla a la que estaba atado; cayó al suelo y se arrastró culebreando para llegar a la puerta. No fue fácil, aunque al fin estuvo bastante cerca para golpear la puerta de la oficina con los pies: esperaba que alguien oyera los golpes sobre el estrépito del salón de juegos.

Mientras transcurrían unos minutos que le parecieron interminables, la puerta de la oficina se abrió cautelosamente y asomó la cabeza de Jack Mooney, uno de los hombres de mayor confianza de Bodene. Las facciones ásperas del hombre se congelaron de asombro al ver al patrón atado como un pollo, tirado sobre el suelo.

Poniéndose de inmediato en acción, Jack le quitó la mordaza. Sin importarle otra cosa, Bodene lo apremió:

—¡Ahora no te preocupes por mí! Busca a algunos hombres y salid a buscar a Micayá Yates: tenemos que encontrarlo y apresarlo antes de que haga más daño. Al salir, envía a alguna de las muchachas para que me desate. ¡Vete!

Jack no vaciló; dio la vuelta y salió corriendo de la oficina. Cuando volvió, una hora más tarde, halló a Bodene recorriendo impaciente los confines de la oficina, donde ya se había restaurado el orden. En cuanto Jack abrió la puerta, el patrón lo miró esperanzado.

Jack negó con la cabeza.

—Nada. Hemos registrado todos los sitios donde pensamos que podía estar, hemos interrogado a algunos de sus cómplices, pero es como si hubiese desaparecido. Nadie lo ha visto, ni en la ciudad, ni saliendo de ella.

Bodene maldijo violentamente: su preocupación crecía a cada minuto que pasaba.

—¡Sé que irá en busca de Adam! —Se sentó tras el escritorio, buscó pluma y papel y comenzó a escribir, mientras le decía a Jack—: ¡Quiero que lleves enseguida este mensaje a Adam St. Clair o a Savanna, en Campo de Verde! Lleva contigo a Toby Willis; tomad dos de los mejores caballos, aunque no el negro porque más tarde lo necesitaré, y galopad como si os persiguiera el diablo.

Quedaos en Campo de Verde hasta que yo llegue. Iré poco después que vosotros, después de hacer otra batida de la ciudad. Tal vez exista un lugar que no habéis revisado y quiero asegurarme de que en verdad Micayá salió de la ciudad y no que se lo tragó la tierra. —Observó el semblante severo de Jack—. El objetivo principal de ese tipo es Adam, tú ten cuidado y recuerda que está con Jeremy Childers. Sal por atrás... ¡y por el amor de Dios, mantente alerta a cualquier posible trampa!

Jack asintió, giró sobre sus talones y se marchó. Bodene se quedó pensativo mirando la puerta. Por el momento, había hecho todo lo posible por proteger a Adam y a Savanna; de todos modos lo invadió un hondo sentimiento de culpa. ¡Si no se hubiera descuidado con Micayá y no hubiese permitido que el criminal lo dominara, nada de esto habría sucedido! Se puso de pie, furioso consigo mismo. Era inútil quedarse allí, lamentándose en silencio. Tenía que encontrar a Micayá. Tomó la pequeña pistola que guardaba en el escritorio y la escondió bajo el chaleco. «Siempre supe que algún día tendría que matar a ese canalla...»

A última hora de la tarde siguiente, Adam recibió la nota de Bodene y, a medida que la iba leyendo, su expresión se fue tornando lúgubre. Al igual que Bodene, también desconfiaba de Micayá, y se maldijo por no haber comprendido que el asesino no lo dejaría vivir impunemente. ¡Micayá tenía que matarlo! Estaba sentado en el cuarto del fondo que Elizabeth le había destinado como estudio cuando él se ofreció a ayudarla en la administración de la plantacion. El semblante del hombre se volvió grave; ¡lo único que no necesitaba en ese momento era preocuparse imaginando a Micayá escondido en las cercanías, planeando quién sabe qué clase de venganza criminal! ¡Lo que sí necesitaba en ese momento, en cambio, era concentrarse en las relaciones con su esposa, que se deterioraban cada día más!

Adam se sirvió un vaso de whisky y miró por la ventana que daba al jardín. Cuando regresó con Savanna a Campo de Verde, estaba lleno de esperanzas, pues pese al mal comienzo y a la pérdida del niño comenzaban a sentirse más cercanos uno del otro, y supuso que no estaba lejos el día en que podría confesarle el amor que sentía por ella y que Savanna le correspondiese. Por irónico que fuese, cuanto más se acercaban a Campo de Verde, Savanna parecía alejarse más de Adam, y la intimidad que compartieron en Nueva Orleans se había desvanecido.

Al menos en el presente no existía una abierta hostilidad entre los dos, admitió Adam, ceñudo, aunque Savanna se mantenía distante y reservada, y le dedicaba una fría gentileza que él no lograba conmover. Adam percibía las barreras que su esposa levantaba entre los dos, el modo en que se alejaba de él y se refugiaba en alguna zona privada en lo hondo de su ser a la que Adam no tenía acceso.

«Savanna me trata cada vez más como a una visita», pensó Adam enfadado. Había ocasiones en que tenía que contenerse para no llegar a la violencia cuando ella le dirigía una de esas sonrisas indiferentes o algún comentario cortés. Sentía deseos de golpear a alguien o de aplastar algo, de dar rienda suelta a su frustración, y al mismo tiempo ansiaba estrecharla entre sus brazos, besarla con pasión y preguntarle qué le sucedía, qué pasaba por aquella hermosa cabeza... Y sin embargo, no hacía nada, consciente de los impactos que había sufrido Savanna y de su propia responsabilidad en esos sufrimientos.

Adam vio que durante el viaje hacia Campo de Verde Savanna estaba callada, pero lo atribuyó a que aún estaba afectada por los recientes acontecimientos. Incluso, cuando al llegar a la plantación ella cayó sollozando en brazos de su madre y ésta la acompañó con ternura hasta el dormitorio principal, Adam se dio la misma explicación. Era natural que una mujer necesitara a su madre en momentos como ése, y el hombre se apartó con discreción. Y cuando Elizabeth sugirió con suma delicadeza que por esa noche era preferible que Adam durmiera en la habitación adyacente, aunque se sintió decepcionado al no poder compartir el consuelo de la mutua proximidad como lo habían hecho en Nueva Orleans, no puso reparos ni lo consideró injusto. Lo que no esperaba era que después de varias semanas, viendo que Savanna había recuperado una floreciente salud, la puerta que comunicaba los dormitorios continuara cerrada.

El entrecejo de Adam se ahondó y sus ojos azules se asemejaron a dos trozos de hielo. «¿Qué clase de animal creerá que soy? —pensó colérico—. ¡No pienso arrojarme sobre ella y reclamarle mis derechos conyugales! —Su boca expresiva se curvó en una sonrisa torcida—. Aunque me gustaría mucho hacerlo...», tuvo que admitir compungido, mientras evocaba el recuerdo de la carne sedosa y voluptuosa que ocultaban los adorables vestidos que Savanna usaba esos días. El solo hecho de pensar en hacerle el amor tenía sobre Adam el efecto acostumbrado; ignoró con irritación el calor que se le arremolinaba en el vientre y se apartó impaciente del paisaje poco inspirador que ofrecía la ventana que daba a la huerta. No lograba aliviar el anhelo de tenerla entre sus brazos; «¡Quizá sea prudente que Savanna mantenga la puerta cerrada!», pensó sombrío.

Sin embargo, no se trataba solamente de la puerta cerrada, aunque simbolizaba la situación presente; era la propia Savanna, el modo en que lo evitaba y eludía cualquier conversación acerca del futuro de ambos. Ante cualquier sugerencia de partir hacia Bella Vista o hacia Natchez, la muchacha le dirigía una sonrisa blanda y cambiaba de tema. ¡Era obvio que no sólo estaba decidida a mantener una fría distancia entre ambos sino que no pensaba marcharse de Campo de Verde en un futuro próximo! Y Adam no hallaba solución al conflicto, ¡a menos que derribara la puerta a puntapiés y la sometiese a las caricias que evidentemente Savanna no deseaba, o bien la amarrara a la grupa del caballo y se la llevara a rastras de la casa de la madre! Peor todavía: por lo que Adam podía ver, no se apartaba un paso de su madre. ¡Elizabeth siempre parecía estar presente! Apreciaba a su suegra, aunque la hubiese enviado gustoso al infierno si eso le proporcionaba unos minutos a solas con Savanna.

Desde que estaban en Campo de Verde, Adam no había podido estar un instante a solas con su esposa, ¡sin hablar de otras cosas! Durante semanas, se mostró en extremo paciente, pero ahora su temperamento, que nunca había sido demasiado apacible, se acercaba con toda rapidez al límite del estallido. ¿Qué clase de juego endemoniado estaba jugando Savanna?

Savanna no jugaba: sufría más de lo que había creído posible, y llegó a la conclusión de que sólo le quedaba una alternativa. Sin duda, supondría un alto coste para sí misma, pero durante muchas noches insomnes, mientras meditaba la situación, comprendió con claridad que si quería recobrar la paz tenía que hacerlo, sin importar que se le destrozara el corazón.

Mientras Adam se paseaba por el estudio, Savanna estaba en el dormitorio, en la planta alta, tendida sobre la cama de mullido colchón de plumas con la mirada fija en el techo.

«Sin duda, se sentirá aliviado», pensó la joven con amargura. En última instancia, Adam nunca quiso casarse con ella; lo había hecho sólo por el hijo, y como éste ya no existía... el matrimonio había concluido. Terminado. Acabado.

Apesadumbrada, cerró los ojos pero no logró evadir las imágenes que aparecían en su mente: Adam riendo, con sus ojos azules llenos de un brillo malicioso, la curva sensual de esa boca malvada un instante antes de besarla, el entrecejo fruncido cuando estaba preocupado o perplejo, el rizo de espeso cabello negro que le caía sobre la frente y esa sonrisa avasalladora... miles de recuerdos que Savanna conservaría hasta el fin de su vida.

Cuando se despertó después de que Betsey la empujara, en aquellos primeros momentos terribles, Savanna estaba demasiado destrozada por la pérdida del niño para comprender lo que en realidad significaba, y sólo al llegar a Campo de Verde con Adam comprendió la espantosa verdad: ¡sin el hijo no existía ningún motivo para que siguiesen casados! Ya no existía ningún lazo real que los uniera, y no importaba lo bondadoso que había sido Adam, ni la intimidad surgida entre ambos durante el duelo compartido. La situación resultaba clara para Savanna: tal vez Adam disfrutara de la compañía de su esposa, y quizá por el momento también deseara su cuerpo, pero no la amaba. Con la muerte del niño, según Savanna, había desaparecido el impulso fundamental que llevara a Adam a la drástica decisión de casarse con una mujer de clase social inferior, y estaba segura de que no tardaría en tomar medidas para liberarse de un casamiento que en realidad no deseaba. Cuando Savanna cayó llorando en brazos de su madre, las lágrimas eran tanto por la pérdida del hijo como por la convicción de que la vida con Adam también había terminado.

Aunque Savanna intentó olvidarlo, ese pensamiento amargo se le filtraba en la mente como un lobo hambriento que acechara junto a la puerta de una cabaña: a veces asomaba audaz, otras, se ocultaba, pero siempre estaba presente... Sabía lo que tenía que hacer al menos para preservar su propia cordura, pero tardaba en dar el paso final, y la pena y la confusión la mantenían alejada de

Adam, incapaz de responder a ninguna de las solícitas preguntas que su esposo le hacía, incapaz de creer que Adam sintiera por ella algo más que consideración y quizá compasión... Era un pensamiento horrendo, y de pronto la situación se le hizo intolerable.

Savanna se incorporó bruscamente. Se levantó de la cama, se contempló un instante en el espejo de cuerpo entero de la gran habitación y esbozó un gesto de tristeza al ver la figura elegante que reflejaba. Savanna admitió que se encontraba sobremanera atractiva: ¡no parecía en absoluto una mujer con el corazón destrozado! Su cabello rojizo y dorado se rizaba en una mata que caía sobre los hombros y el vestido, una encantadora creación de encaje y muselina del tono de las amatistas, realzaba el color aguamarina de sus ojos y confería a su piel un resplandor perlado. Los sufrimientos recientes sólo habían acentuado la delicada estructura del rostro: los ojos de largas pestañas negras parecían más grandes y luminosos y los tiernos hoyuelos de las mejillas aumentaban su belleza hechicera.

Apretó los labios y cuadró los hombros. Tenía que hacerlo. Salió de la habitación como una reina guerrera: la cabeza alta, el paso seguro hasta que llegó ante la puerta del estudio de Adam. Allí se detuvo unos momentos, respiró hondo y maldijo las lágrimas que de pronto le habían asomado a los ojos.

Ahogó un juramento que habría enorgullecido al capitán de un barco fluvial, echó la cabeza hacia atrás y entró en el cuarto sin llamar a la puerta.

—¡Adam! —dijo en tono imperioso cerrando la puerta tras de sí—. Tengo que hablar contigo.

Adam no dio señales de haberse sobresaltado con la repentina intrusión de la esposa en su santuario. Apoyó con cuidado el vaso de whisky y la contempló desde el otro extremo del cuarto.

En cuanto vio aquellos brillantes ojos zafiro fijos en ella, la resolución de Savanna se debilitó y el corazón comenzó a latirle tumultuoso mientras contemplaba el cuerpo alto y magnífico de su esposo. Sin duda, era la encarnación del sueño de cualquier doncella: el rostro moreno y apuesto que asomaba sobre la corbata blanca almidonada, la chaqueta azul de Prusia que se ajustaba a sus anchos hombros de manera admirable, y las largas y musculosas piernas que los pantalones apretados revelaban con toda claridad. Sin poder evitarlo, clavó la mirada en aquellos rasgos bien cincelados y sintió una punzada en su interior. «¡Oh, Dios! ¡Lo amo! —pensó desdichada—. ¿Cómo puedo hacer esto?»

Insidiosa, la respuesta se coló en el interior de Savanna: «¡Él no te ama!». Alzó la barbilla. Por supuesto. ¿Cómo pudo ser tan estúpida para olvidarlo?

Sin advertir cuán adorable y tentadora la veía Adam en ese momento, sin percibir el ansia dolorosa que el esposo sentía de tocarla, de estrecharla entre los brazos y confesarle cuánto la amaba, Savanna se esforzó en mirarlo a los ojos con la mayor frialdad. Con los hombros erguidos y el cuerpo tenso, dijo con aparente calma:

—Creo que esto ha llegado demasiado lejos, no podemos continuar así. ¡Quiero el divorcio!

22

Al oír esas palabras, Adam se puso pálido y retrocedió. Apartó el rostro, tratando de ocultar la terrible angustia que le producía la petición de Savanna. Lo aturdió el vértigo de saber que, pese a todo lo sucedido entre los dos, su esposa quería librarse de él, y fijó la vista en la alfombra raída. Desgarrado entre la furia y el dolor, comprendió que se enfrentaba por primera vez a un rechazo amoroso, y lo hirió hasta lo indecible imaginar que Savanna nunca lo amaría.

Todos los instintos de Adam se rebelaron contra la proposición de ella, y sintió un impulso ingobernable de atravesar la habitación, tomarla en los brazos y hacerla desistir. Obligarla a admitir de una vez por todas la intensidad del vínculo que los unía. No pudo. Supo que nada lograría con forzar a Savanna a entregarse a él: casi desde el comienzo le impuso sin miramientos su propia voluntad, tenía que admitir que había sido inútil.

Si bien Adam era un hombre inteligente, decidido y obstinado, no era tonto, y sólo un tonto sería capaz de insistir ante un rechazo tan terminante. Aspiró una honda bocanada de aire. Era probable que, después de todo, Savanna estuviera en lo cierto. Tal vez sería mejor que se divorciaran. Quizá cuando estuviesen libres pudiesen retomar los respectivos hilos de sus vidas anteriores. Esbozó una sonrisa lúgubre. No podía imaginar una vida sin Savanna aunque, al parecer, tendría que hacer frente a esa dolorosa existencia. Adam no era la clase de hombre que retrasara las decisiones dolorosas; alzó la cabeza y miró de frente a su esposa, diciendo con voz apagada:

—Muy bien, querida mía. Si quieres el divorcio, no me interpondré en tu camino.

Savanna estaba preparada para luchar, convencida de que Adam rechazaría indignado la propuesta. Por eso, ante aquella inesperada reacción, se sintió abatida y lo miró perpleja. Nunca imaginó que Adam se sometería dócilmente, que accedería a la proposición sin presentar una batalla feroz, y creyó flotar inerme ante su sorprendente victoria. También comprendió que lo último que deseaba era divorciarse, que indirectamente tenía la esperanza de obligar a Adam a confesar lo que sentía. Reprimió una risa histérica. ¿Qué esperaba? ¿Que al oír su petición de divorcio él cayera de rodillas y le declarase su amor? ¿Que le rogara que permaneciera junto a él?

«He convertido esta situación en un embrollo terrible y he quedado en una posición insostenible —pensó la joven con amargura—. Al menos ya lo sé —reflexionó—. ¡Ya sé que no le importo nada! De lo contrario, ¿por qué ha aceptado el divorcio de inmediato?» Orgullosa, alzo la barbilla. Sus ojos aguamarina parecían un mar antes de la tormenta.

—¿Cómo lo haremos?

En el mismo tono apagado, Adam replicó:

—No lo sé. Escribiré a mi abogado de Natchez para que nos asesore. —De pronto, le lanzó una mirada suspicaz—. ¿Quieres que me marche inmediatamente de Campo de Verde?

La pregunta tomó a Savanna de sorpresa y estuvo a punto de confesar que en realidad no quería que se fuera nunca; reprimió esas palabras traicioneras; negó con la cabeza y tartamudeó:

—N-n-n-o, q-q-quiero decir... N-n-no creo que... —Se interrumpió, tomó aliento y prosiguió con más coherencia—. ¡No es necesario que te marches ahora mismo! Sólo quería aclarar las cosas, y no veo motivo para que no nos separemos como... amigos.

Los ojos de Adam adquirieron un brillo amenazador. Atravesó la habitación a grandes pasos y aferrando a Savanna contra su propio cuerpo duro y cálido oprimió sus labios contra los de la muchacha. La violencia del beso hizo estremecer a Savanna: su cuerpo cobró vida, la sangre se le agitó en las venas y salió al encuentro de aquella boca arrasadora. El anhelo por las caricias del esposo, reprimido durante las semanas pasadas desde que habían hecho el amor, no había hecho más que crecer.

La joven sintió que se fundía con Adam y alzó la mano para acariciar su cabello oscuro; de pronto, tan inesperadamente como la había abrazado, él separó su boca de la de Savanna y la apartó con rudeza. Con el rostro grave y voz ronca, afirmó:

—¡Desde el momento en que posé los ojos en ti, la amistad jamás pasó por mi mente! ¡Para personas como nosotros, sólo es posible ser enemigos o amantes, nunca algo tan inocuo como amigos!

Escupió la última palabra como si le quemara la boca, y Savanna lo miró aturdida. Aún le vibraba el cuerpo y anhelaba el contacto de las manos de Adam mientras trataba de recobrar los sentidos. Retrocedió un paso, le dio la espalda y confesó en tono desdichado:

—¡Adam, no quiero pelearme contigo! No podemos ser amantes, y entre nosotros han pasado demasiadas cosas como para ser enemigos. Sólo puedo ofrecerte amistad. Por favor, acéptala.

Adam respondió en tono sereno:

—No entiendo por qué crees que no puedes ser mi amante. ¡Nosotros somos amantes! Lo fuimos desde el instante de conocernos. Sé que no querías casarte, pero no me ofendas asegurando que no puedes ser mi amante.

«¡Oh, Dios, por qué tendrá que hacerlo tan difícil!», pensó Savanna. ¿Cómo expresar las dudas que la carcomían, cómo decirle lo vulnerable que se sentía, lo insegura que le parecía su condición de esposa... de esposa a la que el marido no ama? Era imposible.

Dijo con voz densa:

—Bien, pero tú mismo admitirás que nuestra unión no se basó en el amor. El n-n-niño forzó la situación, pero desde que nuestro hijo... —Volvió a evocar el dolor de esa pérdida tan reciente y agregó—: Sin el niño, no hay razón para que sigamos casados. Por favor, no lo hagas tan difícil... el divorcio es la única posibilidad que nos queda. Te ruego que me permitas concluir este asunto con dignidad.

Impotente, Adam contempló los hombros tensos de Savanna y lo arrasaron emociones desgarrantes y crueles, pero... pero por debajo de la furia y el dolor percibió una pequeña chispa de esperanza. Recordó la cálida respuesta de ella al beso, y sólo un ciego podía pasar por alto la evidencia de que Savanna sufría: esta discusión le resultaba tan dolorosa como a él, y si el marido le fuese por completo indiferente eso no sucedería... De pronto comprendió que, si bien había consentido en el divorcio, no estaba dispuesto a separarse de Savanna sin luchar. ¡La amaba! ¡Y lograría que ella lo amase a él!

La hizo girar con delicadeza y al contemplar aquellos adorables ojos aguamarina sintio un nudo en la garganta. ¡No podía rendirse! No obstante, al recordar que en muchas ocasiones había rechazado las objeciones de Savanna, que había desechado con arrogancia sus deseos, no quiso repetir el error. ¡Aunque tampoco admitiría pasivamente la derrota!

Dijo en tono suave:

—Savanna, si deseas el divorcio, te juro que te lo daré... sin embargo... —Vaciló, sin saber cómo expresarse. Maldijo para sus adentros y prosiguió—: ¡Hemos hecho todo mal! El niño, el matrimonio... ¡Todo! —Tomó aliento y, mirando a Savanna a los ojos, dijo serenamente—: Quizá tengas razón. Tal vez tengamos que intentar ser amigos. —Esbozó una sonrisa torcida—. Jamás he sido amigo de una mujer... No sé si podré cumplir el papel de amigo... ¡he sido un amante durante mucho tiempo!

Eso no era exactamente lo que Savanna deseaba oír, pero agradecía que al menos Adam no insistiera en concretar de inmediato la obstinada exigencia de divorcio, y aceptó gozosa la propuesta de Adam. Forzó una sonrisa, y ocultando las emociones turbulentas que bullían en su alma, dijo en un vano intento de parecer alegre:

—¡Estoy segura de que serás un amigo estupendo!

Adam le lanzó una mirada sombría.

—He dicho que intentaré ser tu amigo... pero no me provoquès: ¡ciertos amigos nunca abandonan del todo sus inclinaciones de amantes!

Savanna esbozó una sonrisa triste.

—Adam, para mí también es difícil. No he querido ofenderte.

Adam se puso ceñudo; aún estaba conmovido por la situación. Decidió que debía abandonar ese doloroso tema de conversación y, acercándose al escritorio, tomó la nota de Bodene y se la entregó a Savanna.

—Bodene me ha enviado esto. Al parecer, nuestro viejo amigo Micayá ha estado en Nueva Orleans preguntando por ti. También parece que no está muy contento de haber descubierto mi verdadera identidad, ni el hecho de que nos hayamos casado.

Savanna arrancó la nota de la mano de Adam y ante la amenaza concreta de Micayá las dificultades presentes se esfumaron. Leyó el mensaje de Bodene y la asaltó un terror espantoso. Conocía bien a Micayá: sabía cómo reaccionaría al saberse burlado... ¡aunque él mismo tuviese la culpa! Y la nota de Bodene confirmaba los peores miedos de Savanna. Miró a Adam con semblante afligido.

—Según Bodene, es evidente que Micayá desea hacerte daño. ¿Qué vamos a hacer?

Adam se encogió de hombros.

—A menos que Micayá haga su aparición, me temo que no podemos hacer nada. Como dice en la nota, Bodene ha enviado a dos de sus mejores hombres y pronto él mismo estará aquí, cosa que agradezco. Cuantos más ojos tengamos para vigilar, menos posibilidades tendremos de ser sorprendidos. ¡Además de estar alerta y mantenernos en guardia, no podemos hacer otra cosa! La iniciativa está en manos de Micayá. —Miró pensativo a su esposa—. Tú lo conoces: ¿qué crees que hará?

Savanna dio un paso hacia adelante.

—Por lo que cuenta Bodene de la reaccion de Micayá al saber tu verdadera identidad, me temo que tratará de matarte. —Se acercó a su esposo y lo miró suplicante, aferrándolo de las solapas de la chaqueta. Con el miedo brillándole en los ojos, le dijo con voz ronca—: Bodene y yo crecimos cerca de Micayá: es un hombre letal, impredecible. Le gusta herir a las personas. Siempre le gustó, y tiene bien merecida la reputacion de asesino. ¡Una vez, cuando yo era pequeña, lo vi dispararle a un hombre simplemente porque no le agradaba el sombrero que usaba el pobre desgraciado! —Como Adam se mantuvo imperturbable, lo sacudió un poco—. ¡Debes creerme! Tuviste una suerte increíble de que no te matara cuando estuviste en su poder. Y la única razón por la que no lo hizo fue porque pensaba que eras Jason Savage y tenías la información que él necesitaba. Le convenía mantenerte con vida... y ahora ya no es así. —A cada palabra que pronunciaba, la ansiedad de Savanna iba en aumento. Tomó aliento y dijo en tono apremiante—: ¡Debes marcharte! Ese sujeto sabe dónde estás, y este sitio no es seguro para ti. Aquí, eres muy vulnerable: estamos aislados y sería absurdo facilitarle las cosas.

Adam negó con la cabeza.

—¡No, no te dejaré! ¡No pienso huir como un perro con el rabo entre las piernas! Además, ¿olvidas que yo tengo un interés particular en ti? —Endureció el semblante—. ¡No dejaré que te enfrentes sola con Micayá!

—¡Oh, Adam, no seas tan estúpido! ¡Pasé años rechazando las atenciones insistentes de ese sujeto, pero te juro que a ti quiere matarte!

—¿Y acaso crees que yo podré vivir sabiendo que Micayá logró su propósito de poseerte? —preguntó Adam—. ¿Crees que alguna vez podré vivir en paz si permito que te haga daño?

Savanna maldijo para sus adentros la preocupación de Adam. Si bien era cierto que Micayá la había secuestrado, eso sucedió porque en esa ocasión ella lo había subestimado... ¡y no pensaba volver a hacerlo! No descartaba la posibilidad de que Micayá volviese a atacarla, aunque confiaba en su propia habilidad para rechazarlo y suponía que el riesgo era mínimo, en cambio para Adam se trataba de una amenaza concreta. ¡Era la vida misma de su esposo lo que estaba en juego!

Con un brillo acerado en los ojos, la muchacha dijo con voz fría:

—Al menos yo estaré viva. ¡Y tú no!

Adam sonrió sin alegría.

—En ese caso, ya no tendrías que preocuparte por el divorcio, ¿no es así, querida?

En el espíritu de Savanna se mezclaron el dolor, el miedo y la furia; una vez más la dominó su temperamento, y sin detenerse a pensarlo lo abofeteó con todas sus fuerzas.

—¡No te burles de mí! —le espetó mientras un rubor de cólera le encendía las mejillas.

El ataque fue tan inesperado que Adam no tuvo tiempo de reaccionar, y con gesto perplejo se tocó la mejilla enrojecida donde ya aparecía la marca de la mano de Savanna. Durante semanas, se había sentido como un tigre enjaulado y la bofetada de Savanna hizo que la puerta de la jaula se abriese de pronto y dejara escapar todo el dolor, la frustración y la violencia que hervían dentro de él. Sus ojos azules se oscurecieron al influjo de sombrías emociones y pronunció con amenazadora suavidad:

—Creo que ya te advertí antes sobre este hábito perverso que tienes...

Al ver la feroz expresión carnal que aparecio en el rostro de Adam, Savanna sintió que se ahogaba de temor y excitación, y comprendió que la violencia de su propia actitud había destruido el control que el esposo se esforzaba por mantener. «¿Lo habré hecho adrede?», se preguntó horrorizada. La respuesta no le agradó en absoluto. Y al ver que él la estrechaba anhelante entre los brazos recibió el beso de aquella boca arrasadora con un gemido que era mezcla de súplica y gozo.

¡Era una locura! ¡Pura demencia! ¡Esto era lo que Savanna había jurado no desear! La confrontación de esa mañana se debió precisamente a la necesidad de escapar al hechizo lujurioso y sin amor que Adam ejercía sobre la carne traicionera de Savanna, pero cuando los labios de él se oprimieron sobre los suyos y sus manos le aferraron los brazos apretándola contra su cuerpo esbelto, todo pensamiento coherente y todo razonamiento se evaporaron de la mente de Savanna, y sólo quedó el clamoroso deseo de su propio cuerpo.

Trató de no responder, odiándose a sí misma. Desesperada, intentó recordar los motivos por los que esto no debía suceder, trató de no olvidar que Adam sólo estaba utilizándola... pero lo amaba y el deseo de sus caricias era demasiado poderoso para dominarlo. Se sintió aturdida; de pronto, todos los nervios de Savanna volvieron a la vida y abrió los labios con un temblor de ansiedad. Bien o mal, cuerda o loca, mientras Adam ahondaba el beso y su lengua audaz tomaba lo que la mujer ofrecía, Savanna supo que no lo rechazaría... que no era capaz de rechazarlo. Lo único que importaba era aquella boca cálida en la suya propia, los brazos fuertes que la rodeaban y el cuerpo vigoroso que se apretaba exigente contra el de ella.

Adam logró que Savanna lo amara, pero también despertó el deseo en aquel cuerpo joven y sano que había descubierto la sensualidad entre los brazos de su esposo. Y ahora que se había negado al dulce néctar que sólo Adam podía brindarle, al primer contacto de la boca del hombre Savanna perdió la batalla contra las necesidades primitivas que la asolaban. La unión de los cuerpos, el amor que sentía por Adam y las exigencias naturales de su cuerpo acabaron por derrotarla, y, rodeándole el cuello con los brazos, se rindió.

Apasionadamente unidos, se besaron con ferviente intensidad durante largo tiempo; el amor reprimido acrecentó en los dos la ansiedad de unirse cada vez más. Ni el sonido del vestido desgarrado por las manos impacientes de Adam que la desnudaron hasta la cintura cortó el impulso abrasador que los encendía. Con las nalgas apretadas contra el escritorio, Adam la atrajo entre sus propias piernas y su boca hambrienta encontró los pechos erguidos, y encendió el deseo con los dientes y la lengua en cada lugar que tocaba. Savanna gimió de placer mientras la cabeza oscura de él se movía entre sus pechos, y sintió que un fuego doloroso en lo profundo del vientre se hacía más intenso y cálido con cada beso, con cada latigazo de aquella lengua sabia.

Si bien al principio Adam estaba furioso y buscaba una revancha, en el mismo momento en que aferró los brazos de Savanna, en el instante en que su propia boca se posó en la de la esposa, olvidó todo lo que no fuera el infinito placer de tenerla otra vez entre los brazos. Se sumergió en el anhelo por ella, un anhelo que había contenido largo tiempo y que ya no podía detener: supo que sería incapaz de apartarse, de alejarla. La desesperación, la angustia, el miedo, destruyeron sus mejores intenciones y arrasaron con todo, excepto la feroz necesidad de poseerla nuevamente. ¡La amaba! ¡Y si no podía decirlo con palabras, lo diría con el cuerpo!

No tuvo conciencia de haber desgarrado el vestido de Savanna: sólo supo que la tela era una barrera intolerable, y ante la visión de los pechos plenos y blancos y los erguidos pezones coralinos que emergieron del vestido lo recorrió un estremecimiento de ansias puramente animales. Enceguecido, buscó con los labios esas cimas tentadoras y el aroma y el sabor de aquella carne suave le llenaron la nariz y la boca. El ansia de unirse a la mujer, de hundirse en ella, se tornó insoportable.

Atrapada en los brazos del hombre, con la parte baja del cuerpo apretada contra la dura promesa de la virilidad, los labios y los pechos a merced de esos dulces labios atacantes, Savanna se arqueó contra Adam, aturdida por un deseo vertiginoso que barría todos los escrúpulos. La ropa de él se interponía a las caricias que deseaba hacer, y exhalando un gemido de frustración arrancó y desgarró las molestas prendas anhelando sentir el contacto de la piel tibia y desnuda.

Casi sin advertir lo que Savanna hacía, Adam ahogó una maldición mientras la mujer le quitaba las prendas superiores al tiempo que derramaba una lluvia de besos en la boca y la barbilla: la corbata, la camisa, el chaleco y la chaqueta volaron en todas direcciones. Se separó de Savanna sólo el tiempo necesario para quitarse las botas y volvió a atraerla a sus brazos besándola con tan inequívoca pasión que los dejó a ambos temblorosos y deseando más. A Adam no le bastaba ninguna caricia, ninguna proximidad. Aferrándola por las caderas la deslizó sensualmente sobre su pene erguido e hinchado, gimiendo por el placer que le provocaba. Actuaba bajo el influjo de una locura primitiva y apremiante, como si temiera que le arrancaran a la esposa de los brazos en cualquier momento... o la cordura retornara a las mentes de ambos.

Vestido sólo con los pantalones, lanzó un gemido de satisfacción al sentir que las manos de ella se movían sobre el pecho y los hombros desnudos y las uñas le rozaban la piel cada vez que él le mordisqueaba los pezones. Quería acariciarle todo el cuerpo, y sin advertir el daño que causaba al costoso vestido, lo arrancó con rudeza; la prenda cayó a sus pies formando un montón colorido.

Tener a Savanna desnuda en los brazos le produjo la sensación erótica más embriagadora que había experimentado en la vida. El contacto de aquella carne suave y flexible bajo sus manos merodeadoras le provocó un placer tan intenso que lo hizo temblar. La deseaba con tal intensidad que le dolía el cuerpo, como nunca le ocurriera con ninguna otra mujer. Los besos apasionados, la dulzura de la boca en sus propios labios, la forma y la textura de ese cuerpo encantador que exploraba con los dedos ya no le bastaban. La exigencia de hundirse en ella, de sentir el sedoso calor del cuerpo de Savanna cerrarse en torno del pene lo llevó hasta alturas de las que ya no podía descender.

Sin tener entera conciencia de lo que hacía, Adam cambió de lugar con Savanna hasta que las caderas de la muchacha se apoyaron contra el escritorio. Tomándola de los hombros, la guió suavemente sobre la tersa superficie. Las largas piernas de la mujer quedaron colgando del escritorio y su cabello resplandeciente se desparramó como un manto sobre los hombros. De pie entre los muslos de la esposa, con ese cuerpo adorable tendido ante él, Adam bebió sediento los encantos de Savanna. Desde el brillo apasionado de los ojos, la tentadora curva de los pechos y la turgencia de las caderas hasta los rizos salvajes entre las piernas, la mujer era una irresistible tentación. ¿Acaso Adam fue capaz de soñar alguna vez con una visión tan excitante? Sin poderse resistir, el hombre se inclinó sobre la esposa y oprimió los labios sobre su pechos, acariciando su vientre y sus muslos con manos sabias.

Savanna se sintió arder por Adam; cada fibra de su ser vibraba anhelando las caricias, el ataque de la boca y las manos, y se retorció sobre la superficie fría del escritorio. Con dedos anhelantes, buscó los pezones pétreos del esposo y los frotó. Él gimió extasiado y Savanna, continuando con la exploración, encontró la flecha oscura de vello que bajaba por el vientre de Adam hasta toparse con los pantalones. Recorrió suavemente el contorno del miembro viril, lo acarició en toda su extensión y la caricia los enardeció a los dos.

Tendida sobre el escritorio, Savanna percibió la excitante sensación de sus piernas a ambos lados de las caderas de Adam, de la madera tersa y fresca contra su espalda y sus nalgas y el calor aterciopelado del cuerpo del esposo inclinado a medias sobre ella quemándole los pechos y el vientre. El insistente tironeo de la boca de Adam en los pezones era una sensación erótica por sí misma, pero las manos temblorosas del hombre que se deslizaban hacia arriba por las piernas de Savanna hasta alcanzar los rizos entre los muslos, la percepción de la propia carne abriéndose al ahondarse la exploración de los dedos, sacudió a la muchacha de manera incontrolable y la invadió una marea de excitación. Los dedos provocaron oleadas sucesivas de placer y la muchacha emitió suaves ronroneos sacudiendo salvajemente la cabeza a los lados mientras Adam la llevaba al borde del éxtasis.

Ya consumido por los deseos de su propio cuerpo, el dulce abandono de Savanna sobrepasó el control de Adam. Ahogando una maldición, se incorporó y desprendió los pantalones. La tormenta de emociones que lo arrasaba volvió negros sus ojos azules. Alzó las caderas de la esposa, echó la cabeza hacia atrás, cerró los ojos y la penetró hasta lo más hondo.

La sensación embriagadora de la carne sedosa y ardiente en torno de su propia carne hizo que Adam se sacudiese y musitara en alborozada letanía:

—¡Oh, Dios! ¡Oh, Dios! Mi amor, mi amor, mi amor...

Fue una unión salvaje y primitiva: eran el primer hombre y la primera mujer, y los dos se sacudieron con los estremecimientos de lujuria que los invadían ante la maravilla de aquella cópula salvaje. Las manos de Adam aferraron las caderas de Savanna y se hundió una y otra vez en aquel estrecho pasaje... un placer irrefrenable lo impulsó a moverse con creciente frenesí.

Savanna, dominada por hondas sensaciones eróticas y tan atrapada como Adam en la telaraña del deseo, se vio avasallada por la intensidad de sus caricias, sacudida por profundas emociones que la dejaban fuera de control. Tan perdida como él, salió al encuentro de cada impulso de aquel cuerpo vigoroso, y desde lo más hondo de su propio ser brotaron suaves gemidos de placer cada vez que aquel pene poderoso la penetraba. Con los ojos cerrados, el cuerpo receptivo y aferrándose al hombre, se sintió girar en un remolino cada vez más vertiginoso hacia la culminación. Cuando el orgasmo llegó, fue de una intensidad sorprendente: una oleada de súbito placer explotó en el cuerpo de Savanna y la hizo lanzar un grito de éxtasis.

Aún sumido en su propio mundo carnal, al oír ese grito Adam abrió de pronto los ojos azules y contempló el rostro de ella, excitado por la miríada de expresiones de placer inefable que reflejaba. La expresión fascinada de aquel rostro amado lo llevó al éxtasis. Se inclinó sobre Savanna y, besándola con frenesí, la penetró con renovado ímpetu sintiendo que culminaba en el mismo éxtasis que expresaba la cara de ella...

La pasión cedió; con los cuerpos unidos todavía, el hombre se dejó caer con suavidad sobre la carne flexible de su esposa. Disfrutando de las últimas oleadas de placer, Savanna recibió gozosa el peso de Adam sobre su cuerpo; la boca del hombre rozó tiernamente el cuello de la mujer y las manos la sujetaron mientras seguía moviendo las caderas contra Savanna. Aunque la invadió una sensación de maravilloso erotismo, a medida que la respiración de la muchacha se normalizaba, la realidad comenzó a dominar sobre los sentidos saciados. De súbito, advirtió lo extraño de su postura sobre el escritorio y también con cuánto entusiasmo había respondido a las caricias amorosas de Adam, y al tomar conciencia de lo sucedido la asaltó una oleada de vergüenza.

Sintió que la corroía la confusión y la urgencia de apartarse de Adam y de olvidar esa cópula salvaje. Con las mejillas ardiendo de mortificación, lo empujó con insistencia por los hombros y se debatió, obsesionada por escapar.

Los movimientos cada vez más violentos de Savanna hicieron volver bruscamente a Adam a la desagradable realidad desde el sueño paradisíaco en que estaba sumido. De inmediato comprendió que al dejarse llevar por los impulsos había renegado de sus propios objetivos, y se apartó rápidamente de la mujer. Con diestros movimientos se abrochó los pantalones y se dispuso a ayudar a Savanna; la muchacha no se lo permitió.

En cuanto quedó libre, Savanna se bajó del escritorio y levantó el vestido desgarrado. Sin atreverse a mirar a Adam, se envolvió como pudo con él tratando de ponérselo con movimientos apresurados y frenéticos. Se sentía confusa, incómoda y avergonzada, y le pareció que el vestido cobraba vida propia y se negaba a cubrirla. No se dio cuenta de que Adam intentaba ayudarla: sólo quería huir como un animal herido. En su desesperación lanzó un gemido mitad sollozo y mitad maldición, se pasó por la cabeza la prenda destrozada sin fijarse en los desgarrones y se precipitó hacia el dormitorio.

Con expresión sombría, Adam se quedó mirando la puerta por donde Savanna había desaparecido. Sintió un fuerte impulso de correr tras ella, y se apresuró a terminar de vestirse. De pronto se le ocurrió una idea desagradable: tal vez aquél no era el momento más propicio para obligarla a afrontar lo que acababa de ocurrir. Savanna había huido de él, obviamente perturbada. ¿Acaso no sería prudente darle tiempo de recobrar la compostura? ¿No corría un riesgo al esperar que Savanna tuviese tiempo de meditar lo sucedido? ¿No estaría dándole una oportunidad de volver a levantar barreras entre los dos?

Un golpe en la puerta interrumpió las reflexiones de Adam, y al abrirla se sintió desgarrado entre la esperanza de que fuera Savanna y la convicción de que sería la última persona que lo buscaría en ese momento. En cambio, se encontró con la cara de Jack Mooney surcada de cicatrices y exhibiendo una expresión preocupada.

—¿Se ha dado cuenta de que se aproxima una tormenta? —le dijo de inmediato.

Adam no se había dado cuenta; hizo pasar a Jack y cerró la puerta. Se acercó a la ventana y vio que el sol había desaparecido y que unas nubes oscuras y amenazadoras se agolpaban en el cielo que momentos antes estaba azul. «¡Una tormenta! —pensó Adam sombrío—. ¡Qué oportuno!»

Se volvió hacia Jack y dijo:

—Creo que es innecesario preocuparse. ¿Usted y Toby ya se han instalado?

Jack asintió.

—Sí. Los caballos están en el establo y... —Jack rió— ¡hasta probamos un poco de la cena de usted!

Adam sonrió, a pesar de su ánimo pesaroso.

—¿Les gustó?

—Estaba muy sabrosa —admitió Jack, pero su sonrisa se desvaneció al instante y prosiguió en tono más serio—. La tormenta me preocupa. Al principio, pensé que Toby y yo podríamos ocultarnos a cierta distancia de la casa... sólo lo suficiente para poder vigilar todo el edificio entre los dos desde un lugar lo bastante cercano para impedir que Micayá o Jeremy se deslizaran sin ser vistos: de ese modo, podríamos dar la voz de alarma de inmediato. La tormenta no lo permitirá. No quería que el canalla de Micayá supiera que estamos aquí, pero la lluvia nos dificultaría la visión, y en estas circunstancias me parece mejor si uno de nosotros patrulla la casa abiertamente. Eso hará que lo piense dos veces antes de intentar algo, y además estaríamos en condiciones de sorprenderlo si trata de entrar. O de lo contrario, nos quedaremos los dos dentro de la casa. ¿Qué prefiere usted?

De súbito, rompió la quietud el estallido de un trueno y un momento después la luz de un relámpago desgarró el cielo negro. Como si fuese una señal, los cielos se abrieron y una densa cortina de lluvia cayó sobre la tierra. Adam suponía que la tormenta sólo duraría un par de horas y dudaba de que Micayá tuviese algún plan concreto. Respondió sin alterarse:

—Mientras esperamos a que amaine la lluvia, ¿por qué no se familiarizan con la casa? Luego decidiremos qué estrategia emplear. Si el mal tiempo es una dificultad para nosotros, también lo será para Micayá, suponiendo que esté escondido por aquí, cosa que dudo.

Jack asintió.

—Buscaré a Toby.

Llegó la medianoche, pasó y la tormenta proseguía. No sólo no había disminuido sino que aumentó su violencia, y el fuerte viento que acompañaba la lluvia y los relámpagos sacudían la vieja casa y la llenaban de ruidos extraños. El ulular del viento y los latigazos de las ramas de los árboles contra el tejado y las paredes del edificio se sumaron al estrépito, haciendo imposible oír otra cosa que no fuese el ruido de la tormenta.

Jack y Toby se dedicaron a rondar la casa, y revisaron con suma discreción y cuidado las puertas y las ventanas. Sin duda, Savanna dormía en su propia habitación. Elizabeth, que había cenado temprano con Adam, tejía apaciblemente un chal de fina cachemira. Adam, como un tigre enajaulado, se paseaba por el estudio, lanzando miradas asesinas al botellón de coñac que tenía ante sí.

Sus turbulentas emociones se acompasaban a la furia de la tormenta; Adam bebió un trago de coñac y no supo qué era preferible: si dejar que le estallase el cerebro o estrangular a Savanna. «Tal vez las dos cosas», pensó con una sonrisa feroz.

Ya estaba algo borracho, y como en realidad no deseaba hacer daño a Savanna ni a sí mismo, luchó contra el impulso de subir las escaleras y meterse a la fuerza en la habitación de su esposa. Tendría que hacerle comprender la situación. ¡Debía entender que Adam la amaba y que era imposible obligarlo a divorciarse de ella! ¿Acaso supondría que su esposo era capaz de arrojar a cualquier otra mujer sobre el escritorio y hacerle el amor de esa manera? ¡Maldición, era su esposa! Bebió otro trago de licor. «Seguirá siendo mi esposa y también compartiendo mi cama», juró con el entrecejo sombrío.

Los vapores del alcohol le embotaron los sentidos, y el estrépito de la tormenta cubrió cualquier sonido que pudiese ponerlo sobre aviso. Adam no advirtió que la ventana se abría detrás de él. No oyo ningún sonido ahogado cuando una silueta oscura irrumpió en la habitación y se deslizó subrepticiamente a espaldas de Adam.

En el último segundo un sexto sentido debió de alertar a Adam, y de súbito se dio la vuelta contemplando las facciones contorsionadas de Micayá con una mezcla de sorpresa y resignación: el asesino blandía un pesado garrote en su mano carnosa. Adam experimentó una intensa sensación de *déjà vu*, y su instinto ciego de supervivencia lo hizo abalanzarse sobre el enemigo, pero el alcohol le había disminuido los reflejos y el garrote de Micayá descendió sobre su cabeza...

23

Cuando Adam recuperó el sentido a la mañana siguiente —al menos supuso que era la mañana siguiente, pues brillaba el sol— se encontró una vez más en la misma ignominiosa posición: atravesado sobre el lomo de un caballo. El garrotazo nada tierno de Micayá sumado al coñac que había bebido la noche anterior le produjeron un endiablado dolor de cabeza. Apretando los dientes para soportar el dolor palpitante de las sienes, intentó evaluar la situación.

Le resultó imposible, pues lo único que podía ver era el suelo bajo las patas del caballo, un poco hacia adelante y de costado. Sin embargo, parecía ser el único prisionero de Micayá, y el pánico ciego de que Savanna hubiera sufrido el mismo destino se alivió.

Adivinó que se encontraban en una de las zonas pantanosas que abundaban en la baja Louisiana y alcanzó a ver hojas de palma y las raíces nudosas de un ciprés. Con mucho menor entusiasmo, también vio varios cocodrilos que tomaban el sol a orillas del brazo pantanoso que iba bordeando Micayá y se estremeció: esperaba que al criminal no se le ocurriese alimentar con Adam a alguno de aquellos gigantes de fuertes mandíbulas.

No le cabía duda de que Micayá pensaba asesinarlo. Lo único que lo intrigaba era por qué aún no lo había hecho. ¿Por qué lo mantenía vivo?

Lo descubrió unas horas después, cuando al fin Micayá detuvo los caballos en el sitio donde Jeremy lo aguardaba. Mientras este último ataba los caballos, Micayá aflojó las ligaduras que sujetaban a Adam al animal y lo arrojó con brutalidad al suelo. Con las manos y los pies amarrados, Adam no pudo hacer otra cosa que sentarse.

Al ver a Adam en el suelo, Jeremy esbozó una sonrisa perversa; dejó lo que estaba haciendo, se acercó y le propinó un fuerte puntapié en las costillas.

—¿Ha visto alguna otra víbora, señor? —preguntó en tono agrio; la expresión de sus ojos demostraba que no había olvidado la treta que Adam le jugara. Pegó otro puntapié brutal al prisionero en el costado de la cabeza y musitó—: ¡Creo que acabo de ver una!

Adam miró fríamente a su torturador.

—Tal vez esté en lo cierto, pero creo que yo estoy viendo una de dos piernas.

Jeremy se disponía a darle otra patada; Micayá gruñó:

—Déjalo y ayúdame a desensillar estos caballos. Más tarde tendremos tiempo para ocuparnos de este sujeto.

Jeremy refunfuñó, lanzó a Adam una mirada colérica y obedeciendo a Micayá comenzó a atender a los animales.

Adam se apoyó contra un árbol y miró alrededor, pero no reconoció el lugar: sólo supo que se hallaban en el interior de una zona pantanosa. Estaban sobre una angosta faja de tierra rodeada en tres de sus lados por una extensión aparentemente interminable de agua salobre, cuya superficie estaba cubierta de plantas acuáticas. Altos cipreses nudosos de los que colgaba el musgo gris poblaban la región hasta donde alcanzaba la vista. Detrás de Adam no había otra cosa que la espesura selvática del bosque del pantano, y se preguntó si aquélla sería su última morada.

En el centro del campamento ardía un alegre fuego; por el aire confiado que exhibían Micayá y Jeremy, Adam dedujo que aquel lugar les resultaba familiar y que tampoco esperaban ningún contraataque. Hizo una mueca. Al parecer, Micayá había planeado todo con cuidado.

En ese mismo momento, Micayá se aproximó a Adam bebiendo una taza de café. Le sonrió, con los pálidos ojos azules brillando de satisfacción, y le preguntó cordialmente:

—¿Quiere saber por qué aún está vivo?

Adam se encogió de hombros.

—Usted me lo dirá cuando esté dispuesto.

Micayá rió y asintió.

—Se cree un tipo listo, ¿verdad? ¡Engañar así al viejo Micayá! ¡Hacerme quedar como un tonto! Me hizo creer que era Jason Savage, cuando en realidad sólo es Adam St. Clair, el cuñado. —El criminal se acuclilló junto a Adam y bebió otro trago de café—. No lo culpo demasiado por fingir que era otro hombre... yo he hecho cosas parecidas. En cuanto a casarse con Savanna...

Se esfumó su aire amable y una chispa amenazadora le asomó a los ojos azules.

—¡Eso no puedo tolerarlo! Siempre supuse que Savanna y yo nos juntaríamos... cuando ella se hiciera a la idea. —Lanzó a Adam una mirada socarrona—. Y todavía lo supongo.

—Y entonces, ¿por qué aún estoy vivo? —preguntó Adam en tono frío.

—¡Ah! ¡Ésa es una buena pregunta! —respondió Micayá sin alterarse—. Usted es mi carnada, ¿entiende? Como anoche era demasiado arriesgado registrar la casa buscando a Savanna, le dejé una nota...

Adam se puso tenso.

—¿Una nota? —repitió con admirable compostura a pesar del pánico y la ira que lo invadieron.

—¡Sí, una nota! —Micayá bebió otro sorbo de café y miró alrededor—. Este lugar se conoce como Cabeza de cocodrilo. —Señaló un tronco podrido en la orilla del pantano—. Sobre ese tronco solía haber una gran cabeza de cocodrilo. Hay una sola entrada a este lugar, que es por donde llegamos nosotros. Muchos muchachos de Nido de Cuervos acostumbraban ocultarse aquí... Savanna vino un par de veces con Bodene para traernos provisiones. Claro que eso fue mucho tiempo atrás, antes de que Bodene se volviera respetable, y en aquel entonces Savanna era una niña, aunque no tendrá dificultad en encontrarnos.

Con una expresión burlona en los ojos azules, Adam preguntó con naturalidad:

—¿Y por qué querría Savanna venir a Cabeza de Cocodrilo?

Micayá esbozó una odiosa sonrisa.

—¡Para rescatarlo a usted, claro!

El corazón de Adam se encogió. Lo que le oprimió el corazón y lo colmó de furia e impotencia no era imaginar que Savanna no vendría: ¡lo que temía era que Savanna viniera a rescatarlo! Era probable que su esposa deseara arrancarle las entrañas con sus propias manos, pero jamás permitiría que ni siquiera su peor enemigo estuviese a merced de Micayá. Manteniendo un semblante sereno, replicó con calma:

—Eso aún no me explica por qué estoy vivo. Usted podría haberme asesinado en cualquier momento y no lo ha hecho. ¿Por qué?

—Bueno, Savanna no confía demasiado en mí, ¿entiende? —respondió Micayá muy serio—. Si yo le aseguro que lo liberaré en cuanto ella llegue, no me creerá... querrá verlo, convencerse de que usted en realidad está vivo. —Sonrió complacido—. Cree que yo haré un trato: ¡cambiarlo a usted por ella!

—Usted no tiene intenciones de hacerlo, ¿verdad? —dijo Adam en tono suave, con la boca curvada en una sonrisa carente de alegría—. En el mismo instante en que usted le ponga las manos encima a Savanna, me matará a mí.

Micayá asintió, satisfecho de que Adam comprendiese la situación.

—¡Sí! ¡Así lo haré! Ya lo he pensado todo.

Esta vez, le tocó a Adam asentir:

—Lo imaginaba.

Micayá, obviamente encantado, dijo:

—Hace mucho tiempo que pensaba matarlo, antes de que usted me engañara haciéndose pasar por Jason Savage.

Adam frunció el entrecejo.

—¿Antes? ¡En aquel entonces, usted no me conocía!

—¡Sí lo conocía! —replicó Micayá—. En la primavera, me crucé con un tipo en la taberna de la calle Silver: un petimetre rubio de bonita cara... y me pagó una buena suma para que lo matara a usted. La mitad en ese momento y la otra mitad cuando terminara el trabajo. Entonces, usted se fue de Natchez a visitar a su cuñado. —Micayá lo miró ceñudo—. ¡Cuando usted esté muerto, no sólo tendré a Savanna sino también la otra mitad del dinero!

De inmediato, Adam identificó al hombre que, según decía el asesino, le había pagado para que lo matara: Charles Asher. El hecho de que difícilmente Micayá cobrara el resto del dinero le brindó un magro consuelo: sin duda, Asher era tan buen mentiroso como el propio Micayá. Torció los labios en una sonrisa lúgubre.

—Como usted dice, lo tiene todo planeado.

Irritado por el semblante impasible de Adam, Micayá frunció el entrecejo y endureciendo la mirada pronunció:

—¡Y no lo olvide! ¡En cuanto llegue Savanna, usted se convertirá de inmediato en alimento de los cocodrilos!

Atado, tendido en el suelo, indefenso para proteger a la mujer que amaba, Adam sólo pudo rogar que Savanna desechara la nota de Micayá... que todavía estuviese tan furiosa por la manera salvaje en que le había hecho el amor que no deseara arriesgar la vida por un trato estéril...

Sólo cerca del mediodía del día siguiente se descubrió la desaparición de Adam. Nadie imaginó seriamente que Micayá atacaría tan rápido, y supusieron que la noche anterior Adam se había acostado tarde, sin ver a nadie. Incluso la ausencia del esposo de Savanna a la mañana siguiente pareció algo normal: quizás estuviera durmiendo o atareado en el estudio. A nadie se le ocurrió que Micayá lo había secuestrado. La llegada de Bodene antes del mediodía cambió las cosas.

Después de saludar a Savanna y a la madre de ésta, y de intercambiar unas palabras apresuradas con Jack y con Toby, Bodene fue de inmediato en busca de Adam con el rostro ensombrecido de preocupación. Al no encontrar rastros de Micayá y de Jeremy en Nueva Orleans, se inquietó y galopó hacia Campo de Verde presa de un fuerte presentimiento. El hecho de que nadie hubiera visto a Adam desde la noche anterior le provocó una sensación ominosa en la boca del estómago.

Pocos minutos después encontró la nota que Micayá había dejado en el estudio de Adam. Quiso ocultarla y tomar el asunto en sus propias manos, pero Savanna ya le pisaba los talones y apenas tuvo tiempo de leer el mensaje cuando su prima se lo arrebató.

Desde el instante en que entraron al estudio, Savanna supo que Micayá había atacado. Aun antes de leer la nota adivinó de inmediato el significado de la copa de coñac volcada sobre la alfombra junto al escritorio de Adam, y del suelo mojado por la lluvia que había penetrado por la ventana abierta. Sintió que el corazón le pesaba en el pecho mientras leía la letra desordenada de Micayá.

Murmuró con voz apagada:

—Ordena que me preparen un caballo. Tengo que ponerme ropa de montar pero estaré lista en una hora.

Bodene apretó la boca.

—¡Savanna, no seas tonta! ¡Es una trampa y lo sabes! —Tomó aliento y dijo con la mayor suavidad posible—: Quizá ya esté muerto, querida. Es imposible que Micayá lo haya dejado vivo.

Savanna alzó la cabeza y, con los ojos aguamarina echando chispas, exclamó:

—¡No digas eso! No te escucharé. ¡Adam está vivo! ¡Tiene que estar vivo!

—Está bien —dijo ásperamente Bodene—, quizá lo esté... ¿En realidad crees que Micayá sea capaz de cumplir su palabra? —La aferró de los hombros y la sacudió sin miramientos—. ¡Savanna, es una trampa! ¡No puedes cabalgar tranquilamente hasta el campamento de Micayá!

La muchacha hizo un gesto obstinado con la barbilla y Bodene, maldiciendo desesperado, intentó otra táctica.

—Si Adam todavía está vivo —dijo con astucia— lo único que lo mantiene vivo es que Micayá aún no te tiene en sus manos. Entrégate a Micayá y tu marido estará muerto en pocos segundos. ¡Piénsalo!

Todo lo que Bodene decía era cierto: la propia Savanna había llegado a las mismas conclusiones, aunque también sabía que tenía que arriesgarse. ¡Tenía que tratar de salvar al hombre que amaba! Si Adam estaba vivo... Para preservar la cordura, debía creer que lo estaba, y no permitiría que Bodene la hiciera vacilar. A Bodene lo guiaba la lógica, y también el instinto de proteger a su prima. Savanna sabía que jamás le permitiría seguir las indicaciones de Micayá. Sin duda, Bodene urdiría un plan que dejara a la muchacha a salvo en Campo de Verde, mientras él cabalgaba en auxilio de Adam y así sólo lograría que Adam sufriera un riesgo mayor. La joven esbozó una sonrisa amarga. El único inconveniente de ese plan consistía en que Bodene olvidaba lo cruel y desalmado que podía ser Micayá. El criminal debía de haber previsto cualquier eventualidad y sin duda habría tomado precauciones... ¡y no vacilaría en matar tanto a Adam como a Bodene! La única posibilidad de salvar a Adam era que la misma Savanna fuese al campamento del criminal. Pero tenía que impedir que Bodene la detuviese...

Posó la mirada en el pesado botellón de cristal que estaba en una esquina del escritorio de Adam y supo lo que tenía que hacer en la primera ocasión que se presentara. Tratando de ganar tiempo, dijo con aire sensato:

—Muy bien. ¿Qué sugieres?

Bodene la miró lleno de suspicacia. Savanna le devolvió una mirada serena.

—Si hablas en serio, puedes decirles a Jack y a Toby que ensillen los caballos y que consigan suficientes provisiones.

Savanna asintió, obediente.

—Claro. ¿Algo más?

El joven siguió sospechando, pero apartó la mirada de su prima pensando en el modo de salvar a Adam. Se inclinó sobre el escritorio de Adam buscando papel.

—Mientras tú lo haces, yo...

Sin darse tiempo a pensar, Savanna aferró el botellón y lo quebró sobre la cabeza de su primo. Bodene se derrumbó como un saco de patatas, y su robusto cuerpo cayó en el suelo frente al escritorio.

—¡Oh, por Dios, Bodene! —se lamentó Savanna contemplando el cuerpo inerte—. Lo siento. Lo siento mucho, no puedo permitir que me detengas. ¡Perdóname!

Deseó fervorosamente que su primo no sufriera otra cosa que un ligero dolor de cabeza cuando se recuperase y buscó algo con qué atarlo. Divisó unos arreos amontonados cerca de la puerta del estudio, separó un par de riendas y ató con ellas las manos y los pies de Bodene. La corbata de éste resultó una excelente mordaza.

Sin perder un segundo más, salió corriendo de la habitación y se detuvo bruscamente al chocar con Jack Mooney, que venía del vestíbulo. Le sonrió con la mayor inocencia y le preguntó agitada:

—¿Quiere ver a Bodene o a Adam?

Jack asintió.

Entonces, Savanna murmuró con expresión compungida:

—Oh, lo siento. Espero que no sea urgente, pues pidieron que no les molestaran durante unas horas. ¿Podría esperar?

Jack se encogió de hombros.

—Lo que Bodene ordene. Entonces, seguiremos vigilando la casa.

Savanna le dirigió una sonrisa radiante.

—¡Excelente idea!

En unos minutos, recogió en su habitación lo que necesitaba y salió de la casa. Le sonrió a Toby y bajó los amplios escalones dirigiéndose hacia el establo con una inocente canasta al brazo. Una vez dentro del establo, se puso en acción inmediatamente: ensilló el caballo y se puso la ropa de hombre que había llevado en la canasta. Recordó a los hombres que vigilaban y condujo al caballo por la puerta trasera guiándolo furtivamente hacia la espesura que rodeaba la propiedad. Casi estallando de impaciencia, montó el animal en cuanto supo que estaba fuera de su vista y desapareció entre las malezas.

Anduvo kilómetros hasta convencerse de que había logrado escapar sin que la viesen. Si tenía suerte, le llevaría a Bodene dos o tres horas de delantera... ¡y sería más afortunada aún si Bodene no la mataba en cuanto la encontrase!

Desechó el posible enfado del primo y por primera vez dio rienda suelta a la angustia y el miedo que había sentido al entrar en el estudio de Adam y descubrir que Micayá lo había secuestrado. «¡Oh, Dios! —rogó con fervor mientras el caballo se abría paso entre la vegetación—, ¡que Adam no esté muerto, por favor! ¡No importa lo que me suceda a mí, pero permíteme salvarlo!»

La idea de que Micayá asesinara a Adam era casi insoportable, y Savanna lamentó amargamente todos los malos entendidos y las palabras duras que se dijeron. ¡Si tuviese una segunda oportunidad...! Se comportaría de manera diferente. ¡Al demonio con el orgullo! ¡Si lograba salvarlo de Micayá, lo primero que haría sería confesarle a Adam que lo amaba!

Savanna trató de no recordar cómo se habían separado el día anterior, de no pensar que el último recuerdo de Adam podría ser esa cópula salvaje y primitiva. Una lágrima le resbaló por la mejilla. ¿Volvería a sentir otra vez sus caricias? ¡Tiernas o salvajes! La angustia le oprimió el corazón. ¡Tenía que estar vivo! Comprendió que no podía dejar que el terror la dominase si quería rescatar a su marido; un instante después desechó los temores y se concentró en un plan para engañar a Micayá. Había un solo camino para llegar a Cabeza de Cocodrilo, y por lo tanto no contaba con la ventaja de la sorpresa. Tendría que tener en cuenta a Jeremy; supuso que sin duda estaría apostado en alguna parte del camino, dispuesto a advertir que Savanna se aproximaba por medio de un grito animal que sería la señal convenida con Micayá. En cuanto Jeremy detectara la presencia de Savanna, la trampa se cerraría sobre ella...

¿Y si se adelantaba a Jeremy? El bello rostro de la muchacha se tensó en una expresión implacable. Si lograba anular a Jeremy, y si era cierto que el propósito de éste era alertar a Micayá, entonces Savanna ganaría cierta ventaja. Y luego, sólo quedaría Micayá... Ahogó un sollozo. ¡Y rogó a Dios que Adam estuviese vivo!

Sin prestar atención a las retorcidas enredaderas y las ramas bajas de los árboles que la arañaban y la golpeaban mientras el caballo avanzaba entre la maleza enmarañada, Savanna desechó la idea de que Adam estuviese muerto y se concentró otra vez en el modo de rescatarlo. Ciertamente, Micayá no estaría dispuesto a permitirle que cabalgara hasta el mismo campamento: sin duda supondría que Savanna trataría de matarlo. También debía de saber que la muchacha no se entregaría dócilmente si no veía a Adam... vivo.

De pronto le curvó los labios una sonrisa temblorosa. ¡Adam estaba vivo! Aliviada, comprendió que Micayá no lo mataría hasta estar seguro de que Savanna había caído en la trampa. Casi rió en voz alta. ¡Adam estaba vivo!

La alegría de la muchacha se esfumó al recordar la misión casi imposible que la esperaba. Tendría que sorprender a Micayá con la guardia baja y matarlo antes de que él pudiera matar a Adam.

Mientras el caballo continuaba a galope tendido por el sendero casi invisible, a Savanna no se le ocurrió ningún plan; el solo hecho de saber que Adam aún vivía le otorgó una profunda confianza. ¡Ya encontraría el modo!

Cuando llegó a las cercanías de Cabeza de Cocodrilo, comenzaba a atardecer. Detuvo el caballo y observó alrededor. No había rastros de seres humanos, ningún sonido, sólo el silencio casi sofocante del bosque que bordeaba el pantano. Se sentó unos momentos, tratando de recordar el camino hacia Cabeza de Cocodrilo, el lugar donde se apostaban los vigías cuando ella iba con Bodene. El paraje era fantasmagórico: un silencio profundo y un impenetrable muro verde de árboles y follaje y la oscuridad creciente de la noche conferían a aquel sitio un aire ominoso.

Tratando de serenarse, aspiró una honda bocanada de aire. Tendría que continuar a pie. Debía encontrar a Jeremy. Con el rostro impasible, desmontó y amarró el caballo a un árbol joven.

Examinó pensativa la única arma que en la prisa había llevado consigo: el estilete que Bodene le regalara cuando cumplió diez años. Era una daga pequeña, de hoja y mango finos, pero sabía el daño que era capaz de causar. Sin perder tiempo la blandió con mano experta. Se entretuvo un momento más para desatar algunas correas de la montura y llevarlas consigo y desapareció en la espesura.

Silenciosa como una tigresa en acecho, Savanna se deslizó hacia adelante y hacia atrás siguiendo el sendero de los animales salvajes que terminaba en Cabeza de Cocodrilo, con todos los sentidos alerta ante un posible peligro. Se movió con extraordinario sigilo, pero Jeremy estaba tan bien oculto entre un grupo de sauces jóvenes y enredaderas silvestres que casi chocó con él.

El corazón le retumbó en el pecho y se quedó inmóvil; las densas sombras de la noche que caía le hacían aún más difícil la tarea. Al agazaparse tras un enorme sauce llorón y escudriñar en la oscuridad, logró descubrir que el tocón que veía a un par de metros de su escondite tenía una definida forma humana: ¡Era Jeremy!

Tragó saliva. De pronto, sintió las palmas de las manos húmedas. Aunque estaba dispuesta, nunca había matado a un hombre y no estaba segura de poder hacerlo en ese momento. Volvió a tragar saliva y sintió el sabor amargo de la bilis que le subía por la garganta. Tenía que silenciar a Jeremy: ¡no podía permitir que alertase a Micayá con un grito! Miró alrededor, buscando algún elemento que pudiera servirle de garrote, cualquier cosa con que dejar inconsciente al sujeto para poder atarlo y amordazarlo, pero en la penumbra le resultó imposible. Aunque la idea le repugnara, Jeremy tenía que morir.

Con ánimo sombrío, recordó que la vida de Adam dependía de ella. ¡Tenía que hacerlo! Cerró los ojos, tomó aliento y sin darse tiempo para arrepentirse se lanzó sobre Jeremy. El cuchillo brilló en el aire y el sujeto se desplomó exhalando un gemido suave.

Savanna contempló el cuerpo inerte con fascinado horror, y sintió que las náuseas la dominaban. Se apartó tambaleante haciendo arcadas y buscando a tientas al caballo. Unos minutos más tarde, se alejaba al galope del bosquecillo de sauces sin mirar atrás.

Trató de no pensar en Jeremy y detuvo el caballo a unos diez metros de la huella, concentrándose con todos sus sentidos en hallar un modo de engañar a Micayá y rescatar a su marido. Sin duda, Micayá no le permitiría llegar a caballo hasta su campamento, y Savanna recordaba lo suficiente de Cabeza de Cocodrilo para saber que no tenía manera de sorprenderlo como había hecho con Jeremy.

No podía sorprender a Micayá. Tampoco podía engañarlo. Si Micayá no recibía ninguna advertencia de Jeremy, se daría cuenta de que el socio estaba muerto en cuanto Savanna apareciese, y también sabía que la muchacha no se entregaría sin luchar. Se mordió el labio. Entonces, ¿cómo lograría acercarse lo suficiente para matarlo?

Mientras la noche avanzaba y la luna llena ascendía brillante en el cielo negro, Savanna se sentía como una rata en una trampa tratando de adivinar lo que haría Micayá. Supuso que la haría desmontar y alejarse del caballo. También se aseguraría de que no llevara ningún arma antes de permitirle acercarse. ¿Cómo lo lograría? ¿La obligaría a desnudarse a punta de pistola?

La muchacha se puso ceñuda. Era probable. Y si quedaba desnuda como el día que nació, ¿dónde ocultaría el arma?

Jugueteó distraída con el cabello que llevaba sujeto en una gruesa trenza sobre el hombro. Segundos después, tomó conciencia de los mechones sedosos que acariciaba con los dedos y en el mismo instante se le ocurrió una idea que la hizo contener el aliento, excitada.

Sus labios se abrieron en una sonrisa salvaje. Rápidamente, deshizo la trenza flamígera y esparció el cabello sobre el hombro. Tomó el estilete, limpió la sangre de Jeremy y lo sujetó con sumo cuidado separando seis mechones debajo de la masa ondulada de la cabellera. Al sacar la daga tendría que dar un tirón, ¡pero si lograba salvar a Adam, se dejaría escalpar sin dudarlo!

Una vez segura de que el estilete estaba bien oculto y de que podría tomarlo con facilidad, montó y guió al caballo sin prisa al encuentro con Micayá. Momentos después comprobaría si había evaluado correctamente la situación, y ofreció una ferviente plegaria para hallar con vida al hombre que amaba.

Unos minutos más tarde, el resplandor de una fogata le advirtió que había llegado a Cabeza de Cocodrilo. Se le hizo un nudo en el estómago; controló una vez más el estilete y siguió adelante con la mayor serenidad posible.

Había avanzado una corta distancia cuando oyó la voz de Micayá:

—Alto ahí.

Savanna obedeció; sentada sobre la montura con aire majestuoso, observó alrededor con mirada engañosamente fría. El fuego ardía alegre, pero lo que regocijó a Savanna fue ver a Adam de pie sobre un tocón de madera de unos diez centímetros de altura. ¡Estaba vivo!

Estaba a más de tres metros de altura, por encima de la muchacha: el tocón en realidad avanzaba unos cinco centímetros sobre el pantano, cerca de la orilla; Savanna lo contempló ansiosa y observó con una contracción de dolor el aspecto demacrado y ojeroso de aquel amado rostro moreno, y el salvaje desorden de su cabello negro. Miró con el corazón oprimido la posición del bloque de madera y varios pares de ojos rojizos que sobresalían del agua, y comprendió que Adam estaba a punto de convertirse en carnada de los cocodrilos. Aun sin la advertencia de Jeremy, Micayá debió adivinar que la muchacha se aproximaba y sin duda había preparado aquella horrorosa escena en honor de Savanna.

¡Su Adam, tan precioso para Savanna a pesar de su aspecto agotado, la contemplaba a la luz titilante de la hoguera atado de pies y manos, completamente indefenso sobre aquel tocón! Había una soga atada a la base del tocón, y la cuerda serpenteaba sobre el suelo hasta desaparecer en la oscuridad, más allá de la hoguera. Micayá no estaba a la vista, pero Savanna supuso que sostenía el otro extremo de la soga, y sabía que, si hacía un movimiento en falso, el criminal tiraría de la cuerda y Adam caería al agua, en las fauces abiertas de uno de los cocodrilos cuyos ojos resplandecían en la sombra.

Disimulando el pánico que la oprimía, escudriñó en la oscuridad, donde sabía que aguardaba Micayá. Se desesperó tratando de imaginar qué hacer, pero sin revelar la turbulencia interior que la agitaba dijo en tono helado:

—¡Micayá, sácalo de ahí! No me acercaré más hasta estar segura de que no lo arrojarás a los cocodrilos.

Adam la contempló a la luz de la luna llena, tratando de memorizar aquel rostro tan querido, y el corazón se le encogió dentro del pecho. Aunque había esperado y rogado que no fuera, agradeció al Cielo que le permitiera verla por última vez antes de morir. Era una visión magnífica sobre el caballo, con la espalda erguida, la barbilla alzada en gesto orgulloso y el resplandor del fuego que convertía su cabello en una masa ígnea de ondas salvajes. El destino de Adam estaba sellado y no temía morir, pero el saber que Savanna quedaría en manos de Micayá lo impulsó a renovar el intento de librarse de las ligaduras, sin importarle que el bloque de madera se balanceara peligrosamente a cada movimiento que hacía. ¡Tenía que salvar a Savanna! ¡Tenía que lograr que lo abandonara antes de que fuese demasiado tarde!

Sin cesar de luchar, con los ojos azul zafiro brillando feroces a la luz de las llamas, Adam dijo:

—Amor mío, estás perdiendo el tiempo. ¡Este sujeto me matará, no importa lo que hagas! ¡Vete de aquí!

De súbito, la soga dio un tirón, y el tocón se bamboleó mientras Adam luchaba frenético para no caer.

—¡No! —gritó Savanna—. ¡No!

24

Con el corazón en la boca, Savanna clavó los talones a los costados del caballo. Sólo le importaba una cosa: llegar hasta Adam antes de que cayera al agua... en las fauces de uno de los cocodrilos que formaban un semicírculo debajo del tocón.

El caballo había comenzado a avanzar cuando la voz de Micayá resonó en la oscuridad débilmente iluminada por el fuego.

—¡Deténte ahí mismo, señorita, si no quieres que dé un último tirón! —gruñó Micayá desde las sombras, detrás de la hoguera.

Savanna frenó al caballo de inmediato y dijo con voz temblorosa:

—¡Sácalo de ahí! ¡Suelta la cuerda!

La soga se aflojó un poco y el bloque de madera dejó de tambalearse. Micayá salió de las sombras. Seguía sujetando la soga en una mano y mientras apuntaba a Adam con la pistola contempló de reojo a Savanna y murmuró:

—Tal vez, si me lo pides dulcemente, cariño. A ver, otra vez...

Con las manos apretadas sobre las riendas, Savanna dijo entre dientes:

—¡Micayá, suelta la soga y baja la pistola, por favor!

Micayá pasó la mirada de un rostro al otro. Sonrió y preguntó:

—¿Y si no lo hago?

—Si no lo haces —dijo la muchacha sin alterarse— yo me marcharé. —Era una baladronada, pero tenía que ganar cierta ventaja: Micayá tenía todos los ases en la mano.

Se hizo un silencio denso y luego Micayá dijo pensativo:

—Bájate del caballo y yo soltaré la soga. Pero la pistola no.

La muchacha comprendió que no lograría más. Desmontó en silencio. Aguardó ansiosa, con el corazón latiendo frenético, y un segundo después la cuerda cayó de la mano del criminal. La pistola aún apuntaba a la cabeza de Adam, aunque al menos uno de los peligros había desaparecido.

Micayá apuntaba la pistola en dirección a Adam, pero no le prestaba demasiada atención; en cambio, su mirada lujuriosa recorría febril el cuerpo de Savanna. Adam aprovechó la distracción del sujeto y se debatió con más energía contra las ligaduras. Si en pocos minutos no lograba soltarse, estaría muerto y Savanna quedaría por completo a merced de Micayá. La imagen de Savanna retorciéndose en los brazos de Micayá, del asesino saboreando esos encantos que sólo pertenecían a Adam, estuvo a punto de enloquecerlo y luchó contra las ligaduras con la fuerza de la demencia. Tenía las muñecas resbaladizas por la sangre; con un súbito sobresalto de entusiasmo percibió que la angosta tira de cuero que le sujetaba las manos a la espalda comenzaba a ceder de modo casi imperceptible.

Micayá contemplaba con rostro sonriente a Savanna: aquella sonrisa lasciva y complacida provocó en la muchacha un estremecimiento de extrema repulsión. Fijó la mirada en los ojos del asesino porque no se atrevía a mirar a Adam. Para salvar a su esposo, necesitaba acercarse a Micayá y atacarlo con el cuchillo, por lo tanto era imprescindible que la atención del criminal se concentrara en ella y no en Adam. Con la misma claridad que si le leyera los pensamientos, Savanna comprendió que Micayá no tenía la menor intención de cumplir con la promesa de liberar a Adam. En cuanto estuviese seguro de que la muchacha no podía escapar, mataría a Adam a sangre fría delante de ella... y se reiría. Apretó los labios y con una mano tocó el estilete oculto bajo el cabello. «¡Deja que me acerque lo suficiente! —rogó—. ¡Dame una oportunidad! ¡Una sola!»

—Apártate del caballo —ordenó Micayá; el gesto de su cara tosca demostró que disfrutaba en grande. Cuando Savanna obedeció, agregó—: Levanta los brazos y date la vuelta.

Savanna volvió a obedecer mientras los pensamientos giraban en su mente. ¿El criminal la dejaría acercarse lo suficiente antes de matar a Adam?

Micayá volvió a mirar a Adam, y éste permaneció quieto, sin mover un músculo; rogaba que su propia expresión no revelara el alborozo que sentía: ¡había conseguido soltarse las manos! Micayá volvió a fijar la atención en Savanna.

—Tu marido es un tipo fuerte —comentó con aire de naturalidad—. Pero te aseguro que yo seré un marido todavía mucho mejor para ti.

—No lo creo —dijo Savanna en tono suave, mirando a Adam y poniendo el corazón en la mirada, y añadió remarcando las palabras—: Yo amo mucho a mi esposo, ¿sabes?

Al oírla, Adam olvidó el peligro en que se hallaba y la contempló atónito.

—¿Tú me amas? —exclamó sin poder creerlo, mientras sus oscuros ojos azules revelaron una honda emoción.

Aunque no era la circunstancia que Savanna soñara, sabía que podría fallar, que Adam podría morir sin enterarse de lo que ella sentía por él y dejó aflorar su corazón.

—¡Solamente a ti te amo! —exclamó en tono apasionado—. ¡Solamente a ti!

—¡Basta! —escupió Micayá, furioso—. No he organizado esta reunión tan amistosa para escuchar esas confesiones empalagosas. —Como en ese preciso momento se diera cuenta de algo, entrecerró los ojos y, observando a Savanna con mirada dura, le preguntó—: ¿Dónde está Jeremy? Se supone que tenía que avisarme cuando tú llegaras.

Savanna apartó con esfuerzo la mirada del rostro delgado de Adam y miró despreciativa a Micayá. Dijo casi con fruición:

—Jeremy está muerto. Yo lo he matado.

Para asombro de la muchacha, en lugar de enfurecerse, Micayá pareció complacido.

—Bien, bien —murmuró—. De modo que te adelantaste a mí, ¿verdad? Muchacha, siempre supe que tenías iniciativa. —Mostró una amplia sonrisa—. Me alegro de que me hayas quitado de encima esa responsabilidad.

El semblante de Savanna reveló el asombro que sentía.

—¿Pensabas matar a Jeremy?

Micayá asintió, recuperando su humor jovial.

—Claro. Tú me has ahorrado la molestia.

—Pero, ¿y el oro? —preguntó Savanna—. ¡Sin Jeremy, nunca lo encontrarás!

Micayá adoptó un aire taimado.

—Bueno, yo creo lo contrario. ¡Tú me conducirás hasta el tesoro!

—¡Yo! —exclamó Savanna, confundida por el giro de los acontecimientos—. Yo no sé dónde está el oro. ¡Ni conocía la existencia del tesoro hasta que Jeremy lo mencionó! ¿Cómo puedo llevarte hasta él?

Vigilando a Micayá, que se distrajo hablando con Savanna, Adam se agachó con cautela hasta tocar los nudos de las correas que le ataban los pies. Los nudos parecían imposibles de desatar, pese a todos los tirones de los dedos entumecidos de Adam. Descansó unos segundos, temeroso de que Micayá advirtiera sus movimientos y volvió lentamente a su posición inicial, con las manos a la espalda para fingir que seguía amarrado.

De pronto, uno de los cocodrilos lanzó un rugido colérico, sobresaltando a las tres personas. El fuego comenzaba a extinguirse y, al disminuir la luz, uno de los machos se había tornado más audaz y se había acercado a pocos pasos del tocón sobre el que pendía Adam.

Micayá todavía no quería que Adam muriese y, lanzando una maldicion, arrojó varios leños más a la hoguera; el súbito resplandor de las llamas hizo huir al instante al cocodrilo, que fue a reunirse con sus compañeros. El aire de la noche vibró con la agitación del agua y los bramidos furiosos de los cocodrilos, que peleaban entre sí, hasta que rompieron filas y el más grande recuperó el lugar principal que tenía antes de la audaz incursión. Sólo entonces se produjo un relativo silencio; Micayá confió en que el fuego mantendría alejados a los cocodrilos y pudieron volver al tema que los ocupaba.

—Yo creo que tú sabes más acerca del oro de lo que confiesas —le dijo a Savanna—. Tu padre le dijo a Jeremy que tú tenías el brazalete de oro. Supongo que, si te dejó el brazalete, también te habrá dejado instrucciones para encontrar el lugar donde está oculto el tesoro.

Con el rostro extremadamente pálido y contraído, Savanna replicó enfadada:

—¡Micayá! ¡Ya te dije que yo no tengo el maldito brazalete de oro! ¡Jeremy entendió mal a Dávalos... o se lo inventó todo!

Pensativo, Micayá se frotó la barbilla.

—No. Estos últimos meses he hablado mucho con Jeremy, lo he interrogado a fondo. Dávalos le dijo que tú tenías el brazalete. —El criminal rió—. Tú y yo seremos socios.

Con los ojos y los oídos atentos a Micayá, Adam seguía luchando para liberarse. Como no logró deshacer los nudos que le amarraban los pies, estaba tratando de desembarazarse de las botas. ¡Si pudiese soltar un pie...!

Micayá se impacientaba. Savanna estaba casi a su alcance, tan cerca que el cuerpo del hombre comenzaba a reaccionar: su pene hinchado casi hacía estallar sus pantalones al contemplarla. Pronto tendría para él toda esa carne blanca y suave. ¡Le mostraría lo que era un hombre de verdad! Se le agitó la respiración al imaginar lo que le haría, y por un momento olvidó a Adam y se concentró en Savanna, en los encantos que se le habían negado durante tanto tiempo. De cualquier modo no estaba tan perdido en la lujuria como para no recordar que la muchacha era potencialmente peligrosa, y murmuró con voz densa:

—Quítate la ropa. —Y añadió con expresión perversa—: Tengo que asegurarme de que no llevas armas. De modo que quítatela... toda. Muy despacio. Y no intentes ningún truco, porque si no, lo mato.

Savanna sintió el sabor de la bilis en la boca y, aunque esperaba esto, la repugnó la idea de que Micayá contemplase su propio cuerpo desnudo. Sin embargo, la vida de Adam dependía de ello, y por lo tanto comenzó a desanudarse los pantalones de montar con dedos temblorosos.

Todos los músculos del cuerpo de Adam se contrajeron en furiosa protesta. Gritó en voz áspera:

—¡No! ¡Por el amor de Dios, Savanna, no lo hagas! ¡No valgo la pena! ¡Sólo está jugando contigo!

Micayá rió:

—Bueno, tal vez sí, tal vez no. Creo que no tiene alternativa. —Contempló a Savanna y se relamió los labios—. O te quitas la ropa ya, o le meto un disparo entre los ojos en este mismo momento. Y no creas que no sé cuánto te agradaría matarme... ¡Por eso no dejaré que te acerques a mí hasta no estar seguro de que no llevas armas! ¡Apresúrate!

En un instante de desesperación, Adam pensó en arrojarse sobre Micayá: ya imaginaba sus propias manos apretando el cuello del criminal hasta estrangularlo. Pronto comprendió que, con los pies atados, no llegaría a tiempo y que todo lo que lograría sería revelar que tenía las manos libres y que Micayá lo matase, lo cual sería totalmente inútil para Savanna. Comprendió que su única esperanza consistía en soltarse los pies. Sabía que era difícil, casi imposible, pero siguió intentándolo con estoicismo. El chasquido ocasional de las mandíbulas de los cocodrilos le daba escalofríos y le demostraba lo que podría significar el menor desliz, consciente de que debía permanecer lo más quieto posible para no caerse... o peor aún, para no alertar a Micayá de lo que intentaba hacer. Reanudó las delicadas maniobras para quitarse una de las botas, con fiera concentración. Un segundo después, casi se le detuvo el corazón cuando sintió que el pie comenzaba a deslizarse muy lentamente hacia arriba.

En ningún momento Savanna miró a Adam. No se atrevió. Concentró toda la atención en el hombre lascivo que estaba frente a ella... El hombre al que pensaba matar. Savanna, sin disimular el odio que sentía hacia Micayá, se quitó las botas y los pantalones; el resplandor vacilante de las llamas iluminó sus largas y sensuales piernas. Impulsada por la necesidad de acercarse a Micayá mientras él se distraía contemplando con lascivia su carne desnuda, dio unos pasos en dirección al criminal.

Micayá seguía contemplando con la boca abierta las piernas de Savanna: las imaginaba alrededor de sí mismo, imaginaba cómo se sentiría al penetrarla. Estaba tan sumergido en esas ensoñaciones eróticas que casi no advirtió lo que hacía la joven, y Savanna había cubierto la mitad de la distancia antes de que el sujeto comprendiese lo que se proponía. El asesino rió con malicia y dijo marcando las palabras:

—¡Detente ahí! Creo que estamos olvidando algo: que te quites el resto de la ropa.

La pistola continuaba apuntando a Adam, y, jugándoselo todo, Savanna se detuvo y rogó:

—Baja la pistola.

Otra vez, Micayá miró a uno y a otro y rió al ver la expresion de Adam. A pesar de su esfuerzo por permanecer impasible, el semblante torturado de Adam se contrajo de furia, y sus ojos azules chispearon de odio. Su cuerpo robusto estaba tenso, listo para saltar; los músculos protuberantes de los hombros y los brazos revelaban las ansias que tenía de lanzarse sobre el torturador.

Micayá le sonrió.

—Creo que te permitiré observarnos antes de... —Volvió la vista hacia Savanna y dijo con sonrisa afectada—: ¿Por qué no?

Mantuvo la pistola en la mano pero la bajó, y Savanna sintió que la invadía una oleada de regocijo. Ahora tenía que aproximarse más...

Por un instante, Savanna pensó en abalanzarse sobre Micayá, él estaba demasiado lejos, y aunque la pistola ya no apuntaba a Adam, si ella hacía un solo movimiento en falso el asesino le dispararía a su esposo ante sus propios ojos. No tenía alternativa.

Aspiró hondo; de súbito, ansiosa por terminar de una vez se quitó la camisa con un movimiento rápido y se quedó allí de pie, alta y orgullosa a la luz de la hoguera, indiferente a la mirada fija de Micayá. En cierto sentido, se sintió indiferente a su propia desnudez, la dominó un estado de ensoñación en el cual todas las emociones y las energías, y todas las fibras de su ser, se concentraron en el peligroso y mortal objetivo que tenía ante ella.

Micayá contempló a Savanna temblando de excitación. Sólo uno de sus pechos quedó expuesto a la mirada ardorosa del sujeto mientras el pezón del otro asomaba a través del espeso cabello que caía desde el hombro casi hasta la cintura. A Micayá se le secó la boca y se estremeció al comprender que aquella mujer estaba allí para que él la poseyera; su mirada salaz recorrió posesiva la cintura estrecha y la curva seductora de las caderas. Cuando llegó al triángulo de vello rojo dorado en la unión de los muslos, se le cortó el aliento y quedó hechizado por aquellos rizos lujuriosos que ardían contra la blancura de la piel.

Sintiendo un extraño vacío en la mente, Savanna se adelantó.

Micayá se sacudió la estupefacción, la vio acercarse y hacer un movimiento que atribuyó a la timidez: se llevó una mano a las ondas flamígeras de la cabellera que se derramaban sobre los pechos. Micayá estaba embrujado, olvidado de Adam, de todo salvo la visión encantadora que se aproximaba a él. La pistola se deslizó de su mano laxa y; aturdido al saber que había triunfado, que por fin en unos segundos se aliviaría la tensión que Savanna le provocaba en todo el cuerpo, se abalanzó hacia adelante y aferrando a la muchacha por los brazos apretó brutalmente su boca sobre la de ella.

Savanna, sin percibir los movimientos torpes de Micayá ni la mano que le tocaba el pecho, ni la lengua rapaz que exploraba su boca, como en sueños, cerró los dedos en torno de la daga. Como si llegara desde muy lejos, oyó el grito atormentado de Adam, y en el mismo instante liberó el estilete de entre los cabellos y lo sujetó con firmeza.

Micayá no estaba tan dominado por la lujuria como para no comprender que había algo extraño en la fácil sumisión de Savanna. Separó inquieto la boca de los labios llagados de la joven, y la miró con los ojos entornados tratando de adivinar lo que se proponía.

De pronto, los labios de Savanna se abrieron en una sonrisa feroz, miró de frente a Micayá y con la velocidad del rayo le hundió la daga en el pecho. Las facciones de Micayá se contrajeron en un gesto de honda estupefacción, y lanzando un gemido de asombro cayó al suelo junto a la pistola.

En el mismo momento en que Savanna apuñalaba a Micayá, Adam lograba quitarse la bota y con un bramido de ira se lanzó a través del espacio que lo separaba de su esposa y del criminal. Cuando Micayá cayó, Adam había atravesado la mitad de la distancia y se detuvo con una expresión casi tan atónita como la de Micayá. Le llevó una fracción de segundo comprender lo que había sucedido; salvando la distancia que faltaba y contemplando a su esposa con el rostro radiante de admiración y amor, Adam la estrechó con fuerza entre los brazos.

Olvidando cuanto los rodeaba, el cuerpo de Micayá tendido en el suelo, los bramidos de los cocodrilos, la desnudez de Savanna, se besaron con desesperada entrega, los cuerpos fundiéndose entre sí, formando una sola silueta que se recortaba contra las llamas. Derramaron besos frenéticos sobre las caras y los labios, y los dedos tocaron al otro para convencerse de que era verdad: que estaban a salvo el uno en brazos del otro.

Largo tiempo después, con el aliento entrecortado, Adam alzó la cabeza y contempló extasiado el rostro adorable de su esposa.

—¡Oh, Cristo, te amo, querida! —dijo Adam con voz densa—. Quise decírtelo durante semanas y nunca encontraba el momento oportuno.

Volvió a besarla con un beso tierno y feroz, colmado de amor. No quería que aquel beso terminara; con los ojos azules casi negros por la emoción, exclamó con apasionada intensidad:

—Antes de que suceda algo más, quiero que sepas que te amo desde el mismo instante en que te vi... pero fui un tonto y no lo comprendía.

Los labios de Savanna esbozaron una sonrisa temblorosa. Una dulce oleada de alborozo le recorrió las venas, pues aquellas palabras eran todo lo que deseaba oír. ¡Adam la amaba! Le sonrió con timidez y sus ojos aguamarina brillaron con un suave resplandor.

—Los dos hemos sido unos estúpidos. Yo también te amé desde el principio, y cuando leí la nota de Micayá temí no volver a verte.

Sin poder evitarlo, Adam volvió a besarla. No se atrevía a creer en tanta felicidad: ¡Savanna lo amaba!

Pese a la alegría, aún existía una minúscula sombra de duda que ensombreció el rostro de Savanna. En tono vacilante, preguntó:

—Cuando te casaste conmigo, ¿fue sólo por el niño?

Adam le acarició la cabellera flamígera, sonrió con ternura y musitó:

—Recuerda que pedí tu mano antes de saber de la existencia del niño.

—Yo creí que era porque te sentías obligado y no porque me quisieras.

Adam hizo una mueca.

—Sí, te quería... quizá no fui capaz de reconocer que te amaba, pero la sola idea de vivir sin ti me resultó intolerable. —Con expresión afligida, añadió—: ¡Cuando recibí la carta en que Bodene me informaba de tu embarazo, me alegré mucho! Me avergüenza confesarlo, aunque no me alegré porque iba a ser padre sino porque estaba seguro de que al estar embarazada aceptarías con más facilidad mi propuesta de matrimonio. Estaba convencido de que cuando llegara a Nueva Orleans podría cortejarte, seducirte con mi famoso encanto y persuadirte de que te casaras conmigo... al menos en beneficio del niño. —Volvió a hacer una mueca—. Mi orgullo sufrió un golpe muy duro, amor mío, y cuando comprendí que nada de lo que decía lograba persuadirte, el dolor y la ira me impulsaron a tenderte la trampa que te obligó a casarte conmigo. No lo pensé: sencillamente estaba tan furioso contigo que las palabras se me escaparon antes de que pudiese evitarlas.

En los ojos de Savanna apareció una chispa.

—¡Bien! ¡Me alegra saber que no acostumbras a chantajear a las personas para forzarlas a hacer lo que tú quieres! Adam, aunque te perdono, ésa fue una acción bastante cobarde.

El hombre levantó la camisa que Savanna se había quitado antes y la ayudó a ponérsela; en su rostro apareció una expresión afligida.

—No lo niego. ¡Mi excusa consiste en que estaba obsesionado! —La miró de un modo que a Savanna le temblaron las rodillas. Tiernamente, Adam le acarició la mejilla con un dedo y susurró en tono ronco—: La única mujer que amaba, que siempre amaré, no quería saber nada de mí. ¿Qué podía hacer?

Era un lugar extraño para intercambiar aquellas confesiones íntimas, pero habían ocultado durante mucho tiempo lo que llevaban en el corazón y aquel roce aterrador con la muerte impulsó a los dos, cada uno a su modo, a confesarse lo que sentían sin dejar pasar un solo instante más. En aquel momento, nada les importaba más que declararse mutuamente su amor, aunque a los pies de ambos hubiese un cadáver y oyeran los siseos y bramidos de los cocodrilos.

Impulsada por una mezcla de enfado y deseos de provocarlo, Savanna le dirigió una mirada severa, y dijo mientras se ponía los pantalones:

—¡Podrías haberme dicho que me amabas!

—¿Acaso me habrías creído? —preguntó Adam sin vacilar, mirándola de frente con los ojos azul zafiro.

Savanna estaba a punto de asentir con vehemencia cuando, de pronto, recordó todas las dudas que la asaltaron en aquel momento. ¿Acaso le habría creído? Tal vez no, admitió con dolorida sinceridad. Confundida como se hallaba, hubiera imaginado que esa confesión de amor no era más que otra treta para empujarla al casamiento.

Le dirigió una sonrisa pesarosa.

—¡A juzgar por cómo me sentía en aquel entonces, más bien te habría acusado de mentiroso y habría tratado de clavarte un cuchillo!

Adam sonrió con desgana y asintió, mientras la ayudaba a terminar de vestirse.

—Ese día que hablamos del niño estuve a punto de confesártelo —admitió de pronto—. Estabas sentada bajo el gran roble: jamás me pareciste tan adorable como en ese momento... Entonces comprendí qué era lo que me ocurría: ¡te amaba!

—¡Oh, Adam! —exclamó Savanna sin aliento—. ¡También yo comprendí en ese momento que te amaba!

Después de aquello, ¿qué otra cosa podía hacer sino besarla? Perdidos en ese mundo donde sólo entran los amantes, no advirtieron dos cosas: el avance furtivo de la mano de Micayá hacia la pistola que yacía cerca de él y el sonido ahogado de caballos que se acercaban.

La herida infligida por Savanna había sido mortal, pero no mató a Micayá de inmediato, y tanto la joven como Adam cometieron un peligroso error: no asegurarse de que el criminal en verdad estuviera muerto. Micayá, con el rostro contraído en una mueca espantosa, tenía los duros ojos azules fijos sobre los amantes con mortífera concentración, mientras acercaba la mano hacia la pistola centímetro a centímetro. Sabía que iba a morir, pero antes mataría al hombre que había trastornado todos sus planes: solamente el ansia de matar a Adam St. Clair lo mantenía vivo. Temblorosos, los dedos de Micayá se cerraron en torno de la pistola y con un último y tremendo esfuerzo, el criminal se incorporó y apuntó a Adam.

Para Adam y Savanna, la risotada escalofriante de Micayá fue la primera y única señal de que aún no estaba muerto. Horrorizada, la muchacha contempló al hombre que creyó haber matado. Incrédula y paralizada de terror, vio que Micayá comenzaba a oprimir lentamente el gatillo. Cuando ya brotaba de la garganta de Savanna un angustioso alarido, se escuchó el estruendo de un disparo en medio de la noche.

Por increíble que pareciera, Adam aún estaba vivo y abrazándola, y la joven, aturdida, vio que manaba sangre de un agujero en la frente de Micayá y la pistola se deslizaba por última vez de sus dedos inertes. Al oír un ruido tras ella, la muchacha se volvió y contempló atónita a Bodene que guardaba la pistola humeante y se acercaba a caballo hacia la luz de la hoguera, seguido por Jack y por Toby.

El alto y moreno Bodene contempló largo rato el cadáver de Micayá desde lo alto de la montura. Luego, miró a los amantes y por fin dijo en tono sereno:

—Siempre supe que algún día tendría que matar a este canalla.

EPÍLOGO

El brazalete de oro

«El vino del amor es música,
Y la fiesta del amor es canción:
Y cuando el amor se sienta al banquete,
el amor se sienta por mucho tiempo.»

James Thomson
«La viña»,
en *Domingo en el río*

25

La pálida luna de noviembre se filtraba en el dormitorio que Adam y Savanna compartían en Campo de Verde. Desde el regreso a la plantación, casi dos meses antes, habían desistido de partir hacia Natchez y Bella Vista al menos hasta principios del año siguiente, en vista de todo lo sucedido. Después de todo, podían permitirse una temporada de vacaciones y celebración, y Adam no veía objeciones para quedarse en Campo de Verde. Durante la última mitad de ese año habían vagabundeado bastante y sería agradable permanecer en un sitio por un tiempo antes de emprender otro viaje. Y aunque Adam estaba ansioso de que Savanna conociera su nuevo hogar, ya habría tiempo sobrado de que lo hiciera.

La decisión de quedarse en Campo de Verde resultó muy juiciosa. Refugiada en el ambiente familiar, con una madre solícita, Savanna floreció como nunca. En los últimos días irradiaba un suave resplandor, y si antes había sido una mujer impactante, ahora quitaba el aliento. Su cabello rojo brillaba y se rizaba como si tuviese vida propia; el bello color aguamarina de sus ojos parecía haberse intensificado, y su piel luminosa recordaba a Adam el resplandor de una perla perfecta. Vestida con un costoso y elegante guardarropa llegado de Nueva Orleans, la gloriosa cabellera sujeta en un prolijo moño, Savanna no recordaba en absoluto a la fiera desgreñada que se enfrentara a Bodene tras el cañón de un rifle, ni a la criatura salvaje que parecía cuando Adam la vio por primera vez. No obstante, a pesar de los cambios exteriores, Savanna seguía siendo la misma y sabía mejor que nadie que llegaría el momento en que necesitara embarcarse en alguna aventura loca, aunque esta vez junto a su esposo.

Esa noche se acurrucó más en los brazos del marido y sonrió al pensar en los lugares a los que Adam le había prometido llevarla: los senderos salvajes que recorrerían juntos, los paisajes fantasmagóricos sobre los que ninguna mujer blanca había posado la mirada: todo eso sería para ella. Esperaba ansiosa esos momentos, aunque también anhelaba conocer Bella Vista y al resto de la familia.

Un mes después de la muerte de Micayá, Jason y Catherine vinieron a visitarlos a Campo de Verde. Dejaron a los niños con la niñera en la casa de Nueva Orleans y se instalaron en la casa de Armand, el abuelo de Jason, que vivía en la plantación vecina a Campo de Verde, pero pasaban mucho tiempo en el hogar de Elizabeth.

Savanna se puso seria al recordar el primer encuentro con Catherine, la hermana de Adam. Aunque menuda, cuando se la presentaron a Savanna, Catherine Savage adoptó el aire majestuoso de una emperatriz y, pese a sus esfuerzos, fue evidente que sólo el gran amor que profesaba al hermano la impulsó a tratar a su cuñada con algo similar a la urbanidad. El encuentro comenzó en medio de un clima tenso e incómodo, y Savanna sintió que se le oprimía el corazón. Ansiaba que la familia la aceptara, porque sabía que para Adam era importante.

Adam ya le había explicado su relación con Jason, y Savanna escuchó fascinada la historia de Guy y Rachel, sintiendo deseos de renovar la amistad con el medio hermano de su esposo, ahora que lo sabía. Ya se había formado una opinión favorable de Jason, y la confirmó cuando éste la saludó con afabilidad y calidez ese primer día, cuando llegó con Catherine para visitarlos. El saludo mucho menos entusiasta de Catherine resultó menos doloroso al saber que Jason había aceptado de manera incondicional el casamiento de Adam. Pero si bien al comienzo Catherine se había mostrado cortés y distante, no le llevó mucho tiempo ablandarse. Esa misma tarde, después de escuchar la historia del secuestro de Adam por parte de Micayá y la audaz epopeya de Savanna para salvarlo, Catherine se convenció de inmediato. Evidentemente, una mujer capaz de despreciar el propio riesgo y acometer una empresa tan peligrosa tratando de salvar a su marido, ¡sin lugar a duda era la clase de esposa que Catherine deseaba para su hermano! Tal como había dicho Jason, nada en Savanna recordaba a Dávalos, y a medida que avanzaba el día el ánimo de Catherine mejoró y el trato con Savanna se fue haciendo más cálido y amistoso. No obstante, varios días después, las dos mujeres conversaban serenamente de lo que significaba la pérdida de un hijo, que ambas habían sufrido, y entonces el vínculo entre ellas se fortaleció, y al llegar el momento del regreso de los Savage a Nueva Orleans Catherine y Savanna se separaron con auténtica pena.

Sin embargo, la separación no fue demasiado prolongada. Los Savage pasarían la mayor parte del invierno en la ciudad, como el resto de la sociedad de Nueva Orleans. Elizabeth y Savanna invitaron a la familia a una cena de celebración y Jason y Catherine aceptaron de inmediato. La casa de Campo de Verde se llenó con la vital actividad de los niños Savage, además de los padres y el abuelo de Jason.

El día anterior los niños regresaron a Nueva Orleans con el abuelo y algunos sirvientes, y Jason y Catherine decidieron quedarse unos días más con los recién casados. Savanna, fascinada con las historias de la época en que Adam y Catherine vivían con los gitanos, y con los apasionantes relatos de Jason sobre sus aventuras tempranas con Blood Drinker, se alegró de que permanecieran más tiempo con ellos. Dos noches atrás, a petición de Savanna, Jason volvió a contar la historia del tesoro azteca, y después de hacerse rogar se levantó la manga y volvió a mostrar el brazalete de oro y esmeraldas que siempre llevaba en el brazo. Savanna contempló arrobada el bellísimo objeto que había provocado tanta violencia y derramamiento de sangre. Cuando Jason volvió a cubrirse el brazo se quedó en silencio largo tiempo; pensó que el descubrimiento de un brazalete idéntico fue lo que había impulsado a su padre al trágico sendero que culminó en la muerte. Luego le sonrió a Adam. Si bien el brazalete de oro de Nolan llevó a Dávalos a la muerte, también le había permitido a ella conocer a Adam. Porque si Jeremy no hubiese oído la confesión de Dávalos moribundo, ella y Adam jamás se habrían conocido.

Jason guardaba amargos recuerdos del padre de Savanna, pero también recordaba la época dichosa en que habían sido amigos, en que Dávalos era una persona diferente: un joven de corazón abierto y un buen compañero. Al concluir el relato acerca del brazalete, como si comprendiera lo que Savanna pensaba acerca de su padre, Jason insistió en la evocación de los buenos tiempos que había compartido con Dávalos antes de los hechos que transformaran al español en un hombre cruel y desalmado, y la muchacha se lo agradeció. Se sintió reconfortada al saber que hubo un tiempo en que su padre había sido un buen hombre, y se conmovió al observar el suave resplandor que iluminaba el rostro de su madre mientras Jason hablaba.

La frescura de la habitación la hizo acurrucarse más contra el cuerpo tibio de su esposo; se removió para ponerse cómoda, y entonces Adam le dijo con un matiz provocativo:

—¿Acaso tratas de decirme que hace un momento no te complací? ¿Que estoy fallando en mis deberes de marido amante?

Savanna sonrió con la mejilla apoyada sobre el amplio pecho desnudo de su esposo. ¡Oh, claro que la había complacido! Siempre lo lograba. En los meses pasados, la joven aprendió muchas cosas acerca de los placeres del lecho conyugal... además de que el deseo que sentía por Adam parecía tan insaciable como el de Adam por ella. Se apretó contra él y no la sorprendió descubrir que estaba otra vez dispuesto a las caricias pese a que hacía menos de una hora que habían hecho el amor apasionadamente... ¡si es que el tamaño y la dureza de su pene, que se apretaba contra la cadera de Savanna, era un indicio certero!

Alzó la cabeza y depositó un beso suave en el mentón de Adam.

—¿Por qué será que siento —dijo en tono perezoso— que tú eres el que está insatisfecho?

Adam se incorporó un tanto, oprimió a su esposa contra la blandura del colchón de plumas y se inclinó sobre ella. El brillo sensual de sus oscuros ojos azules resplandeció a la débil claridad de la luna, y el hombre musitó besándola sin prisa:

—Amor mío, tú me satisfaces de todas las maneras posibles...

Cuando por fin apartó la cabeza, Savanna estaba sin aliento y sintió su cuerpo vibrar de excitación.

—¡El problema consiste —prosiguió Adam con voz densa como si ese beso tan explícito no lo hubiese interrumpido— en que nunca me siento del todo saciado! Tú eres tan endiabladamente seductora que jamás me basta lo que me das.

Savanna se estiró rozando con toda premeditación los pezones erectos contra el espeso vello negro del pecho de Adam.

—¿Y entonces...? —preguntó con voz ronca— ¿Qué esperas que haga?

—¡Oh, Dios, nada! —replicó Adam—. ¡Sólo sigue siendo la mujer que eres y deja que te haga el amor!

Pasó de las palabras a la acción y transcurrió un tiempo hasta que Savanna fue capaz de volver a la realidad. Con la cabeza apoyada en el hombro de Adam y un brazo de él envolviéndola de manera posesiva, las piernas de los dos entrelazadas bajo las sábanas, la muchacha tomó conciencia de lo que ocurría alrededor. Sumidos en la tibia atmósfera posterior a la unión amorosa, permanecieron tendidos uno junto al otro, murmurando las palabras que suelen compartir los amantes.

Llegó el momento en que surgió el tema del futuro y Adam dijo en tono indiferente:

—¿Te gustaría repetir nuestro viaje hacia Texas, después de la siembra de primavera? —Se incorporó para contemplar el rostro pensativo de su esposa y dijo en tono burlón—: Conservo recuerdos... muy preciosos de esa travesía y me agradaría comprobar si mi memoria concuerda con la realidad. —Rozó la boca de Savanna con la suya—. Me atrae en particular un sitio: el lugar donde descubrí lo dulce y excitante que era hacerte el amor...

Savanna evocó el estanque de bordes irregulares, la claridad chispeante del agua azul y las apasionadas caricias amorosas de Adam, y la idea le agradó muchísimo, pero no para concretarla esa misma primavera. Con una sonrisa tierna y misteriosa, contempló a su esposo.

—Esta primavera no, querido mío —dijo con ligereza—. Me parece que estaré demasiado torpe para cabalgar todo el día.

Adam se puso ceñudo.

—¡Savanna, eres la mujer más ágil que conozco! ¿Por qué te volverás torpe esta primavera?

La muchacha estiró la mano para acariciar con dulzura el rostro apuesto y delgado de él.

—¡Porque mi embarazo estará muy avanzado! —respondió en tono suave.

Adam se quedó inmóvil. De pronto, sus ojos azules brillaron extasiados y con expresión fascinada dijo con voz ronca:

—¿Estás segura? ¿De modo que tendremos un hijo?

Savanna asintió y confesó con la voz cargada de risa:

—¡Creo que nuestro hijo tendrá el dudoso honor de haber sido concebido sobre el escritorio del padre!

—¡Oh, mi cielo! —susurró Adam derramando dulces besos sobre el rostro de la mujer—. ¡Te amo más que a mi vida!

Por supuesto que una noticia tan estupenda no podía mantenerse en secreto y esa mañana, cuando se reunieron con los demás para desayunar, Adam anunció orgulloso su inminente paternidad. La reacción de la familia fue por demás gratificante, y el resto de la mañana transcurrió hablando acerca del niño por nacer.

Más tarde, mientras las dos parejas daban un paseo por los campos de la plantación aprovechando el clima desusadamente agradable para esa época del año, volvió a surgir el tema del brazalete de oro. Savanna murmuró lentamente con una expresión meditabunda en el rostro:

—¿No os parece extraño que el brazalete de Nolan haya desatado tantas tragedias y, sin embargo, en última instancia, fuera el catalizador que nos reunió a todos nosotros?

Todos estuvieron de acuerdo, cada uno a su manera; el brazo de Adam, que reposaba descuidadamente en la cintura de Savanna, se puso tenso y la acercó más hacia sí. Depositó un beso en la mejilla de su esposa y dijo en tono seco:

—Aunque no lamento que estén muertos, tengo mucho que agradecer a Micayá y a Jeremy.

Jason frunció el entrecejo y mirando de soslayo a Savanna, preguntó:

—Cuando te enteraste de la existencia del brazalete de Nolan por Micayá y Jeremy, ¿alguna vez se te ocurrió buscarlo? Después de todo, Dávalos había dicho que lo tenías tú.

Savanna sonrió con aire triste.

—Necesitaba creer que esa confesión era el delirio de un moribundo. Durante estos años, desde que heredé Campo de Verde, hemos estado en todos los rincones de la casa. Claro que al principio no conocíamos la existencia del brazalete y por lo tanto no lo buscábamos, pero si lo hubiese escondido en alguna parte de la casa lo habríamos encontrado. Cuando heredé, la casa estaba casi en ruinas; desde entonces se hicieron muchas reformas, y tanto Bodene como mi madre y yo revisamos cada rincón de esta casa. —Le sonrió a Adam—. Y en estos últimos meses, Adam ha golpeado, escudriñado y probado en cada ladrillo, panel y escalón tratando de descubrir algún escondite secreto en el edificio.

Adam admitió pesaroso:

—Jason, no hay un lugar donde pueda estar... ¡créeme, lo sé! Sin duda, Dávalos estaba loco, o Jeremy le entendió mal.

El entrecejo de Jason no se disipó.

—No. Dávalos no estaba loco. ¡Y no debemos olvidar que en efecto tenía el brazalete de Nolan! Precisamente por eso supo de la existencia del oro.

Ahora también Savanna frunció el entrecejo.

—Si tenía el brazalete, ¿dónde está? ¿Dónde lo escondió? ¿Y por qué dijo que yo lo tenía?

—Porque tú —respondió Jason con lentitud, como si estuviese pensando en voz alta— eres la propietaria de Campo de Verde. Tú eres la heredera y lo único que recibiste fue una plantación arruinada... —Con un brillo impaciente en los ojos de color esmeralda, Jason miró a los demás, que lo contemplaban escépticos—. ¿No lo comprendéis? Dávalos dijo que lo tenía Savanna... ¡la plantación, el brazalete!

—¿Dónde está? —preguntó Savanna, confundida—. Tal vez esté oculto aquí, pero mi padre no me dejó ninguna instrucción, ninguna clave, ¡nada! Y en la casa no está. —Hizo un gesto con el brazo como abarcando todo el robledal cercano a la casa, por donde habían estado paseando—. ¡Y si está oculto aquí o en los cañaverales, nunca lo hallaremos!

De súbito, el apuesto rostro de Jason se animó de una expresión eufórica. Entrecerró los ojos.

—Tal vez esté equivocado, pero vale la pena probar...

—¿Qué diablos quieres decir? —preguntó Adam, percibiendo el entusiasmo creciente de Jason.

—Lo que quiero decir —respondió lentamente Jason— es que cuando éramos niños, Dávalos y yo vagábamos juntos por estos campos: conocíamos cada árbol, cada arbusto, cada brazo del pantano. Teníamos nuestros escondites secretos y lugares donde ocultábamos nuestros tesoros... ¡Acaba de ocurrírseme que yo he sabido durante todo este tiempo dónde ocultó Dávalos el brazalete de Nolan!

Los sobresaltó arrancando a paso vivo, y lo siguieron de inmediato. No había andado mucho cuando de pronto se detuvo frente a un roble macizo cuyas pesadas ramas estaban cubiertas de musgo gris verdoso. A primera vista no se distinguía de los demás robles del lugar, pero al mirarlo con más atención se descubría algo que lo diferenciaba. En el tronco, a pocos metros sobre el suelo, se abría un agujero de contorno irregular donde muchos años antes se había podrido una rama.

Jason, rodeado por su esposa, su cuñado y Savanna, levantó una rama caída y la introdujo con cautela en el agujero. Al principio no halló nada, y a medida que extraía materias medio podridas y los restos dejados por distintos animales que habían usado el hoyo como cueva, la seguridad de Jason comenzó a debilitarse. Estaba a punto de desistir cuando desde el fondo del agujero llegó un claro tintineo metálico.

Todos quedaron inmediatamente electrizados y contuvieron el aliento mientras, casi con reverencia, Jason sacaba una cajita de las entrañas del árbol. Aunque pesaba mucho, el hombre le dijo a Savanna con un matiz de advertencia en la voz:

—¿Sabes?, quizás esté vacía. —Adoptó un semblante grave—. O tal vez sea sólo un recuerdo infantil.

Savanna le sonrió.

—¡Lo sé, pero aun así es fascinante imaginar que lo hemos encontrado!

Sintió que la caja le pesaba y con dedos temblorosos intentó abrir la cerradura. Percibió las manos cálidas de Adam sobre los hombros, y cuando el metal herrumbrado cedió, Savanna se volvió para mirar a su esposo. En muchos aspectos, era un momento precioso para los dos: no por la riqueza que podría representar el brazalete de oro sino porque en cierto modo se había transformado en el símbolo de su mutuo amor.

La tapa se abrió y Savanna contuvo el aliento. Había un único objeto en la caja de hojalata: un objeto envuelto con cuidado en tela impermeable. Lo tomó y dejó caer la caja. A juzgar por la forma y el peso todos supieron que se trataba del brazalete de Nolan y, sin embargo, cuando la tela impermeable cayó y la luz del atardecer acarició el oro y las esmeraldas que resplandecían bajo los rayos del sol, hubo un momento de silenciosa estupefacción mientras contemplaban la copia idéntica del brazalete que Jason llevaba en el brazo.

La primera en quebrar el silencio fue Catherine.

—¡Creo que en todos estos años me he acostumbrado tanto a ver el brazalete en el brazo de Jason, que había olvidado lo magnífico que es! —Contrajo el rostro y, con los ojos fijos en los de su esposo, agregó con voz ronca—: O lo que nos costó su mera existencia.

Los dos recordaron el hijo que Catherine había perdido años atrás, y Jason la abrazó con ternura. Murmuró suavemente con la boca apoyada en el cabello de su esposa:

—No sufras. Eso ya pasó. —Miró a Adam y a Savanna—. Creo que os dejaremos solos un momento.

Adam guardó silencio; con las manos aún sobre los hombros de Savanna contempló la joya que descansaba sobre la palma de su esposa, y vio alejarse a su hermana y su cuñado. Sólo cuando la otra pareja desapareció, Savanna se volvió hacia Adam. Con el corazón en los ojos, le ofreció el brazalete de oro.

Él negó con la cabeza.

—Creo —dijo con voz densa— que pertenece con todo derecho a nuestro primer hijo.

La estrechó entre los brazos apretando el brazalete entre los cuerpos de los dos y la besó con fervor. Luego, alzó la cabeza y contemplando la cara extasiada de Savanna, murmuró:

—¿Para qué necesito oro y esmeraldas si te tengo a ti?

Ahogada de emoción, Savanna no pudo hablar; se limitó a contemplar el rostro amado con sonrisa trémula. Adam volvió a besarla y pasó largo tiempo hasta que tomaron conciencia del sitio en que se hallaban. Acariciándole el cabello, Adam admitió:

—A menos que desees escandalizar a todo el mundo forzándome a hacerte el amor aquí mismo, a la vista de la casa y a plena luz del día, creo que será mucho mejor que nos reunamos inmediatamente con los demás.

Savanna, sintiendo todavía la boca vibrante por la pasión del beso, se desprendió del abrazo aunque con renuencia. Contempló el brazalete que tenía apretado en la mano y murmuró:

—Es extraño, ¿verdad? ¡Cómo un simple objeto puede provocar tantas desdichas y tanta violencia!

Recorriendo suavemente con los dedos el contorno de la joya, Adam replicó:

—No fue el objeto el que desató tantos sucesos terribles, mi amor, sino la codicia de las personas.

Lo contemplaron juntos: las esmeraldas lanzaban destellos intensos en medio del suave brillo del oro; ambos evocaron los hechos salvajes y horrorosos que aquella joya había provocado. Sin embargo, en última instancia, el brazalete había sido el catalizador que los había reunido, que les permitió conocerse y de ese modo encontrar el amor.

Mientras contemplaba la belleza del brazalete, segura en el refugio del amor de su esposo, el hijo creciendo sano y fuerte en sus entrañas, Savanna sintió que se le llenaban los ojos de lágrimas de felicidad. «¡Qué extraño —pensó— que este brazalete de oro, al mismo tiempo que causó tanto dolor, me regale el don más preciado: el amor!»

Savanna volvió a mirar el rostro de Adam: recorrió con los ojos aquellas facciones tan queridas, y descubrió en los ojos de él el reflejo del amor que ella misma sentía. «Sí, el brazalete me trajo el amor —pensó soñadora—, un amor tan rico, precioso y duradero como el oro y las esmeraldas.»